U0780544

安庆市长篇精品工程

丝 难

SI NAN　何诚斌◎著

时代出版传媒股份有限公司
安徽文艺出版社

图书在版编目（ＣＩＰ）数据

丝难/何诚斌著. —合肥：安徽文艺出版社,2020.9
ISBN 978-7-5396-6990-8

Ⅰ．①丝… Ⅱ．①何… Ⅲ．①长篇小说－中国－当代
Ⅳ．①I247.5

中国版本图书馆 CIP 数据核字(2020)第 104152 号

出 版 人：段晓静
责任编辑：汪爱武　　　　　　　　装帧设计：徐　睿
....
出版发行：时代出版传媒股份有限公司　www.press-mart.com
　　　　　安徽文艺出版社　www.awpub.com
地　　址：合肥市翡翠路 1118 号　邮政编码：230071
营 销 部：(0551)63533889
印　　制：合肥创新印务有限公司　　(0551)64456946
....
开本：700×1000　1/16　印张：16　字数：300 千字
版次：2020 年 9 月第 1 版
印次：2020 年 9 月第 1 次印刷
定价：49.80 元
....
（如发现印装质量问题，影响阅读，请与出版社联系调换）
版权所有，侵权必究

目录

被撕裂的人性

——何诚斌长篇小说《丝难》序

　　庚子初，大疫中，我在深圳与家人一同度过一个惊恐的春节，这是我七十年人生的唯一。其实，我人生中的唯一还可以拎出很多来，譬如六十年前的那个除夕，中国正处于历史上的所谓"三年困难时期"，也是除夕，我在母亲一钵子的"萝卜烧肉"中寻找着"烧肉"，最终失望、大哭。现在想来真对不起母亲。我此一辈未曾经历战争，但灾难可谓多矣，却没有过害怕，没有过死亡的威胁。3月初，国内疫情稍稍平复，我们回到安庆，然国外的疫情日益严重。倒春寒似乎让人猝不及防，每天缩在家里，捧着手机看世界各地惊心动魄的疫情通报，惊恐依旧。我说过，我不是一个有定力的人，从疫情开始，莫名的焦虑就一直困扰着我。我有失眠的毛病，但春节前很长一段时间，我的睡眠一直不错。2月7号晚，一个医生的死以及由于他的死而引发的舆情让我再也不能保持平静，自那天晚上始，直至此后的很多天里，我不得不服用一定剂量的安眠药才能勉强入睡。因此，我很佩服那些每天在自己的微信中晒诗晒文，晒刊登了自己文学作品的同行，更佩服那些扼守着不变的生活规律，喝酒嗨乐谈养生之道的朋友。由此我一度憎恶文学，发誓不再写作，又怀疑自己究竟是怎么活到古稀之龄的。是的，你能大段地背诵《金刚经》中的偈句，能在讲坛上口若悬河地为人们讲解《六祖坛经》，可这毕竟只是文字般若，究竟又有何用？于是我得出结论，人是分裂的，人的内心深处至少有两个自我同时存在着，而当这两个自我偶尔互搏时，会导致自我人设的崩塌。也是在这时，收到何诚斌传来的长篇小说《丝难》书稿。他说，您此前答应过，要为我的这部长篇小说写序的。我忘了我是否答应过他。一般说来,我知道自己有几斤几两,所以向来拒绝为别人的作品写序写评论这类事。我希望他另找名家,找适合写这类文体的大家。但他说,您是我一向敬重的前辈作家,我只找您。人是禁不住恭维的,这实在是人性的一大弱点。我不好拒绝了。

诚斌是我熟悉的本土作家。大约在我退休前的一次朋友聚会中,文史学者汪军说,我当年主编的晚报副刊培养了一大批年轻作家。我感谢汪军的褒奖,也承认当年我主编的那个平实而富有生活情调的副刊集结了一大批年轻有为的文学爱好者,他们中间的确不乏后来在中国文坛成一定气候者。而最重要的一点,今后不论多少年后,人们一定不会忘记20世纪90年代那个开放的社会环境,那实在是文学的黄金时代。那个时代造就了一大批年轻有为的作家,何诚斌就是其中的一位。

后来的一次,何诚斌来我的办公室向我倾诉下岗后的困境。我同情他的遭遇,但我用激烈的言辞刺激他,问他何不去京城闯荡。我一直认为,北京是一片深阔的海,适合各类鱼儿生存和发展。并举例一些人的成功,如我们都熟悉的徐迅、杨剑坤等人。但我忽视了一点,人和人是不一样的,譬如有人适合在大海中遨游,而有人却只适合在安静的湖边栖息,后者如我。我所知道的是,何诚斌不久真的去了北京。后来又得知他接连出版了两部长篇小说,据说市场效应都很不错。这消息让我多少得些安慰,我只怕自己的"童言无忌"误导了一个困惑中的年轻人。时光又过去二十多年,这二十多年里,诚斌跳槽过好几个公司,或在京城,或在省府,不变的是一直在做文案工作。虽然是为了营生,到底没有闲下他的那一支笔,他的文字功夫也在不断成熟中。这部二十万字的长篇小说《丝难》是他近年来下功夫最多,也最为成熟的一部长篇小说。

《丝难》的故事发生在20世纪30年代沦陷的安徽省城安庆。史料记载,1938年6月10日夜,日军集结战舰40余艘、商轮13只、汽艇80余艘,加上数百只木船,在日军轰炸机的掩护下,由芜湖溯江而上,开始大举向安庆发起进攻。日军的目的是以安庆为跳板,进而攻占武汉。两天以后,日军攻破国军杨森部一四五师的防线,安庆由此沦陷。《丝难》的故事,展现的即是沦陷后的安华缫丝厂一群人在日寇铁蹄蹂躏下的悲惨命运以及他们人性的撕裂。

沦陷之城,到处是一片人间地狱,年轻的缫丝女们不仅要忍受着超负荷的劳动和随时的肉体折磨,生命也时时掌控在日寇的刺刀之下。杨彩霞、戴玲玲、查美欣以及方传才,包括专为日本人提供性服务的日本女子正田美智子,无不是这场侵略战争机器下的奴隶,他们的生命如同草芥,更遑论理想、青春和爱情。而小说最有价值处,则是日寇铁蹄之下几个主要人物人性的撕裂。

读《丝难》,不由得想起茅盾先生的长篇小说《子夜》,《丝难》中,安华缫丝厂老板罗钧继也自然让我联想到《子夜》中的吴荪甫。同是国破家亡时代的民族资本家,罗钧继与吴荪甫既有对帝国主义及封建统治反抗的一面,也有对其妥协屈从的一面,他们是双重人格的标本,他们的人性是分裂的,也是统一的。罗钧继明明知道他的安华缫丝厂被牢牢掌控在日本商人松下三郎的淫威之下,但为了他与美国商人罗德里格斯的订单,甘愿忍受着松下三郎言语及精神上的污辱,一面拧紧作息时间,甚至不顾女工们生理期的反应,强迫她们超强度地干活。在日寇的刺刀下,安华缫丝厂是一座人间地狱,罗钧继既同情缫丝女们的命运,却又违心地回到家乡,将7名年轻的乡下女子带到厂里,让她们出入自由受到限制。可以说,罗钧继的人格是分裂的,这种分裂,既是他作为半封建半殖民主义统治下资本家的本性使然,又是当时日寇铁蹄践踏下的"顺民"双重人格的反映。正如小说最后所展现的,罗钧继既算不得汉奸,又算不得什么值得人同情的人物。他的悲剧人生,是处在沦陷之下民族资本家们的必然下场。

小说中另一个女主人公葛林娣则是另一种人性分裂的标本。葛林娣与宁国能是一对即将完婚的恋人,安庆沦陷后,这一对恋人天各一方。在日寇的刺刀下,葛林娣一边苦苦地等待和寻找未婚夫的下落,一边却与老板罗钧继虚与委蛇,并违心地为松下三郎的产品担任着质检员,受到日本人的奖赏。小说的结尾,葛林娣与未婚夫宁国能下落成谜,战争状态下的这些小知识分子究竟何去何从?人们在为这对年轻男女的遭遇掬一把同情之泪的同时,更为这场不义战争中一些小人物的命运和前途担忧。

小说是必须要有故事的,而故事与其说是作者的创造,不如说是由小说中的人物所创造的。出色的故事情节,总是离不开人物形象的塑造。唯有栩栩如生的人物,小说中的故事才能产生活灵活现的效果。有时候,当故事和人物发展到让作者与读者都开始纠结,呈胶着状态时,高明的小说作者善于在故事的反转中刻画生动的人物形象。我以为,《丝难》中几个小人物的描写最显作者的功力。如邱辉江、方传才这两个一出场就让人生厌的小人物,他们的身上聚集了生活在底层社会的小市民的猥琐、贪婪乃至流氓习气,然而在关键时刻,这些看似不能入眼的小人物撬开故事反转的大门,让故事突兀起来,生动起来,也让读者眼前陡然一亮,从而感受到这些社会底层小人物内心中不被泯灭的善良和正直。

《丝难》是一部二十万字的长篇小说,在这部小说中,作者塑造了一系列人物,这些人物你很难说他是正面的,或是反面的,而这恰恰是我们所面对的一个群体形象,这些群体形象是我,是你,是他,他们的性格是双重的,甚至是多层的,是被残酷的现实人生撕裂的,唯其如此,才使得我们所生活的世界千姿百态,也使得作者笔下的世界精彩纷呈。

祝贺《丝难》出版,也祝贺诚斌在文学创作的道路上又登上一步新台阶。是为序,也可。

黄复彩

2020 年 4 月 2 日

孤桑好勇独撑风,乱叶颠狂舞太空。

寒幸万家蚕缩茧,暖偷一室雀趋丛。

——陈独秀

第一章 困陷缫丝厂

1

这个冬天,下雪的时候她想到了"血",刮风的时候她想到了"疯"。江边风很大,枯萎的芦苇发出两军厮杀般的吼叫。天阴沉沉的,她想到了"阴险";天晴了,她想到了"情仇"。她知道自己的心情这么坏,是由于国破家亡的现实逼近她的面前,她在徘徊,是尽快走,还是继续留下来呢?

街上举行了一次次抗日肃奸宣传大游行,游行的队伍高喊"全民抗战""铲锄汉奸"等抗日口号。她参加了游行,和本校学生一道,几日来嗓子都喊哑了。游行队伍穿过孝肃路时,她看见另一支队伍从锡麟街如洪水般涌来。两支队伍混合成一支庞大的队伍,人头攒动,摩肩接踵,似乎全市居民都倾城而出了。可是,场面如此大,却没能使她热血澎湃。她想,一定会有不少汉奸或即将成为汉奸的人混杂在游行的队伍中。

每一次游行结束,她都会到江边走一走,向下游水天相接处凝望。真的像驻守省城的二十七集团军总司令杨森所讲,日本鬼子打不到安庆来?安庆是南京和武汉之间的跳板,战略位置特别重要,所以国军绝不会轻易让敌军占领!她希望杨司令的"全民抗战"动员令发自个人及军界的信念,而非临时唤起民众信心之需要。民众的信心显然是不够的,城里人越来越少。政府机关、学校纷纷迁往大别山,有身份的人、有钱的人跑得更远,拖家带口,手提肩挑贵重物品,踏上前往云贵川大后方的漫漫征途。

这一次,葛林娣在江边走得太远,宁国能找到她时天都快黑了。她指给他看,江上一艘捕鱼船正在收网取鱼,画面寒萧苍茫。这些渔民知不知道日本鬼子已占领下游南京、马鞍山等市县？一定会知道的。知道了就停止出江捕鱼，显然不是他们的生活选项，尽管面临着比风浪更大的凶险。宁国能认为暮色四合、渔家灯火依然很美，战火之外的宁静也依然让人心醉。

葛林娣说，国能君，你真有好心情啊。

宁国能回答，我们马上要离开这里了，所以尽可能用审美的目光看眼前的景物。这样，安庆沦陷之后，我们会更加仇恨日本。林娣，你不要再拖延，过完年，咱们就出发吧。

葛林娣没有说同意，也没有说不同意。她与安华缫丝厂老板罗钧继签了半年的聘用合同，做蚕丝质量检测工作。虽然战时离开算得上"不可抗力因素"所致，可安华缫丝厂还没有停产外迁，自己率先离开，岂不是不守信用吗？等等吧，估计春节之后罗老板会开始拆厂外迁。宁国能对罗钧继迟迟不外迁表示不可理喻，谁也搞不清日军哪天打过来，到时候飞机丢下炸弹，安华缫丝厂被炸成火海，损失就惨重了，不仅毁掉厂房、机械，更重要的是人命，有几百名缫丝女的命运被捆绑在他一己私利上。宁国能建议葛林娣严肃地告诉罗钧继，尽快外迁，越早越好，早一天行动多一天安全。如果罗老板视大家生命为儿戏，不管不顾，那么你就什么也不用管了，动员姐妹们一起离开，赶快撤逃。

葛林娣问他，往哪里逃呢？咱们老百姓既无盘缠又无方向，都寄希望于杨将军的军队御日军于安庆之外。缫丝厂女工大多数出身于社会底层，不少人家全靠一人的薪水维持生活。她们巴不得罗老板晚一点拆厂，甚至不希望外迁。

亡国奴思维！宁国能愤然道。

葛林娣摇了摇头，觉得宁国能不了解民众生活，想问题做判断，完全凭一腔书生意气。

省立安徽大学已经外迁，宁国能未随之而去，是因为葛林娣没有离开缫丝厂。对此，葛林娣很感动，为他俩的爱情。她主动牵起他的手，发现他的手冰凉。她开玩笑地说，热血男儿，却手脚不温。宁国能握着葛林娣的手，自己的手很快就暖和了。他悄悄问她，你怎么知道我的脚也是凉的？咱们还没有同床共枕呢!

林娣,咱们结婚吧。宁国能恳求道。

葛林娣说,你家不是把日子定过了吗?

宁国能回答,安庆将不保,咱们提前结婚吧,然后一起离开,到重庆避难。

提前的理由是这个,我不干。你可以自己走,如果到时候你愿意按你家定的日子完婚,就回来;不愿意的话,本小姐也不怨哦。葛林娣放开宁国能的手,因为迎面走来了一个手提马灯的人,后面跟着几个士兵。

士兵们将他俩围住了,盘问是干什么的,其中有个士兵还打算搜身。宁国能急了,他只同意对他一个人进行搜身,不要动身边这个女人。一个士兵从另一个士兵手上拿过马灯,提到葛林娣面前,发现是个漂亮的小姐,一下子兴奋起来。葛林娣瞪了对方一眼,告诉他们与其看见同胞姐妹来劲,不如上前线去杀敌。你们知道日本鬼子在南京强奸了杀害了多少妇女吗? 士兵们一个个都愣住了。

葛林娣说,我不想耽误你们这些国军战士的时间,你们要搜身就搜吧。杨森司令讲得好,"每个中国人都要尽力捉汉奸","宜城是安庆人民的家园,不容日寇入侵"……

一个士兵挥了一下手,说了声"兄弟们走吧",带头走了,其他四五个人也跟着他走了。这时,宁国能拉着葛林娣跑了起来,一直将她送到她的住所。临分手时,他还是要求她尽快决定跟他一起离开安庆。安庆的乱象太可怕,不能再待下去了。他问她,可知道蚕桑女校事件? 她当然知道,她毕业从教的安徽省立女子职业学校,其前身就是蚕桑女校。1919 年五四运动期间,蚕桑女校师生自己动手编织各种日常生活用品交给省学联学生上街贩卖,以抵制日货。当时学校西边不远处为军阀倪嗣冲部"安武军"军营,该军军纪败坏、肆意妄为,常有士兵调戏女学生的事情发生。1919 年 8 月 15日和 9 月 1 日,该部军人两次结伙于深夜侵入女校,对女生和女教师进行强暴凌辱,导致十余名师生羞愤自杀,引起社会巨大震动。

葛林娣理解宁国能的提醒,她告诉他,学校已经放假,并已迁往大别山,

悲剧不会再发生了。

可是,安华缫丝厂还没有搬走!这不是故意等着狼来吃羊吗?宁国能忧愤地说。

葛林娣在黑暗中念起了朱自清为安庆蚕桑学校事件所作的诗《羊群》:

> 如银的月光里,
> 一张碧油油的毡上,
> 羊群静静地睡了。
> 他们雪也似的毛和月掩映着,
> 啊!美丽和聪明!
> 狼们悄悄从山上下来,
> 羊儿梦中惊醒……

2

以往过年,安华缫丝厂给员工放一个礼拜假,而 1938 年春节,除夕和大年初一都未放假。没有人擅自离岗,或者提出特殊理由请假。生产车间按照两班 12 小时轮换的方式,保持 24 小时不停机。从大年三十到正月初一,每个工人算双份工资,并且提前领取加班费。财会人员拿着钞票和花名册,逐个问"加不加班",没有人抵挡得住双倍工资的诱惑。

同时,工厂大门外还张贴了招工告示。一是暗示缫丝女你不想干会有人来干,二是防备真的有人不想干,也会有人来接替。车间墙上一张用红纸写的通知,让缫丝女们看了心里舒坦——正月十五之前,免费吃喝,大鱼大肉直接送到当班工人的身边。葛林娣帮后勤人员往车间送饭送水。她看到罗老板也亲自下车间送饭,脸上笑容可掬。罗老板为和大家同吃同住,把夫人和孩子都送回老家洪家铺镇,以免受他们及亲戚的干扰。

罗老板见葛林娣自愿留下来,心里很感激。对于她,一个教员,学校已外迁,自己坚持在工厂做质量检测指导,是很了不起的。一纸协议,这时候仍然如此看重,其人品实在难能可贵!她曾向他提出过疑问,别的工厂主惶惶不安,纷纷搬走了,政府也在鼓励搬迁,保护国民财产和民族企业,你为什么坚持不动?

坐落在长江之滨的安华缫丝厂,是由上海顺德缫丝厂扶持建立的,有便利的外迁条件。罗老板没有流露一点外迁的意向,人们看不到一丝外迁的迹象,不仅如此,他还在大量收购蚕茧,满负荷生产。这释放着某种让人琢磨不透的信息。他总是说他相信一七六师八七二团,相信保安队,安庆不会失守的。缫丝厂安如磐石,可以起到安定人心的作用。但是,葛林娣还是从罗钧继的眼神里捕捉到了些许焦急与不安。他很留意当地报纸上的战况信息,有时还会问葛林娣是否从未婚夫宁国能那里听到什么消息,他甚至了解到宁国能与安徽青帮人物郝文波的妻子周学英曾是同班同学。

罗钧继曾留学美国攻读法律,回国后一天法律工作也没干,却做起了商人。葛林娣每次走进他的办公室都像走进了大法官的办公室。她向他讲自己的感觉,他以为她认识哪位大法官或者律师,才有这种感受。

他说,中国商人,缺的就是法律意识。不懂法而经商,祸多于利,不是害人就是害己。我学法律不是为做商人准备的,但后来我意识到精通法律对经商大有帮助。仲甫君独秀先生坐国民党大牢时,我曾向他表示愿意为他辩护,虽然我不是共产党,没有同志之情感倾向,但我欣赏他的性格,穷时见士节,他做到了。他是我们怀宁乃至安庆头号君子。哦,小葛,你不是怀宁人,你是苏州人,你的先生宁君不是安庆人吗?你嫁给安庆人,也算安庆人了。哈哈,还没嫁,我知道你们的婚期,到时候一定去喝你们的喜酒。即使我们协议到期,你不愿续签,我也会跑去喝你们的喜酒。

葛林娣从报上知道为陈独秀辩护的是章士钊先生。那次参加宁国能举办的师生聚会,听他们说,陈独秀对章士钊的辩护并不满意,因为陈对国民党的法院会不会判自己有罪并不感兴趣,他感兴趣的是,借公开辩论的机会宣扬自己的主张,批评国民党政府的失政。而章士钊侧重陈独秀的无罪辩护,打的是一场法律意义上的官司。宁国能说,章纯粹是从法律上立论,对于人民的革命权利,对于人民做反对反动政府的权利,只是间接提及,并不如独秀先生那样坚决地为自己的革命的权利辩护。另一位名叫程演生的先生说,章士钊的辩护词中对独秀的政治主张的解释并不恰当,他从有利辩护的角度,对独秀的政治主张不无善意歪曲之处。

最后怎么不是你给陈独秀做辩护呢?既然谈到了这件事,葛林娣好奇地问罗钧继。她扑闪着一双大眼睛,面色红润如抹胭脂。她身着素装,一向都是,何况在缫丝厂上班,质检不是在办公室就能完成的,要经常泡在车间里。厂丝比土丝的质量优良,质量把关的每一道工序都得重视才行。土丝是原始的缫丝方法,将蚕茧浸在热汤盆中,用手抽丝,卷绕于丝筐上。缫丝厂以缫制为中心工序,对各产地的蚕茧进行试样和工艺设计,经过混茧、剥茧、选茧、煮茧、缫丝、复摇,再经过编丝、扎绞、秤丝、配光、打包、成件,并通过生丝检验,照标准按质分级。就像她从宁国能那里得到不少她在技工学校学不到的知识一样,宁国能也从她这里得到了一些缫丝厂的知识。两个人散步,不会总是卿卿我我,谈恋爱嘛,话题可多了。她告诉他,混茧是把不同的干茧照工艺设计按比例混合起来;剥茧是剥去毛茧表面松软的茧衣层,使之成为光茧;选茧是照工艺要求,在准备上车的蚕茧中,按茧形大小、蚕茧色泽、茧层厚薄等进行选别,同时剔除各类下脚茧;煮茧是将茧用水加热,使其适度膨化溶解丝胶。他问她,安华的缫车机械是哪个国家生产的?她告诉他,早期上海各缫丝厂所用缫丝设备购自法国和意大利,以蒸汽为动力,并为煮茧和缫丝烘燥提供热源。安华现在的机械是中国环球铁工厂制造的立式缫丝车和新型循环式煮茧机、剥茧机。

罗钧继感觉有些冷,将西装扣了起来,边扣边讲他之所以最后没有去为陈独秀辩护,是因为顺德缫丝厂吴老板向他咨询一起劳资纠纷,如果打官司的话有几成胜算。罗钧继建议不要打官司,跟工人闹下去没有好处。劳工阶层很简单,给他们报酬,为其提供福利,他们就会让机械不停地运转并且自身也成为机械的一部分。尽管的确是工人犯了错误,但制度只能惩一人,不能惩全部,如果惩全部的话,就说明制度有问题,制度有问题就是老板有问题。罗钧继的一番话,让吴老板兴奋起来,提出聘他担任经理助理。罗钧继没有接受,因为父母年事已高,自己将回安庆谋事。吴老板又动一念头,让顺德在安庆设立分厂,聘罗钧继为分厂总经理,罗钧继竟一口答应了。回安庆办厂,事头很多,也就没有去做陈独秀案的辩护人了。

罗钧继说,以后,要是在重庆见到独秀先生,我会解释给他听的。独秀不至于对我破口大骂吧。

葛林娣笑了笑,见机而言,你到底什么时候去重庆呀?

罗钧继也笑了笑,他说,只做眼前的事吧,加紧生产。葛小姐,你辛苦了,好好把关,每批生丝的出厂质量,都关系到安华的形象和声誉。说罢,他又笑了笑。这一笑,葛林娣似乎感觉深藏着某种神秘,还有一丝诡异的意味。她突然觉得罗钧继像个读中学的大男孩,单纯而又倔强。大敌当前,他竟然持如此态度,是谢安之淡定,还是孔明之计谋?

她的目光落到东墙一幅书法上。隶书,墨重如漆,势稳力劲。"以济人利物为本怀,以设诚致行为实务。"此言不知出于何人? 细观落款,书者是严复。她知道严复曾在安庆执教于安徽高等学堂。那是几十年前的事了。她心想,严复在安庆时,罗钧继顶多是个儿童,在乡下随父母生活吧。

3

炸弹声覆盖了迎江寺的晨钟暮鼓。葛林娣和宁国能惊讶地发现,江上仍有捕鱼者。这似乎是幻觉,很不真实。她鼻子一酸,眼睛红了。他们是不怕死,不惜命,还是仍抱着日军打不到安庆的幻想? 一只白色鸟,孤独地掠过暮春的江畔。林子里特别寂静,植物疯长的季节,生机在轰炸中消失。

1938 年 5 月 29 日,日军下达大陆令 101 号,命令"华中派遣军以一部部队占领安庆附近",后又下达大海令 120 号,命令"中国方面舰队司令长官协助陆军占领安庆附近"。6 月 1 日,华中派遣军司令长官命令第六师团坂井支队,从合肥陆地行军,南下攻占安庆;命令波田支队协同海军,沿长江西上攻占安庆。至此,安庆攻略战全面拉开。6 月 10 日夜,日海军中国方面舰队第三舰队,在川古志郎中将的指挥下,集结战舰 40 余艘、商轮 13 只、汽艇 80 余艘,加上数百只木船,在日军航空兵团第三飞行团 50 余架侦察机、战斗机、轰炸机掩护下,由芜湖溯江而上,开始大举向安庆发起进攻。

此时,城中居民跑得差不多了。宁国能以为葛林娣会同意跟他一起走,可她仍然坚持不可违反协议，不愿背叛罗钧继。他特别生气，又央求她，甚至跟她洒出几点泪水。她掏出一条花手绢，放到他手上，然后告诉他，她要回缫丝厂，不能让罗老板产生误解，关键时刻，不能第一个当逃兵。

他在她身后喊，林娣，你不走，我也不走，我等着你！

她回眸一笑，也喊了一声，结婚的日子，我这里没有变。

宁国能竟出声哭起来，他用她的花手绢擦眼泪，然后骂罗钧继是大汉奸！

结婚的日子，定在 6 月 15 日，这是宁国能的父亲根据他与葛林娣的生辰八字推出来的好日子。可是，6 月 12 日，缫丝厂就被日军包围了起来，外面的人进不去，里面的人出不来。敌机没有炸毁缫丝厂，也就是说缫丝厂毫发无损。

所有的缫丝女仍在缫车前忙碌，好像不知道天下发生了什么。直到她们交班回家，被堵在厂门口，才明白安庆已经沦陷。当班的人继续坚守岗位，下班的人聚在换衣间和宿舍。有人说话，有人哭泣。她们害怕被鬼子杀死，又牵挂家人。与外面失去联系，得不到一点信息，使她们感到度"时"如年。宿舍原本不多，解决住宿只能搭地铺。有的人彻夜不眠，有的人在梦中呼喊母亲，或者叫唤孩子。

葛林娣以前是住单人间，现在这里住了八个姐妹。几天之后，宿舍里的气味特别难闻。很多人没有替换衣服，已到夏天，衣服湿了又干，干了又湿。葛林娣开始后悔没有听宁国能的话及时离开安庆。现在失去人身自由，生活环境糟，很痛苦。至于误了婚期，她认为事小，往后推延而已，何况事实证明 6 月 15 日并不是好日子。

她怀疑罗钧继也许真的是汉奸。她决定找罗钧继聊聊，让他出面跟日军交涉，允许女工回家拿替换衣服。她这样想的时候，有人过来通知，日军给每个人送两套内衣和一套工作服。葛林娣心里一震，差点脱口而出：罗钧继果然是汉奸！原来，缫丝厂一直拖延不外迁，并且加班加点地生产，是为日本鬼子卖命。她感到被欺骗了，被污辱了。她憎恨罗钧继，恨透了！质量，去你的！老娘还给你们把关质量，枪毙我得了！

她哭起来。从 12 日以来,她一直默默无声,没有说害怕,也没有安慰别人不要害怕,现在突然悲愤地哭,同宿舍的姐妹们都以为她想家了。不知什么时候,修理工方传才在宿舍外喊她,说罗老板要她过去一下。她正好想找他质问,于是擦干眼泪,咬着嘴唇,走了出去。方传才一脸怒气地站在一棵梧桐树下的阴凉处,向葛林娣招了一下手。她看到他满手的油污,工作服和脸上也满是油污,平时不在意他,这时她心里顿生同情和一种说不出来的难受。

方传才说,罗老板让余媛姝喊你去他的办公室,余媛姝刚才遇到我,她讲她忙,让我顺路告诉你。

余媛姝是罗钧继的秘书,葛林娣这两天不见她下车间给大家送饭,也不见罗钧继到车间巡岗。看样子,他为皇军效力的任务完成了。缫丝厂完好无损地交给日本人,他可以舒舒服服地当老板了。

方传才说,他找你谈话,估计是要拉拢你,怕蚕丝质量出问题。葛小姐,你到了他那里,可不能被他同化哦。

葛林娣回道,你觉得我会当汉奸吗?我问你一句,是男的当汉奸多,还是女的当汉奸多?

方传才竟然嘿嘿笑了起来,他说,这个……这个怎能男女相比呢?

葛林娣没有闲心与方传才辩说这个,她现在要做的是,去面对一个大汉奸,揭露他的阴谋。她走到罗老板办公室门口,看到里面坐了一个日本人,没有穿军装,而是身着日本和服,手指间夹着一支雪茄。葛林娣迟疑了一下,准备退回去。这时,罗钧继从里面走了出来,悄声告诉她暂时委屈一下,应付一会儿。罗钧继学日本人的样子向葛林娣鞠躬,很客气地将她请进办公室,然后向日本人介绍她。

罗钧继上身穿的是中式夹衫。葛林娣瞥了一眼他胸前一排布纽扣,心想这一颗颗纽扣费了他夫人多少工夫。那个受过高等教育的女人结婚后相夫教子过着深居简出的生活。罗家在登云坡有一幢可以俯瞰长江的住宅。葛林娣去过一次。罗夫人声音柔柔的,轻言细语,一边纳鞋底,一边教孩子识字,是一个很幸福的居家女人,恬淡而自在。葛林娣将罗家所见所闻讲给宁国能听,宁国能问她是不是也想做罗夫人一样的女人。她明白他的意思是支持她,可她哼了一声,认为羡慕罗夫人幸福不等于自己也要选择她那种生活方式。日海军舰艇炮轰大南门,斜刺里一颗炸弹落到登云坡,炸倒了罗家的院墙和隔壁人家的厢房,所幸没有造成人员伤亡。罗夫人从罗钧继的老家洪家铺返城不多日,受到了惊吓。她想到缫丝厂找个地方安家,可日军已经包围了缫丝厂。罗夫人毕竟头脑灵光,进不了缫丝厂,立马抢在日军全城布防宵禁的前夕,带着儿子小宏民赶回洪家铺避难。

葛林娣又想,既然罗夫人离城了,那么罗钧继这件中式夹衫是怎么来的呢?这个,容不得她多想。自从走进办公室,她没有正眼瞧一下日本人,却感觉到日本人正主动地要跟她来个正面对视。她急忙问罗老板叫她来这里有什么事情。罗钧继说,松下三郎先生想见见你。

她听到这个叫松下三郎的日本人,是罗钧继在美国斯坦福大学的同学,从事律师职业。葛林娣在心里生气地说,当律师待在你日本得了,跑到咱中国来干什么?日本侵略中国,烧杀淫掳,犯下滔天大罪,松下三郎站在法律角度,该怎么看?她给松下三郎一副不好看的脸色,被罗钧继发现了,他竟然叫葛林娣出去,回到自己的岗位。她被弄得一头雾水,叫她过来,他只是向松下三郎介绍一下,然后就没事了。她离开的时候,内心却不安起来,没事,实际上是有事,更可怕的事在等着她。

晚上,葛林娣被罗钧继亲自喊到堆放蚕丝的地下仓库。这里有一股凉意。她见地上还有空余的地方,心想怎么不安排女工入住呢?或许是考虑人与物不能混住吧。她跟在他后面,一步步往地下仓库最深处走,她寻思他找她有什么密谈。她闻到了他身上一股汗气,并不难闻,只是与他的身份不符。他如果不是汉奸的话,她倒愿意给他洗洗衣服。可他做了汉奸,她不屑于为他服务。他打开一扇门,闪开身子,让她先进去了。他进去之后插上了门闩。她的心猛地紧张起来,问他要干什么,能不能不关门。他没有接受她的建议,而是拉着她继续往仓库深处走去,走到一个隐蔽的角落,他掀开一个布幔,低头走了进去,手掀着布幔,等她钻进去后才放下。里面又是一个空间,放着一些蚕丝。

葛林娣惊讶地问，这里怎么还有蚕丝？

罗钧继坦然地说，我不是叫你来看这个的。

他转过身，绕过一根立柱。他在立柱后面叫她过去，她只得应声而去了。她心想，这里什么事都可能发生，并且神不知鬼不觉。她非常害怕，罗钧继不会是恶魔吧？她脑海里闪起他的夫人汪颖丽还有他的儿子宏民的形象，心里才安定了一些。可是，谁知道他是不是衣冠禽兽？人在某种环境中会改变的，尤其当他的真面目被识破之后，会做出出乎意料的事。于是，她打消了骂他是汉奸的念头，至少这地方不宜于骂他。

罗钧继在吃力地搬动一些旧家具，他叫她帮他一下。他们一起移开了一个黑色的立柜，原来后面是一扇门。他告诉她，里面存放着2000余册珍贵图书、史料、档案。省立安徽大学外迁时，最后一辆汽车抛锚了，怎么也修不好，只得在郊外找了几个农民，用板车将图书拉回了城。程校长觉得放在学校不安全，就用蚕茧做掩护，送进缫丝厂，并很顺利地藏到这里。

葛林娣连连发出哦哦声，但她不明白，罗老板为什么把这个秘密告诉她。她顺着打开的门洞，朝里面看了一眼，黑咕隆咚的看不清。罗老板打着了打火机，拉亮了电灯，让她看清楚里面确实是一箱箱图书。

接下来，罗钧继跟她讲起了正题。他怀疑，是不是在收藏图书的时候没有做到万无一失，被人知道了？或者有人揣测安庆的图书藏在这里？反正情况不妙。为什么日本鬼子不仅没有炸毁缫丝厂，反而重兵把守？难道是冲着这些古籍来的？今天松下三郎名义上是来推荐日籍质检员，真正目的是打探图书下落的。

罗钧继说，我告诉他，我们的质检员是全国一流的专家，不需要增派人员。可他非要见见你不可，我只得叫你到办公室露一下面。松下三郎离开的时候，对我说，他对你的印象不错。他说他擅长辨识人才，包括女性人才，他夸我挑选的质检员很棒。

葛林娣虽然明白了上午去罗老板办公室的缘由，可听到这里，又添了一分紧张，松下三郎不会对她打什么坏念头吧？

我们要保护好这些图书，罗钧继说。他将书房的门锁了起来，然后移动立柜将门挡住。她向他说出了自己的困惑，为什么日本鬼子围住缫丝厂已经四天，却没有采取任何行动？他们到底要干什么？他们要是知道图书藏在这里，怎么不让你交出来呢？怎么还不搜查呢？

葛林娣说，罗老板，我认为，日本鬼子没有其他意图，他们只是想得到这些质量上乘的蚕丝。我们可以采取行动，降低产量……

葛林娣的话还没说完，就被罗钧继打断了，他说，不，不能降低产量，反而要提高产量，并且质量也要得到保证。

汉奸，果然是汉奸，他领我来看这些图书，是想混淆我的判断，目的是让缫丝厂保持正常的生产景象，从而为日本人提供生丝。她差点冲他吼起来，可又想到这种环境，还是不要激怒对方为好，于是换成一种委屈的口气说，我们受苦受累，为日本人干活。他们屠杀我们的同胞，炸毁我们的家园，现在姐妹们有家不能回，被关在这里，没有一点人身自由，跟集中营有什么差别？罗老板，你是一个有良知的爱国商人，难道就这样屈服于日寇吗？

罗钧继一边往回走，一边长吁短叹。他吟起两句诗："海底飞尘终有日，山头化石岂无时。"他停下脚步，转身望着她，问她可听过这首诗。她摇了摇头。他于是告诉她，1935 年，他找了几位政府要人，才得以到南京老虎桥监狱探望陈独秀，这两句诗就是陈公念给他听的，他记住了。

葛林娣面前的罗钧继，越来越让她感到陌生。他到底是亲共、亲国、亲日分子，还是只是一个纯粹的实业家？只怪自己经历不丰富，判断力低。毕业后就留校任教，除了跟宁国能关系密切，就是跟罗钧继接触多一些，而社会上其他男人，包括同事和同学，都是点头之交、泛泛之交。男人的内心世界，她无法进入，也没有打算进入。现在身陷这种处境，她没有能力来判断是非对错了。这时候，要是宁国能在身边她就不会犯难了，她再次后悔没有听他的话。他是在围墙之外等着她，还是已经走了呢？昨天是原定结婚的日子，两人却天各一方，宁国能该是多么痛苦、多么失望！

第二章　残阳黄梅雨

1

　　黄梅季节下过一场又一场雨之后,安庆的空气格外潮湿。雨后阳光消除不了湿气,天地间像蒸笼一样闷热。宁国能不仅身体不舒服,心里也很难受。前些天,他抽空把新房简单布置了一下,贴了红喜字、红对联,拉了红绳,插了红花,营造喜庆的氛围。原打算回老家按传统方式办一场隆重热闹的婚礼,可安庆四乡八邻笼罩着战争的阴云,弥漫着紧张的气氛,乡下规矩多,稍不留意冲了喜气,被看作不吉利,会让父母不愉快,自己也有精神负担,所以倒不如就在城里举行简朴的婚礼。葛林娣非常赞同,她除了考虑战事临近不宜大操大办,还有就是缫丝厂罗老板压根儿不给她超出三天的婚假。宁国能提出婚礼就在城里办,她立马答应了。

　　终于等来大喜的日子,葛林娣却被关在缫丝厂出不来,这把宁国能急坏了。安庆沦陷的前一天,他就感到安庆保不住了,国军进行了顽强的抵御,打得很惨烈,牺牲了不少战士。6月9日,安庆陷入四面包围,只有北门外集贤关—狭窄陡峭地带可以撤退,杨森总司令将守城兵力压到不足一个团的编制,而大部分撤到集贤关外围作战。安庆这座古城,战略位置非常重要,清军和太平军都曾把安庆当作屏障,双方轮番的"保卫战",造成安庆的城防工事破坏严重。后来曾国藩在这里搞洋务运动,军工业与民生实业都得到长足发展,可环城军事防线经营得不好,漏洞多,所以大敌入侵,无法有效防御。桂系守军以为将长江作为天然防线,可以堵住日寇从江上入侵,于是重兵放在东面、西面和北面防御,结果6月12日日本海军很快把安庆沿江要塞

摧毁，然后在大炮的掩护下，陆战队士兵像洪水一样涌上江岸。

宁国能听着街上的枪炮声，特别担心葛林娣的安全。他一会儿想象她正走在向他靠近的路上，如何绕过日本鬼子，如何被日本鬼子抓住，日本鬼子对她……他不敢往下想；一会儿他又想象日本鬼子冲进缫丝厂，对缫丝女们进行凌辱，屠杀。他再也坐不住了，死也要死在葛林娣的身边。他穿过几条小巷，遇到绕不过的大街也硬着头皮直插过去。无论大街小巷，所有的店铺门窗紧闭，除了叫花子、要饭的，没有人活动，也见不到日本鬼子。他后来才知道日军大部拥到集贤关作战。他看到振风塔，愣住了。他不是因振风塔依然耸入云霄，感受到一种中华民族不屈的精神，而是突然想到了一位曾一起登塔览景的女同学周学英。他惋惜她，怎么没有眼力而嫁给青帮人物，现已成为伪军的郝文波？

他想见见周学英，急迫地想见到她，当面质问她为什么屈从一个汉奸男人而不顾民族大义。当年她激扬文字，巾帼不让须眉，说要学本埠两个侠女吴芝瑛和施剑翘。吴芝瑛的伯父吴汝纶是大名鼎鼎的才子，一位有建树的教育家。这么一个出生在书香世家的才女，竟然跟"逆党分子"女侠秋瑾心气相投，一起骂清廷腐败。在一次聚会中，吴芝瑛挥毫题写了一副对联赠给秋瑾："今日何年，共诸君几许头颅，来此一堂痛饮；万方多难，与四海同胞手足，竞雄世纪新元。"1907年，秋瑾于绍兴被害，尸体在街头暴晒数日，谁也不敢认领，怕被视作同党。吴芝瑛闻讯，悲痛欲绝，然后冒死将秋瑾尸体"偷回"，并埋葬在西子湖畔，还写下《秋女士传》《秋女士遗事》，以表彰女革命家的事迹。另一位侠女施剑翘16岁写诗《谷兰》："深谷芳兰一枝春，攀绝高崖凌碧空。纵有红花漫四野，岂无绿草染前峰。繁枝不怕春色浅，根茂何愁冬土深。生就山中一根草，只怕孤芳不惜春。"她长大后为父报仇刺杀了孙传芳，名震全国，得到很多男儿的佩服，徐悲鸿在北平画了数幅画送给她。

你周学英像贾宝玉所说的，清亮亮可爱的女孩，却变成了死鱼眼珠般的臭婆娘！宁国能正这么骂着，突然听到一声枪响，不由得打了个寒战，身子隐到江堤内一口池塘边的茅草丛里，然而待了很久再没听到枪声。过了一会儿，他听到了女人的哭泣声，他循着哭声走了过去。原来一个渔民躺在血泊中,鱼篓倾翻在地,没有一条鱼影。一个女人衣不蔽体,露出半截黝黑的乳房,承接着大颗泪珠。她浑然不知有个年轻男人站在她的旁边。宁国能突然感觉有个枪口正对着自己,不由得身子一蹲。叭的一声,子弹从他头顶飞过。他立即站起,拔腿就跑,插进杨树林,然后沿蔬菜地的堰沟跑进棚户区。这里也同样寂静无声,家家关门闭户。

宁国能想到此时葛林娣或许已离开缫丝厂回到住处,自己还需要去缫丝厂吗?这里离缫丝厂很近,离家却很远。这时候回去,一定比刚才出来时更不安全,也许集贤关战斗已结束,鬼子已回防。最可恨的是,郝文波的伪军一定也在为鬼子效劳,他们会有仁慈心,不杀同胞吗?宁国能决定等天色暗下来后再离开这里,先去缫丝厂看一看,再回家。那个要钱不要命的罗钧继,大概见了棺材才会落泪吧!葛林娣太善良了,如此乱世竟然听从一个唯利是图的商人,将一纸协议视作生命,太傻了。但如果她不傻,不善良,自己又怎么会挑选她做人生的伴侣呢?

还在省立安徽大学读书的时候,在全市高校学生举行淞沪抗战三周年庆祝活动上,宁国能认识了葛林娣。当时,他领唱由校长程演生作词、音乐家萧友梅作曲的校歌:

潜岳苍苍,江淮汤汤。夏商肇启,雍容汉唐。
文化丕成,民族是昌。莘莘多士,跻兹上庠。
潜岳苍苍,江淮汤汤。缅怀先哲,管仲蒙庄。
高文显学,宋清孔彰。莘莘多士,跻兹上庠。

葛林娣也表演了节目,她朗诵朱自清先生的《羊群》。她在朗诵的时候,宁国能身边的同学针对她甜甜的口音,猜测她是扬州人,或者苏州人。宁国能认为葛林娣也许只是在苏州生活过,实际上是安庆人。如果她是苏州人的话,怎么会到安庆读省立女子职业学校?这个问题,活动结束后就找到了答案。

是葛林娣主动找的宁国能,她夸奖他领唱安大校歌很有气势,听了让人热血沸腾。她想要这首歌词。宁国能很激动，他告诉她，程演生校长参加过五四运动，他和陈独秀先生是亲密朋友。宁国能站在操场上掏出笔，在葛林娣提供的笔记本上飞快地写起来。她在一旁叫他写慢一点、慢一点，潦草了看不清。这时候其他几位同学也围上来看，男生是宁国能的朋友，女生是葛林娣的朋友。他们相约一起去倒爬狮街吃晚餐，路上遇到了周学英，她也一起去了。

进了"一品春江馆"后，大家聊起当今教育、时局和各自的理想。葛林娣又把那个蓝皮笔记本拿出来，念到"潜岳苍苍……"，问为什么是"潜岳"。留着短发的周学英边说边做手势，告诉葛林娣，潜岳指天柱山。天柱山被汉武帝封为南岳，后来疆域广大，衡山成了南岳。天柱山主峰海拔接近1500米，坐落在潜山县，怀宁过去一点就是潜山县，什么时候咱们组织一次攀登天柱山活动吧。

葛林娣念罢歌词，对词作者敬佩不已。周学英为自己的校长感到自豪，她随即将程校长的成就说了一遍。先生早年留学法国，获法国考古研究院博士学位，并任该院研究员。归国后，历任杭州华严大学文学系主任，北京大学、暨南大学教授和安徽大学校长。先生写了30多部著作，有文史方面的，如《圆明园图考》《太平天国史料》《安徽清代文字狱备录》等等，还有文学理论、小说、诗歌方面的，如《离骚讲义》《短篇小说集》《长枫诗话》《石巢诗事》《十五国游记》等等。先生兴趣广泛，还喜爱戏曲艺术，那天跟几位同学到先生家聚会，他告诉大家他正在撰写《国剧概论》和《皖优谱》等戏曲论著。

宁国能点菜时问各位喜欢吃什么，问到葛林娣时，他来了一句你苏州人吃得惯安庆的菜吗？葛林娣好生奇怪，她的籍贯怎么这么快就被他知道了？她笑了笑，说天下所有菜她都能接受。后来，宁国能了解到葛林娣是个孤女。她父母去世得早，被舅舅收养，可是舅娘是个恶婆子，动不动就骂她打她，有一次将她打昏在地，要不是隔壁叶妈出面抢救，她就没命了。叶妈心疼她，可又不能帮助她。8岁那年，葛林娣从舅娘的魔爪下逃了出来，一路要饭，辗转回到了自己的家。那哪是家啊，几间东倒西歪的土砖房，但床铺还在,锅台也还在。于是她开始了自立生活。她向好心人讨来了一对蚕宝宝,很快繁殖了一批蚕宝宝,她采来桑叶给它们吃。通过养蚕,葛林娣有了生计来源。她抽丝的速度在整个村子甚至整个镇上排第一,蚕茧浸在热汤盆中,双手灵巧而不停歇地抽,卷绕于丝筐上,让观者目不暇接。她 10 岁那年,被人带到上海,进了缫丝厂,成为一名缫丝女。可干了不久,她的照片上了《申报》,引发关注劳工,尤其是童工状况的社会进步人士对缫丝厂雇主的谴责。有一位皖籍宗教人士出面将葛林娣救了出来,供她读全寄宿制学校,后来又送她到省会安庆报考省立女子职业学校。到安庆后,她再也没有见到那位叔叔。

倒爬狮街的那次聚会,宁国能每回想起,内心都感到温暖,那是他和葛林娣爱情萌芽的地方。记得当时,他的目光一而再,再而三绕过几位女生落到她身上。她对他投过来的灼热的目光不回避,轻轻一笑,还调皮地努一下嘴。虽然安庆女子也很秀丽,声音也好听,可他钟情于葛林娣的美貌、声音和气质。聚会结束,他提出送她回学校。她的同学推开了他,说几位一道,要你送干吗?假客气!

他在回安大的路上,周学英用“哪个少女不怀春,哪个少男不钟情”来取笑他多情,他反过来问周学英是不是怀春了,挨了她一拳头。当天夜里,宁国能奋笔疾书,写了封千言情书,第二天寄出去了。然后,等待她的回信。一天天过去,他心急如焚。到了礼拜天的时候,葛林娣来了,手上拿着一张《安徽学生报》送给他。宁国能的心怦怦跳,以为报纸里夹着情书,他打开报纸后发现了一支苏绣钢笔套。他明白了她的意思,现在好好读书,毕业之后再谈婚论嫁。

叭——叭——听见两声枪响,坐在棚户区一间老屋里的宁国能不由得站了起来。他走到门旁透过门缝朝外看,没有发现动静。于是,他又坐回原处。这户人家一定是逃难了,他刚才随便一推门就开了,估计他们觉得没什么值钱的东西被人拿去。宁国能进屋后,将门关了起来,上了门闩。屋里光线很暗,他几次以为到了黄昏,可走到门边,只见屋外阳光朗照,时间还早。夏日本来就天黑得晚,他急盼天黑,而天就是不黑。

离 15 号结婚的日子,只剩下三天了。看这情形婚礼是举办不了了,只能接葛林娣到新房去住,就算完婚。想到这里,他特别心酸。突然,他听到了一阵杂乱的脚步声,不由得又站了起来。就在这时,门被人一脚踢开了。他的身体本能地一闪,贴到背光的墙壁上,但他还是很快被冲进来的一帮人发现了。

2

残阳如血。他想到了徐锡麟的死。

他想到了徐锡麟的诗:"军歌应唱大刀环,誓灭胡奴出玉关。只解沙场为国死,何须马革裹尸还。"

他还想到了孙中山在辛亥革命胜利后,哀悼徐锡麟的挽联:"丹心一点祭余肉,白骨三年死后香。"

他接着又想到了章太炎的话:"光复会比同于同盟会,其名则隐,然安庆一击,震动全局,立懦夫之志,而启义军之心,则徐锡麟为之也。"

这些都是在课堂上听到的、从历史书上看到的,自己并非英雄,也无谋杀之行动,不配与大义凛然的徐锡麟相提并论,徐的死记入史册,自己只是被战争涂炭的一个生灵。

宁国能对生没有抱多大希望了,这几个伪军必定把他送给日本鬼子,描述为抓到国军或游击队的一个活口,从而邀功请赏。日本鬼子从他口中得不到任何有价值的情报,最后无非对他东洋军刀一劈,或者给他一颗子弹。他哭了,不是害怕,而是想起了未婚妻葛林娣。徐锡麟生有一子徐学文,而自己呢?

那天晚上,他和葛林娣谈至深夜,她留宿了,两个人衣服都没有脱,共一张床,而各自睡在床沿,相距十几厘米。他们相吻过,仅此而已。共同期待的是 6 月 15 日。假如,那一夜,他没有抑制自己的冲动,她会答应吗?她分明也是那么冲动,一脸羞涩红润,特别好看,眼睛里闪动着渴望和需要,甚至用眼神对他鼓励,但更多的还是犹豫和担忧,她轻轻地推开了他。推开他之后,她又失落地握起他的手,把他往怀里拉了一下。他反而变得理智了,觉得还是在婚前保持一种神秘吧,这会使操办婚礼更加有激情,也更有幸福感。

　　宁国能没有想到,伪军没把他交给鬼子。他们的头领郝文波有过交代,利用国军和日军交战之际,壮大自己的实力,其措施是抓城内的青年,吓唬他们送给鬼子处置,当对方求饶时,就说如果要生路就参加皇协军,不同意的话就揍他一顿,然后放了他。宁国能的回答是"随你们便",这倒让这帮伪军犯了难,是打他一顿,强迫他参加皇协军,还是放了他呢?于是他们去请教郝文波,说抓到了一个安大青年教员,问该怎么处置。郝文波很高兴。他手下都是一帮草包,被人骂为兵匪,正需要文人来改造队伍。他自从娶了周学英,避免了许多麻烦,再添一个宁国能,就有足够的"文胆"了。

　　郝文波是安徽青帮领袖朱雁秋的得意弟子。朱雁秋早年加入同盟会,后在安徽督军柏文蔚手下任旅长,曾组织"抗日后援会",创办《大同报》。当时的安徽省主席刘镇华,以破坏税收为由头,秘密将朱雁秋逮捕杀害。郝文波也被抓进了监狱,南京沦陷前夕,才被释放。他出来后,组织了一支武装。这支武装被收编为国民党第五战区第十三游击纵队第一支队特务队,郝文波被任命为队长,夫人周学英出任宣传委员。他后来怎么也没有想到自己的夫人竟然是一名共产党员。安庆沦陷之前,郝文波与上峰发生摩擦,擅自将队伍拉走,被定性为叛变行为,明令就地正法。日伪苏浙皖绥靖军得知信息,密派人员单线联系,许以丰厚物质条件,要求收编其武装,他投降了日军。

　　宁国能为周学英感到不幸,同时又为其屈节而痛恨不已。当年的巾帼豪气哪去了?宁国能甚至想到,假如自己没遇到葛林娣,会不会追求周学英?追求她,她会答应吗?他回忆与周学英同窗四年的某些经历、细节和言语,判断她对自己是否有好感以及好感的程度。一路上,送走了残阳,看到了星星。他朝缫丝厂的方向望了望,看了一眼振风塔的尖顶。他被押到莲池门外郝文波的总部。数盏马灯,将一间带天井的堂厅照得通亮。郝文波

看到一帮人的身影投过来，急忙上前迎接，明知故问逮到了谁。

宁国能从没见过郝文波，但他感觉此人就是。他说，我是安大教员宁国能。这话意思是，自己既不是国军士兵，也不是共产党游击队队员。

郝文波立即叫手下人松绑，并说了几句抱歉的话，然后将宁国能请到八仙桌旁坐下。郝文波说，安大教书先生，我来说一个人，你也许认识。

宁国能说，我知道是谁，周学英女士，她是你的夫人。

郝文波哈哈大笑，将王八盒子放到桌上，说了一声上茶，然后笑道，你们老同学多少年没见面了？

自从毕业后，就再没见到周女士，后来听说她嫁给了民族英雄郝文波，同学们都替她高兴。周学英当年在学校，可谓女杰，"一·二八"淞沪抗战的时候，她组织成立安大宣讲团，支持抗战。她写信给皖籍名将张治中先生，代表安徽高校全体师生表达对张将军的敬佩和拥戴，给前方战士以极大的鼓舞……宁国能边说边观察郝文波的表情，只见他先是微笑，接着笑容渐失，然后是窘迫、难堪，最后陷入似听非听的麻木、茫然。

宁国能提出要见见女同学，郝文波明白他的意图，就说周学英住在城内，等安庆稳定之后，会安排他们见面。他本来是想让宁国能当自己的军师，现在改变了主意。他显得很紧张，再无兴致与宁国能交谈下去，便起身吩咐手下将宁国能送回城去。

你们将宁先生送到家门口，要是有个三长两短，老子要你们的命！快点去吧！郝文波下过命令后，转身走进了一间厢房。厢房里的周学英，将刚才郝文波与宁国能的对话听得清清楚楚。郝文波一进来，她就说，你把他打发走很好，因为你们的话，我听得越多就越心烦。

郝文波坐到太师椅上，叹息了一声，然后大骂国军是饭桶、狗屁。他对周学英说，是我连累了你的名声。

周学英笑了笑，说，你会造就我的名声。

郝文波不懂夫人的意思，自己当了汉奸，投靠了日军，怎么造就了她的名声呢？周学英靠到他身旁，在他耳边悄声说，趁现在城中鬼子兵力不足，杀进去，占领安庆，以缓解集贤关一七六师的压力。

郝文波又陷入了木然状态。突然，他站起来咬牙说出"反正"二字。于是当晚，他带领不足 200 名士兵，连夜杀进了安庆。枪声将住在双莲寺附近程家大院中的宁国能惊醒，他不知道郝文波反正了，以为是国军反攻。他穿好衣服就出门了，往缫丝厂方向跑去。他被郝文波的手下送回家后，没有看到葛林娣，便去她的住处找她，敲了半天门窗，没人回应。他贴着街沿奔跑，在离缫丝厂不远处，发现工厂上空反射着灯光，他接着听到了机器声。难道安华缫丝厂的围墙比城墙还厚，挡得住敌人的炮火？他突然站住了，因为他看到了缫丝厂大门外鬼子的岗哨。他怎么也想不明白，被鬼子封锁的缫丝厂仍在生产。他只得返回了家。他听到枪声，又跑到缫丝厂附近，还是看到了鬼子的岗哨，所不同的是荷枪实弹的鬼子这时显得有些烦躁不安，走来走去，东张西望，但他们一直没有离开缫丝厂大门。

反攻的国军，快打过来呀！宁国能恨自己没有一杆枪，将缫丝厂大门前的鬼子干掉。他眼巴巴地蹲守着，可枪声越来越稀落。缫丝厂门前又来了两个鬼子，很兴奋地叫喊、欢呼，手舞足蹈。宁国能的心突然一凉，他感到没有希望了，眼见时辰不早，再不走天亮后就危险了，于是他神色黯然地往家的方向跑去。

3

波田支队进城后残杀无辜平民 200 余人。自从颁发了"良民证"之后，宁国能靠近缫丝厂的风险降低了。被日本鬼子视作良民，是一种耻辱，因为自己没有逃到大别山，也没有去重庆，又没参加郝文波的游击队，活该接受"良民"的身份标签。逃到乡下的居民见到日伪绥靖军张贴告示，所谓"还以生息"而纷纷回城了。安庆周边数县都被日军侵占，住在乡下的意义不大，也同样要接受"良民"的普查认证。于是，安庆街头巷尾一日比一日人口多了起来，商店、医院、当铺、药铺、照相馆，还有墨子巷的妓院都渐渐复业了。

让宁国能困惑的是，缫丝厂仍然被鬼子严严把守，一直没发现缫丝女工从大门里出来。他刚走到大门口，就被一个扛着三八式步枪的日军士兵叫喊着不许再过来，那枪上的刺刀闪着刺眼的光芒。他掏出了"良民证"，举起

来给鬼子看,并喊,我老婆在里面上班,我要见她!

日军士兵把枪从肩上拿下来,双手端起,呱呱叫嚷,意思是要宁国能离开。这时,一个中年男人在宁国能的身后说,先生,你不要跟他啰唆,他听不懂你的话。宁国能转过身来,走到那男人的身边,原来是一位拉黄包车的师傅,身上散发着浓烈的汗臭味。黄包车师傅告诉宁国能,他的老婆也是缫丝厂女工,三个月没有回家了。他每天经过这里,都要停一会儿,企盼能看老婆一眼。儿子小勤也特别想妈妈,可是鬼子就是不放她出来。

黄包车师傅劝宁国能不要靠近缫丝厂大门,他说,你刚才要是再往前走两步,那鬼子必定会开枪的。有一天,他刚巧路过这里,一声枪响,只见有个小伙子被打死了。那小伙子结婚还不到一个月,他老婆被关在缫丝厂出不来,他也进不去。他像失了魂似的,天天都在缫丝厂附近转,经常大声喊他老婆的名字。他忍受不了思妻之苦,直闯缫丝厂大门,结果被日本士兵打死了。

不过是生产蚕丝的工厂,日军却如此把守,难道不再生产蚕丝而改为生产军工产品了?这是一个让人费解的谜。宁国能等待着,哪怕从里面走出一个人,无论男人女人,他盯梢其行踪判断缫丝厂到底在干什么。有一天,宁国能看见一辆汽车开进了缫丝厂,很快车子又开出来了。还有一天,宁国能终于看见三个拉着空板车的汉子从缫丝厂出来。他远远地跟着,等离开了鬼子视线范围,他追上了三位汉子。他问他们送什么货。汉子们面面相觑,没有人回答,一步不停地照旧走路。宁国能又追了上去,他看见一辆板车里有一只破损发霉的蚕茧。他站住了,不再去追问他们。他已知道,缫丝厂每天仍然在生产蚕丝。缫丝厂生产的蚕丝,成为日本人掠夺的物资。

于是,他大骂罗钧继是汉奸,又埋怨葛林娣在安庆沦陷前没听他的话离开缫丝厂。现在,三个月没见,不知她在里面情况如何。她会不会与罗钧继闹翻,骂对方是汉奸,而受到伤害呢?他知道葛林娣的脾气,她心里是控制不住愤怒和不满的,尤其在大是大非面前,她一定会坚持自己的立场,与汉奸斗争。想到这里,宁国能内心非常焦虑。他现在比几个月前瘦了许多,精神状态也特别不好。当了亡国奴不算,还与未婚妻隔离两处,不知道她的生计如何,而他自己正面临生计困顿。学校迁到大别山金家寨,正缺乏师资力量,他没能在最佳时期逃往那里,现在要去的话得途经日军防区,必冒生命危险。或许未成功抵达就送了性命。他舍不下葛林娣,要是自己去了大别山,或者死在去大别山的路上,她出来后见不到他怎么办? 所以,他继续日夜煎熬地等待葛林娣回到自己身边。

在找一份工作之前,他决定冒险去见见葛林娣。他已经看准一处围墙上有一些窟窿眼,可以用小木棍插进去,然后抓着小木棍往墙头攀爬。日本鬼子每隔半个小时才巡逻到那里,可以利用他们巡逻的空隙,采取行动。

秋风凄厉,月黑天高。宁国能带着削好的木棍,来到了那处围墙的旁边。这时正巧巡逻兵来到这里,数束电筒光射到墙上,移动着,突然墙上出现一个人影,一声枪响之后,那人影飘了下来,沉重地砸在地上。又是一声枪响,另一个人影在墙脚下蜷成一团,抽搐着。巡逻兵没有停留,继续往前走。宁国能的身子像打摆子一样抖动,他没有后撤,反而靠近了围墙,嘴里念着未婚妻的名字。他走到墙脚下,将小木棍往窟窿眼里塞,却发现窟窿眼里已经塞上了小木棍,刚才被打死的两个男人跟他想到一块了,或者自己跟他们想到一块了,可他们已经死了,自己还活着,还有机会翻过墙头,跳进缫丝厂,见到自己心爱的葛林娣。

他感觉有一股暖流突然贯通全身,一种爱的力量,让他战胜了恐惧,他爬了一步,又爬了一步。叭,枪响了,在墙头上溅出火花。他机灵地往身后一跳,匍匐在地,一动不动。怎么鬼子这么快又来了? 是不是自己出现了幻觉呢? 四野里一片宁静,缫丝厂的机械声,有节奏地传出来。他决定再试一次,慢慢地站了起来,可还没有将身子站直,又听见一声枪响,他感觉自己中弹了。他拔腿就跑,摔倒了几次,又站起来往前跑。他身后并没有枪响,也没有追兵。他的确受伤了,左手虎口处被子弹贯穿了,血往外直涌。

他的意识非常清醒,不能到医院,因为鬼子有眼线在那里。他跑到天主教堂门前时,犹豫了一下,还是敲响了大门。虽然天主教会长、西班牙人南格禄与日本侵略军交往甚密,曾举行弥撒为日军阵亡将士祈祷,日军也向西班牙等外籍传教士发放特别通行证,并在天主教堂门前张贴“保护西班牙国

教堂,皇军严禁入内"的告示,但是他觉得在这里养伤比较安全。

教堂的门打开了,一位守夜教士说了句"天主保佑你",然后询问他深夜造访何干。宁国能问,是不是皇军严禁入内?教士愣了一下,说那是南格禄争取到的日军规定,至今尚未破例。宁国能于是告诉教士,自己被日军击伤了,医院不敢去,能不能让天主保护他,在这里住几天。教士让他进去,关上了门,要他止步,说请示一下主教。宁国能用右手将衣角提起来按在伤口处,伤口刚才麻木不疼,现在疼得要命。他还感到舌干唇焦、心悸不安。

一会儿,守夜教士出来了,将宁国能领进一间屋子,给他打了针,然后用止血药涂到被子弹穿过的虎口,用棉纱缠起来,他边做边说,要不是天主保佑的话,你的命就没啦。这时,宁国能才发现这是一位外籍传教士。他想说他认识殷方神甫,可话到嘴边,又咽了回去,因为他突然想起,听说殷方曾与主教南格禄有过争执,关于为日军阵亡将士祈祷之事,殷方反对,而主教说自己只听天主的指令。

4

数日后,宁国能离开了天主教堂。他继续寻找进入安华缫丝厂的机会,那个看似容易的地方肯定被鬼子当作杀人的练靶墙,他们故意不封堵窟窿就是等着让人们去送死。他们将此当作一种游戏,嗜血的游戏。宁国能觉得自己和那些急于想见到亲人的人都犯了头脑简单的错误。

日军安民告示上说不杀良民。日军的确不再像安庆刚沦陷时,将一个叫马窝子的地方设为杀人刑场,天天杀人,现在不那样干了,他们宣传皇军亲民、爱民,编了画报,上面的图片有日军士兵摸儿童的头,有日军打扫街头卫生,有日军和市民搞健身运动,有日军和家庭妇女一起纺纱,等等。这些表象让不少老百姓产生了错觉,以为鬼子变好了,忘了他们侵略中国、殖民中国的真实目的。生计是头等大事,能够活下来不饿肚子、不寒冷,当上亡国奴也似乎无所谓,尊严被沉重的生活压力所覆盖。当然,老百姓心里还是有着日本人和中国人区分的,潜意识里抵制他们,知道自己的性命掌握在日本人手里,说不定什么时候就触犯了他们的规矩而丢脑袋,所以巴望他们离开这里。缫丝厂墙下被打死了几个人,还有一具尸体挂在墙头多天,这些消息传遍了全城,老百姓的感情偏向于死者。这是咱们中国的工厂,日本人为什么不许缫丝女的家人去见她们呢?

　　宁国能拿着曾在安大任教过的朱湘先生的诗集《夏天》,来到了缫丝厂靠近长江的南侧。朱湘,一位从安大走出的很有才华的诗人。宁国能记得在纪念一·二八淞沪抗战三周年活动上,周学英朗读了朱湘的一首《热情》:

　　　　　我们发出流星的白羽箭,
　　　　　射死丑的蟾蜍,恶的天狗。
　　　　　我们挥彗星的筱帚扫除,
　　　　　拿南箕撮去一切的污朽。

　　　　　我们把九个太阳都挂起,
　　　　　一个正中,八个照亮八方。
　　　　　我们要世间不再有寒冷,
　　　　　我们要一切的黑暗重光。

　　　　　我们拿北斗酌天河的水,
　　　　　来庆贺我们自己的成功。
　　　　　在河水酌饮完了的时候,
　　　　　牛郎同织女便永远相逢。

　　一连数日大雨,长江水位不断上升,江堤上挤满了抗洪的人。劳工虽然是日军召集的,但他们意识里显然将抗洪与修工事区别开了。宁国能见他们干劲冲天,有些愤怒,怪他们为日本人效力;接着想到城内的老百姓,他马上又释然了,觉得他们吃苦耐劳、朴实善良。宁国能看到有人在摄影,还看到一个记者模样的女子,心里感到莫名地不舒服。这时,一个日本兵发现了宁国能,向他招手。宁国能走了过去,心想这个鬼子要我过去干啥?

　　宁国能走向日军士兵的时候,另一个士兵也跑了过来。跑过来的士兵冲他笑了笑,然后从他手上拿去了诗集,好像懂中文,竟然专注地看起来。把宁国能喊来的这个士兵,用手势告诉他,一起参加筑堤垒坝的劳动。宁国能迟疑了一下,士兵向他呵斥了一声,表示对他行动迟缓不满。宁国能只得干了起来,去离堤坝一公里的山岗上挖沙土,装入麻袋和草包,运到长堤上。他还是小时候在老家干过体力活,进城读中学和大学之后,就没干过肩扛手提的活儿,所以他干了一会儿就感觉腰酸背疼。他在干活的时候,不时望望离这里不远的缫丝厂,看到了烟囱、水塔和部分厂房的屋顶。此时,他多么想飞到那里。

　　干了数个小时,堤坝提升工程结束了。日军士兵奚落宁国能的体力不如娘儿们。他没有听懂,另一个士兵将书归还他时用汉语转述了一遍。宁国能的脸红了,不由得尴尬地笑了笑。让他感到奇怪的是,喜爱汉语诗的士兵竟然没有将诗集据为己有。

　　劳工散后,江堤上寂静下来,只有江浪拍岸的声音。江上有两艘相距百米的日军巡逻汽船,发出粗野的汽笛声,那面太阳旗,的确如老百姓说的像一张狗皮膏药。但是,这张狗皮膏药在中国的版图上越来越多。

　　记得有一次,葛林娣跟他谈到省立女子职业学校日籍教员的专业技能和学术水平,夸奖日本人聪明。他很不高兴,认为那个教员不能代表日本人,更不能因为日籍教员的卓越表现而佩服日本人。这是不同的概念,可以佩服那个教员,但不能因此就佩服日本人。葛林娣觉得宁国能过于敏感了,她没有亲日的心理,而是表述不够严谨而造成他的误解而已。

　　我们得承认,葛林娣说,日本的现代工业比中国强。就拿缫丝业来说吧,1871 年,一支近百人的日本政府使节团从横滨港出发,前往欧美各国考察,使节团中包括 49 名明治高官,这个数字几乎是当时政府官员总数的一半。群马县富冈缫丝厂是日本最早建立的官办工厂之一,政府从法国购置了缫丝设备,还重金聘请了法国技师。当时,在富冈制作的丝绸,出口至美国等地,促进了当地丝绸产业的发展,并将之前仅有少数人消费的丝绸普及到百姓家中。1893 年,该工厂被转让给一家民间企业,到现在还在生产。我们中国一直是土法生产蚕丝，烫坏了多少女人的手。就是到了民国，缫丝设备还是落后于日本，用的是人家淘汰的机械。我在上海做童工时的那家缫丝厂的设备，是购自法国的两绪共捻式，日本早就不用了，他们自己设计制造双宫缫丝车，先进多了。当时在上海，维修技术跟不上，机械一坏要修半天，老板急得抓耳挠腮，只得又采取传统的方式剥茧、选茧、煮茧、缫丝，每天都有人累昏在厂房。

宁国能听到这些，谈起曾国藩在安庆搞洋务运动，搞了个安庆内军械所，是中国依靠自己力量建立的第一个近代军事工业企业，也是中国近代机械工业的发起，可后来呢？甲午战败，九一八事变失去东北，然后又失去华北……我们连个职业学校，还得聘用日籍教员。

葛林娣说，那位日籍教员直言不讳，他只佩服中国古代开创了丝绸之路，而对中国近现代丝绸业，批评为老旧落后。1850 年之后，日本就逐渐成为生丝产量大国，从 1870 年到 1930 年，日本的生丝出口所占比重始终在其外贸总额的 20% 到 30% 之间，成为日本外贸的一张王牌。丝绸产业在日本又被称为"功勋产业"，日本超越中国成为世界第一生丝产地和国际市场丝绸大国，是他们的目标。

宁国能说，我估计安大学生没有人听过这些。这个案例太生动了，不能不引起我们的反思。丝绸业给日本带来的巨大利润，为日本近代化发展和军国主义道路奠定了物质基础。

一个孩子呼喊妈妈的声音传进了宁国能的耳朵，让他从回忆中回到了现实。他寻找男孩，看到几只白鹭在江上飞翔，色彩与浑浊的江水反差很大。他又听见男孩的呼喊，妈妈——妈妈——这次，他循着声音的方向，看到了男孩。男孩 10 岁左右，只穿了个裤衩，很瘦，很黑。他走了过去，告诉他，自己一直在这里，没看到有女人过来。小男孩指向缫丝厂，说，我妈妈在那里上班，我想她，非常非常想她。

宁国能的眼睛湿润了，他对男孩说，隔了这么远，你喊妈妈，她是听不到的。这时，他自己也特别想喊喊葛林娣，他真的喊了起来，林娣——我想你——快出来，咱们结婚吧……

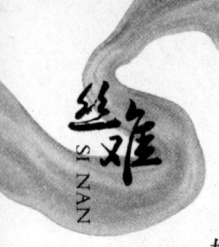

妈妈——快出来——咱们讲故事吧……男孩哭喊着。

宁国能抱头痛哭。过了一会儿，男孩对他说，叔叔，我找到了一个地方，可以钻进缫丝厂，你愿意进去吗？

宁国能心里一亮，立即要男孩告诉他，什么地方可以钻进缫丝厂。男孩说过几天才告诉他。为什么过几天呢？因为那个地方被江水淹了，等水退后才能看到它。宁国能问后得知男孩名叫小勤，于是想起在缫丝厂大门前遇到的那位拉黄包车的师傅，判断这个小勤就是他的儿子。父子俩的心里都牵挂着缫丝厂里面的亲人。

数天后，江水退落了。宁国能来到江边，那个叫小勤的男孩也来了。小勤很激动，他拉着宁国能来到江堤外，踩着沙子往上游奔跑，越过一段茅草地带，来到江湾处。小勤指着一个涵道出口，对宁国能点了点头。宁国能明白小勤的意思，这个涵道直通缫丝厂。可他是怎么知道的呢？判断会不会有错呢？因为缫丝厂附近还有别的工厂和作坊。男孩告诉宁国能，他曾经钻过涵道，进了缫丝厂。

见到了你妈？宁国能问。

小勤说，那时候，妈妈还没有被关起来。

宁国能相信了小勤的话，他望着涵道口，见冒着热气，便蹲下身子，伸手试了试，水暖暖的。他说，这水烫，不能进去。

小勤扑通一声跳进水里，并向宁国能招手，要他也下来。宁国能叫小勤上岸，涵道里有热气，会很闷的，不能钻去。小勤却不听他的话，钻了进去。宁国能也跳进水里，他要把小勤抓上岸，可小勤已消失得无影无踪。他站在涵道口，冲里面喊，小勤，快出来！我们再想想别的办法吧。

小勤在涵道里回答，没有别的办法，这是最好的办法，唯一的办法……

宁国能正纠结着，自己是不是也该钻进去，突然感觉水温在上升，有些烫皮肤。不好，缫丝厂在放污水，他急忙爬上了岸。就在这时，一股冒着热气的污水从涵道里冲了出来，他看到了小勤被卷出，在江湾打着旋，一时没有沉下去。他又扑进了水里，游向小勤，把他拉上了岸。他不知道接下来怎样施救，手足无措之时，一个身影投了过来，鬼子！

日本兵扔下枪，将小勤平躺在地上，用手按压他的腹部，小勤一口口吐出污水，接着他又对小勤进行人工呼吸。小勤终于睁开了眼睛，一开口就是喊"妈妈"。他的身上大面积烫伤，得赶快送医院。宁国能这时才记起这个日本兵就是那天将诗集《夏天》拿去看的那个士兵，宁国能忘了他会说汉语，嘟哝了一句，日本兵也有好人。

我不是日本人，是台湾人。士兵说。

宁国能听说过，占据安庆的日军之组成，除日本籍之外，还有朝鲜兵和台湾籍日本兵。台籍日本兵在军中职位低下，充任马夫、翻译等。但是，日寇侵略中国烧杀奸淫抢掠，他们同样凶残，所以不要指望他们会对同胞友善。这位台籍日本兵是个例外吧，出手救了小勤。宁国能感谢他。他对台籍日本兵隐瞒了真相，说自己和小勤摸鱼，小勤意外地溺了水。宁国能背着小勤奔向医院，离开江堤时，还扭过头看了一眼，没有看见那个台籍日本兵。他萌生了一个想法，想通过他，将自己写给葛林娣的书信送进缫丝厂。

<h2 style="text-align:center">5</h2>

宁国能带上朱湘的另一部诗集《石门集》，又来到江堤上，诗集里夹着一封信。这封信最初只写了一张纸，随着时间的推移和思念的加深，内容越来越多，差不多写了10张信纸，让人很明显能看到书里夹了东西。他在等待那位台籍士兵的出现。他心中有数，必须是当那个士兵单独出现的时候，自己才能走过去跟他聊。可他一直没有等到这样的机会。

一日，雨淅淅沥沥地下，让人倍感"凄凄惨惨戚戚"。宁国能从印刷厂下班后，撑着一把油纸伞，借着暮色中的微光，走向了江边。他在印刷厂做文字校对工作，收入低微。他认为只要有一碗饭吃就够了，自己既不能杀敌，又不能锄奸，体魄越强壮越是一种耻辱。他的确十分消极，他一日见不到葛林娣，一日也不会努力。

诗人。他听见有人喊他诗人。他转过身来，看到了台籍日本兵。他想对他说，自己不是诗人，顶多只写过一两首诗。他倒认为这位士兵是一位诗人，从他的气质和对诗集的兴趣可以看出他至少是一位有诗情的人。也正因如此，宁国能听从心灵的召唤，要请他帮忙办一件事。果然，他发现台籍士兵看到诗集又激动起来。宁国能把诗集递给他，同时感谢他那天对那个叫小勤的男孩伸手相救。

宁国能说，我是喊你皇军，还是喊你……

皇军，我是皇军。他似乎意识到自己的身份，突然有些慌乱，东张西望了一下。见此，宁国能决定打消他的顾虑，说，现在不是军民亲善嘛，咱们接触没关系的。他将诗集的扉页上自己的签名指给他看，并问他的姓名。台籍日本士兵只说自己姓林，没有说名字。宁国能便说，林将军，多多关照！

台籍日本兵说，你还是喊我林翻译吧。

宁国能说，你喜欢诗？

我喜欢朱湘的诗。林翻译说罢，读起朱湘的《葬我》：

> 葬我在荷花池内，
> 耳边有水蚓拖声，
> 在绿荷叶的灯上
> 萤火虫时暗时明——
> 葬我在马缨花下，
> 永做着芬芳的梦——
> 葬我在泰山之巅，
> 风声呜咽过孤松——
> 不然，就烧我成灰，
> 投入泛滥的春江，
> 与落花一同漂去
> 无人知道的地方。

宁国能边听边揣摩林翻译的身世，他感觉有一团迷雾笼罩着这位青年士兵。

林翻译以为夹在诗集中的信件，是宁国能创作的诗，便问可不可以欣赏一下。宁国能点了点头。林翻译打开后,发现是情书,他笑了笑,还给了宁国能,但仍拿着诗集。宁国能要把诗集送给他,他摇摇头,不愿接受。宁国能看了看汹涌的江水,看了看灰暗的天空,看了看江边雨雾中忽隐忽现的渔罾架子,看了看被乌云笼罩的缫丝厂的烟囱,然后鼓起勇气告诉林翻译,他爱上了一个女人,却无法见面,这让他茶饭不思、精神萎靡。不是对方父母不让见,而是皇军不让见。她不是女俘虏,而是一名普普通通的工厂技术员。

林翻译感到很奇怪,便追根究底地问宁国能的恋人在哪里。宁国能指了指缫丝厂。林翻译立即明白了。林翻译也不清楚,皇军占领安庆这么多日子了,为什么对缫丝厂仍实施封锁。他安慰宁国能,缫丝厂很快就会解禁的。宁国能愣了一下,以为林翻译透露了情报。接着,他觉得还是有必要请林翻译帮忙把书信送进去。他谈了自己的想法,但立即被拒绝了。他没有再恳求,而是揣起书信,转身就走。林翻译在他身后喊,诗人,还有你的书,还给你。

宁国能将诗集拿了过来,这么短的时间,林翻译不过扫了几眼诗吧。他突然有些同情这位从台湾来的、在日本人的控制下,与中国同胞为敌的青年。他说,明天,我还会过来,带着这本诗集。

还有,你的情书。林翻译接过宁国能的话。

宁国能心里咯噔了一下,什么意思? 只见林翻译冲他笑了笑,然后转身走了。他身着雨披,消失在暮色之中,像一首无言的诗,看不出它的意思,而感觉到诗意的流动。

第二天黄昏,宁国能又来到江边,这次碰见林翻译的地方离缫丝厂更近。林翻译拿上诗集,一句话也不说,转身就走了。宁国能想多看他一眼都不行,雨雾挡住了他的视线。他呆呆地站了一会儿,突然兴奋起来。他终于可以让葛林娣知道自己一直在等着她,一直在承受着精神的折磨,也一直视爱情至高无上,没有离开安庆去大别山,或去更远的重庆。

往后数日里,宁国能再也没有见到林翻译,不知道那封信是否交到葛林娣手上。只要信送进缫丝厂,就一定会到她的手上。如果落到罗钧继手上呢? 他会转给葛林娣吗? 已听到不少传闻,说罗钧继是汉奸老板,还说缫丝

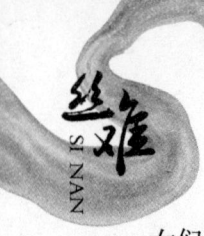

女们不仅要吃苦干活,还被罗钧继和日本鬼子污辱玩弄。

见不到林翻译,宁国能又陷入极度的焦虑和不安之中。他甚至想效仿小勤从涵道里钻进缫丝厂。小勤说他曾钻进去过,是真的吗?他去了小勤的家,小勤脸上、脖子上和身上都是烫痕,白一块、黑一块,看了让人心疼难过。小勤说他真的钻进过,没有骗他。小勤父亲的一句话解开了谜团,原来小勤钻进去的时候,正遇上缫丝厂停产。宁国能于是渴望缫丝厂停产。停产,要么是机械坏,要么是没有原料。他想起那三位送蚕茧的农民,接着又想起郝文波,一个决定在他心里像豆苗一样生长起来。

宁国能尚未离开城里,他得到一个消息:日本鬼子正在江边对一个人实施酷刑,不少人拥向江边观看。宁国能立马想到鲁迅先生笔下中国人围观日本人杀中国人的情景。在中国本土,这种围观仍然存在,他感到深深的悲哀和痛苦。宁国能听见有个人边跑边对另一个人说,是日本兵惩罚自己人。他的脑子里轰的一声,眼前漆黑一团。他不由得也往江边跑去。他站在江堤上,看到了渔罾架子上倒悬着一个赤身裸体的男人。一个日本小头目吹哨子指令三个士兵拉着一根绳子,操作渔罾架子,使架子的前端高高扬起,停在空中,然后又下令慢慢地放松绳子。悬在架子前端的受刑者,头越来越贴近水面,缓缓进入水里,接着胸脯也进入水里,最后整个身子都进入水里。这时,绳子又被拉紧,让受刑者渐渐露出水面,当他的头离开水面的时候,带动水发出哗啦的声响。观看的人群时不时发出阵阵惊叫。

宁国能颤抖着,感到从未有过的恐惧。他看清楚了,那个受刑者,就是林翻译。日本鬼子不厌其烦地重复着那一套惨无人道的动作,将林翻译浸入水中,拉出水面,又浸入水中……除了人体离开水面时哗啦一声,林翻译没有叫喊,没有哭叫。宁国能的精神差不多要崩溃了,他不忍再看下去,离开了江边。之后很久,他都不敢再到江边去。

林翻译被折磨死了没有?宁国能不得而知。他感到内疚,脑子里拂之不去林翻译读《葬我》时的神情和声音……

第三章 沉重的约定

1

缫丝厂内,葛林娣没有感到生命的危险,如果不企图跑到围墙之外,跟以前一样安全,工作节奏跟以前也差不多。在日本人封锁缫丝厂之前,罗钧继就实行了满负荷生产,现在是一种延续。但是,生活节奏改变了,也就是工作之外失去自由活动空间,生存的意义感缺失,她被枯燥、乏味、无趣、寂寞、孤独所占据。这是很要命的,她怀疑自己患上了抑郁症。

同宿舍的姐妹们没有一人是快乐的,虽然有时会找找乐子,但一笑之后,是更大的精神空洞。有些人试图走出去,但被门口持枪的哨兵拦住,她们在锋利的刺刀下往后撤退,回到厂区。她们不明白,为什么日军不让人出去。后来,葛林娣知道了秘密,她告诉她们,鬼子怕我们跑走造成停产。他们需要大量的生丝去制造东洋缎,销往全世界。

戴玲玲身怀有孕,她妊娠反应剧烈,呕吐得厉害。她经常在梦里呼一个人的名字,被大家听出来了,那是她丈夫的名字。平时聊天的时候,她说丈夫不好,不是自己喜欢的那种类型的男人。葛林娣对这个职业学校的学生很了解,曾经教过她,印象中的她是一位爱干净的姑娘。戴玲玲毕业后来到安华缫丝厂,成为一名缫丝女。在学校时,她父亲把她介绍给食品公司的一个工人。她不答应,以自由恋爱的行动直接反对父亲的包办。可是后来,那个男生不争气,竟然在学校偷窃,被开除了。这让戴玲玲感到奇耻大辱,立即跟那个男生分手了。据说男生后来混进了青帮,追随郝文波。郝文波投降成为伪军,他也过去了。可郝文波不久反正了,他却没有反正。听到这消

息时，戴玲玲庆幸自己没做汉奸的太太。

与戴玲玲同睡一张床的查美欣问戴玲玲，既然不喜欢父亲介绍的那个男人，为什么还要嫁给他呢？戴玲玲笑查美欣天真幼稚，事情不在自己身上发生不知道它的难处。父亲将她许配的人是他战友的儿子，答应了战友就得说话算数。父亲跟他的战友一起刺杀过安徽巡抚恩铭，没成功。当年徐锡麟采取另一种刺杀方案，还是没有成功，结果不幸被抓。父亲和他的战友逃过了一劫。十二年后，父亲和他的战友刺杀倪嗣冲。他们在倪嗣冲"安武军"中当下级军官。他们杀自己的上级是因为不满倪嗣冲隐瞒蚕桑学校事件真相。父亲的妹妹，也就是戴玲玲的姑姑，在蚕桑女校读书，她回家过中秋节，于当天晚上归校，结果被兵痞子强奸了。如果不回去，就不会被强奸，姑姑也就不会杀。明明是倪嗣冲手下军官和士兵于夜里闯入该校，强奸了多名女生和教师，他们却不承认。有十几个学生和一名女教师羞愤自杀了。社会舆论都要求严惩凶手，查办首恶倪嗣冲。倪嗣冲竟然抵赖，说纯属造谣，还致电报社，称此事纯属子虚乌有。同时贿赂校方领导，让校长也出面澄清事实，证明绝无此事。那姑姑是怎么死的呢？被胡编乱造说是在返校路上遭歹徒强暴致死。父亲愤然而起，跟生死战友相约，刺杀倪嗣冲。可是他们没有成功，失败后逃走了，直到年底的时候，他们打听到倪嗣冲犯重病辞职，才回来了。

葛林娣夸赞戴玲玲父亲是一位侠义之士，坚守信用，对战友知恩图报没有错，戴玲玲要求婚姻自主也没有错。戴玲玲便说，那不知道谁错了。大家都笑起来。查美欣直言快语，说戴玲玲内心还是喜欢自己的丈夫，不喜欢不会在梦里老是唤他的名字。戴玲玲摸了摸自己稍微有点隆起的肚子，说里面怀了丈夫的孩子，他也许还不知道呢！

一下子，大家都陷入了沉默。

门前走过去一个人，查美欣随即跑出宿舍。大家先是彼此使了使眼色，继而交头接耳议论查美欣跟方传才的关系。查美欣难道不知道方传才是个有家室的人，怎么可以跟他频繁接触？葛林娣不是缫丝厂正式员工，她与缫丝厂只签了半年合同，现在合同到期了，可无法离开这里。在这些日子里，她已注意到方传才的眼睛不太规矩,喜欢朝女人的胸脯看,还喜欢说一些让人听了很难为情的笑话。他知道葛林娣的婚期是6月15日,因安庆沦陷、缫丝厂封锁而没能按期完婚,他不但不同情,反而用调侃的口气说,葛小姐,你的好事被耽误了。有一次,她正在车间检测生丝质量,发现"断绪",要求操作工立即"接绪",只见方传才巡检设备走到她身边,竟然说了一句,宁国能已另有新欢。她很生气,真想打他一记耳光。方传才则嘿嘿笑着跑了。

现在,葛林娣特别担心查美欣被骗,她离开女工宿舍,朝男工宿舍走去,路上却遇到了查美欣。她松了一口气,觉得自己过于紧张了。她想,也许他俩是男女之间正常的交往,却被人们胡乱猜测而显得不正常了。就如同听到"宁国能已另有新欢"时,自己心里根本不会相信,但还是梦见了宁国能的变心,而不正常了。梦中,宁国能西装革履,风流倜傥,手牵一位穿白色婚纱的姑娘,一起走过鲜花簇拥的红地毯,于掌声相送中,步入婚姻的殿堂。她大声哭叫,说错了错了,宁国能你弄错了,她不是新娘,我才是新娘。宁国能轻蔑地看了她一眼,任凭她怎么哭喊,不再理睬她。她从梦里惊醒后,看见宿舍里躺着七八个缫丝女,才平静下来。现实如此,而非彼。

葛老师,你觉得方传才这个人怎么样?查美欣突然发问。

葛林娣愣住了,分明小查喜欢上了老方。这种喜欢,她无论怎么想也无法接受,似乎面前就是自己的妹妹一样,她竟然生气了,不高兴地告诉查美欣,老方是一个有老婆有孩子的男人!在这种特殊的环境里,他感到寂寞,就利用已婚人的处世经验,不顾廉耻地讨好一个清纯的女孩!葛林娣的话伤害了查美欣。查美欣狠狠地瞪了葛林娣一眼,然后扭头就跑。葛林娣连续喊了她几声,她也没回头。

后来,宿舍里又出现了一个有妊娠反应的女人。那是数月之后的事,在这之前,查美欣几个礼拜都不理睬葛林娣,葛林娣也懒得理睬她。有一天下夜班,葛林娣由于要验收生丝,比别人晚了一刻钟离开车间。只见半月当空,数星点缀,她触景思念起宁国能。此时,他在哪里?大别山,还是重庆,或者延安?她低头走着,看见朦胧的月光下,两个人影绞在一起,发出喁喁私语声。她以为是方传才和查美欣拥抱亲吻,便绕开他们。她回到宿舍后,

发现查美欣和戴玲玲一人一头，睡在同一张床上。厂里规定每张床睡两个人，而葛林娣是技术员，特殊照顾，一个人睡一张床。大家上班太累了，回来甚至不洗身子就躺下呼呼大睡。

葛林娣发了一会儿呆，她想把查美欣喊醒，去见见她喜欢的男人正与谁在一起。她走到她跟前，又打消了念头。如果查美欣看到方传才跟另一个女人亲热，她会生气发疯的，那么这一夜将会被闹得谁也别想睡觉了。葛林娣突然转身冲出宿舍，往刚才回来的路上跑去。那两个人仍然搂在一起，好像被胶粘住了。葛林娣站在离他们两米远的地方，喊了一声，方传才！

两个人分开了，其中一个人扭头就跑。方传才站在那里没动，也没说话。葛林娣感觉他在色眯眯地看着她，不由得倒退了两步。她说，方传才，你要对得起查美欣！

方传才还是没有说话，像哑巴一样。葛林娣不再谴责什么，转身往宿舍走去。这一夜，她辗转反侧，难以入眠。昏昏沉沉中，感觉似乎与宁国能睡在一起。她曾经真的与他同床睡过一夜，但没有学亚当、夏娃偷吃禁果。对他们来说，那不是禁果，而是甜果。离吃甜果的日子很近，也就没有必要提前尝一口。

葛林娣视方传才为羊群里的狼，他在这封闭的环境里得心应手，为所欲为，将会有多少天真单纯的女孩受骗上当？罗钧继到底知不知道，缫丝女正面对一匹色狼的威胁？明天要把自己的所见所闻，以及建议和想法，告诉他。虽然日本人封锁了厂子，但老板还是罗钧继。罗钧继投靠日本人的可能性极大，所谓保护图书和资料，只是借口和幌子罢了。

2

松下三郎第二次造访安华缫丝厂，罗钧继以为这位老同学是来亮明态度，要拖走省立安徽大学的那些图书，为此很是不安，不知道采取什么对策与之周旋，还记得他上次来时说过的一句话："中国永远是文化大国，日本甘当学生。"这话让人听了感觉就是讽刺和调侃，故意淡化日本对中国的军事掠夺。

早年在美国读书的时候,两位来自东亚的同学,在文化上却是我否定你、你否定我。松下三郎说中国的传统文化积垢太深,是中国现代化的沉重负担。罗钧继说日本脱亚入欧,骨子里还是东方文化,地缘关系决定这种文化的强制撕裂,必然对人性造成恶的影响。松下三郎笑中国人研究饮食浪费了太多智慧,将孟子的食色文化发挥得过于具象、琐碎、世俗。罗钧继说日本的武士道之尚武必然引向野蛮和残忍,征服的欲望将一个民族推向极大的危险边缘,从古到今,哪一个尚武好战的民族,最后不是被瓦解和被覆灭的命运?

　　罗钧继问松下三郎到底是以什么身份来见老同学,劝告支持汪精卫组阁伪政府,还是动员加入绥靖军?罗钧继明确表示,自己只是一个商人,一个纯粹的商人。松下三郎击掌三下,并连说三声好,然后起身,说今日另有拜会和约谈,过几天再来找老同学小聚。他顺手从书案上拿起《商业银行暂行则例》和《民商法》,表示要带走。罗钧继不明白松下三郎拿这类资料干啥,就随手拿起《修正危害民国紧急治罪法》,递给了他。这是对松下三郎的一种反讽,也许他压根儿不知其意。松下三郎接过书后,鞠了一躬,走了。

　　松下三郎二次来访,亮明了他的意图。他先做了一番铺垫:3月25日,日军空袭城东郊,投弹6枚。27日又两次空袭,投弹8枚。5月9日,日军轰炸安庆机场。5月29日,日军大本营命令华中派遣军司令官以一部部队占领安庆附近。6月1日,日军命令第六师团坂井支队从合肥南下攻占安庆,同时命令波田支队协同海军溯江西上会攻。2日,坂井支队向安庆攻击前进,沿途扫除阻击,至13日攻陷桐城。6月10日夜,日海军中国方面舰队第三舰队在日军航空兵团第三飞行团飞机掩护下,从芜湖出发,攻打安庆。6月12日凌晨3时,日海军陆战队和波田支队在安庆东北20公里处从长江南北两岸分别登陆,夹江攻击安庆。18时占领机场。你们杨森第二十七集团军第一四六师八七二团不堪一击,安庆遂被日军拿下。

　　罗钧继又把对方的用意理解为故意打击他的民族自尊心,他想,困兽犹斗,何况自己是一个商人,难道就任其刺激?他也摆出大事记:4月7日,市民举行火炬游行,庆祝台儿庄大捷。4月10日,安庆工人救亡协会成立。5

月 16 日,安徽妇女救亡工作团在安庆成立。6 月 2 日,坂井支队向安庆攻击前进,沿途遭抗日军队阻击。6 月 9 日,安庆抗日团体举行反日肃奸大游行。6 月 10 日,蒋介石命令杨森"督率所部,确保安庆"。7 月 9 日,中国空军在安庆、贵池、东流江面炸沉日舰 3 艘,并与日机空战。

　　松下三郎打断了罗钧继的话,他说他之所以罗列那些日子里发生的事,无非是告诉罗钧继做梦也不会想到的一桩事,如果不是他事先与军方沟通好,那么缫丝厂早就被夷为平地,缫丝厂花姑娘也早就成为炮灰。罗钧继愣了一下,问这是真的吗? 松下三郎接着告诉他,日军一一六师团长筱原是他的表弟,表弟听说表哥与缫丝厂罗老板有同学之谊,便与空军联系不要误炸缫丝厂,同时命令手下士兵绝不允许踏进缫丝厂半步,要实行重点保护。不是老同学,今日贵厂就不是这个局面了。

　　罗钧继当即表示感谢,他真的没想到背后发生的这些事。然而,他的"感谢"二字满足不了松下三郎的需要。松下三郎自美国回国后,同样弃文经商。他与美国一家公司签订了两年的供货合同,上海缫丝厂、南京缫丝厂不是被炸了,就是迁到重庆了,哪来生丝啊? 我们都是学法律的,签了合同就要履行,否则要赔付违约金。赔款还是事小,以后还怎么与美国人做生意? 幸好,在攻打安庆前,得知安庆也有一家缫丝厂,并且还是斯坦福大学校友罗先生旗下的工厂,真是老天成人之美!

　　罗钧继觉得像在听一个神话,太离奇了,自己恰恰也与美国一家公司签订了两年供货合同,还规定了阶段性供货数量,这也是缫丝厂为什么拖延不外迁的原因。他没有告诉任何人,怕遭到反美派的攻击。到了想迁也迁不走的时候,他更不敢讲出原因,一旦日军炸毁缫丝厂,自己会背上为美国出卖中国利益和剥夺中国工人自由之罪名。缫丝厂幸免于难,没有停产,他松了一口气;日本人封锁缫丝厂,却没有接管,他感到很奇怪。现在,他终于明白了,原来这一切都是松下三郎的意图和目的在发挥作用。

　　松下三郎从提包里拿出一份商业合同文书,递给罗钧继,表示他讲的都是事实。罗钧继一看合同,心脏又像被针扎了一样难受。与松下三郎签订合同的这家公司,竟然与自己签订合同的是同一家公司,撞车了。他看到合同的落款签名,也是同一个人——罗德里格斯。他瞥了一眼文件柜,没有把自己与罗德里格斯签订的那份合同拿出来给松下三郎看。给他看只会让自己输尽脸面,自讨没趣。尽管都是法学硕士,都是商人,都手执商业合同,但人家有大炮、飞机和机关枪保护其履行合同,可自己呢……

松下三郎从罗钧继手上拿回合同,又开始批评中国文化。孔子曰,人而无信,不知其可也。孟子曰,诚者,天之道也;思诚者,人之道也。墨子曰,言不信者,行不果。荀子曰,言无常信,行无常贞,惟利所在,无所不倾,若是则可谓小人矣。朱熹曰,信犹五行之土,无定位,无成名,而水金木无不待是以生者。中国讲了几千年诚信,结果最缺乏的还是诚信……

啪!罗钧继忍不住擂起桌子,他说,你不要污辱中国人!不要扭曲中国文化!侵略者,凭什么谈诚信?你应该晓得我们还有这句话:是可忍孰不可忍!

松下三郎脸上那层厚厚的得意的笑容消失了,他连忙道歉。接着,他起身告辞,留言道,我不会干涉你的日常生产管理,并且会保证你们每个工人的安全。很快我就会起草一份合同,咱们之间做生意,一定合作愉快。你只管生产,生丝我来包销,不会让你有被掠夺侵占之虞。说罢,松下三郎走了。楼下花坛旁空地上停着一辆跟上次不同的黑色丰田,他上车了。

3

左思右想,罗钧继最后只得采取以提高产量的办法解决这一矛盾。他这样做得不到任何人理解,也知道缫丝女们都对他有意见,只是敢怒不敢言而已。他最担心的是工人罢工,为避免极端事件发生,他决定给大家加薪,同时增招缫丝女。可是,他想,即使广告登出去,也不会有人来应聘,进了缫丝厂就出不去,哪个愿意来?他向松下三郎提出,不增加员工,产量就上不去。松下三郎对安华缫丝厂的生产规模和流程及工序都非常清楚,他认为人员配备紧张一点有利于缫丝女们之间竞争,绝对不能超编。企业老板的同情心是要不得的,应该向日本学习,把每个工人都打造成"工作狂"。

罗钧继又遭到了松下三郎的讽刺,你们中国人三个和尚没水吃,喜欢搞人海战术,结果败得很惨。你们不懂技术革新,推崇体力轻视智力,常常以体力替代智力。1872 年,大和民族刚刚开始研究生丝,你们广东人陈启源就在广东南海创办了继昌隆缫丝厂,采用了当时世界上先进的机器技术,以蒸汽机为动力,使用机器缫丝,所缫之丝粗细均匀,丝色洁净。陈启源获利颇丰,他却被那些从未接触过近代工业文明的亲友们骂为危害人家,视缫车为不祥之物。1874 年,有人在广州开办缫丝厂,四周地价大跌,被认为是破坏了风水。最极端的例子是 1881 年,手工业行会"锦纶行"的手织工人聚众几千人捣毁了裕昌厚丝厂,杀死三名丝厂工人。政府衙门也火上浇油,勒令所有丝厂停工,查封机器。理由都差不多,认为西洋机械属于"奇淫技巧","机器与民争利",夺走了手工业者的饭碗。陈启源等开明的丝厂资本家最后不得不或迁厂出境,或停业。

罗钧继感到无力反驳。他决定单方面自主招工,可是连他自己都走不出缫丝厂的大门,还会有人愿意进来吗?他打电话给松下三郎,建议撤掉岗哨,给工人人身自由。松下三郎说撤岗哨非他所能做主,这属于日军的防务系统,此处设岗哨并非只是针对缫丝厂。至于给工人人身自由,现在是非常时期,她们出了缫丝厂不再回来怎么办?等以后局势平稳了,自然会允许她们下班后回家休息。现在不行,谁也不能离开缫丝厂半步。你罗老板一定要起到垂范作用!

放下电话后,罗钧继感到自己的尊严已经被践踏到一钱不值的地步。现在只有一个对策了,那就是向缫丝女们增加产量任务,给予加薪。就是赔钱,也要让她们为加薪提高产量。他兑现了上个月的工资。对此,又出现了一个问题,工人们回不了家,工资放在身边有什么用?日伪绥靖军派来了一支特别小组,提出将本地缫丝女的工资送到她们的家中,户籍在外地的汇寄给她们家人。很多人不放心,怕家人收不到,就领了钱放在身边。缫丝厂有十几个男工,他们从事机械维修、锅炉供水、货物搬运等工作。方传才是本地人,家就在城里,可他领了工资,也不愿意让特别小组送回去。

葛林娣的工资也放在身边,她不知道单身的宁国能此时的行踪。他是住在老地方,还是重新租了房子,是离开了安庆还是没有离开安庆,都一无所知。很多人都跟葛林娣一样，因为不知道家人的近况，而将工资留在了身边。她们虽然用不上这些钱，但还是兴奋了一阵子，上班手上动作飞快，人赶机械，机械赶人，紧张得伸不了一下腰，说不上一句闲话。葛林娣虽然工作量也增大了，但她毕竟是质检员，上班不是很累。罗老板对她一再要求，不能因为产量提高而影响质量。

那天，她向罗钧继报告，方传才与数名缫丝女有不正当关系，得到的回答是，哪天找他谈谈。不知道谈了没有，她发现方传才仍在与查美欣半公开地交往，而与另一个女人隐蔽地交往，如此下去，厂风会非常不好，受伤害的只会是女人。应该向松下三郎严正提出，解除对缫丝厂的封锁，还大家自由。她看见缫车跟前，有个女孩的裤子被月经血染红了，心里很难受，非常心疼地走上前，接过她手上的活，让她去换一下月经带和护布。女孩很感激，她跑出了车间，很快就回来了。葛林娣让她休息一会儿。就在这时，一位叫杨彩霞的女工突然哭了起来。葛林娣走过去问她哭什么。杨彩霞不到30岁，是两个孩子的母亲，她告诉葛林娣自己的乳房胀得很难受，她托付葛林娣照看一下机子，自己去把奶水挤掉再回来。原来，她的小儿子正在哺乳期，可一直没能回家喂奶。一会儿，杨彩霞一脸轻松地回来了。葛林娣不顾自己还是个大姑娘，问她，奶胀也会特别难受吗？杨彩霞又哭了，她说小儿子吃不到妈妈的奶，一定饿坏了。她用身上的工作服擦了擦眼泪，然后接着说，不吃妈妈的奶，孩子体质会很弱，以后长大了身体也不会怎么强壮。母乳贵如金，多喝少生病。

第二天，缫丝厂大门口发生了惨案。杨彩霞的乳房被鬼子的刺刀划开了，她的肚子被戳穿，倒在血泊中，死了。另一个女孩的衣服被挑破，立即往回跑，才免于伤亡。她就是昨天葛林娣看见她身上被经血染红裤子的女孩章淑英。章淑英惊魂不定，哭喊着妈妈。她瘦弱的肩膀随着哭声抖动。葛林娣扶着她，搂进怀里，用手绢拭她的泪水。后来，章淑英在大家的安慰中停止了哭泣，她听大家将她与杨彩霞比较，得以逃生算是命大，于是平静下来。她把前后的经过讲述了一遍：彩霞姐想孩子，问我可愿意跟她一起回家一趟。我说，大门口有日本兵把守，出不去。彩霞姐说，日本人也是吃娘的奶长大的，不信他们就不放我回家。我们回家，不是逃走，会在上班之前赶到缫丝厂。我说，我想妈妈，妈妈也一定想我，昨天梦到妈妈为我哭瞎了眼睛。彩霞姐说，那你就跟我一道出去吧，你去看妈，我去看儿子。她拉着我就往厂大门口走，还没走到铁栅门，站岗的有两个鬼子，就端起长枪，大声叫嚷，要我们退回去。彩霞姐扑到铁栅门上，摇动着门哭喊，求求你们，放我回家一趟，我要给孩子喂奶。鬼子挥着刺刀，不许她哭喊。彩霞姐解开了自己的衣服，把一对奶都露了出来，我想她一定是疯了，听见她哭叫，奶，你们没有见过你妈妈的奶吗？鬼子呱呱叫，用刺刀划开了彩霞姐的一只奶，她一定是糊涂了，不知道往后退，仍然趴在铁门上哭叫，你们是畜生！不喝娘奶的畜生！我上前去拉她，一个鬼子用刺刀向我刺来，我一闪，只是刺破了衣服，刺刀刺在铁门上，发出嘎的一声怪叫，我转身拔腿就跑……

老板罗钧继来看望章淑英，他脸色凝重，双目无神。他骂了一句，丧心病狂！然后召集车间主管、班组长开了一个短会，要求他们时刻提醒大家，不能到大门口去，不要有一丝回家的念头。方传才是维修组长，他提出罢工。罗钧继立即给否定了，罢工会造成种种不利与被动，我们只要不往外跑，就是安全的。选茧车间主管李素娥问，这样的日子还得过多久？缫丝车间主管赵春婷说，鬼子一日不被中国兵干掉，我们妄想过上自由的日子，国家都不保了，全国人民都是鬼子眼里的犯人。葛林娣说，罗老板，全靠你去跟他们交涉。他们要是怕工人逃跑不回来，可以让我们立下字据，我相信大家会信守约定的，能及时从家里回来上班。

葛林娣听见方传才哼了一声，正准备质问他为何嗤之以鼻，听到罗钧继接过她的话，说，葛小姐的建议很好，我去跟他们交涉。

松下三郎得到消息后，首先表示遗憾，最后希望罗钧继管好自己的人不要乱跑，大门五尺之内都是安全之地。罗钧继恳求松下三郎不要开玩笑了，人命关天，她们是手无寸铁的平民，你们如何向国际人权组织交代？松下三郎噢了一声，透露了一个消息，将邀请国际观光团来安庆观光，老同学知识渊博，对当地文史无不通晓，届时一定要随行。罗钧继知道对方是故意将话题扯开，他偏偏要把话题扯回来。日本士兵打死缫丝女，使本来就缺人手的生产状态更加剧了。他要亲自下乡招聘村姑，充实缫丝厂人力。松下三郎问，为什么要到乡下招工？罗钧继反问他，缫丝女没有自由，有家不能回，提出正当回家请求，竟被刺刀戳死，在这种满城谁人不知的情况下，还会有女人愿意往火坑里跳吗？

松下三郎被这一问，不由得愣住了。他清咳了几声，然后在电话那头说，你去吧，我派便衣随行保护你的安全。罗钧继明白对方的意思，怕他借此逃走。怎么会呢？逃走如何履行罗德里格斯的合同？你松下三郎也许会找到办法，而我罗钧继却只能单方面违约了。他于是答应接受松下三郎的安排，由一位便衣随同一起下乡招工。

松下三郎列出"八要八不要"：一、要年龄在 15 至 18 岁的未婚女孩，已婚的不要；二、要面貌清秀聪明伶俐的，五官不正呆头呆脑的不要；三、要手指细长均匀的，粗手粗脚的不要；四、要视力在规定的标准之内，视力不好的不要；五、要身高 1 米 47 以上的，个子矮的不要；六、要身体健康的，患病的不要；七、要能做一位数乘法心算的，不会的不要；八、要牙齿齐整能咬断丝头的，牙齿不齐的不要。

罗钧继选择到乡下招工，是实情，而至于到乡下什么地方去，就不需要告诉松下三郎了。他要回自己的老家洪家铺一趟，看望年迈的父母，还有返乡的夫人和儿子宏民。想到要与亲人团聚，他的内心激动得像一股浪，将刚才的悲愤压下去了。他又觉得如此激动是一种悲哀和无耻，因为自己手下两百多名工人，无一人能离开缫丝厂与亲人相见，而自己作为一厂之主，竟然率先获得了暂时的自由。他在离开之前，害怕葛林娣、方传才、李素娥、赵春婷等人谈"自由"二字，所以交代他们工作时，强调松下三郎将安排数名日军士兵像押犯人似的押他到乡下，招聘替补杨彩霞的人。果然效果不错，大家都叫他注意安全。

葛林娣一时间产生了一个想法，利用罗老板这次出去的机会，请他打听一下宁国能的消息。可得知有鬼子随行，她也就不做指望了。她叹息了一声。罗钧继明白她为什么叹息，她跟每个人的叹息意思是一样的。叹息成了一种音符，或长或短，飘浮在缫丝厂的每个角落。他对葛林娣说，你出去

的机会快到了,松下三郎将邀请国际观光团来安庆观光,到时候我推荐你去做导游。你跟宁国能接触几年了,应该了解安庆的人文地理吧。不行的话,我做主,到地下仓库图书密室找几本有关安庆文史方面的书籍,拿回来看,看完后还回去。这件事,不要跟别人说,你知我知就行了。

这的确是一个极大的精神慰藉,葛林娣很高兴。于是,她期待着那一天早日到来。当她一个人的时候,或者躺在床上的时候,她便在脑海里重游曾与女子职业学校师生们一起去过的景点,重温宁国能陪她观光时讲的那些人文掌故。安庆八景之一的大观亭去不去呢?她在那里给了宁国能初吻,当然宁国能给她的也是初吻。大观亭有不少楹联,她喜欢这一副:"莽乾坤能得几人闲,且安排铁板铜琶,唱大江东去;好风月不用一钱买,休辜负青山红树,送爽气西来。"宁国能喜欢这一副:"凤水龙山,江左人文相望;吴头楚尾,中流形胜在兹。"在大观亭,宁国能问她去过大龙山没有。她说没去过。宁国能将安庆风水龙山的胜境吹了一通,明清两朝就出了六七个状元,进士有好几百人,被称为"隔河两状元,五里三进士",可见人文渊薮,风水特别好。书法家邓石如的故居就在大龙山,邓石如四体书皆为国朝第一,可了不得了。邓家门楣上有个匾,上书"铁砚山房"四字。邓石如家有一副以隶书书写的"龙门"长联:"沧海日、赤城霞、峨眉雪、巫峡云、洞庭月、彭蠡烟、潇湘雨、武夷峰、庐山瀑布,合宇宙奇观,绘吾斋壁;少陵诗、摩诘画、左传文、马迁史、薛涛笺、右军帖、南华经、相如赋、屈子离骚,收古今绝艺,置我山窗。"写得太好了。陈独秀老家离城也不远,他是健在的大名人。先生高举科学、民主两面大旗,领导新文化运动,创办《新青年》,干的是前无古人的伟业,太了不起了!陈独秀家的屋子,不是景点,没什么可看的。对对,还有鸳鸯蝴蝶派代表作家张恨水的老家也不远,在天柱山附近,你看过他的《金粉世家》和《啼笑因缘》吧,他还写了几部抗战小说,可以找来看看……

葛林娣在回忆中,内心得到了充实。想起自己和宁国能彼此献给对方的初吻,她心里更是盈满了幸福。

4

洪家铺是城西30公里外一个半山半湖的古镇,罗钧继和松下三郎派的便衣邱辉江却走了整整一天。日军封锁长江和皖河，国军时有飞机向日舰丢炸弹，因而走水路很不安全。他们选择走十里铺、茅岭，进入百子山，沿环山路往洪家铺逶迤而去。罗钧继见如此多的参天大树，遮天蔽日，竟然有了欣赏的雅兴。突然，传来几声清脆的枪声，邱辉江立即拉着罗钧继埋伏到草丛中，等了半个钟头，再没听到枪声，他们才从草丛中钻出来，但改变了行走的方向。

　　他们遭遇的是百子山游击队，游击队力量不够强大，只有十几个人，直到两年后游击队才发展到一百多人。百子山树木密集，易守难攻。游击队在百子山的主要任务是锄奸，除此以外，放冷枪震慑小股日军。罗钧继告诉邱辉江，"百子晴岚"是怀宁十二景之一，可惜还没看几眼，就被扫了兴。

　　不敢走百子山，只得插到皖河，溯河而上，直达洪家铺。罗钧继发现邱辉江性格内向，不太喜欢说话，问他怎么加入绥靖军的，他只说是无意中加入的。问他可有妻室，他想起了戴玲玲，摇了摇头，欲言又止。罗钧继说，缫丝厂姑娘多，是不是需要给你介绍一个？邱辉江嘿嘿笑了两声。走着走着，邱辉江问了罗钧继一句，罗老板，你这么有风度，有学问，又有钱，有几房太太？

　　罗钧继不由得笑了，他奉行"一夫一妻制"，男人嘛，不要把精力花在女人身上，多一个女人，多十二分的累。

　　邱辉江说，你这么有本领的人，夫人一定非常漂亮吧。

　　罗钧继又笑了笑，说，到了洪家铺你就知道了。

　　站在石门湖畔的山岗上，眺望皖河，见水面有数只帆船行驶。他俩加快了脚步，走到河岸，向一只帆船招手，呼喊。那船上的人没有理睬，使劲地摇橹前进。他俩只得沿着河岸往上游走，走到河湾处，看到一只机帆船。罗钧继吓了一跳，三个日军士兵正蹲在芦苇丛边吃鸡边喝酒，枪就放在他们身边的地上。日军士兵见突然有人闯入视野，也吓呆了。这时，邱辉江用日语向他们打了声招呼，他们哈哈笑起来。其中一个士兵指了指旁边的几块石头和一堆灰烬。罗钧继看见石头上还有一只烤好的鸡，明白一起分享的意思。邱辉江毫不客气，走过去拿起烤鸡，扯下一个鸡腿递给罗钧继，又扯下一个

鸡腿自己吃起来。一个士兵又指了指酒壶,邱辉江摇了摇头。

邱辉江与日军士兵反复做手势,以及简单的汉语与日语混杂,两人得到了他们的同意,用机帆船送罗钧继和邱辉江到山口镇。上了船之后,罗钧继后悔已来不及了。跟三个日军士兵,还有一位伪军特务同船过渡,这是什么孽缘啊!头顶上飘着日本太阳旗,他看了一眼,就不敢再看。他嘀咕着"身在曹营心在汉"以自我宽恕。机帆船的声音很大,他看到岸边的芦苇不住地往后退。

为了改变心境,他对邱辉江说,不要小看这条河流,虽在中国版图上算不了什么,但文化底蕴非常深厚,李白、苏轼很多历史名人都来过。唐天宝七载秋天,李白应诏入长安赴任,他由水驿途经安庆驿时,在皖河上望见天柱山的奇秀风姿,赞叹不已,即兴赋诗一首:"奇峰出奇云,秀木含秀气。青冥皖公山,崭绝称人意。独游沧江上,终日淡无味。但爱兹岭高,何由讨灵异。默然遥相许,欲往心莫遂。待吾还丹成,投迹归此地。"

邱辉江笑了笑,他说自己不懂这些诗呀词呀,只要有饭呀菜呀就行了。当年在安徽省立女子职业学校只念了两年,就退学了。怎么去了女子学校?父亲找关系去的,不止我一个男生。后来"女子"两字取消了,学校有不少男生。

罗钧继笑道,在女子学校念书,就像贾宝玉在大观园里扎女人堆,你都没有谈对象?

邱辉江点头又摇头,他差点说出,缫丝女戴玲玲就曾是他的对象,可她被父母强迫嫁给了别人。他心里有些难受,转过脸去望着被机帆船划开的水面,水花被风吹到脸上,凉凉的。

罗钧继心想,你邱辉江不懂诗呀词呀,我今天非要对牛弹琴。他问邱辉江可知道苏轼。邱辉江摇了摇头,说他不知道。罗钧继皱起眉头,中国虽然是号称拥有五千年文明史的泱泱大国,但是教育、科学、文化事业极为落后。最近从报上看到一个报道,中国文盲率高达95.1%。他瞥了一眼太阳旗,又立即慌忙看着远处的山。他又问邱辉江,知不知道苏东坡。

邱辉江说他知道苏东坡,小时候听爷爷讲过苏东坡和苏小妹的故事,很有意思。

罗钧继笑笑，忽见山峰越来越近，不由得吟起王安石写的一首《过皖口》："皖城西去百重山，陈迹今埋杳霭间。白发行藏空自感，春风江水照衰颜。"

船离山口镇渡口还有一公里左右时，从古镇传来了敲锣声。罗钧继惊愕之际，见三个日军士兵端起枪，但他们一点也不紧张，脸上挂着鄙夷的笑。邱辉江也掏出了枪。罗钧继一眼就能看出来，邱辉江的神经有些紧张。船没有停止，机子嘟嘟嘟地响着，向岸边靠近。锣声突然停止了。船靠岸后，罗钧继和邱辉江上了岸。三个日军士兵没有下来，他们将船掉头，嘟嘟嘟地开走了。

古镇寂静无声，没见一个人影。走在街头石板路上，咚咚咚的声音，似乎整个镇上都能听到。罗钧继感到几分胆寒，这时要是从哪里打来冷枪，就没命了。他曾来过这小镇，对路形熟悉，他加快脚步，想快速离开小镇。穿过半条街时，看见一个老奶奶坐在街沿织渔网，神色淡定。罗钧继走过去，问她怎么只有一个人，镇上的人呢？老奶奶打量了一下他和邱辉江，反过来问，你们怎么不跑呀，鬼子开机帆船下乡打野，早上来了一次，现在又来了。邱辉江问，那你怎么不跑呢？老人说，跑不动了。早上跑了一次，躲了几个钟头，回家身子还没坐稳，鬼子又来了，我不想跑了，吃枪子就吃，挨刀刺就挨，已经活到头了。

罗钧继看着老人的一双小脚，特别难受，她这么大年纪，又是一双小脚，的确是跑不动了。正准备离开时，只见老人又说，早上鬼子抓走了杨家老五和老六。老五是教书的先生，有老婆和一个女儿，老六还是光棍。罗钧继问，他们年纪轻，为什么不跑？老人说，是啊，为什么不跑呢？躲在床帐子后面怎么行呢？

邱辉江拉了一下罗钧继的衣服，要他尽快赶路。罗钧继掏出两块大洋放在老人身边的方凳上，然后转身疾步而去。翻过五个山坡，直达长安岭，一路无语。到了长安岭，天色已暗，松涛声夹着莫名的鸟叫声，令人毛骨悚然。罗钧继曾在康熙版《怀宁县志》上读到王安石《渡长安岭至皖口诗》，抄下来,记住了。他对邱辉江说,辉江老弟,委屈你了。邱辉江回答,执行任务,不委屈。罗钧继笑道,我说你委屈,指的是又得听诗呀词呀。告诉你,这条古道可有名气了,宋朝大改革家王安石就走过,我读一首他的诗给你听听:

晨霜践河梁,落日憩亭皋。
念彼千里行,恻恻我心劳。
揽辔上层冈,下临百仞濠。
寒流咽欲竭,鱼鳖久矣逃。
暮行苦遭回,细路隐蓬蒿。
惊麕出马首,兽骇亡其曹。
投僧避夜雨,古橥昏无膏。
山风鸣四壁,疑身在波涛。
平明长安岭,雪飞忽满袍。
天低浮云深,更觉所向高。

邱辉江傻笑。说归说,笑归笑,他们行速很快,花了不足一个小时攀过长安岭,旋又下了女儿岭,到达洪家铺境内。四野黑暗,略见村落的影子。渐渐一月升起,道路清晰起来。罗钧继告诉邱辉江,快了,半个小时就能抵达洪家铺老镇。直线距离三十公里,我们却走了一天。

邱辉江说,这时候罗夫人肯定不知道你回来了。

罗钧继说,给她一个惊喜吧。

半个小时后,罗钧继和邱辉江进了洪家铺。街上很冷清,不像以往此时早已灯火通明,店铺生意正忙。洪家铺是内河通往长江的一个码头,来往旅客多,商业繁荣。罗钧继家开的是布草店,由老父亲和弟弟经营,不到五年,就用赚来的钱盖了三进两层徽式大宅,那栋梁和立柱是从江南深山里运过来的。家里还供他读大学和去美国留学,如果不是做生意,哪有这种条件。他边说边带邱辉江到了家门口。

小宏民发现了爸爸,惊喜地叫起来,妈妈、妈妈,我爸来了……

罗钧继抱起儿子,热泪盈眶。接着,他对坐在太师椅上抽黄烟的父亲大人问安,并问母亲在哪。宏民说,奶奶看戏去了。罗钧继母亲是个黄梅戏迷,正街大王庙戏楼是她常去打发时光的地方。

汪颖丽听到儿子宏民叫喊,简直不相信自己的耳朵,她冲到堂厅,见到罗钧继,喜出望外。要是在自己卧室,她会冲上去,抱他、吻他。她的内心充满从未有过的、超越新婚之夜的幸福感。弟弟和他的夫人、孩子也来了,大家彼此问好。罗钧继向家人介绍邱辉江,没讲他的真实身份,而说他是缫丝厂的一位师傅,一起过来招工。随后,叫夫人催家厨快点做饭,肚子实在饿得不行了。他用方言打趣道,肚子饿掉了,慌里无气的。用餐结束后,邱辉江被安排在客房歇宿。罗钧继和夫人、宏民一起回到屋子的后进东厢房。宏民一直没有睡意,对爸爸问这问那。罗夫人给他洗了脸和脚,催他快点睡觉。宏民反而质问道,你们为什么不睡呢?

罗钧继告诉儿子,他在等奶奶回来。他这话一点不假,很久不见母亲了,回来一趟不容易,必须等母亲看完戏回来,对她问了安,才可以休息。大概过了一个钟头,母亲回家了,为她开门的人已经告诉她大儿子回来了。老母亲一边笑,一边喊大儿子的名字,埋怨自己贪戏,让儿子久等了。罗钧继一听到母亲的声音,立即从卧室里走了出来,喊了一声妈,然后牵着母亲的手,进了卧室。他问母亲,今晚看了什么好戏。母亲答《姑劝嫂》。

汪颖丽已看过这部黄梅戏,她告诉罗钧继,《姑劝嫂》是本镇何希如先生根据黄梅戏传统剧目《何氏劝姑》改编的,嫂嫂因前线战斗残酷和家庭困难,对丈夫离家从军顾虑重重,经小姑绘声绘色历数国土沦丧、国难深重的现实,以及敌人奸掳烧杀的种种暴行,晓以卫国保家大义,情真意挚,终于激起嫂嫂义愤,毅然支持丈夫慷慨从戎,奔赴抗日前线。

母亲说,今天是丁华卿、阮银枝、李桂兰他们几个演的,演得真好。罗钧继对他们一个都不认识。母亲聊了几句,就抱起孙子,哄道,宏民跟奶奶睡吧,你老子太累了,要休息。你要是不陪奶奶,我就叫你老子不带你进城。宏民先是在奶奶怀里挣扎,又哭又闹,听到最后一句,乖了,同意跟奶奶睡。

汪颖丽说，宏民太想你了。

罗钧继笑问道，你不想？

汪颖丽的脸红了，然后猛地扑进丈夫的怀里。罗钧继紧紧地抱着她、吻她。两个人身体没有松开，一起挪动步子，朝床点点靠近，然后一起倒在软绵绵的被褥上。夫妻温存之时，妻子对丈夫说，弟弟和弟妹已经有三个孩子了，我们还只有宏民一个。丈夫对妻子说，我们会有第二个孩子、第三个孩子，生孩子不难，难的是养孩子。妻子对丈夫说，怎么不难，刚到洪家铺的那阵子，鬼子飞机天天来轰炸，谢家老二媳妇把肚子里胎儿都吓掉了，还有刘家老五媳妇，敌机在屋顶上嗡嗡飞，她赶上难产，接生婆手忙脚乱，结果孩子生下来，大人死了。丈夫对妻子说，不讲这些让人难受的话好吗？

5

罗钧继将招聘缫丝女的任务交给了夫人，自己带着邱辉江去拜访何希如先生。瞒着邱辉江单独行动显然不行，不如让自己讲了什么做了什么，让他一本全知，也好向松下三郎如实汇报。何希如家以开米店维持生计，他更多的时间花在讲学上。他家房子也挺大，是数代经营的祖业，大堂里能坐一百多人。讲堂正前方悬一牌匾，上书"冲和堂"三字，左右楹联曰："希履冶峰推英伟，如临青霭辨宏材。"

何希如正在讲授中国道教领袖陈撄宁的仙学精要，他穿着青色长袍，蓄着山羊须，说话声音洪亮。罗钧继进来的时候，听到这几句："若嫌杂念太多，用数息法亦可。其实杂念与静坐是两件事，杂念并不妨碍静坐。只要身体静坐不动，杂念听其自然亦无妨……"什么是数息法？罗钧继不明白，以后得闲可以了解一下。陈撄宁就是洪家铺人，现任《扬善半月刊》和《仙道月报》主笔。罗钧继在上海的时候，拜访过这位同籍高人、长者。还记得陈老用箴言相赠："学理，重研究不重崇拜；功夫，尚实践不尚空谈；思想，要积极不要消极；精神，图自立不图依赖；能力，宜团结不宜分散；事业，贵创造不贵模仿；幸福，讲生前不讲死后；信仰，凭实验不凭经典；住世，是长存不是速朽；出世，在超脱不在皈依。"

罗钧继见何希如朝这边点了点头，他便立马做了一个手势，表示打搅了。

走过来一位弟子，将罗钧继和邱辉江带到会客厅就座。大概过了半个钟头，何希如迈着稳健的步子走了进来，拱手作揖，爽朗而笑。罗钧继赞何希如精气神充足，不像快四十岁的人。何希如连叹落伍，儿子在前线抗日，自己于小镇空谈儒释道。罗钧继不由得看了邱辉江一眼，然后问他，都是中国人，随便说不在意吧？

邱辉江说，罗老板，在意啥呢？

罗钧继夸奖何希如参加北伐，是民国有功之臣。何希如却说他没参加过北伐，而是北伐军打过来的时候，搞过一阵子军需工作。就是这段历史，名声传开了，国军一七六师五二六团莫团长封我一个团级军需官。郝文波队长也来了，要我为他做事。郝文波已经反正，脱离了绥靖军。听到这里，罗钧继紧张地看了一眼邱辉江。只见邱辉江神色尴尬地站了起来，借口上厕所，走了。

何希如将郝文波反正的经过讲了一遍：郝文波与日伪绥靖军虚与委蛇的同时，与国民党怀宁县政府联系，想得到他们的承认。但县长丁耀中以有十三游击纵队通缉令为由，拒之于门外。国民党怀宁县党部书记长黄定文得知后，立即以县党部名义进行周旋，最终收编郝文波的队伍为一七六师第十一挺进队第三支队，郝任队长。

罗钧继提出，这次回来也想请希如兄帮忙做事。何希如怔了一下，然后忙问贤弟有何事需帮忙。罗钧继把这次回乡的两个任务告诉了何希如，一是招聘数位女工，这件事媳妇汪颖丽已经在办，不是难事。现在实业不振，民生艰辛，失业游民到处都是，之所以出城回乡招工，还是出于亲乡爱民的考虑。何希如哦了一声，夸他做得对。罗钧继所说，有临时发挥拔高之意，但这种想法不是没有，只是来之前没有浮现而已。回乡招工还有一种好处，就是女孩们做工吃住都在缫丝厂，离家路远，没有性命之虞，不像城里女工一下班就吵着要回家，很危险。

罗钧继接下来讲他回乡的第二桩任务：采购蚕茧。往年缫丝厂需要完整的茧壳,农户们就把带蛹的蚕茧卖到缫丝厂。日本侵占安庆和周边县镇之后,养桑蚕的农户锐减,如此下去,缫丝厂将面临停产。一停产,就会造成两百多人失业。战争爆发之后,国际蚕丝价格上涨了不少,去年下半年开始,德国大购华丝,每担生丝价格从 1000 多元,连连上涨,最高时达 6000元。何希如听明白了,罗钧继委托他代购蚕茧,提高生丝产量。罗钧继说,代购只是一方面,要发展养蚕户,建立稳定的供应关系,先预付一部分钱给养蚕户,以提高他们的积极性,这也是一种约束。洪家铺及周边乡镇是丘陵地区,桑树多,气候湿润,适宜养蚕。可以利用从上海、南京、芜湖逃难的外来户和本地返乡户养蚕,一则解决他们生计,二则保证缫丝厂原料供应。何希如频频点头,称赞罗钧继果然是喝过洋墨水的人,脑子灵光。

罗钧继和何希如达成一项协议:共同出资发展养蚕户,罗的利益分摊到原料成本,何的利益按担抽成,每担三元。何希如拿来笔墨纸砚,与罗钧继共同起草了协议,两人签了名,按了手印。何希如还叫来一个弟子,去请本镇商会会长黄承德做证明人。这时候,邱辉江已经回到客厅,罗钧继拿起协议递给他看。罗是对他假客气,邱装模作样地扫了一眼。

何希如接受合作,还有他的另一种目的。民国十六至十七年间是洪家铺等数地蚕业发展的一个繁荣时期,一年产丝三至四千担,多被上海、南京各地客商买走,当年他就是利用洪家铺蚕丝集散地的优势,受北伐军之委任,搞军需工作。现在十年过去,被一七六师任命为军需官,同时为郝文波游击队搞情报,同样可以利用这小小的蚕茧。

中午,何希如宴请罗钧继,来的乡贤坐了满满的一桌。饭罢,一位芳龄女孩突然进来,朝罗钧继跪下,哭了起来。罗钧继立马让她起来。女孩抬起一张滚满泪珠的脸,乞求罗叔叔带她进城,到缫丝厂做工。罗钧继心中明白,肯定是夫人贴了招聘告示,应聘的人太多,只招五个人,她没聘上。他见她可怜兮兮的样子,顿生恻隐,叫她赶快回家收拾行李,明天一早动身出发。进城后,可不要想家哦,再苦再累,都不要想家,一定要做到。女孩站了起来,说一切都听从罗叔叔的安排。

女孩离开之后,何希如告诉罗钧继,隔壁江家有一女,在上海一家缫丝厂当质检员,去年从上海逃难回乡,她聪明伶俐,非常不幸的是,上个月她父亲到河里挑水,遇到鬼子飞机扔炸弹,炸伤了腿,躺在床上不能动弹,一家老小没了生活出路,到处借钱过日子。罗钧继立即要去找那个女孩。何希如叫他不要亲自去,喊了一声小女儿。小女儿来了。何希如说,你去把江贵珍找来见罗叔叔。

江贵珍得知罗夫人招聘缫丝女,立马跑去应聘,可已经晚了,五个名额早招满了,她失落地回了家。母亲让她去求罗叔叔,可她不愿意。她想返回上海,上海工作好找,并且比安庆的薪水高。母亲反对,一是作为家中长女,父亲卧床,在安庆做工可以抽空回来看看,二是兵荒马乱的,一个女孩家跑到上海,叫娘哪能放心啊。她对母亲说,安华缫丝厂只要操作工,不要质检员。母亲说,你可以改做操作工啊,是不是不想吃苦?你生在这样的人家,父亲又躺在床上,不想吃苦行吗?江贵珍于是嘤嘤地哭,何希如小女儿来到她身边问哭什么,她才停止哭。

江贵珍不相信是罗叔叔要找她去,何希如小女儿拉着她就走,将她推到罗钧继的面前。罗钧继见面前的姑娘眼睛红肿,看得出刚才哭过。她确实很漂亮,身材像葛林娣一样苗条,但气质比不上葛林娣。罗钧继问她读过几年书,是怎么干上质检员的。江贵珍说她读过四年书,然后随姑姑去上海谋生,姑姑做用人,自己在缫丝厂做工。剥茧、煮茧、抽丝,都干过,缫丝方法很多,按缫丝时蚕茧沉浮的不同,可分为浮缫、半沉缫、沉缫三种。蚕茧的浮沉主要决定于煮茧后茧腔内吸水量的多少。按缫丝机械类型的不同,可分为立缫和自动缫两种。按自动缫丝机的感知方式不同,可分为定粒感知缫丝和定纤感知缫丝两种。定粒感知缫丝是在缫丝过程中使每根生丝保持一定的茧粒数,缺粒就添绪和接绪……

除了罗钧继不时点头之外,其他人都听不懂。江贵珍说,罗叔叔,你问我是怎么成为质检员的是吧,古话说得好,久病成郎中,秀才家的丫鬟也会吟诗。有一天,我听说另一家缫丝厂招聘女质检员,便抱着试试看的心理,跑去应聘,就这样当上了质检员。干质检员活儿比操作工轻,拿的薪水高。一开始想不通,后来想通了,操作工个个女孩都能干,质检员只有少数女孩

才能干。

大家都笑了。罗钧继很欣赏江贵珍，他同意带她到安华缫丝厂，安排她跟葛林娣一起当质检员。江贵珍非常高兴，连说谢谢罗叔叔。葛林娣是谁？她问。罗钧继夸奖葛林娣是一位出色的质检员，技术全面。她是省立安庆女子职业学校的一名教员，教的就是蚕丝专业。葛林娣是一位传奇女子，她生于苏州，早年父母双亡，8岁自立生活，成为远近闻名的养蚕女，土法抽丝全县比赛第一，10岁被人带到上海，在缫丝厂当了一名童工，吃尽苦头。后来她被一位义士送到安庆读书。她的年龄比你大，民国元年生的。现在，她又遭遇到不幸。说到这里，罗钧继止住了，且后悔说漏了嘴。他所说的不幸，是指葛林娣因被鬼子关在缫丝厂，没能跟宁国能按拟定的日子完婚。大家要听下文，他胡诌道，她被几个男人追求，不知道嫁给谁好。话音一落，大家都笑了，江贵珍也跟着笑了。

罗钧继又在家里住了一夜，此夜却是喜悦夹着烦恼，兴奋混着忧伤。情深处，叹缱绻又得离散；意浓时，温存还得分手。恨夜短，不消几番款款谈；良宵美，难承许多悄悄语。一夜或睡或醒，或醒或睡，手牵着手，脚搭着脚。五更鸡鸣时，罗钧继起床，让妻子汪颖丽继续睡，不必相送，越送心情越沉重。这时，他却听到5岁的小宏民在门外喊爸爸。罗钧继急忙开了门，问儿子为何起得这么早，赶快回去接着睡。宏民说，奶奶和爷爷也起来了，爸爸，你是不是要回城了，带我一起去吧。

罗钧继抱起儿子，说爸爸不骗你，确实是回城，但你不能去。为什么不能去呢？城里有许多鬼子，他们用枪打小孩子，用刺刀刺小孩子。宏民哭了起来，边哭边吵着要跟爸爸进城。罗钧继把他交给汪颖丽，说了句有空就回来看你们，然后转身就走。一出卧室，他眼泪哗哗而下。他站在天井旁，朝母亲的卧室望去，见门是敞开的，便走了过去。母亲正在灯下梳头，泪水扑簌簌地往下落。罗钧继说，妈，儿子常年在外，没有很好地孝敬你，实在对不起。母亲抽泣了一声，哽咽着说，只要我儿平安就好。这世道，唱的是哪出戏啊！

父亲早就坐在堂厅太师椅上抽烟，见罗钧继走了过来，他说洪家铺这地方现在也是不安全之地,据何希如说,鬼子可能要派重兵驻扎,封锁交通。游击队也在此活动频繁,经常突袭鬼子据点。你把本镇姑娘们带进城,可得用心照顾她们,不能有个闪失,要是有个三长两短,罗家在镇上就不好待了,几世的功德都将丧失殆尽。

这天,一家人都早早地起来了,用人已做好早餐。罗钧继和邱辉江吃完之后就动身了。大门一打开,只见天色微亮,街沿静静地站了七个女孩。她们或背或提,随身带了一些简单的行李,踏上了进城谋生之路,加入缫丝女的行列。她们心里都有底,没有惶恐不安,因为老板是熟人。

罗钧继和邱辉江商量了一下,走水路,还是走旱路。走水路就到码头去乘船,走旱路就得步行长安岭。邱辉江提出包一条船,一上午就能到达。罗钧继担忧飞机轰炸和舰艇扫射,建议走长安岭,经百子山,到安庆,虽然靠双脚行走,但半天也能赶到。邱辉江问,遇到伏击怎么办?他所讲的伏击,是指抗日游击队打冷枪。罗钧继理解邱辉江的这个顾虑,毕竟他是绥靖军人员。罗钧继用一句话就打消了他的顾虑,这么多女孩一道,游击队会判断我们是进城做工的,不会开冷枪。

第四章　晚霞中的蜻蜓

1

罗钧继离开缫丝厂不足三天,在家只住了一个白天和两个晚上。尽管如此,他还是遭到了松下三郎的讽刺。据秘书余媛姝讲,今天上午松下三郎隔不多时就打来电话,显得很着急,还用日语叽里呱啦地说半天,估计是骂人的话。罗钧继很生气,稍微耽误了一点时间,就如此恼羞成怒,是担心他不回来生产受影响吧。

电话铃又响了,罗钧继从余媛姝手上接过电话筒,故意咳嗽了一声,以提示对方自己回来了,果然堵住了松下三郎的怒气。罗钧继不需要向他解释为何超时半天才回厂,他会从邱辉江那里得知行程经过和一切的。松下三郎故作放松地笑起来,然后竟然又是讽刺,孟子曰:守约而施博者,善道也。王符曰:忠信谨慎,此德义之基也;虚无谲诡,此乱道之根也。

罗钧继瞬间无语,看样子松下三郎到中国后阅读了不少传统文化经典,其目的大概也是执行"以华制华"策略,通过精神层面的颠覆和否定,使中国知识分子在对传统文化与现实参照中产生失望。想到这里,他突然意识到松下三郎接下来会说什么。松下三郎说,中国缺乏契约精神,只有共守契约和行为规范,中国的文明程度才会提升。

罗钧继听了相当生气,他回敬了松下三郎。你们日本与张作霖签订满蒙五路之约,然后又炸死他,并且仍以所持密约为依据,向东北当局强硬交涉,要求履行合同,在东北南部、北部与朝鲜间建设大循环铁路线,长春至洮南、长春至大赉为小循环线路,有利于发动战争时,日军可以迅速增援东北,以长春为中心,南则把守山海关以防中国军队北上,北则把守齐齐哈尔以阻俄军南下,这个如意算盘也是你们的契约精神吧! 还有华北,你们……罗钧继听见松下三郎将电话挂了。

余媛姝将一式两份的产销合同递给罗钧继,说是松下三郎昨天派人送来的。罗钧继对合同的条款内容很清楚,就是缫丝厂年产生丝 1200 担(60 吨),每担 3500 元价格卖给松下三郎,由他销售到美国。另外还有质量、付款方式、付款时间、违约处罚条款等等。他过目了一下,签名盖章之后,交给了余媛姝。

罗钧继与美国商人罗德里格斯签订的合同也是每年 60 吨生丝,交货时间灵活,但到合同期满前一日必须交清。这跟按每月 100 担(5 吨)的数量交与松下三郎相比较,有一定的弹性。可是,全年增加一倍的产量,难度太大了。松下三郎能够跟罗德里格斯履行合同,而罗钧继要跟罗德里格斯违约合同,真是丢脸丢到国际上了。那 20 吨的库存,也就是安庆沦陷前生产的生丝,松下三郎不知道,幸亏还有这个老底。夜长梦多,说不定哪一天松下三郎派人来清库,得尽快运出去,交到罗德里格斯手里。可是,缫丝厂的大门被日军把守,怎么运出去呀? 罗钧继焦急不安,内火上升,嗓子疼,嘴唇上燎起了水泡。

几天后,罗钧继想起了邱辉江。通过跟邱辉江两天半的接触,他发现他的心眼不坏,感觉到他对自己也很敬重。小伙子一路上虽然话不多,但说出来的都是实话。尤其在何希如家谈话时,他还故意回避,显示了一定的素养。他尽管学历不高,但肚子里明是非、晓利害。罗钧继决定找邱辉江谈谈,探探他的心底,愿不愿意伸手相助。

不走出缫丝厂的大门,是找不到邱辉江的。罗钧继打电话给松下三郎,说要拜会"安庆自治委员会"领导。松下三郎喜出望外,随即派车来接罗钧继。罗钧继非常惊喜,来接他的竟然是邱辉江。罗钧继的热情,被邱辉江理解为因前些天跟罗老板同行自己已被他视为朋友,心里很高兴。罗钧继拉着邱辉江,一定要他参观缫丝厂,目的是不出大门跟他做笔交易。不用试探了,一则送美女,二则送金钱。美女的人选已经想好,就是那天向他哭求带她进城当缫丝女的汤小毛。那天在路上得知邱辉江一个月薪水 15 块大洋，汤小毛羡慕不已，并流露出对邱辉江的好感。所以，估计汤小毛会乐意嫁给邱辉江。邱辉江嫌 15 块大洋不够花，现在送给他 500 块大洋，他难道不心动？

邱辉江对开车的司机打了声招呼，然后跟着罗钧继在缫丝厂里逛了起来。他之所以接受"参观"邀请，有自己的想法，他想见见几年未见的戴玲玲。缫车前每个女人都穿一样的衣服，戴一样的帽子，他一时找不到戴玲玲。罗钧继见邱辉江的目光游移于一个个缫丝女的脸庞，暗暗地笑了笑，提出为他介绍一个姑娘，就是那天一起进城的汤小毛，她长得多漂亮啊。邱辉江的脸红了，连连说不要不要。那你要谁呢？罗钧继心想他是不是看中了江贵珍、刘小艳或者另外女孩。邱辉江突然很不自在地转身就走，原来他发现了一双熟悉的眼睛，那眼睛里充满鄙视。

看了戴玲玲一眼后，邱辉江发现自己还是那么在意她。当年他 16 岁，她 15 岁，就双方确定了恋爱关系。他家穷得要命，她不嫌弃，要像黄梅戏《天仙配》上的七仙女爱董郎一样爱他。邱辉江没有隐瞒他家败得连住房都无一间的原因，父亲抽大烟，抽完了爷爷留下的积蓄，然后典当物品，什么东西都典当光之后，就将房子抵押了出去，母亲被活活气死了。他和妹妹吃了上顿没下顿，总是往亲戚家跑，弄点吃的，时间久了，亲戚也嫌弃了。有一年中秋节，他和妹妹到姨妈家，姨父把他俩往外赶，抱怨受邱家一代的连累，不愿再受邱家二代的连累。他和妹妹又到老舅家去。舅舅是单身，吃了一辈子保镖的饭，浑身都是伤疤，有土匪砍的刀伤，有吴佩孚部队的枪伤，还有与情敌决斗的剑伤。有个女人爱上了舅舅，可她摆脱不了一个无赖的纠缠，于是舅舅就与那个无赖决斗，可斗了两回合，无赖用了暗器，舅舅闪过暗器，却中了一剑，手臂被刺开了五寸长的口子，无赖还要接着刺，那个女人尖叫起来，冲无赖喊同意嫁给他。舅舅终生未娶，老了之后，靠以前的积蓄生活，他交了不少朋友，困难时会得到他们接济。邱辉江读完高小，辍学了。舅舅写了个字条让邱辉江父亲找人，于是邱辉江读上了女子职业学校。父亲每次骂邱辉江，都说职业学校是他找关系才读上的。吹牛吧！房子抵押之后，父亲跑到舅舅那里哭，赖着不走。舅舅心疼孩子，才腾了一间房子给他们住。父亲后来痛改前非，不抽大烟了，可挣薪水赎回房子不知要到哪年哪月。

邱辉江后悔不该偷马校长的钢笔时，还偷了她的内短裤。学校组织女生到纺织公司参观，他没有去，跑到马校长的宿舍前，用凳子垫脚，爬上门头，将推窗撑开，身子钻了进去。他没有成心偷马校长的钱，而是冲着那支金色钢笔来的。第一次看见马校长的钢笔，他就想得到一支跟她一样的钢笔，当作信物送给戴玲玲。可家里连饭都吃不饱，哪来钱买这种贵重的钢笔？他于是想到了偷。他判断校长出门不会带上那支钢笔。他的判断是对的，他在桌子的抽屉里找到了他心目中的"金笔"，抚摸了一下，放进了口袋。他准备开门离开的时候，目光被一种绚丽的色彩吸引住，那是一条女性的贴身短裤。他突然想到了妹妹的短裤，妹妹的短裤已看不出色彩了，上面还有妹妹自己缝上的补丁。他从晾架上取下了校长的短裤，揉成一团，也塞进了袋里。

如果不是他太性急了，事情可能就不会败露。他明明告诉自己，等毕业时将金笔送给戴玲玲，可他欣赏一番金笔后，就想立即送给戴玲玲。他把金笔带进了学校，送给了戴玲玲。两天后，授课教员就发现戴玲玲的钢笔跟马校长的钢笔一模一样，便向马校长汇报。马校长立即气汹汹地赶到教室，要看看戴玲玲的钢笔。马校长问戴玲玲钢笔哪里来的，戴玲玲不愿说是邱辉江送的，就说是自己买的。马校长拍了一下桌子，说这笔是你偷的。戴玲玲哭了。这时，邱辉江无地自容，站起来招认笔是他偷的。

邱辉江被开除之后，成为街头小混混，交上一帮爱滋事的朋友，落入青帮郝文波的视野。郝文波发展组织，对人也是有挑选的，不是什么货色都要。青帮是以师徒传承为主的纵向式的"家族组织"，师父为上一辈，徒弟为下一辈，师徒如父子，同师如弟兄。郝文波是朱雁秋的弟子。朱雁秋公开的身份是盐河厘金局局长，大同报报社老板，1933年11月的一天深夜，被刘镇华杀死于小东门。这个借用帮会组织搞革命的老同盟会员终结了个人的活动，但他培养的力量仍旧存在。郝文波尽管敬重朱雁秋，但认为他手下青帮成员过于杂乱，不守规矩。他尤其反感一些成员的流氓习气，如穿着短衫，敞开胸脯,卷起袖口,斜叼纸烟,肆意游荡,或调戏妇女,或拦阻单车,或讹诈行人,特别是在酒楼、茶馆、戏院等处白吃、白喝、白看,有时还要闹事伤人。郝文波发现邱辉江,是在一场斗殴中。一次码头工人罢工,安庆警署借刀杀人,笼络一帮小混混去对付码头工人,码头工人当中有青帮成员,郝文波便召集兄弟们也赶到了码头。

当一些混混拿着棍棒打工人的时候,邱辉江竟然多次用自己的棍子挡了同伴的棍子,如果不挡的话,打下去会让工人头脑开花。郝文波被邱辉江的行为感动了,心想这小子办事有轻重,对后果有考虑,不是一般的亡命之徒。事息后,郝文波摆宴邀请邱辉江加入青帮。邱辉江对青帮讲义气这一点很感兴趣,但不欣赏他们打死人不怕偿命的狠毒手段。有的青帮成员敲诈勒索,偷盗奸淫,无所不为。郊区菜农挑菜上街来卖,如不幸碰上他们,连菜和菜挑子整个都会被他们抢去,菜农只好空着两手哭丧着脸回家。郝文波派人请了两次都没请到邱辉江,手下人提出,对此无礼之人,给点颜色瞧瞧。郝文波亲自出马,才将邱辉江请来了。第一次只是交友,没有谈加入帮会的事。邱辉江已知郝文波心意,再次相聚时,主动要求加入青帮。郝文波哈哈大笑,拍拍他的肩膀,说了句"识时务者为俊杰"。

郝文波强调"十大帮规":一、不准欺师灭祖;二、不准藐视前人;三、不准提闸放水;四、不准引水代纤;五、不准江湖乱道;六、不准扰乱帮规;七、不准爬灰盗拢;八、不准奸盗邪淫;九、不准大小不尊;十、不准代发收人。一时间青帮的名声有所改善。

让郝文波没有想到的是,自己率队"反正"之后,邱辉江竟然不再追随他,反倒成了绥靖军的特务、日本人的走狗。郝文波交代手下人,在打死邱辉江之前,一定要向他问清楚,为什么老子投降日军的时候你反对,老子反正的时候,你却不跟着反正!

邱辉江从缫丝车间出来后,被罗钧继拉到一个相对隐蔽的地方。他开始以为去撒尿,到了灌木丛后面,只见罗老板拿出一张银行存单,他看到500块大洋的数目,吓了一跳。罗老板塞给他,他不要。他见罗老板边塞边说拿回去改善家境,娶一房太太,他的手竟然软了,不再拒绝。他明白无功不受禄,罗老板必有事相求,就问罗老板有什么需要帮忙的,他会全力以赴。罗钧继实情相告,在日军占据缫丝厂之前,他就已与美国商人签订了供销合同,并且已经加班加点,生产了 20 吨生丝,可现在运不出去。中国人是讲信用的,单方面不履行合同,让美国佬不高兴,他们也派兵打咱中国怎么办?最后一句显然是夸张了。罗钧继又补了一句,这句不是夸张,世界大战,一个国家打另一个国家,什么借口都用。

邱辉江觉得这件事很简单,罗老板不是要拜会安庆自治委员会那帮人吗? 可以今天去会张三,明天去会李四,后天去会王五,将生丝分批送出去。至于外面堆放什么地方,邱辉江也想好了,绝对会帮忙找一个安全地点。如果信任的话,美方来取货,他也可以出面将生丝交给对方。罗钧继没有想到这么顺利地争取到了邱辉江。罗钧继与邱辉江坐上黑色丰田车,在城里兜了一圈,然后又开回了缫丝厂。

罗钧继下车后,心情很好。他决定把从老家带来的那七个女孩,组织起来,由她们从地下仓库分批搬运生丝上车。她们是罗钧继的同乡晚辈,他叫她们干什么,她们不会讨价还价;让她们保密,她们绝对不会走漏风声,权且把她们打造成"罗家娘子军"吧。罗钧继思量至此,不禁一笑。

2

缫丝厂来了一位日本婆娘的消息很快传遍每个角落,并且每个人都去看了这个日本女人的身段长相。称为婆娘应该是位中老年女人,而这个女人年龄还不到 30 岁,白白的皮肤,圆圆的下巴,长长的眼睫毛,头发往头顶隆起高高的发髻。她在缫丝厂住了下来,开了一个杂货店,出售小百货、小日杂和女性用品。杂货店是新盖的平房,50 多平方,隔了三个区间,前头是售货区,后面分成卧室和厨房。

她叫正田美智子,谁都不知道她的来历,为什么到缫丝厂开专供小店。松下三郎对罗钧继说,是出于人性的考虑,解决缫丝女的困难。小店开张后,缫丝女们确实很高兴。她们购物时,总会在杂货店前多站一会,打量她的容貌,欣赏她黑底刺绣红梅花的和服,听她用汉语哼唱日本歌曲。正田美

智子喜欢唱这首歌:"我一直在等待和你重逢的那一天,在那樱花飞舞的道路上,向你挥手,呼喊你的名字。因为无论多么痛苦的时候,你总是那样微笑着。让我觉得,无论受到什么挫折,都能继续努力下去……"

葛林娣在宿舍里和大家聊正田美智子,大家都说这个东洋婆子嗓音特别甜美,百听不厌。戴玲玲竟然也学会了这首歌,她唱了几句,"我一直在等待和你重逢的那一天",然后说智子是不是像我们一样特别想家,日本男人跑这么远来侵犯中国,真是害了自己国家许多女人。鬼子个个不讲理,动不动就杀人,日本女人却这么温柔。葛林娣说,你只认识正田美智子一个女人,怎么就知道她们都很温柔呢?

戴玲玲说,是邱辉江告诉我的。话一出口,她就泄露了一个秘密,她见过了邱辉江。那天邱辉江在罗老板陪同下,来车间找她,她瞪了他一眼,没理睬他。几天后,邱辉江又来了,当时她没有当班,在宿舍前看见他,就猜到他是来找她的。她转身回到宿舍,但想想还是不躲为好,反正自己已身怀有孕,难道他狐假虎威,当了绥靖军就杀害妇女儿童不成!肚子里的孩子当然算儿童!戴玲玲走出宿舍后,见邱辉江站在一棵樟树下发呆,估计是没胆量进女工宿舍。戴玲玲走了过去,路过他身边,没停下,继续往前走,走向缫丝厂内那块留作扩建产房用的长满灌木的闲置土地上。邱辉江跟在她身后,保持两米左右的距离。

恍惚时光倒流了几年,那时,也是戴玲玲在前面开道,邱辉江在后面跟着。所不同的,那时他们走到隐蔽的地方后,邱辉江会紧走两步,上前拉住戴玲玲的手,然后他们手拉手地缓步而行。现在,邱辉江没有追上来,她停步之后,他也没有上来。他仍保持与她两米的距离,傻瓜一样地站着。

灌木林里很静,一些虫子飞来飞去。罗钧继曾想在这块地皮上盖一个现代化的生产车间,引进群马式立缫车等设备,这样会降低缫丝女的劳动强度。他把这一计划公开之后,缫丝女们便特别期盼新厂房早日盖好,可日军飞机一炸大炮一响之后,计划泡了汤。这块地也就荒废在这里。荒地倒是成了人们露天谈事的好去处。谁只要看见有人往那里去,十有八九猜到是密谈幽会,也包括缫丝女之间倾诉心思。

戴玲玲转过身来,问邱辉江为什么老是跟着她。邱辉江的回答让她顿生怒火。他说,玲玲,我照常喜欢你。

　　戴玲玲啐了一口,说,我是有夫之妇,你是不是利用你的枪杆子霸占人妻?她将肚子挺了一下,向对方发出她已怀孕的信号。

　　邱辉江摇了摇头,他的高大的身材靠在一棵小树上,好像浑身无力,双腿支撑不住自己。他想说什么,支支吾吾,欲言又止。最后,他还是把心里想说的话说了出来。他说,玲玲,你男人不在了……我愿意娶你……

　　戴玲玲顿时火冒三丈,冲过去,打了他一个响亮的耳光。邱辉江没有还手,他转身就走,丢下一句"我会等你的",快步如跑。

　　几天后,邱辉江又来了,他似乎完全掌握戴玲玲的作息时间。他俩又来到了灌木林中,戴玲玲之所以仍然把他带来,决定跟他摊牌,要他看在以前同学加情人的分上,不要再缠着她了,各人过各人的生活吧。她想跟他和气一点地做个了结,于是先扯一些闲话铺垫一下,她夸日本女人正田美智子很温柔。邱辉江说,日本女人都这样。她问他见过多少日本女人。他说有十多个。还有朝鲜女人也见到了,她们都是歌伎,给日本男人解乏的。戴玲玲听了很新鲜,她说正田美智子的歌声很美,她是不是歌伎改行来做小买卖?邱辉江以前没见过正田美智子,松下三郎派给他一个任务,找瓦匠在缫丝厂盖一栋房子,他拿了图纸,才知道是建杂货店。房子盖好后,他见到了正田美智子,但不清楚她以前有过什么经历。

　　戴玲玲讽刺道,你现在混得这么有出息,娶几房太太都不成问题,干脆娶一个日本女人,或者朝鲜女人。邱辉江说,倒贴千贯家财,我也不愿意。戴玲玲不由得看了看自己的肚子,心头竟然闪过一丝感动。她立即把这种要不得的感动给驱逐了,转平和的态度为愠怒的口气,她说,你走吧,以后咱们不要见面了。

　　邱辉江欲言又止,想起上次吃了耳光,就没再说什么。他掏出怀表看了看时间,急忙转身就走,像一股风卷起地上的落叶。戴玲玲恨恨道,偷钢笔,可以原谅;偷马校长的内裤,不可饶恕!如果他只是偷了钢笔,也许自己就死活不答应父亲,而跟邱辉江好下去。他现在当了汉奸,也还是嫁不得!她

第四章　晚霞中的蜻蜓

曾听葛林娣说过,投降日本的人没有民族气节。没有民族气节的人,帮日本鬼子杀人放火,什么缺德事都干得出来。

戴玲玲将自己被邱辉江缠着不放的烦恼公开后,大家都给她出主意。查美欣建议不要断绝来往,反正你是怀着孩子的女人,怕什么?葛林娣认为当断则断,否则会横生枝节,遇上意料不到的麻烦。戴玲玲说,缫丝厂女人这么多,让罗老板给他挑一个得了,为什么老缠着我?查美欣轻轻地哼了一声,等戴玲玲不在身边时,她说,为什么老缠着我,显示自己了不起,被男人穷追不舍。葛林娣笑了笑,想起上次好心告诫她与方传才交往须谨慎,结果讨了个没趣,她心里嘀咕道,你查美欣倒是有必要管好自己。

一会儿,戴玲玲唱着歌回来了,手上拿着东洋糖,每个人发了一块。她说她教会了正田美智子唱《牛郎织女》上《空守云房》一段:"空守云房无岁月,不知人世是何年。望断云天人不见,万千心事待谁传?"她很入戏,还流了泪呢。我也跟她学唱了一首:"十五岁的小姐姐,嫁到远方,别了故乡久久不能回,音信也渺茫。晚霞中的红蜻蜓呀,你在哪里哟,停歇在那竹竿尖上,是那红蜻蜓……"

查美欣说,戴玲玲都快成为东洋婆娘了。

大家都笑了,戴玲玲没有计较,白了她一眼,自己也笑了。她告诉大家,自己有一个重大发现,方传才喜欢听正田美智子唱歌,借着买香烟,笑呵呵地跟她打招呼,左一声智子,右一声智子。刚才,我看见他从正田美智子手上拿过香烟的时候,还捏了一下她的手。正田美智子鞠躬后退,说对不起传才君,智子欠礼了。明明是方传才欠礼,她却说自己欠礼,真够温柔的。

查美欣立即出门去找方传才。她一离开,戴玲玲对大家说,是真的,我亲眼所见,没有乱说。

过了一会儿,查美欣哭啼啼地回到了宿舍,躺在床上蒙头大睡。

一个星期后,出事了。方传才正在掏钱买香烟,冲出来两个日本浪人,一左一右将他的胳膊架住,拖到罗钧继的办公室,当着罗钧继的面拳打脚踢,打得方传才鬼哭狼嚎。两个日本浪人打过了瘾,相互看了一眼,一个转身就走,另一个紧跟而去。这突如其来的场面,让罗钧继慌了手脚。秘书余媛姝像是自己被打一般，发出声声尖叫。

罗钧继问方传才到底什么事惹怒了日本人，方传才从地上爬起来，拭着嘴角的血，哭诉自己平白无故地被打，他一定要报仇。罗钧继对此调查了一番，谁都不知道方传才因什么事得罪了日本人，他在缫丝厂插翅难飞，每天上班、下班，下班、上班，跟日本人沾不上边。葛林娣提醒罗钧继，怎么沾不上边？正田美智子就是日本人！罗钧继心想，老方胆敢调戏东洋婆娘？有什么不敢，色胆包天！想到这里，罗钧继不再心疼方传才，由他自己吸取教训吧。

松下三郎谴责罗钧继没有管好手下人，方传才竟然对正田美智子无理轻慢。自从日军保卫缫丝厂以来，有日本人欺侮过你们的姑娘吗？社会上全是谣言，什么日军奸淫妇女，罗先生亲眼见过吗？罗钧继说，虽没亲眼见过，但不等于不存在，如果松下君接受老同学的建议，咱们成立一个完全中立的法律调查机构，在全城调查一下怎么样？见松下三郎半天没回话，他继续说，本人亲眼所见杨彩霞死在日军士兵刺刀下，乳房被划开，肚子被戳破，一位勤劳的缫丝女，一位爱子的母亲，一位热爱和平的平民，被残暴地夺去了生命！

查美欣决定与方传才断绝关系，可是几天之后，她又与方传才好上了，似乎什么事也没发生。葛林娣只能感叹，一个思想简单、感情纯真的姑娘，爱上了一个她喜欢的男人。缫丝厂有十几个男工，他们大多是单身，她偏偏爱上方传才，还有什么可说的。换个角度来看，就像七仙女丢下天上神仙日子不过，跑到凡间跟董郎过穷日子，还不是为了爱情？七仙女的爸爸妈妈理解她吗？几位姐姐理解她吗？都不会理解的。爱，得到别人理解当然好；得不到别人理解，不等于爱就贬值了。可是，人们往往将无法理解的爱，视作危险，视作叛逆，视作违背道德。

有些人特别佩服方传才，因为他第二天又到正田美智子那里买香烟。正田美智子吓得浑身哆嗦，连连说对不起，智子欠礼了。方传才就是想吓唬吓唬她，老子被打了就害怕不成？他把钱往柜台上一搁。正田美智子从货架上拿下一包香烟放在柜台上，找了零钱。方传才抓起香烟和零钱，转身就走。他故意表现得很平静，没有对她瞪眼，脸上也没挂难看的面容。然而，这种平静的底下，却是一点就着的烈火。他在心里发誓，老子不会被日本人白打。

锅炉工曹兴志听方传才描述之后，竖起大拇指，夸道，传才兄，你有种，是爷们！

方传才当着男同事的面，大骂正田美智子。大家听方传才骂正田美智子，是一件开心的事，有空就故意提起她，如今天去买烟，看见她换了一套和服，大红桃花，嘴唇涂了胭脂，看人色眯眯的。方传才竟然来了一句，去见识见识日本歌伎，看她用什么媚招勾引老子。他毕竟没去，而是转了一圈又回来了。

戴玲玲来买香皂，见正田美智子闷闷不乐，就问是不是一个人太孤单了。正田美智子唱起日本民歌。这时，戴玲玲听见汽车的喇叭声，转身朝缫丝厂大门看，只见一个日本士兵打开了铁栅门，让车子开了进来。她看见驾驶室里坐着邱辉江，不由得心里说，他又来了……

3

昨夜的梦可能跟"日有所思"有关，因为她想到地下仓库藏书室找一部书来看，一则打发时间，二则学点文史知识，等国际观光团来的时候派上用场。梦中，葛林娣住进了地下仓库中一间阴暗杂乱的房子，里面布满了灰尘，地上高低不平，墙脚边堆着不少石子，使家具呈倾斜状。她发现了一只只装了喜糖的袋子，打开见是一条条死鱼，有的鱼剖开了肚子，有的鱼没有尾巴。这房子里还住着别人吧，怎么这样邋遢，不收理呢？她把一些垃圾往外搬的时候，突然一个疯子跑过来对她说，你男人是一条游不动的鱼。说罢傻笑。她害怕地往外跑，轰的一声地下仓库坍塌了。

吓醒之后，她接着睡，又做了一个梦。这个梦她找不到跟"日有所思"有丁点的关联。她住在一个陌生的房子里，窗外一团漆黑。她有些恐惧，把窗帘拉上，可窗帘太小，不能完全遮住窗子，仍能看到窗外的黑暗。突然，从不远处传来鞭炮声。原来这房子的隔壁是一家棺材铺，谁家死人来拉棺材，老板都放鞭炮送行。她感到更加恐惧。这个梦的奇怪之处是窗帘,怎么窗帘只遮住窗子的中间部分?

她靠在床上,听窗外秋风一阵紧过一阵地刮,树跟风打架一般发出歇斯底里的叫声。她想,要是来一场龙卷风将缫丝厂四周的日本鬼子卷走就好了,包括那个正田美智子。她越来越觉得正田美智子是一条美女蛇。虽然方传才是个好色之徒,活该被打,但正田美智子毕竟夸大了事实,且招来日本浪人帮凶以显示强势。龙卷风,来一场猛烈的龙卷风!可风却不听她使唤,声音渐渐弱了。她叹息了几声。叹什么息呀!耳畔响起宁国能的劝告。她一怔,原来是幻觉。她每次叹息时,宁国能都劝她不要叹息,还开玩笑说,女子轻叹乃思夫,男子浩叹为国忧。

她真的在思夫,哪一日不在思夫,将他们一起度过的美好的日子,在记忆中重温了好多遍。现在,因这窗外的风,她想起去年他们一起在郊外的路上,他写的一首诗:

      经历一场场狂风

      树落光叶子,鸟巢亮在空中

      过程不是必然的逻辑

      树叶跟风无冤无仇

      只听从大地的召唤

      树枝清简

      抵近真理的表象

      鸟儿们没有移巢

      路旁的常青树

      浓密深郁,不动声色

      生性如此

      春天光临会不会喜悦

      也许。但我的喜悦不在常青树上面

      它们走向城市

我走向乡村

田野呈现，语言的线条和思想的圆

树枝与鸟巢

表达冬天的本意

她把这首诗在心里默念一遍后，想写一封情书。这时，她听见查美欣爬起来，到门外水池旁干呕，她的衣服穿得少，小巧玲珑的身子显得非常单薄。葛林娣担心她会受凉，便从她的床上拿了件外衣走过去披在她身上。查美欣持续干呕，难受得泪流满面。她想告诉葛林娣，自己怀孕了，不知道怎么办。她想出去堕胎，日本士兵能放她出去吗？但她没有说，因为她感觉到葛林娣的言语和神色对她一直都是反感的，反感她与方传才相好。

葛林娣将查美欣扶到床上。这时，戴玲玲说，美欣，你有了……戴玲玲经历过妊娠反应，她描述自己当时比查美欣难受的程度还要厉害。葛林娣没有经历过，没兴趣去听这两个女人的交流，她借着窗外透进来的晨光，给宁国能写信。

国能吾夫：

渴念之甚，无言形容。置身黑暗，习惯性地闭上眼睛。睁眼看黑暗的世界，需要很大的勇气和定力。冷静地看闭着眼睛的姐妹摸索、滚爬、推搡、横冲直撞，自己拥有悲悯情怀，为她们点亮一盏心灯而爱莫能助。

秋风萧瑟，如魔鬼厮杀，挡不住记忆之门，走近吾夫，夜夜相伴。宿舍里八个人，通过鼾声彼此判断是谁，经无数个不眠之夜，没有刻意辨别，误差率很低。喜欢与讨厌，没有任何意义。

若距离让心灵失去感应，再大的梦境也不会在一起。时间的黑洞囚禁灵魂，生命力量拓展空间，以求回归的路上有重逢的奇迹。

迎接光明的是梦，梦穿上衣服成为梦想。如多棱的冰花，坚硬得可以刺杀现实；可它又在阳光中化为水，变成梦幻。

随时可以制造黑暗,人为天意,最可怕的是白天成为黑暗本身,吸走所有的光线,连睁眼看闭眼的人,也忍受不住而沉沦。

看见一群蝴蝶,被一只网罩住了,它们仍在飞,美美地飞,可飞不出网。有些蝴蝶去撞网,结果被网眼粘住了翅膀,狠毒的蜘蛛咬住蝴蝶的翅膀,吸取血液,直到蝴蝶死去。其他蝴蝶仍旧飞呀飞,美美地飞。它们寻找异性伙伴,渴望比翼双飞。飞是蝴蝶的权利,爱是蝴蝶的需要。未来不可知,此刻就是飞,就是展示美。

试作小诗《致蝴蝶》,请吾夫指正:

比翼偶然非目的性

邂逅一段飞翔旅程

彼此方向决定改变高度

时间的羽

将青春留给网

网内繁殖的生命

没有花言巧语

没有海誓山盟

只有兴奋的呼吸

抵抗呻吟以及背叛的叹息

爱你的妻　林娣

查美欣妊娠反应,呕吐声影响了大家睡眠,但没有人当面表示反感。葛林娣想到,如果 6 月 15 日如期结婚的话,自己或许也怀上了孩子。她突然感到隐隐不安,以前月经非常准时,现在却乱了,超过十天没来了。可能是心理紧张造成的,于是她要求自己战胜自我,在这种环境里仍然积极乐观。散步是改善心情的一种方法,以前经常与宁国能到江边散步,看渔舟飞鱼,看鹭鸶飞翔,看芦苇飞花,念"蒹葭苍苍,白露为霜。所谓伊人,在水一方。溯洄从之,道阻且长。溯游从之,宛在水中央",吟"钓罢归来不系船,江村月落正堪眠。纵然一夜风吹去,只在芦花浅水边",然后在暮色中手牵手,往

回走。

　　现在她独行于缫丝厂内,她找到了两个词语来形容,踽踽独行,形单影只。有时她的身后会有别人跟上,或者同室的缫丝女,或者隔壁宿舍的缫丝女。有时她会遇到罗老板的老乡江贵珍、汤小毛、刘小艳等七个女孩,她们来自同一个地方,个个都生得很水灵,被大家称作"七仙女"。葛林娣听到罗老板称她们是"罗家娘子军",竟然有些妒忌。江贵珍毕竟在大上海干过,自视甚高,说自己就是冲着质检员的工作来的,要是当缫丝操作工她不会来。她原打算重返上海缫丝厂,或者到杭州去,因父亲出事、母亲反对才迟迟没去,到安华缫丝厂真是天意。她笑这个缫丝厂老土,设备是几年前上海缫丝厂淘汰的。葛林娣很欣赏她的性格,也欣赏她的能力。自从江贵珍来了之后,葛林娣的活儿减轻了不少。

　　这次,葛林娣与"罗家娘子军"一起在缫丝厂内散步,大家七嘴八舌,很快乐。她发现这几个女孩有一个共同的特征,就是特别崇拜罗钧继。葛林娣故意问她们,罗叔叔害你们不浅吧,来到这里就走不出去,连安庆城什么样子也不知道。她们却不以为然,一个说在这里挺好的,出去反而不安全。一个说这里有吃有住,比在家里条件都好。一个说做工的别老是想着逛街。连在上海干过的江贵珍都这样说,这年头,我们女人还谈什么行动自由?罗叔叔保护了两百多人,真是活菩萨。

　　几周之后,一场大雨使气温降下不少。葛林娣穿上纱衣,外面套着工作服。她像往常一样,比别人下班晚一些,因为当班抽出来的生丝装箱之后,她还得做好台账记录。走出车间后,雨已经停了。虽然看不见天上的月亮,但夜色中能看到树和房屋的轮廓。她想,江贵珍她们说得有道理,缫丝厂里面是安全的,如现在自己下夜班一个人往宿舍走,心里一点也不害怕。反而,大门之外的世界……记得以前,她在职校读书时,听说哪个工厂女工下班路上被强奸,哪个学校女生晚归途中失踪,等等,她紧张得夜里从不敢上街。

　　在这静悄悄的夜里,宁国能在哪里?他在睡觉,还是在读书?是在苦思,还是在写信?葛林娣那天早晨写好信后,跑到正田美智子那里问可有信封,对方送给她一张包食品的牛皮纸,让她自制信封。她真的做好了信封。可是,收件人地址怎么写?犹豫了一会儿之后,照老地址写了。接下来她又犯难了,这封信怎么寄出去呢?找正田美智子的念头一闪,很快扑灭了。她不相信她会代劳这件事,她怕她将信送给松下三郎。于是,发不出去的信,她就一直放在枕头旁边。

葛林娣没有直接回宿舍,似乎是一种无意识的行动,双脚由思念占据的大脑支配,往灌木林那边走去。她看到一棵粗壮的树。不对,粗壮的树不在这里,而在缫丝厂东边那幢西洋式建筑旁边。罗老板白天在楼上办公,晚上在楼上另一间房子里休息。楼下的树,是他的心爱之物,据说树龄有三百多年了。那棵古老而粗壮的树,难道独个儿走到这里了?葛林娣揉了揉眼睛,再仔细一看——原来是两个人,一男一女拥抱在一起。她立即想到了方传才和查美欣,不由得转身离开,心里念着那天写的《致蝴蝶》中的两句诗:"比翼偶然非目的性,邂逅一段飞翔旅程。"黑暗中,她淡然一笑。

她回到宿舍时,看到查美欣躺在床上跟大家聊天。她一下子傻住了。方传才搂的是谁呢?这是第二次撞见方传才背着查美欣跟别的女人胡来,查美欣哪里知道自己蒙在鼓里,被一个风流男人欺骗了。这一次,一定要拉查美欣去亲眼看一看,让她明白,爱上一个有妇之夫是多么愚蠢。她为了顾及查美欣的尊严,不让大家都知道,她走到查美欣跟前耳语了几句。

查美欣很好奇地跟着葛林娣往灌木林走,她一路上问,葛老师到底有什么秘密,快告诉我吧,跑这么远又何必呢?葛林娣不语,她拉着查美欣的手,放慢了脚步。那棵粗壮的树还在那里。查美欣叫了一声:"方传才!"方传才没答应。葛林娣拉着查美欣往回走,她对查美欣说,算了吧,跟他结束关系。这种花心的男人,感情不值得珍惜。

查美欣哭了起来,趴在葛林娣身上哭,声音又尖又细。这时,一个人影向她俩赶过来。葛林娣推了查美欣一下,说方传才来了。查美欣低头向宿舍跑去。葛林娣听见她扑通摔倒了。查美欣爬起来,又跑,消失在夜色中。葛林娣转过身来,面对靠近的方传才。

人影到了身边,她才发现不是方传才,是锅炉工曹兴志。她问他,怎么是你，曹兴志？你搞什么鬼！曹兴志很尴尬地嘿嘿笑了两声。葛林娣误会了，不是方传才和另一个女人一起，而是曹兴志与一个女人一起。葛林娣想到查美欣被伤害打击，感到内疚，她嘟哝了声"对不起"。

曹兴志以为葛林娣是向自己道歉，立即说，葛老师，不用对不起。我和汤小毛要是谈成的话，就请你做证婚人。葛林娣笑了一声，汤小毛，哦，是她，那个从洪家铺来的罗老板的老乡，这么快就与曹兴志好上了。

4

查美欣压抑在胸腔的哭声，给深沉的夜填入坚硬的恐惧。大家劝她不要哭达不到效果，只能忍受她制造的声音，努力让自己入眠，不睡好，第二天工作将非常困乏和没有效率。她们拿的是计件工资，生丝产量决定收入多少。葛林娣听着哭泣、打呼噜、磨牙齿交织的嘈杂声，怎么也睡不着。睡不着的深层原因，是她对查美欣的愧疚。她决定明天一早，把曹兴志和汤小毛找来，让他俩告诉查美欣，昨晚在灌木林幽会的是他俩，而不是方传才和谁。

不知什么时候，葛林娣耳朵里少了一种声音，她以为查美欣在痛苦中入睡了。突然，她脑子里蹿出一种揣测，查美欣找方传才理论、发泄去了。她急忙下床，走到查美欣床前，摸了摸，只有戴玲玲一个人，查美欣的位置空了。她又回到自己的床前，穿上外套，去找查美欣。门是虚掩的，没有闩，一拉就开了。自己明明没有睡着，却不知道她什么时候溜出去的。

查美欣没有去找方传才，她做了另一件惊动了所有缫丝女的举动，自挂在宿舍前的一棵树上。她在挣扎，口鼻腔里发出噢噢的声音，淡淡的月光在这棵树和另几棵树之间勾勒出一团团树影，其中一团摇晃不定。葛林娣惊叫了一声，接着高喊救人。她扑了过去，抱住查美欣的腿，往上托。查美欣挂得不高，脚尖接触地面，使得她一时难以断气。葛林娣一托举起她，她的气就回到了鼻孔、喉咙和胸肺之间。

葛林娣的惊叫声，将这个夜晚推到了恐怖的顶点，胆大的缫丝女跑了出来。宿舍的灯一盏接一盏地亮了，女宿舍后面由一排花坛加一排树隔开的男宿舍，灯也亮了。无数的人拥了过来。最先发现葛林娣和查美欣的人，手忙脚乱地跟葛林娣一起将查美欣往上托举,她们没带剪刀,只得将查美欣用来自尽的裤带从树杈上腾开,然后将绕在她颈上的一截带子放松,将她的头脱离套环。查美欣的身子软软地往下瘫,像是急于得到大地的力量补充。她被几个人抬起来,送到了她的床上。与她同床的戴玲玲这时还在宿舍外,她叫大家都回去睡觉,有话明天再说。

方传才睡得很死,他被曹兴志敲醒,说女工宿舍好像出了什么事,闹哄哄的。方传才急忙往外冲,只穿了裤衩,光着膀子。他跟曹兴志,还有其他几个男工赶到出事地点的时候,查美欣已经被送进了宿舍。他从人们的议论中得知查美欣自杀,脑子里轰了一声,接着听说她没有死成,心中悬着的一块大石头落下了,但接着涌起了一股悲伤。他望了望天空那一钩残月,想抽一支烟,这时才发现自己裸着上身,大腿也是光溜溜的。

第二天一早,方传才成为杂货店的第一个顾客。他已经在门外站了一会儿,抽了一支烟。正田美智子打开门的时候,吓了一跳。方传才走进杂货店,把两块大洋往柜台上一搁,要买一只老母鸡,剩下的钱买鸡蛋。正田美智子愣了一下,然后面带笑容地说,本店没有方君需要的东西。方传才说,你会有办法的,跟戴玲玲同床的那个姑娘,急需这些东西。说罢,他头也不回地离开了。

正田美智子当天就买来一只母鸡和一些鸡蛋,方传才将母鸡送进厨房,求厨师老郑帮忙煨汤,给查美欣补补身子。他之所以没有找老郑买鸡,因为厂里蔬菜是由伪军派人送来,半个月才能吃上肉。老郑对他说,你的小老婆个子小小的,脾气却大大的。方传才没搭理他,拎着鸡蛋去车间找戴玲玲。他希望戴玲玲暂时不要告诉查美欣,是谁买的鸡蛋,就说是你买的,让她冲蛋花喝。戴玲玲冷笑了一声,指责他现在才知道心疼人,要是平时不拈花惹草,查美欣就不至于想不开,寻短见。

在离他们不远的一台缫车旁,葛林娣看到了他们。她一改以往对方传才的态度,装作没看见他,害怕与他的目光接触。刚才有个女工痛经难受,求她照看一下机子,然后去了厕所。她想到自己好久没来月经,反而羡慕来月经的女人。这时候,老板罗钧继巡岗来了,他面带微笑,东看看,西瞧瞧,不时鼓励女工几句。他发现葛林娣之后，上前问她怎么干上了操作工。她告诉他自己是替手，女孩身上不方便。她建议给女工放例假，体现你罗老板尊重女性，关爱女工。

罗钧继点了点头，问题是如果碰上同时来月经的女人太多，那就会影响生产。他于是说，估计松下三郎也不会同意。葛林娣质问，这缫丝厂到底是你的，还是松下三郎的？罗钧继对目前自己这种名义上的缫丝厂雇主的身份表示尴尬，因为民国法律再也不能保护他的管理经营权和处置资产权。缫丝厂被日本人管制，松下三郎出于履行与罗德里格斯的供货合同的目的，害怕缫丝厂解散，担心人员流失，所以任何人没有他的批准，不要妄想离开缫丝厂。罗钧继也在履行与罗德里格斯签订的那份合同，更害怕缫丝厂不能正常运转，因为首先得完成松下三郎的订单。他的压力太大了，白发一天比一天多，从两鬓往发际线扩散。

罗钧继身上有两份合同的任务，使得他的一些想法与松下三郎的想法重合。当然，重合中有矛盾，有冲突。他将缫丝女们逼得像拴在缫车上的部件。有一次，他将女工之苦描述给松下三郎听。松下三郎嘲笑他对待缫丝女像一位大叔，一位兄长。慈不掌兵。一个团队的领导，仁慈只会带出一群绵羊。老同学知道甲午战争之前，日本的工业情况吗？1879 年，明治政府从英国购进 10 台 2000 锭纺纱机，以无利息十年偿付的优惠转卖给民间，创建了十几座纺织厂。1883 年 7 月正式营业的大阪纺纱厂，以其先进设备，得法的管理经营，在仅仅一年的时间中，就由建厂时资本的 25 万日元增加到 56 万日元，纱锭从 10005 个增加到 31220 个。大阪纱厂的飞跃发展，导致了 1887 年至 1897 年私人开办大机器纺纱厂的高潮。1893 年，日本拥有 10 人以上工人的工厂，有 3019 家，其中使用蒸汽动力的 675 家。工人人数 38 万人。铁路 2039 英里，使用蒸汽动力的轮船 11 万吨。日本完全实现了资本主义近代工业化。这一时期，大清朝是什么情况？官办工业企业 24 家，私人资本兴办的工业企业，也只有 100 多家。

松下三郎说到企业管理，更是兴奋激昂。日本工厂里看不到闲人，无论男人女人，都像武士一样视死如归，他们身上有巨大的潜能，并且不惜将每一份能量都释放出来。这是大和民族的优良传统。早在日本幕府时期，武艺和体力得到尊重，满头大汗被当作美德，出身于农民的武士们重视劳动，这种价值观普及整个社会。

　　一听到"武士"二字，罗钧继反讽日本将中国儒家文化拿过去组装成武士道精神。儒家倡导忠诚、信义、廉耻、尚武、名誉，武士道强调名、忠、勇、死和狂。这为日本军国主义起了个坏头，打着"拯救日本"的幌子，强行灌输"皇国论""大和魂""为天皇尽忠"等思想，进行侵略和扩张。

　　松下三郎突然咆哮起来，不许罗钧继诋毁日本天皇。罗钧继连忙肯定对方，松下君血管里也流淌着武士道精神。松下三郎继续鼓吹，近代以来，日本摒弃了中国的清谈玄学之风，充分吸收欧洲的竞争意识、市场意识，看不起不劳而获的人。工人对主家尽忠奉公，全身心投入，愿意"以生死委君心"，这是"义理"之所在！

　　罗钧继问松下三郎，人活着的意义是什么？为什么人类一代代摆脱愚昧和黑暗，争取文明和光明？人类不仅要创造财富，还要享受财富，享受艺术和闲暇。人类社会是靠秩序与规则来实现人与人的和谐，靠身体的减压和精神的解缚来获得人与自然的和谐。为这两种和谐去工作，创造财富，才是正道，才会免于掠夺与杀戮。我们儒家精神核心就是为实现儒家大同社会价值观而衍生的"忠孝节义"精神。儒家的社会信仰，具体表现为"天地君亲师"，尊"天地"以合自然规律，忠君王以辅佐天下，孝亲长而尽人伦，敬师而传经学。"忠君"不是指忠于国君，而是忠于国家。爱国主义，也就是儒士"士道精神"的核心精神体现。儒士同样推崇"舍生取义""士为知己者死"的品质，在国家民族大义面前，毫不犹豫地选择"舍生取义"，绝不苟且偷生。

　　松下三郎主动停止辩论，他说，咱们都是学法律的人，遵守合同吧。

　　罗钧继从车间走出来，见葛林娣也跑了出来，追在他身后恳求他关心女工，给她们放假。他突然不高兴地说，你以为我是个冷酷无情的人？这件事，我能说了算吗？有本事，你去找松下三郎！说罢，转身而去。

　　葛林娣见罗老板发脾气，很不适应地发呆了一会儿，她心里说，我就去找松下三郎，你以为我不敢？

第四章　晚霞中的蜻蜓

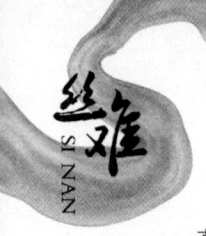

　　葛林娣走不出缫丝厂，她没能直接去找松下三郎。但是，她交代罗老板秘书余媛姝，如果松下三郎来了，立即设法通知她，她将为女工权利据理力争。几天后，葛林娣正在当班，接到了余媛姝的通知，松下三郎来了。她便急忙找江贵珍代班，然后去了罗老板西洋楼会客厅。她推开了门，只见松下三郎坐在木椅上抽雪茄，烟雾升到他身后的窗子上，一圈一圈地往窗外钻去。罗钧继抽的是纸烟，插在一支黑色烟嘴上。他们似乎刚刚陷入了沉默，葛林娣进来后，沉默仍在延续。葛林娣站在靠近罗钧继的地方，面对松下三郎，提出了她的请求。

　　松下三郎的脸上笑意渐浓，他不回答葛林娣的问题，而是夸奖葛林娣严把质量关，责任心大大地好，缫丝厂应该给予奖励。葛林娣说自己不需要什么奖励，最好的奖励就是能每个月给我们三天假。松下三郎察看了一下罗钧继的脸色，然后断然拒绝。他的理由是，日本缫丝女和纺织女，流血流汗支持建设"大东亚共荣宏业"，中国女人为什么就不行呢？

　　松下三郎接着说，日本女工从早到晚不停歇地工作，有的女工像男人一样头上系着"决战""必胜"的条带，以死在机器旁为光荣。她们忠于职守，分秒必争，充分调动全身每一根神经，像上了发条高速运转的机器。休息铃声一响，她们匆匆方便，上工铃声一响，马上又回到岗位。偶然因机械检修出现空闲，她们也自觉地找点事干，哪怕打扫卫生，也绝不闲坐闲聊。

　　葛林娣曾听宁国能说，日本这个国家之所以可怕，因为他们个个不将自己当人待，武士道精神渗透了整个民族的灵魂，一些看似温柔、吟唱樱花的女子，到了关键时刻也会弃花拿刀。她们放弃女性的贞操观念，充当艺伎，服务于武士。日本社会崇尚武士精神，将日本带入了对外扩张的噩梦。鹿儿岛萨摩藩 70 万人口中武士家族占了 20 多万，财政一直紧张。底层武士的生活在日本国门被打开之后，穷困潦倒的情况加剧，他们侵略的魔爪越伸越长。

　　葛林娣想到这里，不再听松下三郎的啰唆，陈述起缫丝女无法忍受因生理原因造成的体力下降、精神不集中的痛苦，劳动状态差，影响产量和质量。她说，质量，我无法永远保证。说完这句之后，她转身走了，在门口的时候，突然一阵咳嗽。

罗钧继和松下三郎目光相遇,对视了几秒钟,意思很明显,都想把这个棘手的问题扔给对方处理,或者试探对方的真实想法。罗钧继闭口不言,他的思绪随着烟雾往窗外飞,按着他指定的路线,飞出了城,飞到了老家洪家铺;然后又飞回来,飞到他从老家带来的那几个女孩的身上。她们从最初的新奇和兴奋,变成了现在的坚韧和顽强。他心里说,乡下女孩就比城里女孩更不怕吃苦。松下三郎连声招呼也没打,悄然离开了。

5

最后,罗钧继和松下三郎达成了妥协性方案。给来月经的女人放三天假,每日不得超过十人同休,放弃者给予加班补助,并签订“连带责任书”,即休假者必须找两个人签字担保,如果不按期返回缫丝厂将惩罚担保者。罗钧继找七位老乡谈话,不希望她们利用例假回家,路上很不安全,以后局势缓和之后,方可回去。如果觉得上班不舒服,可以在厂里休息。

这个政策,让缫丝女特别高兴。第一批申请的十个人,最后只回去了七个人。有一个人主动放弃了,还有一个人找不到担保者。汤小毛也是这十人当中的一个,她决定照常上班,既然回不了老家,在厂里闲着,还不如多挣一份工资。葛林娣从江贵珍口中得知汤小毛不休例假,立马想到了两位孕妇——查美欣和戴玲玲,让她俩代替别人回家住几天吧。

查美欣却不愿意回去,她的肚子已经能看出怀孕了,回家怎么向父母交代?查美欣那天自杀未遂,变得郁郁寡欢,尽管她已经知道那天夜里误会了方传才。葛林娣向她道歉,曹兴志与汤小毛也都出面澄清,是担心她再度自杀。她在宿舍待了一天,除了睡觉,就是坐在床上发呆,三餐饭菜都是葛林娣给她带来的。一只老母鸡,她两天才吃完。她感谢厨师老郑和戴玲玲,以为鸡和鸡蛋是他俩买的。待查美欣回到岗位之后,戴玲玲才透露老母鸡和鸡蛋都是方传才找正田美智子买来的。

正田美智子给方传才弄来老母鸡和鸡蛋的当天,就告诉了戴玲玲。戴玲玲将查美欣与方传才的恋情以及她受到的委屈,想不开而自杀等等都讲

给正田美智子听。正田美智子感叹，好感动，方君对女人很贴心照顾哟。戴玲玲不以为然地哼了一声说，他把美欣的肚子搞大了，就得负责！正田美智子不赞同戴玲玲的说法，查美欣的肚子不是方传才搞大的，而是他们的爱情搞大的。对负责一说，正田美智子也有异议，日本"女子挺身队"为男人服务，怀孕了自己负责。

这是戴玲玲与正田美智子第一次观念的碰撞，观念的核心最后落到伦理和贞操上。戴玲玲指责方传才背叛自己的妻子，在缫丝厂养小老婆，他花言巧语骗去查美欣的心和贞洁。正田美智子拿出了一部《源氏物语》，翻开一页，指给戴玲玲看，"无意之中相逢，必有前生宿缘"。正田美智子还讲了一些日本的风俗，让戴玲玲听了目瞪口呆。如"野玩"风俗更是让人无法想象：村中 12 岁至 16 岁的女孩，要成为真正的女子，就选村中的一个男子前去教授性知识。在少女失去贞操以后，村中人数不定的男子都会与她进行性交。正田美智子强调这不是乱交，而是一种仪式。

戴玲玲哼起了一段《女驸马》上冯素珍的唱词："爹爹爱富嫌贫亲，又将女儿配豪门。我与李郎恩爱重，生生死死不离分。任凭天崩与地裂，要我改配万不能！"哼唱的时候，她脑海里浮现了两个男人，自己的丈夫和邱辉江。邱辉江为了得到她，甚至诅咒她丈夫不在了。这种自私的男人，太可怕了。偷钢笔则罢，竟然还偷马校长的内裤，流氓！

正田美智子也唱了起来："樱花飞舞一如那一天，反射着耀眼回忆的光芒，无奈的叹息让它变得更鲜艳，让这一切的思念飞扬传达到你身边。"

戴玲玲对丈夫的思念，终于可以变成现实的重逢了。她没有假，汤小毛让给了她，并且她很容易地找到了两个担保的人，葛林娣和查美欣。葛林娣在签名的时候，委托戴玲玲送一封书信给宁国能，她将住址告诉了她。戴玲玲兴冲冲地走出了缫丝厂的大门，在门口扫了一眼两个日本士兵，然后加快脚步，尽快离开他们的视野。

外面的世界，给了她一种陌生感。街上没有以前热闹，路人稀少。店铺半数关了门，开了门的，也见不到多少顾客。她找到一家糕点铺，买了几盒酥饼、切糕，这是拿回家孝敬婆婆的。公公在她婚后不久就去世了，他早年的枪疮复发,溃疡腐烂,加上胃疾和肝腹水,非常痛苦地走了。一个行伍出身的汉子,打了不少仗,九死一生,最后却被岁月和疾病打败了,去世时刚到50岁。父亲强迫她答应嫁给战友的儿子,先是出于一种义气,后是出于对信约的遵守。她永远记得父亲老泪纵横地求她说,我一直疼你惯你,你却不听爹的话。她不好意思说自己已答应了别人,不能反悔,这正是女儿性格随爹了呢。幸亏后来发生了偷窃事件,邱辉江被开除,与他分手合理合情,不算负心忘情,否则真不知道结果会怎样。

戴玲玲一路上做了探亲安排:第一天与丈夫、婆婆相聚,第二天去看望自己的父母,第三天花半天去找宁国能,把葛老师的信送给他,还有半天时间酌情安排。她哼唱起来:"架上累累悬瓜果,风吹稻海荡金波。夜静犹闻人笑语,到底人间欢乐多。"她走进一条小街,一抬头看见了自家的门窗。

门是关的,她敲了敲,喊婆婆,没人答应;喊丈夫,也没人答应。丈夫也许在哪里做工还没有下班回家,那婆婆呢?她将自己关在里面,怎么不答应?戴玲玲敲了几分钟,突然隔壁丁家的门开了。丁婆婆叹息了一声,说,玲玲,你终于回来了,你丈夫……丁婆婆突然停住不说了。戴玲玲问是不是她丈夫逃难离开了城里。丁婆婆摇了摇头,然后也帮忙敲起了门。这时,里面才传出戴玲玲婆婆的声音,问是谁,说她马上过来开门。丁婆婆接连叹息数声,对戴玲玲说,你婆婆的耳朵被飞机扔的炸弹震聋了,是这么回事,在你公公除灵的那天,你婆婆到郊外在你公公的厝基那里烧香,皇军扔炸弹炸飞机场,可把你婆婆吓坏了。你婆婆跑回来后,耳朵就背了,很大的声音才能听见。

丁婆婆正说着,戴玲玲的婆婆打开了门,看见门外站着儿媳妇,立即瘫软地坐到地上,双手拍着门槛,哭叫,我的儿呀,我的短命的儿呀,我的苦命的儿媳妇呀……婆婆守寡,你也要守寡……我们这一对前生做了恶的女人啊……

戴玲玲已经明白,她的丈夫死了。她怔怔地发呆了一会,拿糕点的那只手麻木了一般,无力地松开,食品啪地落到地上,牛皮纸包装散开了。她突然大声叫喊起来,邱辉江,你这个汉奸流氓,你为什么要杀我丈夫?她的泪水夺眶而出,然后痛哭流涕。丁婆婆从地上捡起糕点,送进屋里,放在桌子上,接着又回到门外。戴玲玲将婆婆的手从门槛上移开,拉着婆婆站起来。婆媳俩抱在一起,长一声短一声地哭。丁婆婆站在门外,轻轻地将门掩上了。

　　过了大概一个钟头,经受失子之痛的婆婆开始安慰媳妇。安慰结束后,她讲起出事的经过。儿子天天盼媳妇回家,天天到缫丝厂接媳妇,鬼子在大门口把了岗,儿子进不去,又等不到媳妇回来,像丢了魂一样。有一天,他往大门里跑,鬼子用刺刀刺了他的腿,血淋淋地回家,在床上躺了五天才能下地行动。他还是不甘心,说要像他老子一样飞檐走壁。他哪能跟他老子比啊,他老子当兵学了一身武艺,他一天没学,这不是送死吗? 他不听老娘劝告,削了一截截木棍,还准备好了绳子,他要翻墙把媳妇救出来。棍子插在围墙上的窟窿里,他爬上墙之后,跃身而下。回来时,他先上墙,然后用绳子把媳妇拉上去,接着把媳妇放到墙外,自己跳下来。他觉得这办法非常好,老娘却怎么也放心不下,担心会出事,果然就出事了。那天夜里黑咕隆咚,他一去就没回来,老娘就知道他没啦,被鬼子打死了。第二天,老娘在墙脚下找到了他的尸体,他手上死死地握着削尖的棍子,他还没有上墙就被打死了。要是他翻过了墙,带媳妇一起返回,可能被打死的不只是他,还有媳妇了。

　　戴玲玲见婆婆边说边用身上的围裙擦眼泪,围裙很脏,她将自己的手绢递给了婆婆。听婆婆这么一说,她知道丈夫不是邱辉江打死的,是鬼子打死的。原来,邱辉江那天是去告诉她这个消息,而她误解了他的意思。

　　戴玲玲在家里只待了半天,下午出门去郊外丈夫的坟前烧了香,婆媳俩又是一阵悲痛的哭泣。婆婆骂儿子不听劝告,当了短命鬼,丢下老娘和媳妇不管。从郊外返回的路上,戴玲玲向婆婆请示,她想回娘家看看。婆婆答应了,要她快点去。戴玲玲在街头将婆婆送上黄包车之后,怀着沉痛的心情朝娘家走,一想起丈夫冒死去救她,泪水止不住地往下流。回到家后,已是黄昏了。母亲见到女儿,数月的担忧牵挂和失婿之痛,加上这一刻的惊喜,促使她抱着戴玲玲呜呜哭起来。戴玲玲缩在母亲怀里,身子颤抖,闷声哭泣。

她的嗓子在上午的时候就已经哭哑,在丈夫的坟前,她想对着坟头说些话,可发不出声来。戴玲玲发现父母明显地苍老了,哥哥和嫂子也比以前憔悴多了。

第二天,戴玲玲告诉母亲自己肚子疼,很难受。母亲判断是伤感太重,动了胎气,得卧床休息。父亲听说后,赶快去找郎中开了保胎丸。虽然是遗腹子,但老战友的血脉一定要延续,自己以后去天堂见到老战友也好有个交代。戴玲玲在亲情氛围中,心情慢慢有所好转。睡了一夜后,嗓子还是沙哑的,但能表达意思了。她讲这些日子,缫丝厂的活儿如何繁重,日本鬼子如何杀死杨彩霞,同宿舍的查美欣鬼迷心窍爱上一个有妻室的男人,葛林娣老师定了结婚的时间却结不了婚,日本女人正田美智子开了个杂货店,她唱歌特别好听,罗老板与松下三郎像有什么阴谋……她没敢讲邱辉江跑到缫丝厂找她,发誓要娶她。

戴玲玲调养三天,身体已恢复到不感觉肚子疼的状态,但精神不稳定,一想起丈夫就难受,怨他不听婆婆的劝告,憎恨杀人恶魔日本兵。父母以为她离开缫丝厂就不再回去了,可第三天下午她就要回去。父亲不让她回去,既然逃出鬼子的魔爪,就不要回去了,在家好好养胎,把孩子生下来。戴玲玲说不行,因为她不回去,就会连累葛老师和查美欣,是她俩做的担保,不回去她俩就要受到惩罚,不仅罚钱,还要脱裤子打屁股,那岂不是把她俩往死路上推吗?

父亲大骂日本鬼子狠毒无耻,天必将灭其种,毁其国!骂罢,父亲担忧不安,女儿去缫丝厂干活,若造成流产,可对不起老战友啊!他让夫人叮嘱女儿返厂后,一定要注意,坚持吃保胎丸。戴玲玲离开家时,父亲又拉住了她,问找一个女孩去替代她,行不行?戴玲玲说不行,自己是熟练工,找的女孩是生手。就是能找到熟手,时间也来不及了,等下回吧。坚持到生孩子时,就自由了。母亲泪眼相送,直到女儿消失在小巷的尽头。

戴玲玲没有直接回厂,而是坐黄包车去跟婆婆辞行。婆婆一直在等她,做了六盘好菜,有鱼有虾有鸡有鸭,等她回来吃,可是菜凉了,媳妇也没回来,她动了动筷子,还是没吃。终于等到媳妇回来,她却是来辞行返厂。婆婆泪水哗哗而下,问媳妇,不回去不行吗?媳妇说,不回去婆媳俩就没饭吃,必须回去,还得攒钱抚养孩子。婆婆接着问,在家里再待一晚上不行吗?媳妇说不行,日本鬼子的刺刀,会把肚子里的孩子挑出来。

现在,换成婆婆泪眼相送了。戴玲玲快步走出了婆婆的视野。

正走着,一辆小车咝的一声在她身边停住了,她看见邱辉江将头伸出车外,请她上车。她愣了一下,似乎看到一丝阴鸷之气从邱辉江的眼睛里掠过。她打了一个寒战,抬腿便走,她不想接受他的殷勤关照。

6

天黑之前,戴玲玲走进了缫丝厂大门。一进厂,她突然想起葛林娣老师交代的事忘了办。失信于葛老师,这如何是好,传出去,往后回家谁来签名担保啊。三天来沉浸于悲痛之中,仿佛经历了几辈子的打击和苦难,她的情绪一度降到冰点,觉得活着没什么意义。母亲的一句话才让她重新找回了生存的意义,那就是等待一个新生命的诞生,寄予无限美好的希望。

路过正田美智子的杂货店前,戴玲玲听到了古筝声,她放慢了脚步。店铺关了门,门缝里透出一丝灯光。而音乐声不只是借着门缝传出来,它穿过墙壁和屋顶,传播,弥漫。受到墙壁和屋顶挤压的音乐,仍是那么悦耳动听。它有别于淳朴、流畅、明快的黄梅调,显得清雅、柔和、轻盈、舒展。戴玲玲将脚步移到离杂货店不远处的一棵玉兰树下,倾听着正田美智子弹奏古筝传出的乐曲声。

戴玲玲突然听到杂货店里传出男人放荡不羁的笑声,不禁既紧张又好奇。是不是她的丈夫或者恋人来了?正田美智子从没说过自己的身世和家事,她的歌曲里有男人的影子,可那影子随着歌声一停就不见了,歌唱时一往情深,歌一唱完就恢复了单身的自在,似无一丝恋情的迹象。戴玲玲听见正田美智子用日语说着什么,然后叫了一声,像是被男人打了。这时,杂货店的门开了,灯光中出现一个男人,一边穿外套,一边往外走。戴玲玲的身子闪到了树后,她看得很清楚,出来的是一个日本兵。原来,正田美智子的恋人是缫丝厂门口站岗的士兵中的一个。戴玲玲见正田美智子只是将杂货店的门虚掩了一下，没有关上，她从树后走出来，跑了过去，一推开门，将正田美智子吓住了。

戴玲玲被正田美智子推了出来，然后门关了起来，戴玲玲听见了三个字"你快走"。戴玲玲还没走出几步，就听见越走越快的脚步声，从大门那里传过来。她的身子又快速地闪到了树后。杂货店的门被敲得很急促，声音也很大，像是用拳头擂。正田美智子再次打开了门，深深地鞠躬，将另一个日本士兵请了进去。门吱呀一声，关了起来。男人粗野的笑声和女人放荡的笑声重叠着传出来。

戴玲玲被自己的亲眼所见弄糊涂了。她回到宿舍的时候，脑海里仍拂不去在杂货店前目睹的一切。她的情绪低落，也感觉浑身无力，不想上班。可是来到缫丝厂就得上班，她见上夜班的人已在换衣，她也只得穿上工作服。葛林娣不在宿舍，戴玲玲将她的那封信放到了她的枕头上。就在这时，葛林娣从外面跑了进来，兴冲冲地，她盼望听到好消息已经多时了。戴玲玲哭着说，葛老师，我没能将你的信送出去。葛林娣问怎么回事，是不是没有找到宁国能？戴玲玲摇了摇头，哽咽着说，我丈夫死了……我忘了办你的事……

葛林娣失落了，她没有怨怪戴玲玲，她跟全宿舍的人一样惊讶于戴玲玲所言。戴玲玲丈夫年纪轻轻的，怎么突然死了？戴玲玲边哭边告诉大家，丈夫已死去几个月，是被鬼子射杀在缫丝厂的围墙外。她一直不知道，回家休假变成了奔丧。听戴玲玲哭诉，大家陷入了沉默。戴玲玲嗓子沙哑，气息不畅，让人听了神经压抑，内心恐惧。葛林娣看了一眼枕头上的信封，拿起来放到手掌上轻拂了一下，然后塞到枕头底下。为了转移戴玲玲的悲痛情绪，她说幸亏没有送给宁国能，上头还有不少错别字没改过来，下次轮到自己休例假，亲手送给他，就怕他已经离开安庆，爱上了别的女人。

休例假回来的缫丝女，既有带回家庭变故不幸消息的，也有带回离奇市井见闻的。有个已婚女人很幽默地叙述她与丈夫重逢的情景，丈夫急吼吼地搂着她要做那事，可女人身上有月经是不能做的，会引来晦气。他特别失落，骂日本鬼子太无情，女人来了月经放她们回家干啥呀？另一个女人认为，还是来月经后回家好，否则怀孕了得不到家人服侍是很麻烦的。葛林娣对这些谈话插不上嘴，她被一位缫丝女亲眼所见的"奇事"吸引了。日本兵在江边惩罚自己的人，那场面太恐怖了。据说是一个搞翻译的士兵，不知道犯了什么错误。

葛林娣想象着那个很恐怖的画面，心想日军用酷刑惩罚的那个人真的是他们自己人吗？这件事，罗钧继知道得更多，葛林娣呈交质量报表时，他将自己的内心独白变成了交流。日本人热衷于技术创新，他们悟性高，将安庆渔民使用的大型网罾变成了刑具，首先就让中国人上了刑架。葛林娣说，中国人？听说好像是他们自己人。罗钧继说，台湾人不就是中国人吗？日军士兵中有台湾籍的，也有朝鲜籍的，为日本侵华战争服务的中国内地人也很多，他们或者是投降的，或者是被胁迫的，还有被汪精卫"曲线救国"蛊惑蒙骗过去的。日本在中国主办的报纸上宣扬，已有超过50万兵力的皇协军，整编了40个师团和15个独立混成旅团，他们在整个日占区内划分了五大战区。安徽是第二战区，第二战区还包括江西、湖南、湖北一带。活动在这些地方的皇协军，是皇协军第九师团、第十师团至皇协军第十六师团，皇协军独立混成第四旅团、皇协军独立混成第五旅团、皇协军独立混成第六旅团。

葛林娣说，中国怎么就被日本侵占了呢？罗钧继苦笑了一声说，葛小姐，不知道什么时候中国能成为强盛的国家。那个受刑的林翻译，第二天就死了。松下三郎惋惜日军失去了一位诗人，还将林翻译的诗拿过来看。

> 有一座坟墓，
> 坟墓前野草丛生，
> 有一座坟墓，
> 风过草像蛇爬行。
> 有一点萤火，
> 黑暗从四面包围，
> 有一点萤火，
> 映着如豆的光辉。

有一只怪鸟，

藏在巨灵的树荫，

有一只怪鸟，

作非人间的哭声。

有一钩黄月，

在黑云之后偷窥，

有一钩黄月，

忽然落下了山隈。

罗钧继觉得似曾相识，后来才想起朱湘的《草莽集》中有这首诗。松下三郎同时带来的还有一封情书，说是从林翻译身上搜到的，逼问不出给谁送信，上了大刑他仍闭口不言。这封信由筱原转到松下三郎手中，让他看字里行间是否藏了什么玄机。松下三郎看了几遍，只嫌其啰唆，不觉得有啥秘密，就是普通情书而已。他将情书和那首诗一起拿到罗钧继的案头，惋惜失去了一位诗人，并且感叹这位诗人还交了一位爱写情书的朋友。罗钧继指了一下放在办公桌上的一沓纸，对葛林娣说，这封情书，写得朦胧，有文采。他意味深长地笑了笑，然后将情书拿起来，递给葛林娣欣赏。

葛林娣一看抬头称呼，心紧张得跳到嗓子眼上，手瑟瑟抖动。苏州人称老婆叫"戒指婆"，不同于安庆人称老婆为"烧锅的"，这是葛林娣告诉宁国能的。他不称林娣，一定是考虑安全因素吧，怕引起麻烦。日本鬼子戒备森严，不许缫丝厂工人出来，也不许工人家属进去，连信都不给传递，还将封锁上升到军事防务的高度。

亲爱的戒指婆：

在我人生里注定有一个女人用不同于母爱的力量，塑造着我的形象，磨砺着我的精神，呵护着我的心灵。这个女人，就是我用一百分的爱还感觉不够的你；这个女人，就是我宁用一千分的情还觉得对不住的你。

085

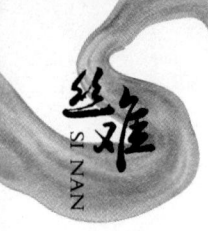

　　相识之后，我们就再也没有分离过。身体的分离，精神却紧密地连在一起。每分每秒你都在我的心里。你在我心里倾诉你的衷曲，像春蚕在茧里化成了绵绵情丝。我也活在你的心里，在心里跟你交流，听你唱歌。梦中，你我都从心里走了出来，相拥相抱，你的浓情与我的深意交融，成为一个整体。梦外还有什么现实生活吗？没有了，那是空的。我走在这空空的世界，心里装着你，才觉得自己还活着。我为你活着，亲爱的！

你的夫君

戒指婆：

　　看见树上有两只翠鸟，各栖一枝，侧目而视。它们是什么关系？我听见一只鸟在向另一只鸟说教。

　　把虚荣心压一压好不好？你说自己的羽毛漂亮，别的鸟会怎么看？它们不觉得你的羽毛漂亮，甚至讨厌你的羽毛的形状和色彩！你不说则罢，一说引起了它们的憎恶；你不说或许它们会理解你的羽毛的存在，你一说自己的羽毛漂亮，它们就变得容不得你的存在了！

　　还会有鸟听到你说自己的羽毛漂亮，立即产生对你的嫉妒。本来它们欣赏和美慕你的羽毛，也愿意亲近你，可听到你夸自己的羽毛漂亮，它们心理改变了，以为你在与它们比试、较量羽毛。尽管你只是夸自己，但对方却看作你在炫耀而轻视它们、张扬而贬低它们。你要明白，对方也是你同类的鸟，它们也有虚荣心，在意别的鸟怎么看它们的羽毛。有的鸟比你更爱虚荣，且很强势，你遇到它们就会麻烦，会受伤。

　　最无知的，莫过于你见到有羽毛的动物，就急于告诉对方自己的羽毛多么漂亮，可它们跟你不是同一种类的鸟，如麻雀；或许它们压根儿就不是鸟类，是鸡，是鸭，是鹅。它们满足一下你的虚荣心，回应说你的羽毛漂亮，可你以为是真的，便骄傲地告诉其他鸟，鸡鸭鹅如何夸我羽毛漂亮，真是幼稚可笑，令鸟爪冷！你反复地告诉禽类自己羽毛漂亮，它们很厌烦，觉得你制造了噪音，侵占了它们的时间，扰乱了它们的生活,怀疑你的智商有问题,心理有缺陷。

当然,你可以自信地认为自己的羽毛漂亮,但同时要肯定别的鸟羽毛也漂亮,还得明白别的鸟也喜欢自己的羽毛,希望得到同类的认可。所以,你的羽毛漂亮,自己不要说,由别的鸟去说。即使别的鸟不说,你的羽毛若的确漂亮,谁也遮掩不住。你要做的是爱惜自己的羽毛,不要因虚荣心作祟而玷污羽毛……

编写一则小寓言,读完一笑而过。

苦城一叶之闲笔

戒指婆:

亲爱的!

寂寞编织柔软的长辫,绞在寄寓者身上。许多念头,破坏了逃脱之术,挣扎中勒伤了情绪。

一个人,孤独于寂寞之涯,被自己的本色浸透,分离的日子。看不见的眼,在一刻不停地注视,既然空间存在,除了寂寞的黑暗,还有精神的明光。

秋未央,爱愁坚挺;寂寞源于独居无所消遣的性情,结果却被寂寞给消遣了一夜。

读书,本可以消除寂寞,可字迹被六神模糊,语言紊乱了目光。写作,也曾能驱散寂寞,可灵感被三心吞噬,思想的声息微弱。

江水与长天,并非一色。长江由多少深山中的溪流一路寂寞,汇集之后发出响亮的声音?难道我们的寂寞却不能汇集吗?只能独个儿品尝寂寞吗?

人在旅途,走过寂寞的千山万水,脚印覆盖前人的历程,在小径相遇结缘,携手终生;于大道擦肩而过,无求为伴。

寂寞的心,有如浓烈的桂花花枝,或如幽兰般清香一叶。性质不同的释放。秋与春。思想与灵魂。

你的郎君

戒指婆：

　　你好！

　　落叶，让我想到了风的力量。现在没有风，树上的叶子也照样往下落。小小的银杏叶，铺地，不忍踩在上面；同时又觉得踩着落叶往前走，触景生情，很有深秋的况味。

　　树上叶子落得差不多了，还有一些残缺的叶子没有落，这种坚持让季节有了长度。所有的叶子都会落的，包括皱巴巴地粘在枝头上的枯叶。倔强不落的叶子也会在空中一点点破碎，腐烂，然后消失在新叶丛中。

　　日子，在我于树下行走的节奏中由秋而冬，由冬而春……你也一样，每个人在季节中行走，学校、公司也在季节中行走，国家和社会都在季节中行走。脚步感知季节的变化却是不一样的，一如树上的叶子，飘落，有时间差。

　　一片落叶，真的会砸破人的脑袋。我看到树下一些痛苦的行走者，他们步履沉重，身体晃动，似乎内心在挣扎。

你的爱人

戒指婆：

　　你还记得我跟你讲过吧，安庆是文化之都，这不是吹牛。古代著名诗人和文学家们，如李白、王安石、黄庭坚、陆游、文天祥、史可法、张英、刘大櫆、姚鼐、袁枚等都曾在这里留下诗文。近代文化名人严复、郁达夫、苏曼殊、陈望道、陶行知、张天翼等先后来这里任教或讲学。著名革命家徐锡麟、熊成基、吴谷、朱蕴山、王步文、蔡晓、舒传贤、俞昌准、郭沫若、叶以群、许杰等，都在这里进行过革命活动。民主革命先行者孙中山在安庆发表支持安徽都督柏文蔚焚烧英商鸦片的演讲，并曾提出将安庆与大渡口建成双联市的设想。

　　我国文学宝库中一篇极有价值的长篇叙事诗《孔雀东南飞》，就出自安庆境内的怀、潜一带民间，是我国文学史上第一部长篇叙事诗，是汉代诗歌中最杰出的作品。到了明清时期，安庆地区的文学艺术达到很高的境界。桐城文派主张文道合一，把唐宋八大家文章和程朱理学结合起来，影响了中国文坛几百年。道光、咸丰年间，有"天下文章尽归桐城"之说。到五四时期，怀宁人陈独秀率先提出科学与民主的主张，掀起一场轰轰烈烈的新文化运动，解放了思想，开发了民智，提升了国民尤其是青年的觉悟。

安庆还是戏曲之乡，清乾隆五十五年（1790）前后，怀宁一带艺人组成"四大徽班"进京，为乾隆寿诞演出。从此，徽剧在京城扎下了深根，并为京剧的产生打下了基础。潜山人程长庚是徽班领袖、京剧鼻祖，另外还有高朗亭、杨月楼、杨小楼等，各有高超的艺术造诣，对戏剧发展贡献非常大。

一个等待者

罗钧继没让葛林娣在自己面前读完以上这些信，他叫她拿去，下班后再去读。葛林娣上班时心不在焉，老想接着看信。下班后，她跑回宿舍从头看起。可她看完之后，也不知道宁国能的情况，他到底在哪里呢？

第五章　江山有信

1

宁国能夹在观看的人群中,站在江堤上眺望林翻译受刑,为林翻译的性命担忧,可无计可施。他想到《水浒传》里的劫法场,可他毕竟不是梁山好汉,手下没有一帮兄弟。他想起周学英的丈夫郝文波。此时,就是去通知郝文波也来不及了。宁国能没有看结束,就离开了江堤。他在城里再也待不住了,他要去说服郝文波,率领游击队搞一次突袭,救出葛林娣和她的姐妹们。

离开城区要经过日伪军关卡,宁国能身穿很旧的衣服,戴着脏兮兮的破草帽,扛着一只粪瓢,跟着拉大粪的民夫一行混到了郊外。一只只粪桶在板车上摇晃,臭气熏天。他贴着板车往前走,难受得几次差点呕吐。民夫们都知道他是冒充者,虽不清楚他的真实身份,也不想向他打听,就任其蒙混过关。宁国能不禁想起1934年陶行知先生在安庆演讲时写的那副对联:"与马牛羊鸡犬豕做朋友,同稻粱菽麦黍稷打交道。"

宁国能寻找郝文波,经历了很大的波折。他先在北城外的大龙山寻找,住山洞食野果,数日后腹泻倒地,由一位药农背回家,灌他一碗温热的药汤,他的身体才好转。药农告诉他,国军一个团在大龙山阻击日本鬼子直到全部战死,现在这里没有游击队。药农还说,城西靠近皖河的百子山一带好像有游击队,村里有个人去山口镇买鱼,遇到鬼子开汽船下乡扫荡,吓得扔下两筐鱼逃命。逃命中突然发现日本鬼子的扫荡受到阻击,可能是遇上了当地的游击队,因为国军正规军已撤到大别山外围地带阻击鬼子。

宁国能身体恢复后,辗转来到城西百子山。他正走着,忽然脚下被树藤一绊,栽了一个大跟头,还没爬起来,便感觉脑门上被一个器物抵住了。在这生死一瞬间,他本能地喊了一声"林娣"。

宁国能被几个大汉捆了起来,押到百子山密林深处一个村庄里。一路上,他恍惚进入了桃花源,村口小溪边是洗衣的妇女,田间地头是耕作的男人,还有不少闲散人员或聊天或打盹发呆。后来,他才知道,村里住了数百难民。也是后来他才知道,阻击日本鬼子的不是地方游击队,只是十几个年轻农民,他们自发组织起来实行自保。几年后百子山才发展了一支数百人的游击队。

是宁国能的书生相貌让几个汉子产生了怀疑,他们把他当成进山侦察地形、打探消息的伪军奸细。宁国能想到一个"死"字之后,也就不怕,如实地讲了自己的身份,讲了城里鬼子封锁缫丝厂的情况,讲了自己出来是为了寻找游击队打进城,解救缫丝女。汉子们将他松了绑,煮了一碗面条,里面搁了两个鸡蛋,给他压惊。他狼吞虎咽,很快就吃完了。这是他出城后吃得最好的一餐。一位姓戴的汉子承认他们的力量太弱,只有几杆枪,打进城里只会送死。并说,你如果愿意留下来,这里管吃管住;如果寻找游击队,那么尽快走。往哪里走呢?百子山与月形山、象形山,山脉相连,到那些地方去找找看,也许能找到一支游击队。

宁国能在月形山,差点被日军抓住。月形山是沦陷区,一天晚上,他睡不着,突然听到不远处牛皮靴哐啷哐啷地踢门,接着有人发出惨叫。日军包围了宁国能借宿的程家村。宁国能腾身而起,急忙穿上衣裳。可日军已经踢开房门冲了进来,打了他两个耳光之后,把他揪到外面用麻绳捆绑了起来。他看到月光下,有十几个青年也被捆绑着。日军将他们带到月形山的一个据点,关进一间石屋里。天亮后,日军逐个审讯,逼他们交代村里谁是中国兵,中国兵的驻军地址在哪里。没有人能说得出来,因为确实不知道,除非胡编。日军将他们带出石屋,将一半人推进一个深坑,用石头砸死。另一半人站在坑上观看,他们有的被吓得大小便失禁,有的身子瘫倒在坑沿,差点滚到坑里。日军对他们叫喊,抗拒交代中国兵的,统统死啦死啦的。

押回石屋后，宁国能心想与其接下来被石头砸死，不如现在就死在鬼子刺刀下。他发现石屋的门与石头墙之间有几厘米宽的缝隙，他趁日军吃午饭时将手从缝隙里伸出去，慢慢摸到门扣，用指头顶起插销，然后轻轻一推，门开了，一束强光刺得他睁不开眼睛。他将身子蹲下，缓缓移动了一段距离，然后对准一丛杂草荆棘，身子一闪，钻了进去。

成功逃生的宁国能，第三天来到了洪家铺境内的象形山。虽然洪家铺是紧邻月形山的一个镇子，相距只有几十公里，但需要绕过鬼子的据点，所以才费了这么多工夫。在象形山，他仍没找到郝文波。绝望之时，他得到一个信息，郝文波的队伍转移到了大雄山。大雄山距离象形山30多公里，有两条路可抵达。一是下象形山，到小石矶，乘船到江家咀下，或者到石牌镇下，然后北行至大雄山。据说皖河水道被日军和国军飞机轮番轰炸，极不安全。宁国能只有选择绕来绕去的山路了，翻山越岭，一直往南而去。

郝文波见到宁国能时大喜，以为他是来投靠入伙的。尽管游击队粮食紧张，多天吃山芋、喝南瓜粥，但郝文波用大米饭招待了夫人的老同学。宁国能问周学英在哪。郝文波回答，她在城里。吃饭时，郝文波说，宁先生这回该参加本部了吧，咱现在任一七六师第十一挺进队第三支队司令，跟着咱出生入死的都是爱国兄弟。大雄山是个状元山，真是文曲星招来了你这位教授。宁国能一时没有想起哪位状元，愣住了。郝文波说，在大雄山听到许多有关刘若宰的传说，据传刘若宰殿试后，由皇帝朱由检亲自阅卷点魁，先阅了13份卷，认为刘最好，一直校阅了63份，还是刘卷居首，可见刘若宰这个状元货真价实。听说刘若宰长得不好看，但心地善良，又机智诙谐，他在朝廷上为家乡说了不少好话，为家乡百姓做了不少好事。宁国能立即说，刘若宰的文气充沛，说理晓畅，"桴动鼓鸣，兴起振作""济济多士处而蕴黼黻之章出""无令文士之陆沉"……安庆人文渊薮，刘若宰对安庆的学风、文风无疑是有影响的，对教育也是有贡献的。

宁国能说自己只是一介书生，对军事一窍不通，当幕僚拿不出什么作战方案，上战场又扛不动枪，杀不了敌，白养着浪费粮食。郝文波听了很不高兴，质问他冒着危险跑来找游击队何干？宁国能说，找你率队伍打回安庆去。郝文波哈哈笑道，这还不是来投靠咱的嘛。你们文人说话曲里拐弯，很不干脆。打回安庆，咱早有这个想法，夫人学英在城里搞情报，等到机会来了，我们将以迅雷不及掩耳之势，打得鬼子跳江喂鱼。

在大雄山，宁国能查访了刘若宰遗迹，游览了"瀼溪环曲"景观。置身于流水潺潺、渔歌互答的自然美景与迷人风光中，哪能相信这个世界上还有战争，还有屠杀？他在一块碑刻前站住，读起一首赞美瀼溪的诗："草堂何事筑瀼西，映日回流见此溪。乱石星河支曲埠，危桥烟雨接长堤。泛杯香遂桃花运，拂钓浓看碧树齐。更喜禹功东到处，纯深灌足野人畦。"看落款，是清顺治知县贾壮题。另一块碑刻，是清朝文人吴廷楷的诗："山固爱盘桓，水亦学山曲。中有素心人，永失以弗告。"

有一天，宁国能一个人行走在营地，突然想起，好像听人说过，安大前任校长程演生先生的老家离大雄山不远。他找郝文波想证实一下，郝文波却摇头不知。郝文波透露了一个消息，国民党怀宁县政府从安庆搬到离大雄山不远的石牌。石牌是黄梅戏的发祥地和京剧的发源地之一，无徽不成商，无石不成班，石牌是个"戏窝子"，不妨去那里看几场大戏。宁国能对看戏不感兴趣，倒是想去石牌一趟，于是他跟着换了便衣的郝文波一起去石牌玩了一天，看了一场抗日剧目《三江好》。郝文波借看戏之机，联系了商人老姜在剧团洽谈采办军粮之事。明清至民国以来，石牌一直是皖西南重要的农副产品集散地，商贾云集，货贿泉流。前不久，日军骑兵在石牌运输商船上抢劫大米、砂糖、食盐等物资450包，游击队赶到的时候，鬼子已经跑没影了。

仲秋将至，郝文波接到指令，进行战略转移。宁国能跟着游击队转移了一座山又一座山，一会儿离城区很近，一会儿又离城区很远。宁国能身体透支很大，常常需要用担架抬着行军，郝文波觉得文人确实没用，打算打进城后，还是让宁国能离开队伍，去干他想干的事吧，免得给自己拖累。

战前，怀宁县县长胡邦宪着手配合郝文波，对县政府各界做了后勤工作的分工，在长江日报社制作200副担架，指定县商会会长潘星烁在三天之内征集大毛竹500根，土布200匹，交到位于姜家祠堂的长江日报社，并征集石牌镇的竹工、裁缝到姜家祠堂前的广场，把全镇的汽油灯集中在一起点亮，连夜赶做担架。仅用了两天时间,200副担架全部制作完工,交付担架队。

这日凌晨,郝文波带领敢死队,在玉虹门北侧断裂的城墙缺口处登墙入城,将守卫城门的少量士兵击毙,打开被日军关闭一年之久的玉虹门。入城后,部队迅速占据有利地形,并继续向北穿过郭家桥、关帝庙,直插到北门内正大街。驻守在近圣街的日军清野旅团,南从大珠子巷追击,东从孝肃路拦截,在大拐角头,两军火力正面接触。郝文波在城里生活多年,又曾是青帮成员,对地形十分熟悉。他分兵作战,烧毁多处日伪机关,在打缫丝厂外的敌人时,遭到猛烈阻击,造成数位兄弟牺牲。敢死队也不是白白送死,他立即改变原定计划,逐步靠近集贤门一带。几乎同时,另一支游击队从八卦门附近,与日军正面展开交火。战斗持续了两个多小时,由于城外后援部队配合不力,天色渐亮时,攻城部队被迫撤出城区。

郝文波的游击队没能攻下缫丝厂,他感到特别憋屈。据可靠情报,缫丝厂大门前轮岗的士兵共四位,在附近巡逻的士兵有一个班,可是刚交上火,日军——六师团长筱原就及时得知情报,快速增援,重火力压住了游击队。那天行动之前,郝文波告诉宁国能即将打回安庆,宁国能激动不已,恳求郝文波将缫丝厂作为攻打目标之一,鬼子关押了那么多女同胞,不把她们救出来,后果真的不敢想象。郝文波答应了他,并抱必胜信心。可是,不但缫丝女一个没救出,还死了几个兄弟。

将队伍撤出城区后,郝文波大骂后援队伍行动迟缓,又骂宁国能给他添乱。真是见了鬼了,日本鬼子一下子冒出那么多,哪来的?他奶奶的!直到师部对此次攻城之战做出肯定评价,并给予表彰,郝文波才消了气。他下令铸了一批铜质纪念币,上镌"郝文波赠进攻安庆优胜纪念",颁发给每个部下。宁国能也得到了一枚。

2

战场上的情况瞬息万变,敌我双方的战术郝文波无法掌控。游击队攻城单兵作战,上峰只嘉其勇,而无胜券可握,所以调动其他兵力协同与后援,以增胜算,结果只是达到了惊动敌人的效果。抗战宣传上称此次战役毁仓库、炸飞机场,歼敌 100 余人,缴获军用品甚多,是一次攻城硬战,极大地激励了安徽人民抗日决心。

最让郝文波失望的是邱辉江没有及时反正。后来周学英对他讲述了争取邱辉江反正的经过。周学英公开的身份是汪伪"安庆自治委员会"主办的《振兴报》编辑,化名周子央。她去找邱辉江是冒着失去工作、失去性命的危险,因为邱辉江知道她是郝文波的夫人。邱辉江自从郝文波反正离城后,就一直没见过留在城里的周学英。他对师娘特别敬畏,将她看作女中豪杰。他最初对郝文波也是敬畏的,加入青帮并且追随他。郝文波将帮规《十戒》挂在墙上,"开香堂"时集体朗读一遍,并要求每个人都会背诵。帮里识字的人不多,郝文波亲自带新人背,直到他们记住并能理解为止。

　　自古万恶淫为源,凡事百善孝为先;淫乱无度乱国法,家中十戒淫居前。

　　帮中虽多英雄汉,慷慨好义其本善;济人之急救人危,打劫杀人帮中怨。

　　最下之人窃盗偷,上辱祖先下遗羞;家中俱是英俊士,焉能容此败类徒。

　　四戒邪言并咒语,邪而不正多利己;精神降殃泄己愤,咒己明怨皆不许。

　　调词架讼耗财多,清家败产受折磨;丧心之人莫甚此,报应昭彰实难活。

　　得人资财愿人亡,毒药暗杀昧天良;昆虫草木尤可惜,此等之人难进帮。

　　君子记恩不记仇,假公济私无根由;劝人积德行善事,假正欺人不可留。

　　休倚安清帮中人,持我之众欺平民;倚众欺寡君须戒,欺压良善骂名存。

　　三祖之意最为纯,少者安之长者尊;欺骗幼小失祖义,少者焉能敬

第五章　江山有信

长尊。

饮酒容易乱精神，吸食毒品最伤身；安清虽不戒烟酒，终宜减免是为尊。

初入帮会的弟子不明白，为什么"青帮"写成"安清帮"。郝文波说这有来历，青帮原称"安庆帮"。明太祖朱元璋的龙兴之地，原为安徽凤阳朱家岗，岗内有朱安社、朱庆社两社，所以取帮名"安庆帮"。到了清朝，乾隆下江南了解到安庆帮要反清复明，下令改名"安清帮"，否则以反动治罪清剿。当时安庆帮领袖不得不虚与委蛇，表面忠于清政府，但私底下一再告诫兄弟们莫忘反清复明之革命意志。再后来，安清帮改为"青帮"，这十戒上没改过来，就是要求我们记住那一段历史。

邱辉江跟着郝文波背会了《十戒》，还有《十要谨遵》等等，决心死心塌地地追随他。可是，那一天郝文波率兄弟们加入伪军，邱辉江突然觉得郝文波不值得敬畏了。当年青帮敢于反清复明，现在青帮却投降日本，岂不是自毁名声吗？他斗胆劝郝文波不要接受日军收编，索性打出城，继续单干，或者加入国军或新四军。郝文波不承认自己是被日军收编，而是受"苏浙皖绥靖军"之命而拥有正规番号。他的想法是，绥靖军跟当年安庆帮一样，表面上接受清政府改名安清帮，内里还是要复明，最后绥靖军还是要赶走日本人。邱辉江于是跟着郝文波一起加入了绥靖军。没想到的是，郝文波很快就反正了，邱辉江决定不再忠诚于他，两边跑来跑去，搞得人心惶惶，没有了方向感。郝文波集合队伍做国军内应，打日军城防，却发现邱辉江失踪了。最先明确反对投降的家伙，自己却当了不折不扣的汉奸。郝文波气得指天大吼，朗朗乾坤，顺之者昌，逆之者亡。邱辉江这个逆贼总有一天死在老子的跟前。

骂归骂，郝文波内心还是非常怜惜邱辉江。当手下人要去把邱辉江的父亲抓起来时，郝文波不同意子债父还，何况那个邱老头子欠了一屁股债，杀死他还不如让他在世上继续受罪，也是对他儿子的现世报。当游击队策划攻占安庆时，郝文波再次想到了邱辉江，要是他能反正，即使带几杆枪内应,也会给鬼子以很大的挫伤,同时也是一种极好的宣传,扰乱伪军和日军的军心。

策反的任务落到了周学英的身上,她将第二天见报的稿子编好后交给编审,然后离开了报馆,直接去找邱辉江。她揣着《振兴报》记者证,行动比较自由。邱辉江见到周学英时,大吃一惊,以为郝文波打回来了。周学英笑了一声。邱辉江问她是怎么进入任家坡这大院楼上的。周学英没有回答,直奔主题,她来找他谈一件大事。什么大事?游击队攻打安庆的时候,你做内应。邱辉江紧张得脸都白了,他问什么时候攻打。周学英说,你还没答应干不干,我就把攻城具体日期告诉你?邱辉江看着周学英发呆。周学英说,辉江,郝司令天天惦记着你,希望你弃暗投明,回到兄弟当中一起打鬼子。你现在虽然在这亮堂的屋子里办公,领着大洋,衣食无忧,可这一切都来得不正常,必然不会长久。新的革命高潮一定会到来,现在处在全国大革命的前夜,革命的对象是日军和皇协军、绥靖军。鬼子战线拉那么长,侵略野心不断扩大,到了顾此失彼、手忙脚乱时,必被中国打得稀巴烂。

邱辉江沉默不语,周学英拍了一下他的肩膀,对他说,兄弟不要犹豫了,赶快决定吧。如果同意,你就到这个地方找我。她将一张纸条递给邱辉江,然后笑了一声,补充道,你也可以带人去那里抓我。周学英说罢,转身走了,她的脚踏在木地板上,咔咔响。

周学英的身影一消失,邱辉江立即走到门外扫了一眼周围的情况,令他困惑的是,周学英,一位游击队司令的老婆,到底是怎么进来的呢?谁放她进来的?难道她打通了特别关系,进入这里?邱辉江对城内日军兵力和布防情况不了解,但了解绥靖军的兵力。郝文波的游击队有多少人马?据秘密交通站的侦察情报说有2000多人,但装备很差,真正能持枪攻城的前锋估计只有几百人。邱辉江拿双方兵力做比较时,不认为这是为自己选择站边找依据。他觉得郝文波这个人不可靠,投降是他,反正也是他,说不定又会投降,不想跟着他瞎折腾。刚才周学英讲得倒是很有道理,一句句都让他内心起波澜。

邱辉江犹豫不决,他将周学英的那张写了碰头地址的纸条烧了。他来

到缫丝厂,帮罗老板偷运生丝,记不得这是第几次了,每次来,他都想见见戴玲玲。他知道她丈夫死了,她成了寡妇。对于寡妇戴玲玲,他仍然爱着她。可戴玲玲却对他不领情,很冷漠。他后悔偷马校长金笔时顺手偷了她的内裤。他向戴玲玲解释,是拿回去给妹妹穿。可戴玲玲不相信,说是拿走了内裤之后才想出的理由。

这回,邱辉江没有去找戴玲玲,他等罗钧继和他老家那几个姑娘将蚕丝悄悄运到车上后,就开车离开缫丝厂。他现在是自己开车,罗钧继坐在他的身旁。车子开出大门后,他就将郝文波攻城的消息透露了,目的是征求罗老板的意见,自己反正还是继续在绥靖军里混。现在,罗老板是他最敬重的人。他认为罗老板的见识没人可比,剖析问题入木三分。罗老板把信用看得比性命还重,值得信任。

罗钧继却很淡定,他说攻城的消息听了不少,可一直没有动静。邱辉江说,这次是真的,他听郝夫人亲口说的。罗钧继很惊讶,问他怎么见到了郝文波的夫人,听说那可是个女侠式的人物,不仅能说会道,而且行侠仗义。听葛林娣说过,有一次,安大学生游行,反对省教育厅挪用教育经费盖洋楼,受到警察围堵,一个男生被警棍打破头,周学英冲上去,一脚踢飞了警棍。周学英怎么与郝文波结为夫妻,一直是个谜,但从性格上看,她选择郝文波一点也不稀奇。罗钧继想,周学英到城内是故意泄露军情,还是故意编造军情,其目的就会不一样。

邱辉江说,他们这回是真的要打进来,希望我内应配合。

罗钧继紧张起来,说,你答应了吗?

邱辉江说自己还没有答应,他想征求罗老板的意见,听听先生的分析。罗钧继首先想到了缫丝厂的利益,想到了与罗德里格斯签订的那份合同。攻城的枪声一打响,必定惊动缫丝女,如果游击队恰恰将缫丝厂及附近的守军作为攻打目标,那么缫丝女极有可能趁机逃离缫丝厂,也有可能游击队会烧掉缫丝厂。他已经听到社会舆论说缫丝厂是汉奸工厂,是日本人工厂,冲动的游击队打过来,会考虑民族实业家的财产安全吗?会思考缫丝厂的存在是为百姓提供生计的渠道吗?所以,他很不愿意看到游击队打过来。当然,鬼子不打不会消亡。那什么时候打呢？他陷入了困境,利益与爱国在他身上打了死结。他没有回答邱辉江的问题,被邱辉江理解为他也拿不定主意。

车子开到秘密仓库后,罗钧继与邱辉江一起卸下蚕丝。这种零存的方式,也在仓库占了一块不小的地方。罗钧继问邱辉江,与罗德里格斯的助理约翰先生联系得怎么样。邱辉江说已经联系上了,五天内来取货。罗钧继心中祈祷,这五天游击队不要与日军交火。回到车上后,罗钧继向邱辉江摊开了自己的意见:莫要反正。他见邱辉江愣了一下,补充道,这不是反正的最好时机。他问邱辉江有多少人愿意跟他反正。邱辉江一直没有反正的想法,他不知道有多少兄弟愿跟他一起反正。罗钧继于是劝他暂时不要反正,留得青山在,不怕没柴烧。邱辉江明白罗老板的意思,接受了他的意见。两人相视而笑。

邱辉江按照周学英指定的地点,去了近圣街,他没有走进食无涯饭店。他在斜对面的杂货铺里,一边看商品,一边用眼睛瞟着外面。他看见周学英和另一个女孩手拉手走进了食无涯。既然不接受周学英的策反,为什么还要来呢？他也不知道自己是一种什么心理。他离开杂货铺往回走的时候,心里一直在想周学英见不到他会如何生气,如何失望。他觉得有些对不起周学英,她那双柔中有刚的眼睛,好像时时都在盯着他。

罗钧继在五天内没有听到枪声,终于嘘了一口气,那批蚕丝交到了约翰的手中,并拿回了验货清单。通过利用以前的库存和数月来的超产才得以供货美方,接下来只有超产这一条路了,可再怎么超产,受机械制约,也是完不成订单任务的。幸亏合同上写的是两年内交货完毕,还有一年多时间,或许会找到办法。也许筱原换防,松下三郎随之离开;也许松下三郎发生意外,如被人刺杀……总而言之,会有柳暗花明那一天的。

但是,他不希望郝文波这时候打进来。这种担心,在他交了一批蚕丝后仍然存在。郝文波突袭攻城的枪声打响之时,他急忙穿衣起床,拿着手电筒照路,奔向车间,安抚正在上班的缫丝女,要求她们不管外面怎么乱,都安心工作,如果往外面跑,只会送死。接着,他又跑到宿舍,要求大家不要离开,

厂内是最安全的地方。

　　罗钧继还做了一桩他若干年后内心不安而又讳莫如深的事情,他到死也没向任何人透露一言半语。当夜凌晨,他打通了松下三郎的电话,以百分百肯定的口气说,游击队朝缫丝厂这边打过来了,他们将毁坏机械,放走缫丝女。松下三郎立即将这个消息报告了他的表弟筱原,筱原及时做了兵力调整,增援以缫丝厂为中心的防区,重火力压住游击队,使他们无法靠近缫丝厂,并最后成功地逼他们撤离缫丝厂外围,转移到集贤门。枪声越来越远,最后消失了。

3

　　枪声如炮仗,噼噼啪啪,倒是不怎么陌生。中弹的声音听上去才令人恐惧,子弹打在铁栅门上,啾啾、咻咻,火花飞溅,刺耳,扎眼。罗钧继站在办公楼的一扇窗口旁,望着城市的上空,黑夜被闪电般的光撕开,听着忽远忽近、忽弱忽强的枪炮声,内心紧张、复杂。枪声停息之后,电话铃响了。

　　松下三郎对罗钧继产生了巨大的信任,夸他为建立"大东亚共荣圈",表现了一个中国知识分子的理性支持和热情参与。罗钧继听了,感觉与其说是一种表彰,不如说是一种定论,他正式戴上汉奸的帽子了。他不承认,不接受。他这样做,完全是为了保护公司的财产和缫丝女的安全。

　　黎明到来之后,天空仍是那么蓝,树上的鸟儿还是那么鸣叫,没有迹象表明昨夜发生了枪战。但是,罗钧继的心里还在噼里啪啦地响,仿佛战斗还没有结束。他努力平复自己的心情,拿起史尚宽先生赠送他的一部《劳动法原论》翻阅。他非常景仰这位安庆籍担任"立法委员""立法院法制委员会委员长"和"民法典起草人"的法学家。这时,他有些后悔,要是不弃文经商,一直追随史先生的话,也许自己在法学上已有建树,亦能著书立说。记得当年他改行经商时,史先生却并不反对,认为中国要成为法治国家,可能需要数代人的努力;如果中国能够加快经济发展,更多人有能力得到教育,那么国民整体素质就会提升,所以振兴民族工业会对国家法制建设起到推动作用。想到这里,罗钧继不再后悔。

"契约自由制度只将劳动力当作物而不视其为人。而劳动法则不同,它在人身自由的层面实现了劳动者的人权,并重新将劳动关系作为人身权利关系设立。它通过'强行法律'直接对契约自由予以法律限制,表现为雇员与雇主之间的个别劳动合同以及雇员组织与雇主组织之间所订立的集体劳动契约相互衔接。"

这段文字,曾经被罗钧继画了直线,当时他还是由法律思维支配着世界观,因而非常赞同这种法律论述,可自己的身份变成雇主之后,他被利益观所占据,冠冕堂皇地将契约制度归属到法律制度,必要性替代充分性,并以此为武器维护公司财产利益。从战争爆发前到现在,自己莫不是拿契约制度为圭臬,而漠视劳动法对劳动者人身自由和人权的保护。

上午,邱辉江来了。他的出现,在罗钧继看来,是证明他昨夜没有反正,将一如既往地与缫丝厂罗老板合作。罗钧继认为邱辉江很聪明,可以继续利用。邱辉江与戴玲玲的关系,罗钧继已经知道。

我把汤小毛介绍给你,你不同意,原来早已爱上了戴玲玲。罗钧继笑道。

邱辉江也笑了笑,他说,戴玲玲丈夫不在了,她怪可怜的。

罗钧继被邱辉江的同情心打动,但可以看得出来,邱辉江不是基于同情才要娶戴玲玲。他听葛林娣说过,戴玲玲被邱辉江缠住了,她不愿嫁给他,可能是对他的身份不满吧。戴玲玲只要答应邱辉江,立即就可以得到自由。戴玲玲却回答,她现在很自由。罗钧继根据听闻,判断戴玲玲不愿与邱辉江重续旧情,一定还有其他什么过节。他鼓励邱辉江,烈女怕缠夫,只要你真的想娶他,就一定会娶到她,要让她感觉到你是真心实意地爱她。

取得松下三郎的信任之后,罗钧继有了相对的自由空间,他可以直接走出缫丝厂,甚至得到岗哨士兵的敬礼。松下三郎邀请他参加生日宴会,他去了。松下三郎戴着金丝眼镜,盘腿坐在榻榻米上,一边吸着雪茄,一边观看三个日本女人跳舞,一台日产维克多留声机放着《博多夜船》《浪花小呗》等歌曲。罗钧继来了后,三个歌伎退下,进来另两个日本女人,一对一地向松下三郎和罗钧继行鞠躬礼,然后在两个男人跟前跪下,开始进行茶艺表演。

第五章　江山有信

饮茶之时,松下三郎从身后拿出一个文件夹,从里面抽出一张纸,递给罗钧继。罗钧继看了起来,原来是一份《为国民政府成立告民众书》:

民众诸君:

三月三十日,汪精卫先生所领导的新国民政府,担负全中国民众的重任,在孙总理陵墓前,宣告光华灿烂地诞生了。同时,公开正式取消渝府组织,蒋介石政府,从这日已变成一个地方军阀了。

组织新国民政府的人员,汪代理主席以及各院部长官,都是中国第一流之人才,各项事宜,早已通盘计划,既周且密。四月五日,对于重庆政府指挥下的军队,已命令即刻停止战斗行为,赶速归来。因此在最近以来,各地党军,陆续投降日军,听命于新政府,比比皆是。同时,对于重庆政府服务之公务人员,亦命令于半年以内,复归南京,供任原职,是以公然脱离重庆者,不乏其人。

然而蒋介石迷梦仍然未醒,只管哀求第三国的援助,为自家保身之计,甚至于出卖国家、人民,亦所不惜!

可是如今事实不能掩蔽了,新中央政府的成立,给他们一个莫大的致命伤,加之国共相克,士气沮丧,反战和平运动日益弥漫,民心离异,天心可知。况又物价涨风不已,民生日蹙,怨嗟之声,充满天下。抗战到底的口号,现在真正变成一纸空言,人民流亡,国土荒芜,好像现世的地狱一般!

民众诸君!你们现在总要沉思默想,新国民政府治下的民众,都享有安居乐业的幸福,而重庆政府治下的民众,却因党军匪徒,征用物资,以致田园荒芜,经济恐慌,悲惨之状,一言难尽,相形之下,你们何去何从,利害显然,又何待乎人言!

民众诸君!你们命运,已经到了最后关头,你们现在赶快把活眼,看看社会的真相,确定自己的方针吧!

我们大家,携手同心,高揭和平建国的旗帜,一致在新中央政府之下努力吧!以全国民众信念的坚固,可以打破蒋介石迷梦,可以叫他断念抗战的妄想，可以救出整个中国的生命，实现民众幸福，确立永远和平，建设东亚民族的东亚！

　　民众诸君！好机会到了！我们快快地精诚团结起来，拥护新国民政府，实现新中华民国！

大民会安庆联合支部

　　罗钧继明白松下三郎给他看这份没有落款日期的"告民众书"是什么意思。他呷了一口茶，表态说自己坚持做一个纯粹的实业家，不参与政治。松下三郎说，实业家不是空中楼阁的主人，需要得到政府的支持。罗钧继只承认国民政府，它是北伐成功之后代表中国的唯一合法政府，1937年起带领中国进行抗日战争的政府，而对汪精卫搞的所谓的新国民政府嗤之以鼻。他把"告民众书"还给松下三郎时，随口说了句"这个在法理上站不住脚"。他见松下三郎投来质疑的目光，便问，难道谁都可以找个借口成立政府吗？难道日本国可以允许这样的政府成立吗？

　　松下三郎一时回答不出来，但他好像没有被冒犯，仍笑容可掬。他谈起了日本茶道，并笑罗钧继饮茶的动作不符合茶道要求。日常家人、朋友随意喝茶可以不讲究，一旦"饮之以茶道"，就得进入宗教、哲学、伦理和美学水乳交融的境界。茶道，不是饮茶解渴和人体水分补充，而是通过茶艺和茶礼来达到陶冶性情的目的。16世纪末，千利休继承历代茶道精神，创立了日本正宗茶道，他提出了"和敬清寂"的茶道精神。"清寂"是指冷峻、恬淡、闲寂的审美观；"和敬"表示对来宾的尊重。整个茶会期间，从主客对话到杯箸放置都有严格规定。风度翩翩的钧继君，今天在茶道上却没有风度，哈哈……

　　品赏一番茶艺之后，松下三郎又将话题扯到汪精卫身上，但这次他没有说新国民政府，而是称赞汪精卫的诗词既有阳刚之气，又有阴柔之美，如"衔石成痴绝，沧波万里愁；孤飞终不倦，羞逐海鸥浮。姹紫嫣红色，从知渲染难；他时好花发，认取血痕斑。慷慨歌燕市，从容做楚囚；引刀成一快，不负少年头。留得心魂在，残躯付劫灰；青磷光不灭，夜夜照燕台"。罗钧继学生时代曾因读汪氏这首狱中诗《被逮口占》而对他敬佩不已，可后来汪精卫竟

第五章　江山有信

然走上投靠日本人的亡国路线,他感叹对人的评价真的需要"盖棺论定",其一天没死,都不能做最后评价,还不知道怎么变化呢。他有一天从报上看到汪精卫自比于屈原,"志洁而行芳",气得大骂其无耻至极。

罗钧继对松下三郎说,自己欣赏陈独秀的诗,他在南京监狱写《金粉泪》56首,最后一首是:"自来亡国多妖孽,一世兴衰过眼明;幸有艰难能炼骨,依然白发老书生。"陈独秀推崇"高尚纯洁之人物"和"真诚纯洁的精神",并认为中国"德敝治污"的最大原因,就是高尚纯洁的人物太少了,而圆滑势利的人太多,他们变来变去,祸害国家,袁世凯、康有为就是这样的人。陈独秀甚至认为支持真复辟的人比主张假共和的人好,他在1916年写的《我之爱国主义》一文中说:"唯其非诚心赞成而赞成之者,其人格远在诚心赞成而赞成之者之下。"继而呼吁:"本诸良心之至诚,慎厥终始,以存国民一线之人格。"虽然,因陈独秀还健在,不知道他还有什么变化,但从他的人格来看,再变也不会变得太坏。罗钧继见松下三郎的脸色稍有不悦,忙说,陈独秀前后五次留学日本,深受日本现代文化的影响。章士钊在日本办《甲寅》杂志,陈独秀在帮助编辑的同时,自己也写了不少诗文,1914年10月10日,他第一次用笔名"独秀"在《甲寅》上发表《爱国心与自觉心》一文。

松下三郎连连点头,他说,原来是日本赐陈先生"独秀"之名,可见日本与安庆多么有渊源。罗钧继立即予以纠正,陈仲甫先生是以安庆怀宁之独秀山之名作为自己的笔名,他当时在日本,特别想念祖国和家乡。最近,从报上可看到,有人诬称陈独秀是每月向日本领取300元津贴的"间谍",独秀先生准备诉诸法庭,讨回公道。

松下三郎对这件事,特别感兴趣,问到底怎么回事,如果陈独秀跟汪精卫合作,那中国必将成为建设"大东亚共荣圈"的中流砥柱。1927年4月5日,陈独秀和汪精卫发表《汪精卫、陈独秀联合宣言》,这应该是他们合作的基础。罗钧继说,此一时非彼一时,现在他们绝对走不到一起了。当年,他们共同对付蒋介石,是为了得到自身的生存空间。现在中国的现状是什么?他们的生存空间,汪理解为日本人可以给。而陈呢?他只是一个思想独立的知识分子,一个"穷则独善其身"的诗人。

罗钧继想，陈独秀怎么可能是日本间谍呢？最近读了他公开发表的《告日本社会主义者》一文，文章中点名批判三位日本著名的社会主义者背叛"前辈社会主义大师的遗教"。这三个背叛者，第一位是当年积极鼓吹马克思的"无产阶级专政"思想，并给陈以转折性影响的山川均，第二位是被陈独秀视为"日本的李大钊""我们的老友忠厚的佐野学"，第三位是铃木茂三郎。陈独秀批判，"他们都由社会主义转向爱国之战了"。

4

突袭之前，周学英内心矛盾重重。她做好最坏的打算，如果游击队攻城失败，没能占领城区，那自己就跟着丈夫离开安庆，到乡下生活。这会不会被上级视为主动脱离组织呢？还有社长又怎么看她的行为？她的多重身份，使她很难有个满意的抉择。与丈夫分居很长时间，倍加思念，还渴望见到寄养在老家的孩子。只有随丈夫到乡下，才能与亲人团聚。

她的上级主动来找她，原因就是怕她离开，见她行李都收拾好了，笑问，不辞而别吗？周学英前日已将郝文波攻城日期报告了上级，上级觉得国民党游击队是在冒险，一群没有经过正规训练的队伍，很多人连枪都不会用，并且阵地配合意识差，他们是攻不下城的，侥幸攻下也是保不住的。不过，这种抗日行动需要宣传，免得鬼子笑中国兵贪生怕死，也免得市民们过惯了"良民"的日子，恍惚以为是日本人的天下了。新四军也在发展江北抗日游击队，现在还很弱小，不成规模，但我们有经验，会很快壮大起来。对国民党游击队这次攻城行动，我们不泄露秘密，事后要积极宣传，扩大影响。宣传和情报工作都很艰巨，人手紧张啊！

周学英知道上级不同意她离开安庆，于是当着上级的面，将行李散开，塞到橱柜和其他地方，表示服从安排。她原打算向社长请几天假，不批准的话，就辞职，现在看来也没必要了。上级离开后，她独自枯坐，感觉时间过得太慢，梳妆台上的钟好像停了，细看它又在走。她一夜未眠，等待枪响。

钟的指针指到凌晨三点的时候，她隐隐约约听到了枪声，很兴奋。随着枪声越来越响，她越兴奋。她摸了摸上衣外套内挂在腰带上的手枪，恨不得

亲自参加战斗。她给丈夫郝文波起草的演讲稿就揣在身上,胜利之后郝文波要召开市民代表大会。还有一件事尤其重要,接管汪伪的《振兴报》。宣传抗战和庆祝攻城胜利的文稿内容都已编排好,于地下印刷厂等候下达印刷通知。

可是,凌晨五点的时候,枪声稀落下来,通过对街上传来的奔跑声、叫喊声判断,游击队撤出了城区,日军在庆祝胜利。周学英的情绪变得低落,她牵挂着郝文波的安危,心想他不会有什么意外吧。她拿起记者证跑出去了。她往缫丝厂方向跑,见到几个日军士兵在举枪欢呼,地上有一摊血。一个士兵端着枪,刺刀抵着地上的血,脸上洋溢着得意,另一个士兵拿着照相机咔嚓拍照。周学英明白这地上是游击队战士的血,心想不知有多大伤亡。她采访了一个日本兵,问双方阵亡情况。对方回答打死了100多个中国兵。她知道鬼子喜欢吹牛,顶多打伤了10个人。这时,又跑来了几个士兵,要一起合影留念,让周学英给他们拍照。周学英摇摇头,说自己是文字记者,不会拍照。那个摄影的士兵将相机焦距调好之后交给了周学英,只需要她按一下快门。她发现镜头前的鬼子,目光散乱,笑容轻浮。

周学英早早地来到报馆发稿,虞总编也比平日来得早,他告诉周学英昨夜游击队搞了一次骚扰战,不知道绥靖军出战情况,在等待反馈信息之时,要做好换版准备。就是出兵迟缓,协防不力,也要正面报道,把握好导向。此次游击队活动,日军和绥靖军没有受到了惊吓,市民肯定受到惊吓,有必要将《为国民政府成立告民众书》刊登一下。

上午九点的时候,周学英感到肚子很饿,便出门买吃的。她在早点铺刚坐稳身子,店小二走来悄声对她说,你表叔明天下午三点在龙门口淘书。周学英眼皮一眨,哦了一声,然后边笑边抬高声音说,他那么自在悠闲,随时都有空,而我却没他那么自由,还得上班挣薪水养活自己。店小二问,周姐,是不是递个话,说你不去了?周学英瞪了他一眼说,别啰唆,快把早点给我端上,一笼小笼包,一碗稀饭,咸菜少一点,太酸了。

第二天下午,周学英赶到龙门口,一边逛街一边等上级。清朝时,这里是安庆府的考棚,安庆府所辖的六县童生,要在这里考秀才,故而街道得名龙门口。现在,商务印书馆、世界书局、大德堂、海观楼、大盛书局都集中在这条街上。周学英正在欣赏曾国藩题写的"天开文运,为国抢才"石刻八方擘窠大字时,听到有人喊她。她侧身一看,见到一个模样清秀的女孩。女孩笑着对周学英说,你表叔给你买了两本书放在店里,他让你拿回去好好用功。周学英随女孩走进世界书局。女孩弯腰从书柜的最底层拿出了两本书,一本是原省立安徽大学校长王星拱先生的《科学概论》,另一本是以王星拱《科学与人生观》一文为书名的文章合集。

周学英将两本书收进了包里,骂表叔讲好了买件绿色真丝绸缎提花面料旗袍,却买了两本书,还叮嘱好好用功,不像话!她转过身往外走,听见女孩在身后笑,她也不禁笑了。回到住处后,她拿出书,翻了翻,没有看到纸条,急坏了,是不是那个女孩弄丢了,还是自己拿书的时候,纸条滑落了?她一页页地翻,仍没有找到。是不是上级以为夹了纸条而没有夹呢?后来她发现书中被画红线的字,突然明白了上级要她好好用功的意思。她打开《科学与人生观》,按顺序找到被画红线的字,拼成为:程校长索《独秀文存》手稿于蚕丝厂。王星拱和程演生这两位安大前任校长,曾和陈独秀一起搞新文化运动,他们现在都在大后方,不知道要《独秀文存》手稿干什么。也许查对出版后的书跟手稿上某段论述的出入,乃斗争之需要吧。

周学英犹记得程校长曾为筹措办学经费,多方奔走,费尽了苦心。同时他还广搜乡邦文献,与馆长江彤候编印《安徽丛书》6 期,计 71 种著作,使明清以来新安学派的著作得以流传。去年,周学英在程校长离开安庆前,见过他一面。他正在编纂《中国内乱外患历史丛书》,汪伪政权邀他任外交部部长或开办大学,他均严词拒绝,为免受骚扰,藏于友人家中。周学英联系一位在邮政工作的朋友,帮助程校长到达后方,从事抗日救亡活动。

缫丝厂被鬼子封锁,进去拿书可不是一件容易的事,何况手稿放在缫丝厂什么地方,自己也不太清楚。她叹息道,这太难了。仿佛程校长就在她身边,他回答她,不难怎么显得你有智慧和勇气?五四运动时,我程源铨只有信念,不顾生死,与王星拱、高一涵散发陈独秀、李大钊印制的《北京市民宣言》,斥责北洋军阀政府的卖国行径,难道不难吗?

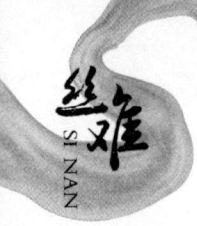

　　周学英想到了邱辉江,是否可以利用他呢?这小子不听劝告,游击队突袭之夜没有反正,想必丈夫郝文波被气得骂娘。她不止一次听他夸奖邱辉江"忠勇",小邱将来一定有出息。结果邱辉江的出息,竟然是当了绥靖军,有滋有味地为日本人效力,真是明珠暗投。那天,她在近圣街"食无涯"等他,到了约定时间不见他的身影,她没有及时转移,而是继续等,可等了半天也没等到那小子的身影。她当时恨不得跑到任家坡邱辉江的办公室,枪毙了他。

　　两天后,周学英仍无计可施,决定再去找邱辉江,给他一次立功的机会,免得他死得很惨。万一他不同意,那么安大图书藏匿于缫丝厂的秘密就暴露了。她脑筋转了一下,想到了一个蒙邱辉江的办法。她像上次一样,很方便地来到了邱辉江的办公室。邱辉江简直不相信自己的眼睛,脸色突然吓得煞白。侠女从天而降,让邱辉江手足无措,心想被她打死也没办法了。一把手枪就在他面前的桌子上,他没有动。他见周学英像一位串门的邻居一样轻松,她自个儿坐到了一张沙发上,然后用调侃的口吻对他说,邱先生,你这个特务科长,确实干着很舒服。

　　邱辉江的脸红了,他问她怎么还在城里,游击队不是撤走了吗?郝司令也在城里?周学英说,郝队长当天早上就出城了,他很体谅你的难处,他还说你是聪明人,反正不反正自己心中有数,不需要做工作,他希望你不要做伤害老百姓的事。邱辉江回答道,咱自己也是老百姓,怎么会呢?周学英说自己这次跟老郝闹翻了,不打算跟他混了,就留在城里找一份工作,业余看看书。

　　邱辉江似信非信地看着周学英,他一向敬畏她,这时对她产生了一种同情,觉得当游击队司令的夫人也挺不容易的。他问她找工作可需要他帮忙。她说工作自己去找,不过有件事想拜托邱科长帮忙一下,缫丝厂老板罗钧继先生,是一位儒商,据说他有不少藏书,我想通过你去借几本给我消遣消遣。邱辉江觉得这是小事一桩,立马说,行行,我会办到的。周学英站了起来,她说,这件事最好不要让罗老板知道。邱辉江笑道,我不明白,你难道让我去偷书?

周学英故意夸大罗钧继惜书爱书的程度，说这种人什么都可以借，就是书和老婆不借。罗老板的图书，以前是他的夫人管理，夫人回乡下后，他把钥匙交给了他最信任的一位小姐葛林娣。我开了书单，你去找她。我看完书后，一定完好无损地归还。这不算偷吧？如果直接找罗老板借书，他很为难，你借不到也没面子。这个忙，私人的，你要是觉得麻烦，那就算了。

　　邱辉江答应按周学英的方法去借书。周学英最后来了一句幽默，汪主席要"曲线救国"，你"曲线帮人"，很有意思。邱辉江一方面为自己没有听从劝告及时反正，对周学英有些歉疚，另一方面想观察周学英与郝文波是否真的分手了，他充满好奇，于是愿意为她帮这个忙。送走周学英之后，他便驾车来到缫丝厂，这回没有去罗老板的办公室，而是直接找葛林娣。

　　葛林娣正在上班，有人来报，邱辉江来找她。她第一反应，他想托她劝说戴玲玲嫁给他。在她看来，邱辉江身材和相貌都不错，配戴玲玲绰绰有余，只是他在为日本人做事，汉奸的身份不好。若是戴玲玲自己愿意嫁那没办法，可戴玲玲却铁了心不理他。葛林娣一边往车间外走，一边想好了说辞。她一走出来，见邱辉江向她深深地鞠躬。她急忙说免礼，心想邱辉江已被日本人同化了，躬鞠得这么深。这只是一种表面客气，不等于心意诚。日本人要是真心实意，就不会来中国杀人放火。她一想到杨彩霞惨死在鬼子的刺刀下，身子就打寒战。

　　邱辉江鞠躬之后，转身就走，显得很神秘。葛林娣跟在他后面走了几步，停了下来，她说不能离岗太久，你有什么事快说吧。邱辉江左右扫了一眼，交给她一张纸条，然后说他明天傍晚的时候来取书。葛林娣还没有明白过来，只见邱辉江大踏步走了。她读起纸条上的字，见落款学英。她将纸条撕了，撕得很碎，扔到车间外的排水沟中。

　　学英姐交代的事，我一定会办好。只是地下仓库的钥匙在罗老板手里，自己取不了。如果直接跟他讲，周学英需要陈独秀的手稿，会不会有阻碍？周学英让她孤身单取，说明她对罗钧继的身份有怀疑，缫丝厂没有及时拆走成为日本人工厂，缫丝女没有及时疏散，致使她们失去自由，罪责都在罗钧继身上。真的如他所言，出于保护安大图书，才不得已而为之的吗？葛林娣思考着如何绕过罗钧继拿到手稿。如果说，找文史方面的书自己看，为陪同国际观光团在安庆观光做准备功课，倒是一个充足的理由，可罗老板要是随她一起到地下仓库，那拿《独秀文存》手稿就会被他知道。

葛林娣拿起一只蚕茧，想起一首诗："烛蛾谁救活，蚕茧自缠萦。由来蚕老后，方是茧成时。"她有了主意，也有了信心。

5

葛林娣先是向罗钧继询问国际观光团什么时候来，她想看点书准备一下，到时候做导游一问三不知那就丢人现眼了。罗钧继手头正忙，她拉着他要往地下仓库图书密室找书看，说保证不会弄坏的，何况罗老板曾主动建议过，找些书看。罗老板禁不住葛林娣的撒娇，扔下手上的工作，带葛林娣去了地下仓库。每日生产的蚕丝，堆放在地面仓库，松下三郎一个礼拜验收一次，然后拉走。地下仓库也有蚕丝，是超产的部分，这个松下三郎不知道。

像上次一样，罗钧继领着她从一个隐蔽通道，走到地下仓库门前，他开了门，一股不好闻的凉气扑面而来。往里面走十多米，绕过一根立柱，再走数步，来到一堆旧家具跟前。他们挪开了一个黑色的立柜，出现一扇门，门内就是安徽省立大学存放的2000余册珍贵图书、史料、档案等。跟上次不一样的是，葛林娣不再紧张和恐惧。或许是放松的原因，他们竟然配合得非常熟练，她与他的身体贴在一起，彼此感觉到了对方的体温。在走进图书室时，他拉了一下她的手，她把手抽了回来。也许是她的敏感，她决定及时改变他的念头，就说罗夫人和小宏民，好久没见到他们了，不知他们在乡下生活如何。

罗钧继拉亮了灯，面前是一箱箱图书，他感叹这么多书，怎么找到你想看的书呢？他边说，边打开了一箱书，里面是六朝时期的佛教经典。箱子没锁，只用铁丝插在箱扣上。葛林娣也打开了一只箱子，里面全部是先秦以前的古籍。她拿起一本，对罗钧继说，就先借这本看吧。罗钧继看着葛林娣苗条的身材、漂亮的脸蛋，心里真想抱她一下。但他马上警告自己，万恶淫为首，不要毁了葛小姐的幸福。这种环境，没有第三者在场，对男女都会有一种危险的暗示，还是赶快出去吧。

葛林娣从地下密室拿来的《尚书》压根儿看不懂，她是故意随便拿一本，当天下午就缠着罗钧继陪她去换一本。罗钧继觉得葛林娣的神情、态度以及全身散发的味道都不太对头，是不是以借书为借口，找他到地下仓库幽会？想到这里，他的心怦怦乱跳。葛林娣是忍受不了寂寞，移情别恋，还是真的爱上了我罗钧继？葛林娣没等罗钧继再胡思乱想，她说你要是不愿陪我，那我自己去，快把钥匙给我吧。她还委屈地噘了一下嘴巴。罗钧继把钥匙拿出来，交给了她，说自己手头实在太忙，你一个人移柜子小心点。在他看来，既然地下仓库的图书，只有自己和葛林娣知道，对她还有什么不放心的。

邱辉江交代第二天傍晚来拿东西，果然拿到了。他感谢她帮了他的忙，并替周学英再次感谢她。葛林娣疑惑，周学英不是游击队司令郝文波的夫人吗？她怎么利用邱辉江办事？她突然醒悟了，邱辉江已经反正，以绥靖军身份为掩护，为游击队做事？她这样揣测，便激动不已，想马上去告诉戴玲玲，邱辉江反正了，他不是汉奸。她转而又打消了这个念头，不能让她知道，要是秘密传出去了，会连累邱辉江。

她太累了，腰酸背疼。她差不多打开了所有的书箱，才找到《独秀文存》手稿，它被牛皮纸包了三层，用细麻绳捆得紧紧的放在一只书箱的底层。她翻查第五个书箱时，觉得箱子的某个地方应该有个标签，于是她转而查找标签。果然有分类标签，她打开了存放手稿的那只箱子，一捆捆往外拿，都没有发现《独秀文存》手稿，她绝望地坐到一摞书上。像是宁国能就在她身边，她对他说，国能，你的老同学真是让人为难，这么多图书和资料，偏偏找不到她要的东西。正说着，她的目光落到箱底一捆资料上，打开最后一层牛皮纸，出现了一沓稿纸，最上面的一张署了资料的名称。葛林娣喜出望外，她将它重新打包捆扎好之后，将其他资料放回箱子，关上箱盖，然后大功告成地离开书室，关上门，恢复立柜的位置，欢快地跑出了地下仓库。

葛林娣大功告成，不等于整个任务完成了。周学英从邱辉江手上拿到东西，高兴了一会儿，接着她将为实施下一步行动而准备。她请邱辉江吃

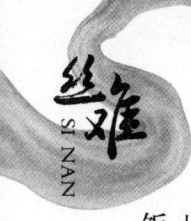

饭,以表谢意。地点是有意安排的,繁华的玉琳路。这条路是为纪念黄花岗起义壮烈牺牲的宋玉琳而取的名字。周学英每次跟人约会,都会早早地到,观察四周环境,发现不妙情况就立即走,这是她的经验。她来到玉琳路,逛谦吉油坊,闻着菜油、豆油、麻油等油脂香气,心情很舒畅。她被洪裕隆帽店吸引了,走过去欣赏草帽、马虎帽等各季节的男女老少的帽子。她闻到一股花香,便去马春林花粉店,买了一盒花粉。她见销售生火材料箍柴、木炭兼营五洋杂货的同盛裕柴炭店生意兴隆,站在那里看了看。她在专门经营各色棉线丝线的恒信祥丝线店的门口,眼睛的余光看到了邱辉江一人走在街中央,往一家名叫"精细食府"的饭馆而去。

周学英坐下后,问邱辉江想吃什么。邱辉江说,还是晚辈请师娘吧。周学英笑道,我比你大不了多少,不要再论青帮辈分,何况郝文波归顺了国军,你也脱离了青帮。喊周姐吧,或者周女士,什么都行,就是不能喊师娘。邱辉江点了两个菜,每点一个菜,周学英都说这个不错,并让他继续点。她说她经常来吃,很喜欢这家菜馆的味道,更喜欢玉琳路的商业氛围。她很佩服宋玉琳烈士,他参加黄花岗起义冲锋陷阵,英勇顽强,可惜终因势孤弹尽被捕。敌人刑讯他时,他陈述了黄兴攻战之主张,言辞激昂慷慨,声色凛然不可犯,连审讯官和观审者都无不为之动容。宋玉琳英勇就义时,年仅32岁。

在周学英面前,邱辉江感到了一种亲人般的温暖。他对她仍有歉疚心理,或许正是这种心理,他很激动地说,周姐以后有事帮忙,我一定随喊随到,谁要是欺负你,我定饶不了他。周学英笑着说,兄弟,说话不要绝对,假如鬼子欺负你姐,你能饶不了他吗?邱辉江的脸唰地红了,然后斩钉截铁地说,我也饶不了他!周学英被感动了,眼睛湿润了,说了声"好兄弟"。两人上了一壶酒,周学英浅酌相陪。邱辉江深饮三杯后,说了一句让周学英大吃一惊的话。

他说,周姐,你尽管放心吧,那东西你不还,我也不会跟罗老板讲的。

周学英停箸盘前,她问,你怎么知道我不还?

邱辉江回答道,它不是书,是资料,一瞧包装就知道是资料,我没有偷看,真的。

周学英向邱辉江点了点头,紧张地笑了一声,说,特务科长,货真价实啊!既然你把我当姐看待,吐了真言,我也如实告诉弟弟,我让你从缫丝厂拿的确实是资料,主人要看,至于会不会还,什么时候还,我真的不知道。

　　邱辉江吃了一块猪肚片,饮了一大口酒,然后站起来,跑到楼下,再也没回头。周学英以为他上厕所,过了一刻钟也不见他回来,便知道他走了。她下楼去付账,被告知刚才那个男人付过了。

　　周学英的上级知道货已拿到,让她继续执行下一步行动:将手稿送到武汉,交给王星拱校长,若王校长已提前出发到重庆,那么就赴重庆亲手交给程演生校长,或者交给陈独秀本人。上级通过启动内线,为周学英找了个出差到武汉采访的任务,得到了总编和社长的批准。此时,《振兴报》已改为《安庆新报》,由伪安庆公署主管。虞总编虽然为伪安庆政府宣传很卖力,但对下属还是有关爱之心。自武汉被日军占领,安庆至武汉的长江航道,因日军与国军交替轰炸,极不安全,他建议她取消此行。汪笃斋社长却督促她快启程,别辜负了武汉特别市政府宣传部的一片好意。

　　数日江上颠簸,周学英最担心的是手稿丢失。一次日军飞机压得很低呼啸而过,差不多要碰到桅杆。这艘伪军管辖的邮政船,悬的是日军太阳旗。飞机的气浪造成邮政船剧烈摇晃,吓得船上一片惊叫声。虽说是邮政船,但船上乘客不少,他们多是找关系偷渡到武汉,然后再去重庆。一天夜里,狂风大作,船几乎被掀翻。周学英紧抱着手提箱,闭着眼睛,满脑子里都是自己的孩子。孩子只喝了五个月奶就送到乡下亲戚家寄养,他现在两岁多了,几个月前自己去看他,叫他喊妈妈,他竟然认生,不愿意喊。

　　到了武汉之后,周学英不作停歇,直接按上级交代的地点,去找王星拱校长。她沿途看见到处是断壁残垣,有的房子被难民用木头撑着,摇摇晃晃的样子,让人看一眼都紧张。街上要饭的老人、小孩和残疾人成群结队,一个挨着一个。汽车在坑坑洼洼的路上行驶,发出呜呜的叫声。日军士兵排着队,从大街上经过,遇到相向而来的另一队士兵,彼此高呼天皇万岁。周学英走在街沿,走得不快,数天没睡觉,又很饿。她头发凌乱,故意不去梳理,脸上和衣服都很脏了,她需要这种叫花子一样的效果。可是,她手上的

113

提箱还是特别引人注目,她发现不少人回头不是看她,而是看她手上的提箱。这是一种危险的信号。她终于赶到了国立武汉大学教师生活区,找到了王星拱的宿舍。可是宿舍里住的人不是王校长,而是个老奶奶。周学英说自己是王校长的老乡,约好了要见他。老奶奶打量了她一下,告诉她王校长昨天出发,到重庆去了。

周学英只能选择去重庆了,她返身上街,站在路边候黄包车。她站累了,坐在提箱上。突然,她的身子被人推了一下,她的屁股离开了提箱。她转过身来喊,提箱里没钱!就在这时,她见一个人拦住了抢提箱的青年。青年抱着提箱,直撞过去,却把自己撞倒了,提箱失手,到了另一个人手上。周学英叫喊着冲上前,兄弟还我提箱,我给你钱。周学英一抬头,见是邱辉江。她说,这难道是安庆?怎么回事?

邱辉江拿着提箱,边走边告诉周学英是怎么跟上来的。那天在玉琳路"精细食府"吃饭,证实了周姐拿到的是资料,于是猜测接下来会送给需要资料的人,便决定暗中保护周姐,让资料安全送达,周姐自身也得到保障。没想到,周姐竟然离开安庆,送资料到武汉,这危险性就更大了。得知周姐坐上邮政船,我立即上了日军巡逻艇。巡逻艇速度快,到达汉口时,还不见邮政船的影子。因借公务之由到这里,得去交下差。对方客气,留喝酒,结果耽误了时间,回到码头时,看到邮政船已泊岸。想起那天周姐让我送给葛老师的纸条上写的是"程校长索《独秀文存》手稿于蚕丝厂",虽不知程校长的名字,但我判断他肯定是大学校长,于是就往武汉大学跑来,果然见到了你……

周学英说,我找的不是程校长,而是王校长。她见邱辉江挠头,便向他解释,到武汉是与王星拱校长碰头,由他将手稿带到重庆交给程校长。可是,邮政船避风停航,晚到一天,没见到王校长,他昨天起程去了重庆。那还有什么办法,只得亲自跑一趟,亲手将资料交给程校长。

从武汉到重庆,要通过日军的防区和国军的防区,双方阵地、要塞犬牙交错,没有特别的办法是到不了重庆的。绕路走的话,需要很长时间,十天半月都无法抵达。周学英为难了,甚至产生打退堂鼓的念头,回去接受上级的批评。

　　他俩找了一个旅馆住下来。周学英和邱辉江同住一室,室内只有一张床,两人只得轮流睡。邱辉江坐在凳子上打盹,听见周学英打呼噜,好生奇怪,怎么女人也打呼噜?周学英醒来的时候,天已经亮了,她很抱歉,自己贪睡,没有遵守轮流睡的约定。她要他上床睡一会儿,是去重庆,还是回安庆,暂且不管他。邱辉江躺在床上,好长时间一点声音都没有,周学英以为他没有睡,轻声喊辉江、辉江。他不答,她笑了,竟然还有男子汉睡觉不打呼噜的。

　　清晨,周学英想到程校长的栽培之恩,想到陈独秀先生取手稿或有重要用途,遂决定溯江而上,直达重庆。日占区由邱辉江负责安全,过了日占区,到了那边自己想办法。她喊醒了邱辉江,将自己的想法告诉了他。邱辉江揉着眼睛,答应就这么办。周学英风趣地说,这一去,若知情况如何,且听下回分晓。

第五章　江山有信

115

第六章　裂地清泉

1

　　陈独秀、程演生和王星拱,三位令人敬仰的导师,周学英都见到了。她一路的惊险和磨难,似乎都在三位前辈的预料和想象之中,所以他们对她称赞不已。她到达重庆后,由程演生带她去江津看望贫病交加的陈独秀。路上,程演生对周学英说,人的脾气一生都改不掉,陈公年过六旬,仍然那么倔强,国民党许以国防参议会五个议席和巨额经费,要他组织一个附蒋反共的新党,他不理睬。国民党后又陆续派人做陈公思想工作,陈公明白他们的意思,但他仍不为所动。周学英听了很感动,她说家乡知识分子对独秀先生威武不屈、富贵不淫、贫贱不移的品格,十分崇敬。

　　陈独秀拿到《独秀文存》手稿非常激动,他将做一篇文章,陈述自己的政治和民主思想,手稿上最初的一些想法,经过这么多年中国革命实践的检验,是正确的,可惜定稿出版时或删或改了。周学英抄录了陈独秀的两首诗,说拿回去让同志们看看。

寒夜醉成

孤桑好勇独撑风,乱叶颠狂舞太空。

寒辛万家蚕缩茧,暖偷一室雀趋丛。

纵横谈以忘形健,衰飒心因得句雄。

自得酒兵鏖百战,醉乡老子是元戎。

病中口占

日白云黄欲暮天,更无多剩此残年。

病如檐雪销难尽,愁似池冰结愈坚。

蕲爱力穷翻入梦,炼诗心害猛通禅。

邻家藏有中山酿,乞取深卮疗不眠。

离开江津后,他们来到四川乐山看望王星拱校长。周学英在安大读书的时候,王校长已调到国立武汉大学任校长,所以一直没见到他。现在武大迁到乐山,他仍然任校长。王星拱对程演生说,源铨兄,现在战时环境、人心很复杂,我们在教学中要特别强调战争与困难时期的人格教育。

周学英听了,肃然起敬。她发现王校长清癯的面容上带着忍受病痛折磨的一股倔劲,于是说,王校长您要注意休息。程演生对周学英说,抚五先生是闲不下来的,他既要筹集经费,坚持教学与科研的正常开展,还要广揽学者名流,朱光潜、赵师梅、叶圣陶、方重、张真如、杨端六、陶因、石声汉等一大批知名教授、学者都被他请来了。如果没有人格魅力,是办不到的。

王星拱连说过奖了。他转向周学英,夸她是女中豪杰,孤身入川,不负使命。听说独秀兄的手稿藏在缫丝厂,鬼子封锁了厂子,是怎么拿出来的呢?程演生立即说,我有个学生宁国能,他的未婚妻葛林娣是缫丝厂质检员,是她配合学英拿出来的。王星拱说,那姑娘也很了不起啊!

周学英说,独秀先生很感激她,写了一幅字,让我带给她,"碍云密竹两旁立,裂地清泉一路鸣"。两位老校长都说好诗句啊。

葛林娣一连打了三个喷嚏,她嘀咕道,是谁在背后议论我呀。戴玲玲应道,还会有谁呢,不就是宁先生在念着你吗?宁先生肯定在害相思病,"两腿酸痛腹中饿,受尽千难兼万苦。一心只为葛小姐,千里迢迢到姑苏。到了姑苏不见姐,又到安庆对江愁……"戴玲玲改戏词唱着。

葛林娣心想，自己倒是真的害起了相思病。本来她可以利用例假去跟宁国能团聚，可是由她争取到的女工权利，自己却不能享有，因为她盼星星盼月亮也盼不来月经。她的生理出了问题，为此她焦虑不安，甚至想到以后要是不能生育怎么办，宁国能会嫌弃吗？她把自己想象成一个大度的女人，一个具有奉献精神的女人，主动做宁国能的思想工作，让他跟她离婚，然后娶一个能生孩子的女人。葛林娣胡思乱想之时，又将那封一直没有送到宁国能手上的信拆开了，看了一遍，叹息了一声。她又立即想到宁国能告诫她不要叹息，鬼喜人过，魔乐人忧，不须忧老病，心是自医王。

葛林娣觉得戴玲玲的性格很开朗，遇到痛苦难受一阵子就好了，照旧曲不离口，俏皮爱笑。按理她这种情况，丈夫被鬼子打死，身上怀着孩子，还要天天干活，换了别人谁都支撑不住。葛林娣几次差点告诉戴玲玲一个秘密，邱辉江在为周学英办事，周学英是游击队司令郝文波的夫人，因此可以推断邱辉江已经反正，你可以不用担心嫁给他成为汉奸老婆……话到嘴边她没有说，怕戴玲玲传出去影响邱辉江的安全，人家毕竟表面上还是绥靖军，鬼子要是把他吊到网罾上，可不得了。

当她打算找邱辉江送信给宁国能时，也想到了这种利害。

葛林娣想起菱湖之美，很久没去游玩了，现在被日军占领，还能放心地出双入对吗？她将书信又送回枕头内侧，不禁又叹息了一声。

这一天，有五个缫丝女获批例假回家，她们兴高采烈，这个说回家吃什么，那个说回来带什么，唯独章淑英看上去反而有点不高兴。为了出去，她曾跟杨彩霞撞大门，结果杨彩霞被刺刀刺死了，她逃得及时，没有送命，可自那天之后，她就变得少言寡语，闷闷不乐。上次，有个同事回来，受她妈妈之托带来了她喜欢的顶雪贡糕、油酥饼，可她却咽不下，分发给大家吃。

葛林娣见章淑英皱眉不语，便上前逗一下这个小妹妹。她说，淑英天天想妈妈，终于可以见到妈妈了，却怎么不高兴呀，是不是怕妈妈骂淑英，你在哪里贪玩，这么久不回家？这时，章淑英轻轻地笑了一声。葛林娣拿出一封信，请章淑英帮忙送一下。章淑英答应了，将信收好。葛林娣嘱咐，如果门是锁的，千万不要从门缝里塞进去，一定要拿回来。章淑英嗯了一声。

章淑英拿着简单的行李,朝缫丝厂的大门口走去,她的步子很小,走得越来越慢,走一步,停一下,东张西望一会儿。快到铁栅门时,她突然发出尖叫,转身就往回跑,嘴里连连说,刺刀,刺刀……她的叫声,引起了厂内一阵骚动,以为鬼子真的用刺刀刺了她。章淑英躲到葛林娣怀里,身子抖动不止,一声声哭喊妈妈。见此状,大家心情都很沉重。有人建议大家一起将她送到大门口,章淑英说她不想回去了。

　　章淑英的尖叫声,还惊动了正田美智子。正田美智子在店里看得很清楚,听得也很清楚。她无法理解一个女孩,没有受到任何威胁,突然做出惊恐的反应,倒是她自己发出的尖叫声挺吓人的。正田美智子对戴玲玲说,难怪大岛君笑中国人一怕丢命,二怕失身。戴玲玲无论怎么追问,正田美智子都不告诉她大岛是她什么人,戴玲玲就讥她相好的男人多。

　　实际上,戴玲玲自从那天发现正田美智子连续接待两位日本兵之后,她就不想跟她多接触了,偶尔购物才来杂货店。正田美智子质问戴玲玲为什么要对她冷淡,有啥事冒犯了?戴玲玲被逼无奈,就直言道,你同时跟几个男人一起混,在中国被看作是不干净的女人,跟这种女人打交道,影响名声。中国人相信近朱者赤,近墨者黑,居要好邻,行要好伴。正田美智子低头落泪,伤怀不已。几天后,戴玲玲来买牙粉,正田美智子拉住她,求她听完自己的一段表述。正田美智子说她10岁就开始学艺,五年内完成了语言、文化、诗书、礼仪、琴瑟,直到鞠躬、斟酒等课程,16岁当"舞子",再转为歌伎,一直干到25岁,却被人嫌弃老了,只得到一家缫丝厂做工。后来,天皇要建立"大东亚共荣圈",她又被征召成为军妓,只得退婚到了满洲,然后又到华北,然后又到南京、芜湖、安庆。

　　更让戴玲玲惊讶的是,正田美智子曾经也是个缫丝女,她便问她当时日本缫丝厂的情况。正田美智子说,虽然缫丝车先进,但一人操作几台,不少女孩因过度劳累得了肺炎。

　　经这么一聊,戴玲玲又改变了对正田美智子的看法,她要听她用古筝弹曲。正田美智子便领戴玲玲到杂货店后面的卧室。地上铺的是干净的地板。她俩脱了鞋,席地相向而坐。正田美智子弹了一首古代宫廷传统曲目。

她说学这些宫廷乐曲是很难的,琴道被日本皇室贵族掌握,能够演奏、谱曲的都是皇室中识字的女官们,后来传入民间,一直是以口口相传的方式在进行传授。接下来,她弹了一首《下田夜曲》,婉转清雅的声音袅袅升起,把人带入无纷争、无喧嚣的宁静世界。听着听着,戴玲玲听出情绪的宣泄,似乎正田美智子纤细的手指,打开了一扇心灵的窗户,一种哀怨,一种悲情弥漫开来。

一会儿,乐曲戛然而止。戴玲玲见正田美智子抬头呆呆地望着卧室的门帘,她也扭头朝那里看去,吓了一跳,只见一个日军士兵掀开门帘的一角,脸上布满淫笑地站在门口。

日本古筝的乐曲把他从缫丝厂门外招了过来,他走了之后,另一个士兵来了,另一个士兵走了,又来了一个士兵,她为他们服务了一夜。事后正田美智子向戴玲玲解释了一番,并为她受到惊吓而表示道歉。

当时,戴玲玲极其恐惧地从地板上站起来,可她冲不出去,因为门被粗壮的士兵堵住了。她努力地镇静了一下,对正田美智子笑了笑说,我回去了,你叫他让开好吧。正田美智子用日语与日本士兵交流了几句,士兵走进卧室,将门口的位置空了出来。戴玲玲急忙往外跑,士兵抓住了她的手,要请花姑娘一起玩。正田美智子走上前,把士兵的手拉开,身子投进他的怀里,撒起娇,说智子才是花姑娘,中国女人肚子里已经怀有孩子。

戴玲玲见日军士兵的手被正田美智子拉开,她立即拔腿就跑,连鞋都没来得及穿。葛林娣见戴玲玲大汗淋漓地跑回来,忙问怎么啦。她只说"吓死我了",而不讲发生了什么事。她把手放在胸口上,不停地喘气。她自语道,肚子里的孩子不会掉了吧。大家都不禁被她惹笑了。

2

那几位"罗家娘子军",除汤小毛因与曹兴志谈恋爱而有时不见身影,其他几位下班之后,聚在一起做一种她们得心应手的活儿——挑花。葛林娣出生于苏绣发源地苏州,从小就了解苏州民间刺绣,并且熟稔基本针法,她现在见洪家铺姑娘的针法有别于苏绣针法,便很有兴趣地在一旁观看。

江贵珍正在绣围裙,刘小艳正在绣手帕,有个姑娘即将绣好一副镜搭,另一个姑娘刚开始绣童帽。她们边绣边聊天,并彼此逗趣取乐。汤小毛在的时候,大家就拿她开玩笑,催她赶紧绣"金玉良缘""龙凤呈祥""鸳鸯戏荷""迎亲嫁女""麒麟送子"的帐帘、被面、被套、荷包、头巾、手巾、枕巾。

看了几天后,葛林娣也拿起针、线和布,跟她们学挑花针法。江贵珍对家乡挑花的由来,还讲了一个故事。她说是妈妈告诉她的,妈妈是听外婆讲的。唐朝有个叫罗隐的诗人为避战乱来这里隐居,他在山中采野果时,遇到几位村姑,其中一位村姑的头巾被风吹落,他捡了起来,发现白底蓝花头巾上的花卉图案是飞针走线刺绣的,正面好看,可反面的针脚线较乱,于是建议村姑们以后刺绣不妨用针在白底布的两面进行挑绣。罗隐随手从身旁的柞树上折下一根针样的长刺,对着村姑们取下的头巾做演示。村姑们把罗隐的指点默记在心,回去后便拿出针线和白布按照罗隐的指点挑绣,果然挑绣出的图案正反成趣,都特别好看。于是,一传十、十传百,慢慢衍变成今天安庆怀宁、望江的挑花。

葛林娣也向她们讲有关苏绣的故事,正讲着,罗老板的秘书余媛姝来了,通知葛林娣去罗老板的办公室。葛林娣放下针线,对江贵珍说,不会是生丝出现了质量问题吧?江贵珍信心满满地说,不会的,连我俩教的新质检员,也都细心认真。

罗钧继不在办公室,而在隔壁的会客室。会客室里坐了两位日本人,一位是松下三郎,另一位是蚕丝专家秀水。葛林娣走进来时,松下三郎和秀水都站起来迎接。罗钧继没有站起来,他让葛林娣坐到自己旁边一张枣红色矮脚椅上。松下三郎显得很高兴,介绍秀水是日本权威蚕丝专家,在制丝技术及理论研究上都很有建树。秀水看上去年纪不小了,头发稀少花白,但面色红润,眉峰高耸,眉毛如刷。秀水一等松下三郎介绍完毕,便说蚕丝业老祖宗在中国,蚕丝是古代汉族文明产物之一,汉族劳动人民发明蚕丝为极早之事,相传黄帝之妃嫘祖开始教人育蚕。四千七百年前,中国就利用蚕丝制作丝线、编织丝带和简单的丝织品。商周时期用蚕丝织制罗、绫、纨、纱、绉、绮、锦、绣等丝织品。蚕有桑蚕、柞蚕、蓖麻蚕、木薯蚕、柳蚕和天蚕等。古代中国用丝绸,连接了一条亚洲、非洲和欧洲的商业贸易路线,非常了不起,德国地理学家费迪南·冯·李希霍芬于 1877 年出版《中国——我的旅行成果》,最先提出"丝绸之路"。

葛林娣听着,仿佛忘了秀水是一个日本人,而他的国家正在加紧侵略他所夸奖的中国,她竟然也客气起来,说近代日本以蚕丝兴国,蚕丝业超过了中国,很多中国人跑到日本学习蚕丝技术,我的老师就是从东京高等蚕丝学校毕业后回国任教,坚持教育与实践相结合,长期深入农村,从事桑蚕丝绸科学技术的推广。

松下三郎对罗钧继说,你看他俩谈得多和气,我们谈文化、谈法制、谈企业管理,是不是也应该如此心平气和呢? 罗钧继回答道,这要看你用什么态度,你否定中国文化,我焉能不反驳? 你丑化中国人,我焉能不反击? 你标榜大和民族优越于中华民族,我焉能不抗议? 你们以太阳旗所代表的日本为中心地位来建立大东亚共荣圈,我焉能不质疑?

这时,秀水提议去缫丝车间看看,于是四个人站了起来。在他们赶到车间之前,余媛姝秘书代表罗老板和几位车间主管已经巡查了一遍,保证车间环境整洁及缫车卫生干净,缫丝女操作手法规范,并要求大家当来人考察时不要东张西望,交头接耳。罗钧继走在最前面,松下三郎跟在他身后,葛林娣和秀水随后,一起来到缫丝车间。秀水一会儿站在缫车旁观看,一会儿拿起生丝闻闻、摸摸。葛林娣站在他身旁说,优质蚕丝为乳白色略黄,蚕丝表面有柔和光泽,不发黑、不发涩、丝质绵长,拉开表面蚕丝后,内部无成团的絮状碎蚕丝。优质的蚕丝触感柔顺、滑腻,富有弹性、无团块,劣质蚕丝触感粗糙,无柔韧性,无润泽感。蚕丝拉伸力越好,品质越佳。同样长的蚕丝,拉伸后,越长质量越好。秀水微笑,点头。

参观结束后,秀水夸奖安华缫丝厂管理规范,技术标准,质量控制很好。罗钧继和松下三郎相视一笑。秀水建议进行奖励,予以肯定。松下三郎立即回答,好好,一定奖励,由本君拿钱奖励。罗钧继马上说,还是由缫丝厂自己来奖励吧。松下三郎对罗钧继连连摇头,他说,秀水博士建议奖励,我抢先承诺了,日本人说一不二。罗钧继听到这话很反感,顾及秀水的面子,没有驳斥。

松下三郎回去后，就张罗着奖励事宜，他竟然搞一场大规模的表彰活动，连筱原等日军将领都请来了，还有宪兵大队、绥靖军、警察局等机构的若干长官，劳工界代表有200多人。同时兴师动众，调来50多个日军士兵，从缫丝厂门外到门内，两排相向站立，形成夹道。表彰场地设在缫丝厂内那块闲置的空地上，那些灌木被铲除拉走。一米多高的台子，坐北朝南，上面空空荡荡的，什么都没有。松下三郎主持表彰大会，在他的邀请下，筱原等各界权威人士上台并排站立。接着，被汪伪安徽省政府任命为县知事的马云腾致辞，然后是各界代表发言。重头戏是表彰，表彰了安华缫丝公司总经理罗钧继、质检员葛林娣，还有安庆五洲公司、安庆杉木组公司等数人。

缫丝厂没有停产，只抽了两个人表演节目。松下三郎雅兴大发，要求受表彰单位都要拿一个文艺节目。罗钧继得知松下三郎策划了一个日本歌舞，于是想用地方戏黄梅戏压过他们，可是缫丝女们一个都不愿意出演，连平时喜欢哼哼唱唱的戴玲玲也拒绝上台。戴玲玲摸了摸自己的肚子，说孩子不同意她上台。罗钧继正要批评戴玲玲不听安排，突然想起邱辉江对自己的帮助挺大，并且自己还要做戴玲玲的思想，劝她接受邱辉江的求婚，于是只得作罢。罗钧继感叹，公司里这么多女工，竟然没人敢上台挑战日本人。最后，他想到了"罗家娘子军"，将任务交给了江贵珍，叫她务必拿出一个节目。江贵珍对汤小毛说，你跟曹兴志去唱《夫妻观灯》吧。汤小毛不愿意。大家一起劝她，罗叔叔好心带你来做工，给了你饭碗，你还在这里遇到了心上人，关键时不帮一下罗叔叔，你不觉得心里有愧吗？汤小毛听到这里，便说试试看。江贵珍说，不是试试看，要定下来，定下来就要好好准备，上台表演就要为中国人争光，就要让罗叔叔高兴。

第一个上台领奖的是罗钧继，他心里感到很窝囊，一边排日仇日，一边却和日本人打交道。俗话说，他人屋檐下，不得不低头，可这是自己的国家，为什么却不能扬眉吐气？顺从再顺从，最后自己不就成了日本人的傀儡，日本人的走狗？现在，在别人眼里，自己何尝不是汉奸呢？不承认，可用什么来证明自己不是汉奸？本来，按照松下三郎拟定的活动议程要求，他得做简

短发言,但他拿了奖金和一枚奖章就匆匆下了台,他为这种小小的"不服从"自我称赏了几天。

五个日本女人上台表演日本传统的戏剧歌舞伎,筱原带头鼓掌,台上台下顿时一片掌声。表演者化装艳丽,身体时而柔曼,时而粗犷;步态时而轻盈,时而狂放。姿势、动作、眼神以及摆架子、玩特技和快速地换装、神奇地转变,都令观者啧啧称羡。几天后,葛林娣去正田美智子那里买东西,随口问她那天怎么不上台表演。正田美智子的回答,让葛林娣惊诧不已。她说,那五个表演歌舞伎的都是男人。

轮到汤小毛和曹兴志上台表演黄梅戏《夫妻观灯》,他俩将两个普通人物塑造得活灵活现,恰到好处地表现了人物的喜悦心情和生活情趣,表演清新质朴,幽默风趣,台下发出一阵阵笑声。罗钧继与其说在观看节目,不如说在观看松下三郎等人的脸色。在表彰大会结束后举行的宴会上,松下三郎对罗钧继说,你们的节目很有民间特色。接着狡黠地笑了笑说,据讲本地还有淫戏,什么时候我们从文化的角度来观看一场怎么样?罗钧继回答道,我是缲丝厂老板,不是戏社老板,无法满足你的要求。

其他受表彰的公司也表演了节目,有傩戏、五猖戏、魔术、杂技、二胡独奏等等。有个吹笛子的中年男人,吹了一半,突然转过身来,举起笛子砸向筱原。筱原躲闪不及,笛子在他脸上弹了一下,顿时鼻腔出血,他快速掏出手枪,朝吹笛子的人连开数枪。吹笛子的人扑通栽倒在台上,双腿抽搐几下,死了。这时,台下一片骚动,尤其靠近台边的人,纷纷往后退,想离开。筱原又朝天鸣枪,大声叫喊着,再动,全都死啦死啦的。意思是不许散场,要继续进行。与此同时,日军士兵听到枪声,将会场团团围住。数秒钟的骚动停止了,每个人都站住不敢动,会场死一般地寂静。松下三郎脸色铁青,瞪着台上的死者。他做了一个手势,立即有三个警察跑上台,将死者抬走了。

发生这个意外,谁也没有料到。后来,罗钧继打听到吹笛子的男人是抱着必死的念头来的,因为安庆沦陷之时,他家有数位亲人被筱原杀死。他自己是个民间吹笛高手,多家戏班争相聘用。他曾靠一支竹笛走遍大江南北,赚回盖房子的钱、娶媳妇的钱。他媳妇是山东菏泽人,听他吹笛着迷而爱上他。可日军入侵改变了一切，他的媳妇被打死，戏班纷纷解散，他失业了。他想再闯江湖，可连城也出不了。那天，他得知五洲公司被摊派表演节目，员工们都不愿意，他找老板要求替代，老板欣喜不已。就这样，他代表五洲公司参加了表彰大会，现场表演笛子独奏……

　　葛林娣上台领取奖金和奖章，是在事件发生之前。她大脑一片空白地走上台，从松下三郎手上接过奖金。马云腾笑嘻嘻地在她脖子上挂了一枚奖章。她没有鞠躬，没有感谢，慌乱地回到台下的位置。她发现奖章上有太阳旗图案，将它从脖子上取了下来，握在手心，突然装作不小心将它落到地上。她见没有被人发现，于是朝奖章踏上一只脚，狠狠地用力，再用力，硬是将奖章踩进了松软的土中。会议结束后，她抽身就走，跑进了车间。

<h2 style="text-align:center">3</h2>

　　数天后，葛林娣又得到一种奖励，这种奖励她欣然接受了。"奖励"二字是罗钧继对松下三郎的转述，他用反感的口气告诉葛林娣，国际观光团即将来宜（安庆称宜城），松下三郎同意你陪同观光，这是他对你的一种奖励。

　　国际观光团来安庆观光，这个消息很快被社会各界民众所知，大小报纸有正面宣传的，也有批评的。批评者说，无论是日本人还是中国人，组织者都别有用心：美化日本殖民，打着国际观光的旗帜，用自然与人文景观遮掩现实的冲突；利用各国亲日崇日的所谓国际友好人士的身份、观光体验及感受，宣传建立大东亚共荣圈之和谐美好局面，一则干扰真正的"国际目光"观察中国，二则迷惑知识分子和老百姓，以为国际和平已经实现。葛林娣看了批评的文章，心理产生了负担，但她又被一种赞同的言论释然了。赞同和支持的报道不少，但这一种赞同，一句顶一万句：安庆风光美不美，与整个大环境及景观周边的气氛是否协调，期待国际观光团的评定。在葛林娣看来，那是不协调的，不会给国际观光团留下美好的印象。

　　观光团由美、英、法、德、俄等数国组成，男 15 人，女 6 人，共 21 人，还有一位中国女翻译，再加上松下三郎、罗钧继、葛林娣和一位女导游陪同，阵势不小。导游是汪伪公署控制下的《安庆新报》推荐的周学英女士。葛林娣见

到周学英比见到红鼻子蓝眼睛的国际友人要激动百倍,她差点冲过去搂住她。冷静的周学英向她使了个眼色,表示彼此不认识。葛林娣意识到周学英的用意,为自己的冲动惊了一身汗,幸亏刚才松下三郎和罗钧继都没有看到她的激动反应。她明白了,罗钧继没见过周学英,周学英不想让罗钧继知道她是宁国能的同学,更不想让他知道她是郝文波的夫人。如果被松下三郎知道周学英的身份,那就更麻烦了,她等于是送上口的一块肉。

葛林娣看到了周学英落落大方、不卑不亢的气质中内秀温柔的一面,她的礼节与知识的运用,娴熟自然,不失分寸,但又巧妙地、无可指摘地穿插了自己的观点。如在振风塔下,她说,这座号称"万里长江第一塔"的振风塔,建于1568年,距今已有近四百年的历史。安庆是兵家特别看重的地方,这近四百年中,战争多起,都没有毁灭振风塔,为什么呢?不是它多么美,多么巍峨,而是一种文化的力量,让炮管和枪眼不敢对着它。这是一座佛塔,佛可以发出狮子一样的吼声,这种吼声是引人向善的,让人敬畏的。战争的目的是什么?是毁善吗?有恶的战争,也就有正义的战争,就像佛与魔的对立一样。说到这里,周学英又转到对振风塔本身的介绍,振风塔是七层八角楼阁式的建筑,它的造型和结构集中国历代佛塔建筑艺术之大成,融合了中国古代建筑的民族特色,并加以发展和提高。此塔设计精巧,造型别致,结构新颖,在中国佛塔中独树一帜。

在周学英的带领下,大家登上了第七层,赞叹不已。葛林娣俯瞰城区及城外广大乡野,竟然内心悱恻,因为她想起了曾与宁国能相偕登塔,今天却不知他在这眼前一望无际的世界的哪个角落。塔上空间小,人贴人绕着走。与葛林娣擦身而过的时候,周学英温情地捏了一下她的手。葛林娣多么想抓着周学英的手不放。游客们看到蜿蜒无尽的长江,特别激动,拍照,赞叹。塔上风很大,每个人的衣服都成为风中旗帜,色彩纷呈。一位高而瘦的德国女人用汉语问葛林娣,振风塔,是因风而得名的吗?葛林娣回答,不是的。德国女人又来了一句,莫名其妙,不是因为风,为何叫作振风塔啊?葛林娣笑了笑,她说,的确是因为风,但不是自然的风。德国女人睁大了眼睛说,那是什么风?难道这里的风是从月球上来的吗?葛林娣说,风是一种比喻,指社会习俗，一个地方的习俗就像风一样吹到每个人身上。四百年前安庆没有出过状元——状元您知道吗？就是全国考试第一名。一些文化人认为，是由于文风凋敝造成了安庆出不了大人物，政府采纳了他们的建议，建了这座塔，叫作振风塔。塔建好后，安庆立即就有人考了全国第一名，不少人成为皇帝身边的大臣，还有不少人成为全国一流的学者和诗人。德国女人说，中国是个很神奇的国家，安庆很了不起！我喜欢振风塔！

周学英看见松下三郎面对长江一脸的庄重，便问松下先生可否将内心感慨讲出来一起分享。松下三郎锁着眉头说，安庆真可谓"上扼洞庭，下桎南京"，可你们汪主席却将安徽省政府设驻蚌埠，实在太不高明。周学英应了一句，安庆素称"万里长江此封喉，吴楚分疆第一州"。

这时，周学英听见站在松下三郎右手边的罗钧继也在面江高论。

罗钧继说，太平军取得二破江南大营之战胜利后，安徽战场的形势却非常严峻。安庆是南京上游的重要门户，安庆的得失，对太平天国后期战争的全局影响极大。湘军统帅曾国藩深知攻取安庆的意义，认为安庆为必争之地，"目前关系淮南之全局，将来即为克复金陵之张本"。这是他的原话。1860年6月，曾国藩命令弟弟曾国荃率湘军近万人进扎安庆北面的集贤关，并在城外开挖两道长壕，前壕用以围城，后壕用以拒援。从1860年9月到1861年9月，太平军和湘军在安庆周围展开了长达一年的争夺战，最后安庆失守，太平军的军事形势由此日趋恶化。

周学英来了一句，"分疆则锁钥南北，坐镇则呼吸东西"。松下三郎问她是即兴而作，还是他人之诗。周学英笑答，古人所作。

走下振风塔之后，葛林娣突然萌生趁机溜走的念头。自己这一走，不同于休例假的缫丝女签了"连带责任书"，不会连累别人。有了这个念头后，她心里怦怦跳，非常紧张，万一被抓回来怎么办？不会挂到网罟上受刑吧？她想象自己被一丝不挂地吊在众人面前，然后在鬼子口令下放进江水中，拉起，再放下。她浑身颤抖起来，本能地向罗钧继身边靠拢，似乎可以得到庇护；又故意走到松下三郎的身旁，以证明自己一直跟着呢。

这时，周学英当着国际观光团的面，给松下三郎出了个难题，她说安庆

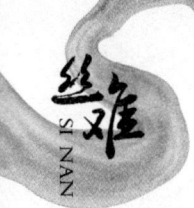

襟山带江,自然资源丰富,境内山环水绕,风光旖旎,有天柱山、大龙山、小孤山、浮山、白崖寨都值得游览观光。观光团成员个个兴奋,人人赞同。松下三郎立马以观光车正在修理、景点路途远、山区有豺狼虎豹很不安全为由否决了。周学英知道松下三郎不敢把观光团带出城,是因为城外日军和国军、游击队处于战争状态,随时都有交火的可能。有些景点虽被日军占领,但战火破坏严重,尤其是无数民房被炸毁,田园荒芜,会给观光团留下不好的印象,产生不利的观感。虽然国际友人是松下三郎自己或通过朋友邀请来的,但说不定有些人是假亲日分子,他们在国际上可有一定的话语权以及发声渠道。

周学英怕引起松下三郎的怀疑,便对观光团游客说,城外景点分散,并且由于日前下过暴雨,洪水冲毁了道路,无法成行。各位女士,各位先生,安庆城内的景观非常丰富,我带你们去参观大观亭、百花亭、世太史第、探花第、太平天国英王府,感受中国古建筑风貌;再去游览菱湖,领略优美风光。松下三郎终于松了一口气,他嘱咐周学英按原观光线路进行。所谓原观光线路,也就是刚才周学英依次讲的那些景点。

到了菱湖旁边时,罗钧继向松下三郎请假,说生产任务那么重,厂里一刻都不能离开他,他实在担心自己不在厂里,工人怠工。实际上,他是觉得重游这些景点,没有意思,不如回去读读报,看看书。松下三郎略一寻思,然后答应了。他一走,葛林娣突然有了一种不安全感。尽管周学英还在,但感觉她无法为自己带来必要的镇定,因为逃跑的念头复活后她再次陷入慌乱和恐惧。她觉得松下三郎好像知道了她内心的想法一样,他那狡黠的目光让她双腿一直发软。

在菱湖,葛林娣还是逃走了。她面对那个曾经泛舟于中的荷菱密径,听到了宁国能的笑声,她寻找他的笑声,发现身边没有了观光团,没有了周学英,没有了女翻译,没有了松下三郎,她眼里是陌生的游客,是烟霭迷蒙的柳树。她拔腿就跑,跑到了大街上,又跑进了小巷里,继续跑,目的地是那个一年前她和宁国能布置的新房。

他们之所以选择双莲寺旁一栋老宅大院,租下两居室作为新婚住所,是因为喜欢"双莲"二字。这里环境清幽,花木掩映,相传园中荷池内曾莲开并蒂,一黄一白,南宋安庆知府范文虎将他的两个女儿取名为金莲、银莲。宁国能说,咱们要是有两个女儿,也叫金莲和银莲。葛林娣问,要是生了两个儿子呢? 宁国能答道,那就叫金连、银连,多有钱啊!

葛林娣还没跑到双莲寺旁边,就被日本宪兵抓住了,带到状元府宪兵队大院,关进一间光线昏暗的房子。她被推进来时差点踩到地上的一个人。地上的人正在呻吟,双手撑地要爬起来。葛林娣扶其坐了起来,见其头发凌乱,脸上血肉模糊,分不清是男是女。葛林娣陷入极度的恐惧之中。她害怕自己也会受如此酷刑,不禁哭了起来。那人咳嗽了几声,像是从喉管里吐出什么,但没有吐出来。

葛林娣以为松下三郎会马上赶过来,但一直到晚上也没见到他的身影。深夜,凄惨的嘶叫声和号啕哭喊声不绝于耳,原来宪兵又在严刑拷打被抓的人。她吓得心惊肉跳,意识到马上会轮到自己了。坐在墙脚下的那个人突然说话了,他说凡是左肩上有老茧的,身上带盐、火柴、香烟、银圆出城的人都会被抓,见到他们不鞠躬的人也被怀疑是中国兵。

到了黎明的时候,葛林娣被一个日本宪兵,像拎一只小羊羔似的拎到了刑房,扔到地上。她一抬头,看见了松下三郎,又立即把头低下,身体颤抖着。松下三郎表示对葛小姐的行为很不理解,十分遗憾,得到表彰奖励,应该荣幸才是,却要逃跑! 何况,借陪同国际观光团游城观光之机逃跑,更是对国际友人的轻慢无礼。他们都是日本帝国的朋友,你蔑视他们即是对日本天皇的不尊重,就是对汪主席领导的中国新政权的不满。

葛林娣无话可说,心想唯有接受酷刑。在这里受刑,总比在江边被一丝不挂地吊在网罾上强。松下三郎对她到底说了什么,她完全听不清。恐惧将她的耳朵塞住了,恐惧甚至让她的知觉都麻木了。

松下三郎似乎猜到葛林娣没有听进去,他离开审讯台,走到她身边,突然哈哈大笑,摸了摸她的头,然后抬手打了她一个耳光,骂道,心术不正的女妖! 可怜弱小的母猪! 你知道松下先生为什么现在才来吗? 因为我要招待那些客人,陪同他们,不能让他们感到在安庆受到非礼了,这关系到文明素

质和信义,你懂不懂? 松下三郎又举起巴掌,却没有打,他走了出去。他一离开,几个宪兵冲了上来,撕扯她的衣服。她拼命叫喊,护着自己的胸部,在地上打滚。可是,最后她累了,软了,无力反抗。

松下三郎怀疑罗钧继知道葛林娣逃跑的预谋,说他中途离开,是精心策划的一个免责行动。罗钧继质问松下三郎,如果真是这样,那么帮助葛林娣逃跑的目的是什么呢? 她离开,会使缫丝厂蚕丝的质量得不到保证,我能有什么好处吗? 松下三郎觉得有道理,于是就将葛林娣的逃跑视作个人行为。罗钧继接着为葛林娣辩护,她也许是与大家走散了,而不是成心逃跑。这一点,松下三郎决不接受,他亲眼看到葛林娣故意悄悄与观光团拉开距离,然后拔腿逃跑。

葛林娣逃跑后,松下三郎很快就与菱湖宪兵站取得联系,布下抓捕网。但他万万没有想到,化名周子央的周学英也采取了行动。周学英正在介绍菱湖风景,突然发现葛林娣不见了身影,接着发现松下三郎与宪兵交代什么,立即意识到葛林娣被抓的可能性极大。她把观光团领到"血衣亭",讲解此亭与一个事件有关,1921 年 6 月 2 日,为抗议教育经费被挪作军费,安徽省学联会长方洛舟率多所高校、中学学生代表到省议会请愿,结果发生冲突,遭到军阀镇压,致使 50 多名学生受伤,其中一位叫姜高琦的学生被打死。周学英讲解完,利用空当与亭旁一个卖水果的交通员接上信号,让对方尽快设法打电话给安华缫丝厂老板罗钧继,就说一女工被宪兵抓走;如果到了晚上仍没联系上,就向绥靖军特务科邱辉江打电话,让他去找罗老板。

当天下午,罗钧继一听到葛林娣被捕的消息,立刻紧张起来。他对她的逃跑行为很不满,气愤地骂她活该受罪,可他却不得不去营救她。她被关在什么地方呢? 他向邱辉江打听,邱辉江提供了两个可能关押的地方,一个就是宪兵大队所在地——被日军侵占的状元府李家大院。

4

状元府是明朝状元刘若宰在安庆的府邸,经时代的变迁,居住者已非刘氏后人,安庆沦陷后,这里成为日军宪兵大队驻地。罗钧继对刘若宰的两句诗"一勺清冷水,无尘净古今"特别欣赏。战前,他曾到状元府寻找刘若宰的遗迹,无功而返。

　　两个日本宪兵将罗钧继挡住了。他介绍自己是松下三郎的朋友,安华缫丝厂经理,被抓的女人是缫丝厂的一名女工,她是皇军嘉奖的模范良民。宪兵听不懂他的话。他掏出一张在美国斯坦福大学读书时数位同学的合影,上面有自己和松下三郎。宪兵果然认识松下三郎,但仍不明白罗钧继要干什么。其中一个宪兵去找来一个能听懂中国话的宪兵翻译。这个翻译告诉罗钧继,松下三郎一时来不了。罗钧继从这句话里听出来,葛林娣就关在宪兵大队。于是,他便在这里等候松下三郎。天黑了,松下三郎没有来。他继续等,一直到开始宵禁的晚上八点钟才离开。回到缫丝厂后,他给松下三郎打电话,无人接听。

　　第二天一早,罗钧继跑到缫丝车间,做了一个让缫丝女们目瞪口呆、百思不得其解的动作——他派江贵珍将以前淘汰没有出厂的生丝,换下昨晚生产的生丝,并告诉她设法生产一批质量差的生丝。说罢,他就急忙离开了车间。他赶到状元府门外的时候,看见了松下三郎的那辆黑色座车。

　　一个多小时后,罗钧继才得以走进宪兵大队,他看到一个平时苗条美丽的女孩已被折磨得面目全非地昏迷在地上,他愤怒地冲松下三郎叫喊:"暴行!"松下三郎用陌生的目光盯着罗钧继,质问他是不是主谋,蓄意策划她逃跑。罗钧继反过来问松下三郎,是不是蓄意策划这场阴谋,通过摧残一位缫丝质检员,导致生丝质量下降而使得安华缫丝厂无法履行合同,从而达到处罚对方、取笑对方的目的。

　　松下三郎愣了一会儿,他没有这种想法,可这种想法在理论上是存在的,他同时不明白,一个如此重视契约的人,为什么帮助最重要的下属逃跑?他的脑筋一转,脸上露出求和的笑容,并用手势向行刑者表达了将葛林娣带走的信号。单独面对松下三郎的时候,罗钧继直截了当地问道,老同学松下君,你的身份实在让人看不透,到底是商人,还是军人?是宪兵队长,还是情报局长?松下三郎答道,跟你一样,毕业于斯坦福大学,然后弃文经商,并且非常巧合,做的也是蚕丝生意。

第六章 裂地清泉

131

　　罗钧继要将葛林娣带走，松下三郎说他做不了主，她是宪兵队抓的，他们得调查清楚，走完必要的程序，他们说了算。他之所以赶过来，是因为她是在他手上弄丢的。作为国际观光团的领队，对陪同人员的安危同样关心，若不是他来得早，葛小姐可能会吃更大的苦头。罗钧继在心里骂了一声老奸巨猾。他不好当场揭穿他，因为还需要让他放人。罗钧继请求看一下关押葛林娣的住所，松下三郎犹豫了一会儿，然后跟一个宪兵用日语交流了几句。几分钟后，宪兵又回来报告，说已得到宪兵队长同意。罗钧继被宪兵领着，走过深深庭院，在一厢天井边的房子前停住。宪兵将门打开，罗钧继一只脚跨进去，另一只脚没有跨进去，他在等候松下三郎。松下三郎将他的这一行为理解为避一人独见之嫌，于是紧赶两步，也走到了关押葛林娣的房子前。

　　房子里光线明亮，卫生干净，不像牢房。此时，葛林娣昏睡在床上，她的伤口被清洗后涂上了红药水。罗钧继走到床边，伸手摸了她一下，扯了扯盖在她身上的被子。他急忙转过身来，摊开手掌，向松下三郎展示一枚刻着太阳旗图案的奖章。他对他说，葛女士的这枚奖章，得让宪兵队好好保管，不能遗失。松下三郎看了看奖章，又看了看躺在床上的葛林娣，脸上闪出一丝困惑。松下三郎说，你代她保管吧。

　　离开宪兵大队，罗钧继又提出一个请求，他要乘坐松下三郎的车赶回缫丝厂处理昨夜的质量事故。松下三郎以为罗钧继撒谎，便跟他一起来到缫丝厂，走进忙碌的生产车间。

　　罗钧继暴跳如雷，将江贵珍狠狠地痛骂了一阵。江贵珍特别委屈地哭了。缫丝女们第一回看见罗老板如此发火，吓得立在缫车前不敢出声。松下三郎发现一堆次品生丝，脸色凝重起来。他见罗钧继像疯了似的大骂不止，没有打招呼，走出了车间。

　　这一天，还没到中午，葛林娣被宪兵送回缫丝厂。她的身体状况极差，无法上班，只能躺在宿舍休息。罗钧继抽调戴玲玲照料她，同时也是为这个孕妇提供休息机会。罗钧继跑到食堂，通知厨师老郑为葛林娣开小灶，尽快让她恢复健康。罗钧继接连数天，一天三次，来宿舍探望葛林娣。有时，葛林娣正在梦中哭叫,他看了心酸难受。他听见她喊宁国能的名字,还听见她喊自己的名字。听到喊自己的名字,他就感到很愧疚,觉得自己没有保护好她。有时,他发现葛林娣没有睡,正在和戴玲玲轻声细语地聊天,他上前问她身体状况怎样,见她面色已由蜡黄转为红润,放下心来,嘱咐她多想喜悦欢乐之事,少思忧愁痛苦之事。

罗钧继向戴玲玲交代,天气越来越凉,你要注意葛老师的被子,不能让她着凉。罗老板一走,戴玲玲便来了一句,夏无怒,秋莫愁,马上要过中秋节了,待在这里,能不发愁吗?

这个秋天,对于中国长江中游城市安庆来说,老百姓并不知道苏德关系正在恶化,第二次世界大战即将爆发,他们除了听到城里建成自来水厂,自来水全部供日军和日侨使用的消息之外,就是盼望过一个平安的、亲人团聚的中秋节。缫丝厂工人在掐算离中秋节还有几天的时候,心情是焦虑的。方传才率先提出中秋节放假回家的请求,得到大多数人的响应。罗钧继不断被人问起中秋节放假定下没有。他说还没定。方传才问,是不是罗老板做不了主,得由日本人来定?罗钧继很尴尬,好没面子。方传才说,罗老板带领大家罢工吧。五洲公司搞了一次罢工,码头工人也搞了一次罢工,我们为什么不可以罢工?如果中秋节不放假,我们就罢工。

罗钧继很忌讳"罢工"二字,罢工所造成的损失、耽误的工时、影响的产量,难以弥补。一旦罢工,想复工可不是一天两天能与工人谈得拢的,像方传才这种人就会利用罢工煽动大家提出苛刻的条件逼老板答应。中秋节放假与罢工相比,两害相权取其轻。于是,他跟松下三郎打招呼,决定缫丝厂放假一天。他强调中秋节在中国老百姓心目中的地位,只要中秋节一家人能够团聚,其他日子不在一起都能忍受。每月十五月圆之夜,尤其中秋之夜,家家户户都会去拜塔。

松下三郎倒是对拜塔感兴趣,问数月来怎么没见到拜塔活动。罗钧继说,数月来老百姓经受战火惊吓,死伤的死伤,逃亡的逃亡,没有居民拜塔。现在中秋节不同了,一些逃亡的人回来了,还有一些渴望团聚的人正在回来的途中。松下三郎先不提缫丝厂是否放假,而要罗钧继讲讲拜塔的习俗。

133

罗钧继说,振风塔周围有160个亮孔,是供点油灯之用,外面糊着油纸,任凭塔高风狂,灯火始终通明。一轮明月高悬天空,月光映照着振风塔,江水中倒映出矗立的塔影,塔影之上像撒着一层亮晶晶的碎银一般,在江中闪烁。中秋节也是宝塔的节日,人们纷纷到振风塔下向"塔王"朝拜,到江边赏月,观赏塔影横江之奇观。

松下三郎激动地说,今年中秋之夜,一定去观看拜塔,请你陪同。罗钧继问他,是不是允许给缫丝厂放假一天?松下三郎担心缫丝女放假回家后不再回来,他不同意全厂放假,但是,可以拿出十个名额,作为对平时表现积极、产质双优的女工的奖励,让她们回家过节。罗钧继想争取更多的名额,被松下三郎拒绝了。他说,中秋节也是日本人的传统节日,钧继君,这样吧,请你与日本侨民一起过中秋节,咱们不去拜塔了。罗钧继回答哪里也不去,他要回老家。

罗钧继压根儿就没能回乡下老家与亲人团聚,中秋之夜,他是在对父母妻儿的深深思念中度过的。他念杜甫的诗:"星稀月冷逸银河,万籁无声自啸歌。何处关山家万里,夜来枕簟客愁多。"他的心被人生飘零之感所击打,欲罢不能。他没有去拜塔与观看拜塔。他没理由抛开工人,唯有大家守在缫丝厂,才能对自己的心有一个交代。他担心出事,内定了一个名额,让方传才回家了。可方传才一走,他又担心方传才不再回来。

平时放弃例假的"罗家娘子军",中秋节头一天就情绪不稳定,她们一起来跟罗叔叔诉说,想回家过节,她们泪水汪汪的,巴望着他能答应。罗钧继劝她们打消回家的念头,现在兵荒马乱的,路上极不安全,要是有个三长两短,罗叔叔怎么负责?怎么向你们父母交代?刘小艳立即说,不要罗叔叔负责,是我们自己愿意的,我们可以签字,摁手印。罗钧继瞥了刘小艳一眼,不高兴地说,是你带头吵着要回家的吧?中秋节,不就是一个晚上吗?熬一下就过去了。罗叔叔跟你们一样,也想回洪家铺。可我为什么不回去呢?我不是告诉过你们吗?罗叔叔不能被日本人耻笑,一定要生产出高产量、高质量的蚕丝。大家都说你们是"罗家娘子军",什么是军?军有军令,军令如山,你们得听我的,以服从为天职。

汤小毛拉了拉刘小艳,带头走了。送走这几个女孩后,罗钧继让秘书余媛姝去告知大家,中秋节这一天发双倍的薪水。

　　节后第二天,还是出事了,有两个缫丝女没有及时返回缫丝厂。罗钧继担心方传才不回来,他倒是回来了。松下三郎从缫丝厂门口岗哨那里即时得到离开十人、回来八人的情报。他打电话将罗钧继挖苦了一番。恰巧邱辉江也在罗钧继的办公室里,他觉得松下三郎太过分了,恨恨道,这日本杂种,老子宰了他!

　　由于中秋节那天执行公务,邱辉江没能来看望戴玲玲。这天上午,他带着一盒月饼来找戴玲玲。葛林娣已恢复健康回到车间上班。邱辉江将月饼放在正田美智子那里,然后顺路看望罗老板,走进办公室,就见罗钧继很难堪地听着松下三郎在电话里训斥挖苦。一开始,松下三郎还只是讽刺,接着,转为挖苦、羞辱和谩骂。

　　罗钧继把电话重重地挂了,骂了声矮魔王。邱辉江说,我看不惯这杂种,真想杀了他。他凑到罗钧继身边,悄声说,罗先生,你只要点一下头,我就去干掉他。罗钧继在屋子里踱步,走了几个来回。他在想,如果松下三郎发生意外,那么履行罗德里格斯先生的那份合同就没压力了。他停住了脚步,看着邱辉江。邱辉江在等待他做出指令。罗钧继又走动起来,边走边想,假如松下三郎发生意外,被确定为谋杀,那么被怀疑的对象将是谁呢?通过杀死对手,达到取消一份契约,完成另一份契约的目的,又有什么意义?

　　罗钧继再次停下脚步,站在邱辉江的面前,摇了摇头。他对邱辉江说,一定要杀他,但不是现在。

　　邱辉江叹息了一声说,罗老板,你太仁慈了。

5

　　那个杂货店成为戴玲玲既害怕又丢舍不开的地方,她跟自己说不要去那里了,可又想去看看正田美智子。她差点被日军士兵猥亵、侮辱,幸亏正田美智子救了她。因此她感激正田美智子,然而危险却是正田美智子招来的,正是她与几个士兵保持着暧昧的关系,才使杂货店在晚上成为妓院一样

的场所。戴玲玲觉得奇怪,正田美智子肚子一直平平的,她用什么办法避孕?还是生理有问题怀不上孩子?正田美智子有一种魅力吸引着戴玲玲,尽管她常常意识到自己与她交往有危险。

隔了数日不见戴玲玲,正田美智子也会向来买东西的人打听戴玲玲的情况。中秋节第二天,她从邱辉江手上接过一盒月饼,答应转交给戴玲玲。她昨天很兴奋地度过了一晚上,和日本侨民一起参加赏月晚会,借着皎洁的月光一边观赏塔影,一边弹奏琵琶、月琴。她要把昨晚的情景讲给戴玲玲听,于是等着她来。

戴玲玲听说有人给她捎月饼了,她想还会有谁呢?不就是邱辉江!他像糯米一样黏着人,真讨厌。她不想吃他的月饼。葛林娣已经改变对邱辉江的看法,她对戴玲玲说,你不想吃,也得拿回来给大家吃,他买的月饼肯定比厂里发的月饼好吃。室友们都催戴玲玲去拿月饼。戴玲玲一离开宿舍,查美欣就表示她很不理解戴玲玲,人家邱辉江还是一个光棍,从没结过婚,怎么就嫌弃人家?如果害怕当汉奸老婆,可以叫邱辉江不当汉奸呀,人家对她像掉了魂似的爱着,她不许他当汉奸他还敢当吗?对邱辉江,查美欣也很不理解,哪里没有女人,偏偏喜欢肚子里怀着别人孩子的女人。葛林娣心里说,你查美欣也让人难以理解。

戴玲玲本想拿上月饼就离开,可被正田美智子拽住了。正田美智子双手呈上一杯茶。戴玲玲正口渴,接过小青花瓷杯,捧在手上暖暖的。她便一边喝茶一边听正田美智子讲中秋之夜是怎么度过的。正田美智子说,这是我在中国过得最开心的一个中秋节,在沈阳、在北平、在南京都没有这次在安庆有意思。侨民们租了几只渔船,在船头上摆放上月饼、鲜果、鸡冠花等祭月。祭月结束后,表演传统歌舞,大家又是跳又是唱。还有人将船划到江中,在琵琶伴奏下,表演嫦娥奔月。有几个故乡在福岛县的侨民,为纪念在奈良时代投身猿泽池的采女(女官),举办了传统祭典"采女祭",身着和服的"花扇使"把用秋天的七种草装饰的花扇投入江中以示祭奠。

戴玲玲拿出一块月饼让正田美智子品尝。正田美智子从戴玲玲手上接过月饼说,在日本,中秋节吃"白玉团子"。戴玲玲问她,白玉团子用什么食材制作的？正田美智子告诉戴玲玲，团子用白米粉做成，内中无馅。小时候听妈妈说，白玉团子就是月亮。日本中秋节祭月，需要三件宝，除了白玉团子，还有几枝芦草和一只小白兔。

戴玲玲听到这里，觉得正田美智子在思乡，就说，你是不是特别想家？

正田美智子点头又摇头。戴玲玲问她到底是想家还是不想家。正田美智子压低声音对戴玲玲说，想家，是不能说的。她笑了笑说，大岛君有嘱咐，雁别叫了，从今天起，我也是漂泊者。戴玲玲懂了正田美智子的心思，大岛君是她的恋人还是丈夫，她曾经问过她她都不回答。

正田美智子说她喜欢一首俳句，"故乡呀，挨着碰着，都是带刺的花"。说罢，她的眼睛红了。正在这时，戴玲玲见走来了一个人，仔细一看，是方传才。她拿上月饼就离开了杂货店。方传才拿着一包香烟跟在她身后也出来了，一出来就抽上了一支。戴玲玲放慢脚步，待方传才走到身边，开玩笑地说，方师傅烟瘾不小，家里要养老婆孩子，厂里还得花钱哄小查，得把烟钱省下来哟。方传才嘿嘿笑了两声，他说关在这里像坐牢一样，不抽烟实在不行。戴玲玲直逼一句，你把美欣肚子搞大了，怎么办？方传才愣了一下，神色黯然，他抓耳挠头，懊悔自己一时犯糊涂，造成这种苦果。昨天回家过中秋，本来是亲人团聚，热闹一下，却是吵吵闹闹、哭哭啼啼的场面。老子辛苦挣钱拿回家，老婆嫌少。一个爷们在外混，难道自己身上不揣几个应酬钱？可她不理解。她是一个没有感情的人，很自私。换了别的女人，丈夫好不容易回家了，又是中秋节，不问钱多钱少回家就好，亲热一番再说。她见面就问，钱呢？常年不回家，在外面吃喝嫖赌吧？她明明知道是鬼子把缫丝厂封锁了，不让人回家，却故意说这种气人的话。我跟她解释，缫丝厂被鬼子围了，出不来。她来了一句，你巴不得这样，厂里那么多女人，玩够了吧。老子听不下去了，扇了她一个嘴巴。

戴玲玲问方传才，你跟查美欣的关系，夫人知不知道？方传才说，哪能让她知道？她要是知道了，岂不是要拼命？不打死小查才怪。她做得出来的。老子遇到这个女人，这一生算是倒了大霉。老话说得好，庄稼不好是一季，老婆不好一辈子。戴玲玲说，现在提倡新婚姻，两口子过不下去就离婚。

137

你没看阮玲玉、郑君里、林楚楚、罗朋、黎莉莉主演的电影《国风》？方传才诉苦道，结婚后一场电影也没看，老婆喜欢看戏，常常忘了回家做饭，老子做工回来，一掀锅盖，什么都没有，心凉透了。戴玲玲沉浸在那部电影的剧情中，她说，你跟她过不下去，就离婚吧，跟查美欣结婚，并跟他谈起电影《国风》。

方传才突然笑了。戴玲玲问笑啥。方传才说，你讲的这电影，陈佐接受离婚是挺无奈的。戴玲玲说，离婚就是无奈，无奈也必须接受。戴玲玲与方传才临分手时，又重复了一句，查美欣肚子已经大了，你怎么办？方传才说他已经想过这个问题，让查美欣堕胎。戴玲玲惊讶地张开了嘴巴。堕胎是非常危险的，她家那条街上就有个女孩因堕胎死了。

回到宿舍后，心直口快的戴玲玲把方传才的想法告诉了大家，查美欣也在其中。查美欣早已答应方传才，所以她反应平淡。方传才从家里回来，带来一筒月饼送给查美欣。查美欣说吃腻了，罗老板为了安抚大家，中秋节晚上亲自分发月饼，是冰糖馅，太甜，倒是想吃五仁月饼，香香的才过瘾。方传才带来的恰恰是五仁月饼，从纸筒中拿出一块递给了查美欣。查美欣掰开一看，数出杏仁、桃仁、花生仁、芝麻仁和瓜子仁这五种仁，乐滋滋地吃起来。方传才看着她越来越明显的肚子，心理负担很重。他用商量的口气问她，胎儿怎么办？查美欣嚼着月饼回答，你想怎么办就怎么办，听你的。方传才真想哭，哭自己没本事，如果自己是个有钱人，把美欣娶回家多好啊。可是，自己是个穷光蛋，穷得在老婆跟前都无法抬头做人。方传才很痛苦地问，堕胎行不行？查美欣先是愣了一下，接着点头说，可以呀。她还说，如果哪天我死了，胎儿不也死了吗？传才哥，你对我可要好哦，不能跟别的女人胡来。

葛林娣正在用挑花针法绣并蒂双莲，金莲已绣好，银莲绣了一半，她抬头问查美欣，方传才想把孩子打掉，你的意见呢？查美欣说她已答应了方传才。一语惊人，大家面面相觑。葛林娣劝她冷静考虑。查美欣回答道，不能再冷静下去了，再冷静就打不掉了。葛林娣说，打不掉就生下来，反正你得嫁给方传才。戴玲玲说，方传才家中有老婆，不离婚，美欣怎么嫁他？葛林娣问查美欣，你们谈过未来吗？查美欣笑道，我们还有什么未来？不就这样过下去呗？这是日本人的天下，在这里，我们就是一对，出了缫丝厂，就不是一对了。大家又面面相觑，无言以对。

有一天，葛林娣去地下仓库秘密书室换书看，吓了一跳，仓库门竟然是虚掩的，她一推门走了进去，只见罗钧继和"罗家娘子军"正在将生丝往一辆小推车上放，转运到另一间库房中。她揣测除了自己身上这一把钥匙，罗钧继还有一把。她站在一旁看姑娘们生龙活虎地干活，却插不上手。离开地下仓库，葛林娣问罗钧继，可有民国法律方面的书，推荐一下，她想读。罗钧继以为葛林娣为自己受宪兵伤害耿耿于怀，想在法律上找到申诉的条款。他说，日本侵华，沦陷区还谈什么民国法律？葛林娣哦了一声，她走到与罗钧继分手的岔道上，决定将查美欣打算堕胎的信息透露一下，她问，堕胎合法吗？

罗钧继当即回答，堕胎违法，有罪。他叫葛林娣跟他一起到他的办公室，他拿出一本民国法律汇编。他说，《中华民国刑法》上对堕胎罪的描述很清楚，可以让查美欣了解一下，我遇到方传才，也要跟他谈谈不能堕胎。葛林娣说，我实在不明白，查美欣跟方传才不是婚姻关系，她堕胎怎么是有罪呢？方传才婚外恋情致使查美欣怀孕，应该受到法律惩处吧？中国现在是一夫一妻制，为什么有的人公开娶小老婆，养三姨太、四姨太？罗钧继说，法律明文规定是不能娶小老婆的，但在这个混乱时代，只要你有钱有权，一夫多妻往往被执法者忽略，不告不理，也被老百姓认可，司空见惯。

葛林娣将法律书拿回宿舍后，找到了刑法上关于堕胎罪的条款，看了一遍，然后递给查美欣看。

查美欣将法律条款仔细看完之后，呜呜哭起来，边哭边说，我不想堕胎了，方传才要堕胎，让他自己堕去。

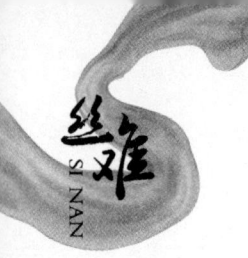

第七章　我愿均尔丝

1

离开安庆城区之后，宁国能没有去大别山，也没有去重庆，他找到了郝文波。在他的催促下，游击队终于准备搞一场夜袭，并将缫丝厂外面的敌军作为袭击目标之一。他也要随游击队一起进城，郝文波急了，骂他手无缚鸡之力，能越过高高的城墙吗？能在枪林弹雨中冲锋向前吗？与其白白送死，不如自己上吊算了。宁国能被骂得哑口无言，但他没有怨怪郝文波，毕竟人家真的要夜袭，并且还亲率敢死队打头阵。

天亮之后，游击队撤了回来。宁国能见郝文波骂援军行动迟缓，就知道了结果。他小心翼翼地问打进缫丝厂没有，却惹怒了郝文波。郝文波质问他是不是日军的奸细，故意用计把游击队引往缫丝厂。刚交上火，还没打过去，就来了一大帮鬼子，三挺机关枪打得地上冒火，还有小钢炮都用上了，一颗炮弹夺去了三个兄弟的生命。宁国能哭了起来。他这一哭，郝文波拍了拍他的肩膀说，哪有奸细长得像你这书呆子模样？咱故意吓唬吓唬你。郝文波不明白的是，送来的那份情报很可靠，将缫丝厂周围敌人的兵力讲得很清楚，打过去却发现跟情报说的完全不一样，一定是哪里出问题了。

本以为夜袭时，缫丝厂工人会趁机跑出来，结果缫丝厂仍旧掌握在日军手中，宁国能很失望。郝文波不愿意带他一起行军，坦白地告诉他，游击队是打仗的，要斗志昂扬，既然你状态这么差，回城调养吧。郝文波决定安排一个队员帮助宁国能回城。宁国能觉得回城见不到葛林娣，会更难受，说不定又想冒险进入缫丝厂，被鬼子打死，那就真见不到葛林娣了。所以，他对郝文波说,你们不带我算了,我自己想到哪里就到哪里,不用郝司令操心。郝文波说,那好,你要注意安全。

与游击队分手后,宁国能决定到县城石牌找份工作。安庆的机关、学校、工厂,或转移至重庆,或转移至大别山,或就近转移至皖河之滨石牌古镇。石牌虽处于不断受日军进犯和骚扰的境地,但毕竟还在国民政府手中。石牌离大别山不远,皖河就发源于大别山,如果以后决定去大别山也方便。这样想好之后,宁国能往石牌而去。他吸取了上次寻找游击队的教训,白天不行路,晚上行路。

有一天黎明前,宁国能听到脚步声,还有车轮碾压路基声,他急忙闪到路旁的庄稼地里。这时,脚步声突然停了,接着火光一闪一闪,将几个陌生人的身影,甚至脸形暴露在宁国能的面前。原来五六个汉子放下了担子,坐在扁担上休息,抽黄烟。一个汉子对另一个正在磕烟灰的汉子说,小心烟灰磕到蚕茧上。就这一句话,让宁国能跃身而出,吓得几个汉子弃担而跑。宁国能冲他们喊,不要跑,我不是打劫的。汉子们在黑暗中停住了,从不同的方向走了回来。

天上云缝中露出微微的光,光在空中分裂出一束束光线,光线勾勒出大地的轮廓。宁国能发现有七八个人,而且不全是汉子,还有两个老人和一个少年。宁国能跟游击队一起行军数月,皮肤晒黑了,身子骨又单薄,也像一个农民。他说,这些蚕茧是送到安华缫丝厂去吧?一个汉子说,你怎么知道?一个老人抢在宁国能之前回答了,安庆就一家缫丝厂。

宁国能突然有了一个主意,如果能够阻截缫丝厂的原料,那么缫丝厂就无法生产,无法生产,缫丝女不就解散了吗?他激动起来,但立马控制住情绪,不想被人看出什么动机。他说,我就是安华缫丝厂的采办经理,下乡正是为了通知你们,缫丝厂停产了,不再收购蚕茧。宁国能没有想到,这句话激怒了大家,他们纷纷骂起安华缫丝厂不讲信用,契约上写得清清楚楚,不得无故违约。有个汉子脾气很大,举起扁担做出砍人的架势。宁国能立马说,不是无故违约,而是有原因的。一个老人问,什么原因?讲明白了。宁国能便讲几天前,游击队突袭城区,缫丝厂外面几个日军士兵被打死了,工

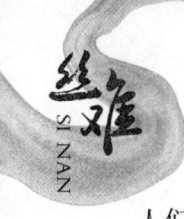

人们逃散了。宁国能说,你们有本事找日军讲理去。那个怒气冲冲的汉子一下子发蔫了,诉苦道,指望卖了这些蚕茧过日子,接下来如何是好?宁国能说,你去参加游击队吧,打鬼子。汉子回答道,一家老小需要我来养,打不了鬼子。

天亮了,拉板车的将车掉转头,往回拉;挑担子的也转过身来,往回挑。这时,一个老人说,我们把蚕茧卖给何希如吧。一个汉子答道,他也是为安华缫丝厂供货,就怕再便宜他也不收我们的。那个垂头丧气的汉子说,只能去求何希如了。宁国能听到这里,判断何希如是安华缫丝厂最大的原料供应商,不由得兴奋起来,只要把何希如的工作做通,断安华原料,那么安华必然停产。两百多号人,罗钧继绝对不会白养他们,日本人也不会白养他们。何希如只要有一点爱国心,就一定会接受劝告。如果他是汉奸,怎么办?找郝文波锄掉他!汉奸不锄,国无宁日;汉奸不锄,天理不容;汉奸不锄,亡国灭种!想起安庆沦陷前,那一场场反日肃奸大游行,宁国能热血沸腾。

经过打听,宁国能在洪家铺找到了何希如的家。何希如正在自家讲堂里讲《礼记·大学》:"古之欲明德于天下者,先治其国;欲治其国者,先齐其家;欲齐其家者,先修其身;欲修其身者,先正其心;欲正其心者,先诚其意;欲诚其意者,先致其知,致知在格物。物格而后知至,知至而后意诚,意诚而后心正,心正而后身修,身修而后家齐,家齐而后国治,国治而后天下平。"他对儒家之"齐"思想进行了阐发:家庭教育,对于我们一身之成败,是很有关系的。世上各种奸人恶人庸人愚人等等,大多未曾受过良好的家庭教育。

宁国能心花怒放,他觉得说服何希如有十成的把握。讲堂里坐满了人,对外人也不排斥。宣讲结束后是答问,有人提出提倡科学和民主已过去二十年,为什么现在仍有不少人抵制科学?上月日军飞机投弹轰炸,有人咒骂发明制造飞机的人,请问何先生,科学到底是好处多,还是害处多?

何希如回答:不要管科学是好是坏,主要是文明教育,循循善诱。陈公撄宁先生曾与鄙人细论科学思想,他承认科学不免诱发人类更多的欲望,诚属遗憾。但是,科学本身没有错,各种科学发明家也没有错。譬如空中飞机,本意是为了便于交通,却成为战争武器。化学工业与制造,是为了供给人类的生活需求,却有人利用化学知识制造毒气。催眠术的研究,原是为了探索人类神秘潜能,今天有人却利用催眠方法作奸犯科。诸如此类,数不胜数,是科学的错误吗?

宁国能油然而生敬意,他鼓起掌来,却犯了规矩,引起众人侧目。何希如看到站在后排的宁国能,面孔陌生,知是外乡人,便笑道,先生请坐。宁国能受宠若惊,在一张空椅子上坐下。后来,他得知何希如反对鼓掌,因为在他看来,鼓掌非集体之意志,而是一些人引诱大多数人并使之失去个人意志。鼓掌容易为别有用心者、投其所好者所利用,此风不好,出现在讲堂里更不好。戏场鼓掌则可,喝彩亦可,学问交流之地,不可鼓掌。孔子讲学不兴鼓掌。一部《论语》,无一声掌声。宁国能听了,心悦诚服。

宁国能的到访,何希如猜到有事相求,便对宁国能说,刚才鼓掌的这位先生,请不吝赐教。宁国能说,当今国土不断被日寇侵占,何先生怎么看这个问题?何希如答道,卢沟桥事变爆发,以国共合作为基础的抗日民族统一战线立即形成,所以,日军占领不了中国全部国土就会被驱除,被打败。宁国能又不禁鼓掌称赞,引来齐刷刷的目光,好像他说错了什么,他心里很是纳闷。

答问结束后,大家很有秩序地离开了讲堂。宁国能随即上前介绍自己是省立安徽大学一名教员,慕名拜访乡贤前辈。何希如将宁国能引到会客厅,点了一炷香。他说,焚香礼贤人,沏茶待嘉客。宁国能从茶几上拿起一本线装书《香乘》。除了古典文学,这类非教学方面的古代杂书,宁国能以前是不读的。《香乘》著者周嘉胄的名字很陌生,翻看序言,读到"天以香草比君子,屈宋诸君骚赋累累不绝书",觉得何希如是以香明志。

何希如说,从《诗经》《史记》到《红楼梦》,从《名医别录》《洪氏香谱》到《本草纲目》《香乘》,历朝历代的经典著作都有对香的描述和记录。屈原《离骚》中有很多精彩的咏叹,唐代诗人王维、杜甫、李白、白居易、李商隐等都有咏香抒怀之作。这是中华文化,不要因为日军飞机炸我们,机关枪扫我们,我们就不学中华文化。宁先生,你是安大教授,教育学生,一定要以国学为体。

宁国能点头说好，他想尽快把话题转到此行的真正目的上，于是说，何先生亦儒亦商，国家之栋梁，当今日本以华制华，掠夺资源，侵占实业，令人发指。我从城里逃出，就是专门找你，停止安华缫丝厂的原料供应，迫使其停产。据可靠情报，日本封锁安华，关押缫丝女，日夜不停地生产生丝，完全是日本推行蚕丝战略，一则在国际上以丝绵换军火，二则陷中国经济于凋敝……

我不完全这样看。何希如突然打断了宁国能的话。

宁国能没有想到一开口就被何希如否定了，毫无心理准备，窘迫得不知如何往下接着说。

何希如笑了笑说，理解，非常理解宁先生，早就料到会有人这样来规劝。你且听听我的看法，不要怀疑我是站在日本人立场讲话。我儿子正在前线抗战，英勇杀敌，我在后方卖国，难道就不怕儿子回来枪毙了我？本人刚四十出头，孔子说"四十而不惑"，我自信自己没有被汉奸诱惑，也没有被汪政权那帮人所迷惑，同样没有被自身对时局看不清所困惑。宁先生如果愿意听，现在我就讲一讲自己的看法。

宁国能说他愿意洗耳恭听，可他的内心已没有刚才在讲堂里那么振奋。

2

安庆属于丘陵地区，一半山冈一半湖汊，一半桑林一半田地，种桑养蚕一直以来就是老百姓的生存之本。蚕丝市场依赖中国，中国在国际蚕丝市场所处的头等地位，没有其他国家可以替代。日本人占我国土，轰炸我丝厂，但灭不了桑树。有了桑树就有蚕，有了蚕就有了丝，有了丝就不会亡国。何希如问宁国能知不知道"丝绢之战"和"丝绸之路"，宁国能回答知道后者。

何希如续燃了一炷香，然后拎起陶瓷壶往宁国能茶杯里添水，笑道，看问题当然有立场，但不能先入为主。当前民生与抗战是分不开的，老百姓要有生存的法子，养蚕就是生存的法子。

何希如放下茶壶后，又声音洪亮地接着刚才的话题说。他认为几千年来中国沿着古丝绸之路传向欧洲的，不仅仅是一件件华美的服饰，更是东方古老灿烂的文明。丝绸从那时起，几乎就成为东方文明的象征。古罗马时期，东罗马皇帝查士丁尼为了摆脱位居东西方之间的波斯人高价垄断经营中国丝绸的局面，曾打算与埃塞俄比亚人联合，绕过波斯，从海上去印度购买丝绢，然后东运罗马。然而波斯人知道这个计划后，安息王国以武力威胁埃塞俄比亚，阻止他们充当罗马人的丝绸掮客。查士丁尼无奈，又请安息近邻突厥可汗帮助从中调解与波斯人的关系，不料波斯王不但不听调解，还毒杀了突厥可汗的使臣，使双方矛盾激化，发生战争。"丝绸之战"长达二十年之久，未分胜负。日本自甲午之前就开始跟中国争夺国际丝绢市场，中国渐渐占下风。日本人用丝绸换回飞机大炮，想征服中国，将中国人开辟的丝绸之路变成他们的掠夺之路。

宁国能立即说，是啊，他们的狼子野心，昭然天下。先是上海、南京、杭州，接着安庆、武汉、重庆，这些蚕丝业发达的地区都受到日军飞机的轰炸，缫丝厂、纺织厂没有及时迁走的，都被炸毁。安庆唯一一家缫丝厂，因老板有亲日媚日之不良动机，没有外迁，被日本人控制，缫丝女像女犯一样被关在厂里，一步不得离开。鬼子日夜把守工厂大门，周围还有巡逻兵，经常打死无辜平民。何先生，只有断其蚕茧，才能解缫丝女于水深火热之中。

何希如念起一首《采桑曲》：

> 种桑人家十之九，连绿不断阴千亩。
> 年年相戒桑熟时，畏人盗桑晨暮守。
> 前年灾水去年旱，私债官租如火锻。
> 今春差觉风雨好，可惜桑田种又少。
> 采桑女子智于男，晓雾浸鞋携笋篮。
> 幼年父母责女红，蚕事绩事兼其中。
> 桑有稚壮与瘦肥，亦有蚕饱与蚕饥。
> 忌讳时时外意生，心血耗尽茧初成。
> 织不及匹机上卖，急偿官租与私债。
> 促织在室丝已竭，机杼西邻响不绝。

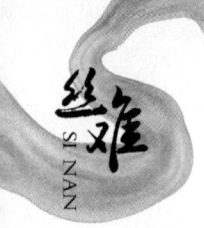

残岁无米贷入苦,妄意明年新丝补。

何希如念罢,告诉宁国能这不是自己的诗,是明末一位叫阎尔梅的人所作。可见,种桑养蚕和剥茧抽丝,自古以来都是非常辛苦的事。你说城里缫丝女苦,而这里很多女孩都想去做工。当今中国实业不发达,百姓生存的门路少,能有一份吃苦挣钱的活儿干,就很不错了。蚕丝业,是农工商紧密结合的产业,解决了多少人就业啊,乡下文盲女子,能养蚕,会抽丝,就能生存。养蚕有季节之分,春蚕、夏蚕、秋蚕,一季蚕的时间虽然短暂,但颇为辛苦。对于蚕农来说,养蚕是他们立身的根本。历代诗人赞美蚕,即是赞美养蚕人。

宁国能从何希如的言语中,看出了一种与自己截然相反的对立的观点,他决定以更强硬的态度来提升这种对立,谈不拢就拉倒而已。他把手中的茶杯放下,屁股离开椅子站了起来,似乎不接触何氏之物,显得立场鲜明。他说,何先生说了这些,无非强调"民生"二字,这是你的角度。我的角度是"政治",政治压倒一切。安华缫丝厂存在与否,不是简单的民生问题,是抗日与亲日的问题。你以为老百姓蚕茧卖不出去,生存就受到威胁,于是支持他们用自己的血汗从日本人那里讨一碗活命的饭,最后沦为彻底的亡国奴!如果我们即使是饿死也不为日本人种粮食,不为日本人养蚕,日本人"以华制华"就搞不成功,他们的军事补给将面临困窘。

何希如说,你坐下来吧,要不我也站起来。宁国能坐了下来,他竟然忘记自己说到哪里了,脑子出现短路。何希如将他的话语连接了起来,他承认缫丝厂的存在与否涉及政治,因为社会上无一事不跟政治发生关系。宁国能反问了一句,既然何先生承认一切都是政治,那么安华的政治是什么性质?何希如立即回答,在有些人眼里,安华缫丝厂之存在是反对抗日,是卖国求生,但在我眼里,它是一线生命,是一粒种子。偌大一个安庆,堂堂安徽首府,就这一家机械化缫丝厂,产品在国际市场颇有声誉……

宁国能打断了何希如的话,他说安华是由日本人经营,市场被他们控制着。何希如笑了一声,他想起罗钧继曾跟他交过底,安华表面上被日本人管控,而暗中仍有一条隐蔽的"丝绸之路"联系着国际市场。宁国能见何希如无言以对,就不客气地说,安华的政治岂不是亡国路线?

何希如不会向宁国能透露秘密以满足辩论的需要,他还是反复将观点落在民生上,老百姓有蚕种,有蚕种就能养蚕,养了蚕就能获利。现在,炮火之中,洪家铺仍然建立了蚕种场、蚕农合作社、养蚕户三位一体的合作关系,蚕农积极性比前些年提高了。每担改良种蚕茧比普通茧子售价高,比自己土法制作生丝划得来。全乡千家万户都养蚕,鬼子下乡抢粮食,却抢不走蚕茧。对了,宁先生,你为什么不号召老百姓停止种庄稼呢? 日本侵略者吃的可是中国粮食。

宁国能还想辩论什么,这时何希如说,我除了民生角度,还有一个角度,不妨也告诉宁先生,我和安华缫丝厂签有协议,并且我还与蚕种场、养蚕户也立了契约,这是法律,法律一定要遵守。

宁国能对何希如产生疑心之后,便不再欣赏他的学识,不再称赞他的贤达。面前不过是一个狡猾的乡绅而已,其跟罗钧继之间的契约关系是依附于日本人而建立的,所作所为是为日本人效力。他的疑心中很快冒出一棵"正义"的芽苗,他要找郝文波,铲锄眼前这个汉奸,以拯救缫丝厂女工。

何希如留宁国能吃饭,宁国能大有"君子不吃嗟来之食"的骨气,告辞而去。宁国能又踏上寻找游击队之途。走了一天山路,觉得这样盲目地寻找,既辛苦又危险。读书人嘛,应该动动脑筋,想想点子。于是他坐在一棵大槐树下想了半天,昏昏然,睡了。他竟然做了一个春梦,梦见跟葛林娣如胶似漆,突然漫天大雪,他搂着她,继续与她唧唧情语。葛林娣哭了起来,说衣服被鬼子撕破了,穿不出去了,你到石牌给我买去吧。葛林娣这一哭,宁国能惊醒了,这一觉数个钟头,他感觉着凉了,接连打了四五个喷嚏之后,改变方向往石牌镇而去。

宁国能在石牌镇找到了粮贩姜老板,希望姜老板能提供郝文波的驻扎地点。姜老板说,上次你不是跟郝司令在一起吗? 他跟我介绍你是他的副官,到底怎么回事? 宁国能撒谎道,攻打安庆,队伍被打散了。姜老板是个非常谨慎的人,他说他也不知道郝文波的具体位置,但可以帮忙打听一下。

147

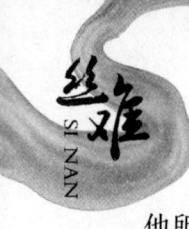

他所谓的打听，实际上是跟郝文波联系，讨一个决定，能否将游击队驻地告诉宁国能。郝文波皱了皱眉头，心想这书呆子会不会又来动员攻打安庆？

宁国能见到郝文波，立即讲了来意。他发现了一个汉奸，这个汉奸不除，安华缫丝厂就永远在日军手中。郝司令，锄掉汉奸，给缫丝厂之敌来个釜底抽薪吧。郝文波坐在农家稻床旁边，面前是一堆收割不久的晚稻。他听宁国能说到这里，把手枪往石桌上重重地一搁，喊道，宁国能，你是不是中了谁的离间之计？宁国能眼珠向上一翻，被镇住了。

郝文波又拿起枪，在手上把玩着。他对宁国能笑道，没吓坏你吧？宁国能不知其意，摇了摇头。郝文波说，没吓坏就好，我这个兵，可不能吓坏了你这个秀才。秀才遇到兵，有理说不清，是吧？不是这回事，当兵的过的桥比你跑的路都多，见识广得很。不广不行啊，不广就分不清敌我。你宁先生就是成了共产党，我也不把你当敌人，同室操戈的事，我老郝不会干，至于有的人把咱当敌人，咱也管不了，现在，老子的敌人就是日本鬼子，否则顶着游击队司令的名，对不起何希如他们。

宁国能听了犯糊涂，与其糊涂，不如说个明白。他真的不怕郝文波的枪，无非就是一死。他说，日本人"以华制华"靠的就是中国人。日军侵占缫丝厂，将几百名女工关在里面，当牛马使唤，缫丝女们生产的蚕丝，变成鬼子的军需品。何希如不仅不阻止养蚕户出售蚕茧，还鼓励种桑养蚕，他就是汉奸！

郝文波瞪了宁国能一眼，他说，何希如是我的朋友，谁动他一根汗毛，我就要他全家人偿命！宁国能说，你朋友当汉奸你不锄，那么带队伍抗日谁会支持？郝文波答道，何希如支持。宁国能说，哪有汉奸支持抗日的？郝文波禁不住又把枪重重地往石桌上一搁，他见宁国能面色不改，便觉得这书呆子一年来练就了一副胆量，看样子是以死相谏，那么自己本不想讲的、怕滋生麻烦的话，也得向他讲了。

郝文波说，何希如是一七六师的军需官，兼负本游击队搜集敌情之重任。不久前，何先生被鬼子抓到洪家铺东山据点，遭严刑拷打，鬼子要他提供游击队的驻扎地点，他只说三个字"不知道"。你看到他脖子上那块伤疤没有？那是鬼子用烙铁烫的。他身上伤痕累累，被衣服遮了，你看不到而已。说到这里，郝文波哽咽着，神情伤感，铁青的脸上胡须一根根站了起来。这时，宁国能低下了头。他仍有质疑，何希如是怎么活着出来的呢？他幸亏没有讲出来，否则真有可能被郝文波情急之下开枪打死。

何希如不是汉奸，他是游击队的恩人！郝文波说。说罢，他起身而去，把宁国能丢在稻床旁。

宁国能嘀咕道，即使何希如救过游击队，难道他当了汉奸，也仍然包庇和保护他？他是游击队的恩人，可他是人民的敌人。找你郝文波的游击队锄奸不成，我去百子山找新四军的游击队锄奸。宁国能不打招呼就要走，被两个端枪的游击队员拦住了。他用手挑起枪杆，执意要走，一个队员呵斥道，宁国能，你不要命是吧？再走一步，小心子弹不顾交情！

这时，郝文波走了出来。他挥手道，子弹留着打鬼子吧，对付这种不分敌我、不识好歹的人，用石头了结就行了。宁国能脑子里"嗡"的一声，双腿变软，竟慌忙喊起周学英的名字。

3

提议用石头砸死宁国能，郝文波是吓唬他的，同时也是一种震慑。如果宁国能去借其他力量杀何希如，那么等待他的只有死路一条。宁国能吓得不敢再挪半步，他被两个游击队员带回到指挥部外面的稻床上。郝文波刚才是去茅房解小便，并不是话没说完就把宁国能扔下。宁国能坐回原处，一副委屈的样子。他听着郝文波讲何希如的事迹，渐渐地在心中还原何希如最初给他的那种印象。

何希如深居简出，除了一周一次讲授儒释道，就是闭门读书。但是，他对天下事无不知晓。他建有一张严密的情报网，不需要自己去搜集，他只是一个分析者。筹购军需品也很少亲自出面，真的要见哪个大地主，派人通知一下，对方就坐着轿子或滑竿来了。亲自劳驾的，无非是两族相争，请他辩是论非，调解劝和。有一天，夫人急敲书房门，说一户人家老小数十口前来求见。何希如放下书，奔到前厅，只见地上跪了一排人，其中一位妇女在哭

泣。原来，这家一位年方十八的姑娘，在采桑时被几个日军士兵抓走，现在不知死活。姑娘父母率领全家，求何希如想办法救人。

何希如将他们一一扶起，并让他们回家，自己马上想办法。办法似乎只有一个，那就是通知郝文波武力施救。可是，那得需要数小时的工夫才能将情报送达。何希如竟然轻装出门，连对夫人及家人都不说一声干什么，就赴离镇3公里的日军东山据点。远远地，他听到了女孩撕心裂肺的哭叫声。那姑娘已被轮奸，仍被关在据点。站岗的士兵发现了何希如，大声吼叫着，不许他靠近。何希如站住了，叫喊起来，要求释放姑娘。日本士兵听不懂汉语，但估计明白了何希如的意思，一会儿，两个士兵从据点里跑出来，冲向何希如。

据点建在半山腰，前边是碉堡，后边是石头围墙。围墙内有房子数间。何希如被带进了据点，他用手语跟日军士兵做一笔交易：十担大米换下这个姑娘。据点是新建的，守敌只有7人，由于他们对洪家铺的地形不熟悉，对游击队的位置也不清楚，控制范围小，所得粮食有限，他们立即答应何希如的条件。日军限他于当天太阳落山前，将十担粮食送来，否则杀死这个姑娘。何希如要求先把姑娘放走，自己留在这里。几个士兵商量之后，将姑娘释放了。黄昏的时候，十担粮食送到了据点。何希如跟送粮食的人一道，回到了镇上。

此事过去不到一个礼拜，新四军江北游击队对日军据点进行了一次伏击，打死了两个守兵。由此，日军判断郝文波游击队就驻扎在洪家铺及周边。日军石谷联队将安庆城内主力移驻洪家铺，急于来一场阵地战。日军又制造了一起强奸民女案，以引何希如出面。他们通过分析何希如曾单身一人上山营救姑娘并调遣十担大米，其胆量和能力，足够证明此人知道的事很多，包括游击队的行踪。何希如本不想再出面，可他救了一个姑娘，而不救这个姑娘，道义上说不过去，名声会受影响，于是他又去了日军据点。可是他中计了，日军不仅赚了十担大米，还把他给吊了起来，要他说出郝文波游击队的位置。何希如受了酷刑折磨，被打昏了几次，但一字未言。他知道郝文波在什么地方，如果说出去，游击队将遭殃，自己就成了汉奸。大儿子

150

在前线打仗,出生入死,自己却在沦陷区当上汉奸,那死后成了鬼也无法向儿子交代。

到了晚上,何希如被关在据点中的牢房里,隔壁是日军士兵的住所。那个姑娘被鬼子轮奸,先是大声哭叫,接着是呜呜抽泣,到后来没有了声音。突然,扑通一声,鬼子扔进了一个白花花的身躯——日军竟然连牢门都没有关,因为高高的石头围墙,飞都飞不出去。月光从敞开的门里泻进来,照在昏迷的姑娘身上。他想扯一些稻草把她的身子盖起来,可自己的手和脚都被绳子捆着,动弹不得。他的全身火辣辣的,锥扎般疼。他见姑娘的身子动了一下,轻声说,姑娘,地上有稻草,拿它盖一下,别着凉了。姑娘听出是何希如的声音,坐了起来,哭泣着。她没有去拿稻草。

过了一会儿,月光游移于牢外,然后消失在围墙上。何希如对姑娘说,今天晚上不死,我们就不会死,明天辰时就可以回家了。姑娘听见这话,似乎有了生的希望,才将地上的稻草扯过来把自己的身子盖了。她声音沙哑地问,何伯伯怎么知道的? 何希如说,自己在心里占了一卦。实际上,他的说法是基于一种判断,从离开家到此时,十多个小时,情报网正在发挥作用,最远可将他被关押的据点及关押他的日军番号传送到城内,再过几个小时,处理后的情报就会到达这个据点。

事情确实如此,罗钧继接到一个秘密电话,说何希如被日军抓到洪家铺东山据点,有性命之虞。他立即跟松下三郎联系,说缫丝厂的原料面临断货,而责任完全在日方,因为缫丝厂一位最大的供货商被石谷联队驻洪家铺东山据点的士兵关了起来,可能被日军误杀。当夜,日军一艘小型快艇从长江驶入皖河,转入洪家铺内河,天亮后两名日军士兵将一封筱原师团长的手谕送达东山据点。据点守兵立即跑进牢房,解开何希如身上的绳子,鞠躬赔礼。何希如指了指地上的姑娘,表示要带她一起走。日军士兵嗨了一声,去将姑娘的衣服拿了过来,扔到她身边。姑娘哆哆嗦嗦地穿上衣服跟在何希如后面,离开了据点。

何希如被日军抓到东山据点,郝文波也得到了情报,并制定出拂晓前攻打据点的方案。鸡叫三遍,月亮偏西,郝文波带着队伍刚要出发,一哨兵来报,石牌镇姜老板来了。郝文波一愣,姜老板半夜来访,必有要事,而且他的情报必与夫人有关。郝文波见到喘着粗气的姜老板,忙问有啥消息,请快讲。姜老板递上一根香烟。这说明,他也不知道情报内容。郝文波独个儿进了屋,折断香烟,拿出纸条,见是周学英的手迹,一行字跃入眼帘:无须亲劳,自有人救,无恙。

事后,郝文波到何希如家探望,两个人聊到出兵营救话题,均感叹幸亏放弃,不然枪声一响,鬼子必先杀据点中的两个中国人。何希如说,也许游击队能一气呵成,拔掉据点,可狭小之地,我们往外逃即暴露在鬼子枪眼之下,何况一个被死死捆绑,一个赤身裸体,也无法逃跑。郝文波感谢自己的夫人及时送达情报,因感谢而增思念之情。

宁国能听了何希如不顾自身安危,两次营救女孩的事迹,很是感动。可他又觉得疑点还是有的,第一个女孩被抓,他只身去据点,是不是出于对日军的信任,或者他以特殊身份向日军表示他是亲日人士?营救第二个女孩的疑点更大,鬼子为什么不杀他,而将他放出来呢?鬼子打他,给他上刑,可不可以理解为苦肉计呢?宁国能不敢把自己心中的疑惑讲出来,他担心惹怒了郝文波,自己真的会被石头砸死。

为了离开游击队,宁国能将何希如夸奖了一番,并且表示十分惭愧,他骂自己是有眼无珠,错将英雄当汉奸。他向郝文波提出,自己想回城,找一份有利于抗日的工作。郝文波称赞他的想法,并当即给了盘缠,要他好自为之。

宁国能一回到安庆,房东就催他交房租。他用郝文波送给他的盘缠代交了,然后把两居室的房子退了,在离双莲寺不远的巷子里找了个单间租下。他不久后找到了一份家庭教师的工作。这家姓胡,男主人始终不透露身份,像有工作,又像没有工作。宁国能偶尔得以与其交谈,见其颇有文化。在胡家,宁国能读到了一些报纸,新报和旧报。他发现自己没有随省立安徽大学去大别山,对于国家教育方面的政策信息一概不知。他从报上得知,1938 年 8 月 8 日,国民政府教育部颁发了《教师节纪念暂行办法》,正式决定把孔子诞辰日 8 月 27 日定为教师节,提出了"以鼓励教师服务精神、融合师生情感并唤起社会尊敬教师之观念"的宗旨。他有些感动，又有些难受。感动于教师被社会尊重，难受于自己不再是一名教师。当他在另一份报纸上读到时任教育部部长陈立夫发表的《教师节致各校导师书》时，他百感交集，觉得自己被日寇剥夺了作为一名教师的权利。陈立夫如此说："兹值教师节，明定于我民族师哲孔子诞辰举行之际，眷念勤劳，既昭郑重之意，缅怀圣哲，尤深向往之心。在昔春秋之世，邪说横流，加之荐食中原，蛮夷猾夏，民族人伦，危如累卵，独赖孔子不厌不倦之精神，力挽狂澜于既倒。所以道冠古今，师表万世，高山景行，树范常新。……教育为政之大本，无古今中外而皆然。"

在胡家当家庭教师很轻松，胡先生要求宁国能每周上五天课，上午九点到下午三点，中午在胡家吃饭，用时半个小时，饭后休息半个小时。业余时间，宁国能除了备课，就是到缫丝厂前转悠。由于他出现的频率太高，引起日军哨兵的警觉。一天，他刚走到缫丝厂大门前，一个五大三粗的哨兵叫他站住，然后对他进行了搜身盘查，没有发现什么疑点，刚将他放了，又觉得没发现疑点很气愤，再次叫他不准动。宁国能转过身来，望着哨兵。哨兵又在宁国能身上搜了一遍，还将手伸进他的裤裆捏了一下，然后发出一声怪笑。

宁国能在心里骂着，老子操你娘的。他离开缫丝厂大门口之后，告诫自己以后还是少来这里。不到缫丝厂门前转悠，他就去江边走走。他想起台湾籍日军士兵林翻译，心情怅然。他望着浑浊的江水，见一艘轮船慢慢靠岸，数个皇协军在前面开道，后面跟着一个穿绿色绸缎长衫的男人。宁国能心中冒出一首诗来："辛勤得茧不盈筐，灯下缫丝恨更长。著处不知来处苦，但贪衣上绣鸳鸯。"

有一个周末，他走到码头，看工人搬运货物上船。悬在空中的跳板，在驮着重物的工人脚下颠动，他看着都有一种眩晕感，而工人身子却很平稳，没有人跌下去。他将目光从搬运工人身上移开，转到码头旁的路上。只见一辆货车开来，在货场旁停了下来。车上跳下两个汉子，打开车厢门，从留在车厢上的另一个汉子手上接下货物，整齐地码放在地上。宁国能看他们卸货，看着看着，觉得有一个汉子似曾相识。在哪里见过呢？他靠近货车，

第七章　我愿均尔丝

近距离地看，并在脑海里搜索，却没有找到对应的人。

那个汉子伸了伸腰，从口袋里拿出香烟来抽，火柴刚擦着就被风吹熄了。他背着风，才点燃了香烟。他舒服地吸了一口，一眼瞧见宁国能，愣了一下，然后笑着跑到宁国能跟前，向宁国能打招呼，宁先生，我认识你。宁国能立马说自己也好像在哪见过师傅，只是一时想不起来了。汉子将口里的烟吐出来，他说，我和你夫人葛林娣被关在一起，缫丝厂老板罗钧继是个汉奸，不除了他，你休想夫妻团聚。

听到这话，宁国能又惊喜又气愤。他拜托汉子给葛林娣递个信儿，说夫君没有离开安庆，一切皆好，不要担心，自己须注意，他将想办法把她营救出来。他在心里发誓，一定要锄掉罗钧继这个大汉奸！汉子不敢与宁国能多言，扔掉只抽了几口的香烟，跑回到车厢下卸货。宁国能感激地看了一眼那汉子，然后转身离开了。从此，他心里完全被锄奸的念头占据着。

4

对罗钧继的恨，在宁国能心里不断累积。安庆沦陷前不满于罗钧继用一个协议困住葛林娣，日军攻打安庆时反对罗钧继因一己之利不顾丝厂工人的生命安全，安庆被日军侵占后憎恨罗钧继成为傀儡和汉奸。从怀疑罗是汉奸，再到证实罗是汉奸，宁国能的心里燃烧起愤怒，腾起锄奸的烈火。

这次，他没有去找郝文波，而是到百子山找老戴。宁国能曾经因寻找郝文波被老戴误以为是伪军奸细，受了一场惊吓。老戴了解到他是好人，出城是找游击队打鬼子，立即解开了他身上的绳索，用面条和鸡蛋招待他，并乐意让他在百子山避难生活。老戴和郝文波都讲义气，但他们有区别，郝文波是青帮出身，曾在码头上混，身上有一种哥们儿的味道，而老戴身上多了一种农民的质朴。宁国能对老戴的印象越来越清晰，内心已经倾向于他。有一个不知是真是假的传闻，也让宁国能对老戴充满信心。这个传闻，他是在郝文波的游击队中听到的。新四军在长江以北扩大活动范围，百子山成为他们重要落脚点之一。郝文波不以为然，说他们搞他们的，我们搞我们的，一个小小的新四军，比起杨森的第二十七集团军，影子都没啦，比起李宗仁的第五战区,更是没有一棵草的分量重。听说新四军挺进安庆西郊不远处的百子山,宁国能很兴奋,无风不起浪,传闻也许就是事实。他决定去找老戴锄掉罗钧继。

百子山原指一座山,但它成为一个显眼的地名符号后,范围扩大了,包括其他也有名字的山,如金鸡岭、笔架山、狮子山、球山等。主峰峻峭巍峨,统领群山,且形若昂首的雄狮,仰天长吼。宁国能读大学的时候爱新诗,当了大学教员后,对地方历史地理特别感兴趣。他曾留意《安庆府志》对百子山的描述,"其上多石,其石磔确,多泉多壑,其流紫带如环,上有独高峰,麋鹿多虎"。宁国能第一次到百子山找郝文波,遇到老戴,老戴没承认他们是游击队,宁国能也确实感觉他们不像游击队。现在,他第二次深入百子山群峰之中,觉得这里的确是一个聚兵打游击的好地方,游击队如果存在,必对城中日军构成直接威胁,因为它的位置紧靠安庆,相距只有 10 多公里,并且百子山濒临长江,有长龙腾江而起之势。

宁国能熟悉那个隐蔽而狭窄的进山入口。他发现离山口不远处有个茶棚,一个中年妇女在那里卖茶。他要了一碗,边喝边等山口中走出人来。他印象里有一些熟悉的面孔,他觉得自己也应该被一些人记得。卖茶的妇女问他等谁,他回答等老戴。妇女说,老戴很多,不知道你要等哪个老戴。宁国能将要找的老戴的形象描述了一下,妇女听罢将右手拇指和食指插进嘴巴里,吹了三声口哨,然后对宁国能说,你可以进去了。宁国能不由得打量起妇女。妇女笑道,你吃过我亲手下的面条。宁国能立马谢谢戴大嫂,然后走出茶棚,往进山入口处疾行而去。

到了熟悉的戴家老屋,宁国能见到了老戴和他的几位同伴。他发现入伙自保的汉子多了一些,但他们仍然没有游击队的规模。他脑子里参照的是郝文波的游击队。宁国能把他听到的传闻讲给老戴听,老戴没有否认新四军来找过他。来的是一位姓姚的先生,来与他谈合作。姚先生特别看好百子山这块地方,日军留波田支队守御城区,主力开到大别山外围,要与国军一七六师决战,靠近城区的百子山成为日军忽略的一个盲区,这里正好可以发展游击队。老戴没把自己看作山大王,他带领几个兄弟利用百子山地

155

形阻击从皖河上岸的鬼子,保护难民,是出于一种自觉,用他自己的话说,恶狗扑上来,不拿起打狗棍吗? 叫花子都会干的事,咱们这几个八尺汉子不干? 老戴说老姚很欣赏他这句话。他还告诉宁国能,老姚临走时留言,这地方留给新四军。可是,姚先生离开半年了,也没见到他领队伍来。宁国能听到这里,有些失望。

过了一会儿,老戴问宁国能上次找到游击队没有,现在来百子山又有何目的。宁国能将郝文波又讥又赞地说了一通:郝文波很蛮,有勇无谋,打进城没屁大工夫就被鬼子赶了出来。老戴笑了一声,他知道有队伍突袭了日军,没想到是青帮郝文波的队伍。宁国能说,郝文波被国军收编了,任一七六师第十一挺进队第三支队队长。一七六师是桂系人马,广西人挺不怕死的,郝文波虽然也不怕死,但只有他去适应广西佬,不可能让广西佬适应他,所以他被牵制,很难发展壮大。上次突袭,他率敢死队打头阵,打进了城区,可增援迟缓,没能占领安庆。老郝气得吹胡子瞪眼睛,可有什么办法呢? 总不能再叛变当伪军吧? 老郝是挺有骨气的,日军任命他为"新中国建国军"第一师师长,他不干,宁愿投诚反正,当个游击队队长。

当老戴问宁国能来百子山的目的时,宁国能没有绕弯,直接说,特意来找你,杀一个汉奸。

老戴一震,他激动地问宁国能,要杀的汉奸是不是山口镇那个汉奸,那个汉奸利用鬼子杀死他以前的仇人和看不惯的人。宁国能骂道,此汉奸当千刀万剐。但是,现在要尽快杀掉的汉奸是安华缫丝厂老板罗钧继,因为晚一天杀死他,几百个控制在日军手上的缫丝女就多一天危险。老戴有些为难,因为自保队现在只有两杆长枪,一把短枪,子弹几十发,进城是鸡蛋碰石头。宁国能笑道,不是去攻城,而是杀汉奸,杀汉奸不需要兴师动众,一两个人就足够了,趁其不备,一枪毙命。宁国能问老戴有没有这个勇气,如果不愿干,他去找郝文波。

老戴答应了。宁国能说,这个事一定要密谋好,好的密谋是成功的一半。安庆吴越街你知道吧,它以前是个小巷,1929 年拓宽取名为吴越街,纪念著名抗清烈士吴越。吴越刺杀五大臣没有密谋好,他性子太急了,只将五大臣中四人炸了轻伤。不过,吴越是个英雄,令人敬佩。他的遗骸葬在安庆西门鸭儿塘旁,孙中山亲题"皖江烈士墓"。老戴说,百子山离安庆这么近,咱什么事都不知道,活得实在没出息。宁国能说,刺杀罗钧继,你就出名了,有出息了,那个姚先生就会再来找你合作,你一定会成为抗日将军,民族英雄。老戴嘿嘿笑,心里像开了花似的高兴。宁国能开始和老戴密谋,他们在屋子里谈,担心隔墙有耳,来到屋外山梁上聊,又怕草丛中有人,最后选择一个山洞,讨论了数天。

5

不用宁国能去找郝文波,他说服老戴暗杀罗钧继的秘密,很快就让郝文波的朋友何希如知道了。当然,何希如不会帮他去动员郝文波杀宁国能眼中的"汉奸"。反而,何希如得到情报后,立即动身进城保护罗钧继。他乔装成蚕农,跟着运送蚕茧的板车队,通过日军和伪军的哨卡,被验了通行证、良民证,并被搜了身。进城的最后一道关卡查得很严,板车里一筐筐蚕茧都得检查,一筐茧子倒入一只空筐,然后另一筐茧子又倒进刚空下的筐子,弄了很长时间。来到缫丝厂门前,日军哨兵看了通行证,搜了身,然后放他们进去了。

何希如没有直接去找罗钧继,他不想让自己进入罗钧继身边人的视野。他对验茧入库的女孩说,蚕丝质检员江贵珍是他的邻居,她母亲托他带了个口信给她,能不能帮忙去找她过来一下。女孩立即就去将江贵珍喊来了。江贵珍见到何希如特别激动,对他的装扮先是惊奇,接着很快明白必有秘密。何希如贴近江贵珍,问她想家想父母了吧。江贵珍眼睛红了,她说习惯了,以前在上海连一个熟人都没有,在这里毕竟有罗叔叔照应,还有汤小毛、刘小艳她们做伴。何希如以长辈之情,关爱地握了一下江贵珍的手。江贵珍将何伯伯塞给她的一只蚕茧握在手心,她听到何伯伯嘱咐她一定要听罗叔叔的话,她连连点头。何希如小声说,你将它送给罗叔叔,别的什么话都不用讲。江贵珍又连连点头。

蚕茧称重、验收完毕,何希如随蚕农一起离开了缫丝厂。他想,虽然很

顺利地将情报送到了罗钧继的手上,至于他能不能逃过此劫,就看他的命大不大了。

江贵珍悄悄地把那只神秘的蚕茧送给了罗钧继,没有谁看见她的行动。罗钧继挑开蚕茧,拿出一封密信,上面只有数言:"近有不良者欲做行刺之举,弟当万万保重。若闻人念'我愿均尔丝,化为寒者衣',切勿靠近。即鹿无虞,唯人于林中;君子几不如舍。往吝。"

罗钧继早就担心自己被人怀疑是汉奸而有生命之虞,所以当他得到松下三郎的许可,能够自由出入缫丝厂时,也没有去将夫人和孩子接回城。罗钧继将密信焚掉之后,叹息了一声,吟起一首诗:"沧海有幸留忠骨,顽石无辜记汉奸。功罪昔年曾倒置,是非终究在人间。"

天黑了,罗钧继将自己关在黑暗的卧室里,他在反思自己做错了什么。他深刻地意识到奉行社会主流价值是多么重要,如果安庆沦陷之前,将机械迁走;如果沦陷之日解散工人,弃厂而逃,那么就不至于落个汉奸之名,被列为爱国者行刺的对象。罗德里格斯,你老兄害苦了我!不,这事怪不到罗德里格斯先生。记得在签毕合同,与罗德里格斯碰杯的时候,自己针对罗德里格斯之所言"遇不可抗力不算违约",而回答"不预设任何违约理由,除非火星撞地球",引起双方哈哈大笑。实际上,他知道当时华北局势不稳,日本借口中国当局援助东北义勇军孙永勤部进入滦东"非武装区域",指为破坏《塘沽协定》,由日本天津驻屯军参谋长酒井向国民党政府提出交涉,并从东北调遣日军入关,进行武力威胁。罗钧继告诉夫人汪颖丽,自己跟罗德里格斯签订生丝供应合同,是表达一份信心,当时美国舆论界对弱势的中国既同情又担心,一些美国商人不敢与中国商人合作,怕中国商人以战争的理由不履行合同。

夫人不在身边,罗钧继真想找一个人交交心,吐吐苦水。可有谁能倾听他的心声、同情他的隐衷、理解他的做法呢?缫丝厂被封锁,工人下班后也不能自由回家。那个方传才无论言语还是眼神都透着敌意,不是扬言要罢工,就是吵着要提高福利。恨不得开除了他,可人家有错吗?开除他是很容易的,不开除找个理由终止雇佣关系也行,可那样方传才必将更加坚信罗钧继是汉奸。

　　罗钧继想起了葛林娣,这是一个通情达理的女人,虽然有些时候也感觉到她对他的身份有些疑惑,但是,他相信跟葛林娣是完全可以沟通的,不如找她来敞开心扉地谈一次,免得自己被人杀死了,却没一个人知己清白。

6

　　罗钧继要求葛林娣陪他一起去地下仓库图书密室找一部书,葛林娣心里第一反应以为他知道了她帮人拿走《独秀文存》手稿一直没有归还,便有些紧张。一路上,两个人都不说话,空气显得更加不流通而令人沉闷。她了解罗钧继是一个把承诺看得比生命还重要的人。安徽大学委托他收藏图书,也是出于对他的信任吧。葛林娣做好准备,接受罗老板的一切批评和指责。

　　到了书室,罗钧继问葛林娣怎么看他。葛林娣的内心紧张到了极点,她一时找不到准确地表示抱歉的话,也一时编不出自己帮谁拿走了书。她不能出卖未婚夫的同学周学英,也不能出卖戴玲玲的前男友,现仍爱心不变的邱辉江。她低头不语。罗钧继催她直言,不要有所顾虑。她抬起了头,泪水汪汪地说,你是个非常大度的人,有学识的人,重信用的人。

　　罗钧继苦笑了一声,问她,我像不像汉奸?葛林娣愣住了,轻声说,你不是汉奸。她心里曾对他的身份产生过怀疑,觉得他像汉奸又不像汉奸,自从发生她被宪兵拷打事件之后,她不再怀疑他是汉奸。她又重重地说了一句,你不是汉奸!

　　罗钧继需要这样的肯定,他忍不住当着一个比自己小十多岁的女子的面,潸然泪下。葛林娣见罗钧继伤心落泪,心里不是滋味。她不知道他遇到了什么麻烦,是谁在找他的麻烦。

　　葛林娣说,说你是汉奸的那个人,眼睛掉到石灰里了!

　　她问他,是不是方传才胡说八道。罗钧继摇了摇头,叫她不要瞎猜。罗钧继假装找书,蹲在地上找了几分钟。葛林娣问他找什么书,他回答随便找找,没发现自己想看的书。突然,罗钧继笑了一声,他说,我对自己是不是汉奸,有时也搞不清。葛林娣一怔,你怎么对自己是不是汉奸都不清楚呢?罗钧继叹道,这是一个悲剧啊!每一种行为,都会有几种解释,横看成岭侧成峰,远近高低各不同。如果当事人在自我欺骗而非成心骗人的话,他的行为所折射的色彩就更丰富。

葛林娣思索了一下,她说自己用单纯的眼光看,只要是损害国家利益、为虎作伥者就是汉奸。罗钧继说,替侵略者干坏事,手上沾了人民的血,这是汉奸的明罪,容易看出来。可是,事物是复杂的,特殊环境中,汉奸与非汉奸只隔了一张纸。蒋介石围剿红军很高调说是为了国家安全,且不管自身政府腐败,不听他党民主政治之呼吁,但到了日军侵华时实行"攘外必先安内",打击政治对手,就有沦为汉奸的危险了,幸亏他在社会压力下及时调整了方向。至于老百姓连肚子都填不饱,在教育缺失的背景下,能怪他们不懂民族大义吗?这些深层次问题讲清楚太难了。

罗钧继继续说,日本人也非常清楚,中国人痛恨汉奸,为了不使这种民族情绪影响其侵略图谋,就在中国扶植一个政府,打起新民国旗号。这是一个很大的袋子,要把中国人反日、抗日的情绪、意志、决心都融化在这个袋子里。可是,脱亚入欧的日本自以为了解中国文化,实际上对中国文化越来越陌生了。《庄子·齐物论》上说:"类与不类,相与为类,则与彼无以异矣……有始也者,有未始有始也者,有未始有夫未始有始也者;有有也者,有无也者,有未始有无也者,有未始有夫未始有无也者。俄而有无矣,而未知有无之果孰有孰无也。"在抗日情绪中,人们把汪精卫系统中的所有人都视作汉奸了,哪怕你只是一个报社的编辑。直接为日本人做事是汉奸,为汪精卫做事也是汉奸。

葛林娣斗胆问了一句,你加入了他们的组织?罗钧继摇了摇头说,不少人找过我,松下三郎也敦促过,我没有答应。罗钧继又弯腰找书,他拿起一本《皖江三家诗钞》翻了翻,又放了回去。他对葛林娣说,我给你看一份材料,边说边从西服内袋里掏出两张纸,递给葛林娣。葛林娣见是一份供货订单即合同文书,由中英两国文字构成,她看到了罗钧继和罗德里格斯亲笔签名。她不明白什么意思,望着他。罗钧继说,现在的一切,根子就在这个合同上,你看看签订时间、履行时间和终止时间吧。葛林娣看过之后,恍然大悟。她说,我理解你的做法。她将合同还给罗钧继,罗钧继没有拿过去,他委托她保管。这是一种信任,葛林娣答应了,她将合同折好夹在罗钧继递给她的一本书中。然后,他们关好书室,一起离开地下仓库。

打开仓库门,见外面在下雨,罗钧继从门内拿起一把伞。深秋的雨打在油伞上,一滴滴清脆响亮。他俩共了一把伞,正走着,雨伞被什么东西碰了一下,造成葛林娣脚下一滑,罗钧继急忙伸手抓住葛林娣的胳膊,没使她跌倒。罗钧继发现是方传才的伞碰了他的伞,他冲方传才说,你怎么走路的,不顾前面有人吗?方传才嘿嘿笑道,罗老板真是英雄救美,身手敏捷。罗钧继说,你少啰唆,油腔滑调的。

罗钧继把葛林娣送回宿舍后,他也回到自己的办公室。现在,他的心情比见到葛林娣之前好多了,终于找到了一个理解他的人,倾诉了自己的心事。过了一会儿,他又觉得自己的行为反常,向一个小女子说那些,又能解决什么呢?她是法官?她一人就能证明他不是汉奸?

罗钧继多日没有走出缫丝厂。松下三郎找他去欣赏日本花道,他说日本的花道虽然受中国花道的影响,但融合了本土文化。中国花道简化成插瓶花,而日本花道却成为超越自然的审美艺术。日本花道种种样式令人赏心悦目,有立花、生花、自由花等等,钧继兄一定会大开眼界。罗钧继以缫丝厂正忙于更换缫车零件为借口,没有去。

半个月后,罗钧继觉得自己过于紧张了。既然有人成心要杀他,躲是躲不掉的。何希如说"近有不良者欲做行刺之举",估计那不良者超时而去了。另外,自己越怕,越易被行刺者看作心虚,不妨大胆地走出去。罗钧继独个儿走了几条大街,穿了几条巷子,平安无事地回到了缫丝厂。

松下三郎来了。罗钧继刚巧找到了章士钊写于 1903 年《汉奸辩》一文,还没读。罗钧继对松下三郎说,记得在美国的时候,你说过你特别敬佩章士钊,赞同他的"有容""尚异"思想,只有各种政治力量相互容忍、相互妥协,在宪法和法律的框架下发表政见,通过民主协商的手段化解矛盾,国家政治法制才能日臻民主,走上良性发展的轨道。松下三郎来了一句,现在建立大东

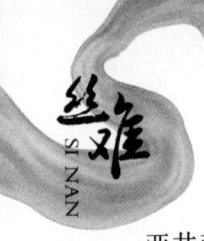

亚共荣圈,他的思想过时了,现在需要"尚同""无容"。

罗钧继把松下三郎晾在一边,只顾看《汉奸辩》,他读了起来:"扶清灭明之吴三桂、耿继茂、尚可喜,助满洲歼灭太平王之曾国藩、左宗棠、李鸿章等,今日之死汉奸也。如谄媚那拉氏枉杀中国义士之张之洞,为清政府阻止游学生进步之蔡钧,助清政府官吏搜刮中国货财孝敬满洲,承拍各行之巨商劣绅等,今之生汉奸也。"松下三郎将罗钧继面前的书拿了过去,哈哈笑道,你们的精英,把清政府排斥在中国之外,只承认殖民史,不接受统治史,又将满族人排除在中国人之外,哈哈。罗钧继不禁冒出一身冷汗。

松下三郎每次来,逗留时间顶多一个钟头,罗钧继视其为借着聊天的名义而查看缫丝厂动静。这次,松下三郎如获至宝地带走了罗钧继正在阅读的书籍。他走了不到半个小时,邱辉江打来电话邀请罗老板明天上午十点钟出席一个活动。至于什么活动,罗老板到百花亭就知道了。罗钧继愉快地接受了。第二天早晨,罗钧继下楼去食堂吃饭。他见江贵珍、汤小毛等一群姑娘远远地冲他笑,等他刚走近,她们哗地从身后拿出一幅幅挑花作品,举手展示,上面绣着寿字、福字、喜字,或吉祥、平安等祝福文字。罗钧继突然想起来,今天是自己的生日。就在这时,葛林娣和戴玲玲也跑过来,拿出她俩的礼物,同样是挑花,绣的是松鹤和蟠桃图案。葛林娣还送了他一双刺绣手套。罗钧继非常高兴,接收了大家的礼物,并提出中午请大家吃饭。他想起中午有约,便对大家说,改为晚上请大家,中午有公务。

一路上,罗钧继怎么也猜不出邱辉江邀请他参加什么活动。他对邱辉江有一种深深的感激之情,如果不是他,生丝无法送出缫丝厂,也无法转到美国商人手中。他发现邱辉江对他也是特别信任,甚至自愿做他的心腹。那天,要是同意了邱辉江的请求,那么松下三郎此时已是地下之鬼了。正想着,看见了百花亭。百花亭周围有众多人活动,来来往往,但不见邱辉江。也许邱辉江讲的百花亭只是一个标志性地名,而百花亭周边都属于其所指范围。他走进了百花亭,在这里等候邱辉江。

一会儿,他看见邱辉江正往这里赶来,就在这时,他听见亭边一个女人在朗诵诗文,"野蚕食青桑,吐丝亦成茧。无功及生人,何异偷饱暖",出于对蚕丝诗的敏感,他走了过去,当他听到"我愿均尔丝,化为寒者衣"这一句时,只见有人大声喊:"罗先生闪开——"紧接着是啪的一声枪响,他应声倒下。他在失去知觉和意识之时,空中又接连响起枪声,但他一丝也没听见了。

邱辉江没做瞄准,朝杀手连开数枪,但只有一发子弹打中了对方的手臂。对方一边还击,一边撤退。邱辉江发现杀手的枪法拙劣,如果不是顾及抢救罗老板,一定会追上去撂倒他。邱辉江将罗钧继背起,奔向医院。街上巡逻的日军宪兵认识邱辉江,用汽车将罗钧继送进了医院外科部。罗钧继腹部中弹,子弹打破了他的脾,罗钧继昏迷不醒,三天后才有意识。他一睁开眼,就喊邱辉江。邱辉江很难受,说是自己害了罗老板。他约罗钧继到百花亭,没有别的目的,只是请他吃饭。一天他去看戴玲玲,见她在刺绣松鹤图,就问能不能送给他。戴玲玲白了他一眼,去你的。她绣的这松鹤是送给罗老板的,一份小小的生日礼物。邱辉江要戴玲玲将罗老板的生日日期告诉他,到时候自己也送一份礼物。戴玲玲就把罗钧继的生日日期告诉了他。邱辉江想来想去,不知道送什么礼物好,于是干脆请他吃饭。他打电话给罗钧继时,正巧门口有个同事催他到局长那里去开会,便只简单地说了声百花亭,而没讲具体位置。他提前去了百花亭,然后去附近饭店订了餐,再往百花亭来,突然看见一个穿着丝绸短袍的男人举枪向罗钧继瞄准,他吓了一跳,大喊一声罗先生闪开——

罗钧继脸上努力地笑了笑,他说,杀我者,是忠实的爱国者,是积极的抗日分子,只是很遗憾,他没有杀死我这个汉奸。邱辉江一愣,然后似乎听明白了,口中支吾两声,欲言又止。罗钧继轻声道,你尽管说吧,咱们之间不必隐瞒。邱辉江说,你怎么可能是汉奸呢?两滴泪珠从罗钧继眼睛里滚出,停在面颊上。罗钧继说,辉江,你快离开这里吧,一则爱国者也许会再来行刺;二则松下三郎会来探望,他暂时不想我死。邱辉江见罗钧继闭眼不语,一会儿传出轻微的呼噜声,他嘱咐护士好好照顾罗先生,然后疾速离开了医院,他不想见到松下三郎。

半个月后,罗钧继回到缫丝厂,但仍躺在床上休息。葛林娣来了,一个个女工都来了,一个个男工也来了,厨师老郑也来了,全厂每个人都分时分段地来看望他。方传才是同曹兴志一道来的。罗钧继说,把我当成汉奸的人,难道没有头脑?我真的是汉奸吗?日本人没来的时候,我是一厂之主;日本人来了,我处处受日本人牵制,可名义上还是一厂之主,而这个一厂之主,要么是傀儡,要么就不顾大家的生命安全,拆了机械铸炼斧头大刀,跟鬼子拼杀,是吧,方传才师傅?

　　方传才好像没有听见罗钧继的话,呆呆地站着,曹兴志用胳膊碰了他一下,他才有所反应,回答道,是的是的,罗老板实在不容易,肯定是松下三郎指派的杀手杀你。

第八章　乱离

1

在安庆沦陷之前，方传才眼里的罗钧继是一个喝过洋墨水、学美国那一套管理模式的企业主，把制度订得很死，不容人违反，平时主张平等博爱，对工人客客气气，让大家感觉他挺平易近人，可谁也料不到自己哪天冷不丁就得到一张签名罚款单，没有半点通融余地。方传才没来缫丝厂之前，见识过几位老板，他们或圆滑，或霸道，或小气，或计较，但都可以通融说情，有规矩没有制度，有纪律没有章程，哪像罗钧继开口闭口就是制度章程。方传才一次在车间抽烟，被罗老板撞上了，立即罚款，一支烟造成了几包烟的损失。修理缫车，车上没有蚕丝，抽根烟解乏，有什么不可以的？就算制度上不许抽烟，也不该在当事人承认错误后仍手下无情，照旧罚款。

在安庆沦陷之时，方传才眼里的罗钧继是一个唯利是图、要钱不要命的土财主，城外枪炮轰隆，缫丝厂机械仍运转不停，不少工人想跟家人一道出城逃难，却因大门关死而走不出去。日军已攻破城墙，罗钧继还认为杨森第二十七集团军正御敌于百里之外。方传才忍不住对他说，罗老板，再不停产，飞机轰炸就来不及了。罗钧继本就不打算外迁，他拿"与国军将士共存亡"的誓词激励大家，把缫丝女们当作巾帼英雄，夸奖她们多抽一根蚕丝，就是为抗战多做一份贡献。很多人都已吓哭了，罗钧继却压制她们求生的欲望。

至此，方传才对罗钧继还只是无法理解和不满。可缫丝厂被日军封锁之后，见罗钧继不仅不放松管理，反而管得更严；不仅不减少产量，反而提高产量,他就恨他是汉奸了。生产的蚕丝,都被松下三郎拉走了,安华缫丝厂成为日军工厂。再回过头来看,就会明白,罗钧继为什么不早日外迁机械、解散工人,为什么一架架日军飞机从缫丝厂上空滑过,就是不扔一枚炸弹,为什么日军封锁缫丝厂不许工人离开,原来罗钧继是个汉奸。据说罗钧继与那个松下三郎在美国是同学,可以推断他早就被日本人收买了。如果罗钧继不是汉奸,即使他跟普通平民的思维一样,那么缫丝厂也就不是这种情况、这种结果,且不提他曾经于抗日宣传大会上以爱国代表身份说了一大套仇恨侵略者的话。

方传才觉得还有一点,也足以证明罗钧继是个汉奸,那就是自己每次提出罢工,以迫使松下三郎满足工人条件,罗钧继不仅不同意,反而对他瞪着眼睛,拉长着脸。分明罗钧继就是站在日本人一边。中秋节即使只给工人放半天假,也能说明罗钧继还有一点人情味,可他却将放假变成奖励的手段,产量最高的10个人才能回家过节。或许罗钧继害怕有人带头罢工吧,才特意将一个维修工支走了。那次回家,方传才引来巨大的家庭麻烦。老婆嫌他带回来的钱太少,骂他在外面吃喝嫖赌。缫丝厂被日军关得严严的,怎么去吃喝嫖赌?可老婆理解的是,缫丝厂有那么多漂亮姑娘,正好可以开心。方传才愣了一下,以为老婆听说了他与查美欣的关系,放例假的女人一传十、十传百,传到她耳朵里了。不会的,如果她知道了,凭她的泼辣劲会闹翻天。她一定是在试探他。他笑着说,兔子不吃窝边草。由于老婆跟他没有好言语,方传才在家里觉得像煎熬。

第二天老婆还在呼呼大睡时,他已经起床,决定回缫丝厂。他想带点什么中秋食品送给查美欣,可身上没有一分钱去买,只能在家里拿东西。他悄悄地寻找起来,发现了一筒五仁月饼。这个好,美欣就喜欢吃酸中带甜的东西。他将月饼收到包里,裹在衣服中,然后站到老婆跟前,说自己回厂了。老婆翻了一下身子,问他什么时候回来。他说自己定不了时间,不是想回来就能回来。老婆说,那你走吧,如果在外面乱花钱,别怪我不客气。方传才又去跟儿子打招呼,见小子还在睡就没喊醒他。他一离开家,心情比离开缫丝厂时还好。走出缫丝厂,他的心情爽了片刻,似乎放出了牢笼,可一转身不见了缫丝厂,却若有所失,到了家里听老婆责备和数落,恨不得马上回缫丝厂。方传才离开家,往缫丝厂去,心里想着查美欣,坏心情变成了好心情。

方传才正在品尝好心情时,他的老婆发现家里少了一筒月饼,便将儿子唤起来骂了一顿。儿子被冤枉了,哭叫他没有偷吃月饼。那还有谁呢,一定是方传才拿去哄厂子里女人了。她气得闷闷地坐在家里,一会儿骂方传才缺德,一会儿骂爹妈害了她,一会儿骂自己命苦。骂累了,气还没消,她找出一件最满意的衣服穿上,对着镜子将头发收拾了一下,然后到缫丝厂去跟方传才理论,为什么偷月饼。她在缫丝厂门前被日军士兵用枪杆拦住了,她求他们放她进去,皇军,我丈夫在厂里,我找他有事。一个士兵对她吼了一声,她后退了几步,然后面对缫丝厂,大骂方传才不要脸,在家里偷东西给婊子吃。两个日军士兵以为是冲他们骂,跑上前对她左右开弓,拳打脚踢。她被打倒在地,抱头哭叫。最后,她爬起来,颤颤巍巍地离开了缫丝厂。

遭日军士兵痛打,方传才老婆将仇恨记到了方传才头上,她发誓等他下次回来报仇。可是没等方传才回来,她听说方传才在厂里养了小老婆,她不想活了。她不想活,方传才和那个小妖精也休想活。一天她在大姨家,见大姨正在跟一个妇女拉家常,她便坐在一旁听。那妇女跟大姨聊起缫丝厂的事,那里女工多,男工少,其中有个男人把一个姑娘的肚子搞大了,男人家里有老婆,还有个儿子,而那姑娘还没嫁人。这世道,唉,真是成何体统,要是搁在以前,这一对狗男女会被扔到长江里喂鱼。厂里还有一个东洋婆娘,皮肤白白的,嘴唇红红的,发髻高高的,衣服花里胡哨的。她在厂里干什么?还会有什么可干,卖春呗。专门卖给日本兵。有个中国男人,就是那个养小妾的男人,调戏东洋婆娘,差点被日本人打死。

方传才老婆认定那个养小妾的男人就是方传才,她控制着怒火问那个妇女,大婶你是怎么知道的?妇女说她家隔壁有个姑娘在缫丝厂做工,好不容易前天回来了,她一回家娘儿俩就抱头大哭。是啊,就是嫁到天边的女儿,也不至于回不了娘家。那姑娘讲了许许多多缫丝厂的新闻。她母亲可怜女儿,不想让她回去,可她出来一趟全靠人担保,不回去保人就要倒霉,这又是奇闻。

　　方传才老婆从大姨家出来后，就抱定了不想活的念头，她再次来到缫丝厂门前。她向两个日军士兵跪下了，求他们放她进去。两个士兵一人提一只胳膊，把她扔了老远，她被摔昏过去。她苏醒过来后，又往缫丝厂大门爬。这时，来了两个巡逻的日本宪兵，看了看地上的女人，然后上前向站岗的卫兵打听怎么回事，他们一起抽烟，又说又笑。方传才老婆从地上爬了起来，浑身来了一股力气，她往缫丝厂大门冲去。她的手刚接触到铁栅门，背上被打中了一枪。她的整个身子趴在铁栅门上，铁栅门吱吱呀呀竟然在她身体的推力下开了，可她又中了一枪，倒在地上，上半身在门内，下半身在门外。

　　就在这时，正田美智子跑了过来。她知道这个死者是方传才的妻子，因为上一次就是这个女人在门外叫骂方传才，这一次也听到了她中枪时喊丈夫的名字。正田美智子将方传才的妻子整个身子都拉进了厂内，然后将铁栅门关了起来。四个日本士兵对正田美智子的举动，先是面露惊讶，后是一脸困惑。正田美智子跑去告诉了罗钧继，方传才的妻子死在了厂门内。

　　罗钧继慌忙从办公室出来，往缫丝厂大门口跑去，见到铁栅门内地上躺着一名妇女，他将手放到她的鼻子前，发现她已经死了，地上是一摊血。他从没见到过方传才的妻子，可正田美智子怎么知道她是方传才的妻子呢？正田美智子说，她听到她喊方传才。罗钧继心想，暂时不能让方传才知道他的妻子被日军打死了，否则他一怒之下去打日本兵，可能又将自己的命送掉。于是，罗钧继去将"罗家娘子军"召来了，想把尸体运到厂内那块空地上掩埋。几个女孩只看过死人，从没接触过尸体，吓得浑身颤抖。她们以为是缫丝厂女工往外跑，被日军打死了，可见死者面目陌生，便心生疑惑。罗钧继告诉她们，她是方传才的妻子，闯进来，被打死了。

　　罗钧继又决定保留现场，于是他将江贵珍她们打发走了。他回到办公室，打通了松下三郎的电话，你们又打死了一个良民！松下三郎说自己只是一个商人，军人的事他管不了。罗钧继说，好吧，就算军人的事，但是谁要求对缫丝厂实行戒严的？松下三郎说是筱原将军。罗钧继问，如果不是跟你的利益相关，他为什么插手缫丝厂的事？松下三郎回答，这是为保证战时缫丝厂正常生产。罗钧继要松下三郎过来看看，日军打死的是一位中国工人的家属,她手无寸铁,只是想进厂见见她的丈夫!松下三郎说,好吧,我现在就过去。

松下三郎并没有来。罗钧继除了骂他几句,无可奈何。他又来到杀人现场,这时候血泊之上覆盖了一层落叶,尸体旁更是落叶成堆。风很大,仿佛地上的落叶都往这边吹来。他认为,这件事还是及早告诉方传才吧。幸亏刚才改变了掩埋尸体的主意,否则那样做方传才可能会认为他掩盖罪证,破坏现场。他来到堆满了零部件、充满油污气味的维修室。方传才嘴里叼着香烟,手上锉磨螺丝,见罗钧继来了,说缫丝车间不许抽烟,这里抽没关系吧。罗钧继声音低沉地说,你妻子被哨兵打死了。方传才震惊得呆住了。罗钧继说,她要闯进来,被打死了,尸体还在那,去处理一下吧。希望你多克制,赤手空拳打不过他们。

罗钧继通知方传才后,就立即往出事现场跑,他纳闷,为什么方传才行动迟缓,过了一会儿才过来。方传才过来后,神情很冷漠,他嘟哝了一声"送死"。他不用揣测就知道事情的过程,老婆一定是过来找他算账。上次她在厂门口叫骂,他很快知道了。他去杂货店买香烟,正田美智子告诉他,昨天有个女人在厂门外喊方传才,骂方传才。是不是跟查美欣相好,被妻子知道了?他回答正田美智子,他的妻子是个泼妇。他料到她会三天两头跑到厂门外骂人,可能会惹怒哨兵,果然,她被打死了。

见方传才的态度不对,罗钧继批评他,上次回家过节应该跟妻子讲清楚,不要往缫丝厂闯,她的死,你有责任!听到这话,方传才很不高兴,觉得罗钧继是在袒护杀人凶手。他忍气吞声,心想总有一天会清算这个汉奸。方传才把他的妻子埋到厂内那块空地之后,他向罗钧继提出补偿一笔丧葬费,虽然妻子死在日本人手上,但她毕竟倒在厂内。罗钧继满足了他的要求。不过,他对方传才说,这笔钱不是丧葬费,而是抚恤金,你还有一个未成年的孩子需要抚养。

事情虽然得到了处理,可方传才心里却在计较"她的死,你有责任!"这句话。这句话只有汉奸才能说出来。一天,罗钧继接到松下三郎的电话通知,要求将一批生丝运到三号码头。以前都是松下三郎派车派人来拉货,这次改为他们派车子,厂方派人送货。罗钧继便安排方传才、曹兴志和另外两个男工,押货到江边码头并在码头将货卸下。方传才心里仍然装着那句话,到了码头,也没放下。卸货时,他想抽根烟。背风点烟时,他看到了宁国能,这不是葛林娣的未婚夫吗?于是,他跟宁国能寒暄上了。他把装在心里的那句话,转成了泄愤的话。

方传才对宁国能说,缫丝厂老板罗钧继是个汉奸,不锄了他,你休想夫妻团聚。

宁国能呃了一声,回答道,一定要锄掉这个汉奸!

2

百子山之行,非常成功,老戴同意进城刺杀罗钧继。宁国能吸取吴越炸五大臣的教训,一定要慎重一点,而慎重来自周密的谋划。他找到了周学英,老同学多日不见,分外亲热。周学英将葛林娣陪同国际观光团采风以及中途逃离被日军宪兵抓去的经过讲了一遍。宁国能听了,对葛林娣心疼得要命。周学英认为,葛林娣的头脑太简单了,一个小女子,怎么可以在日本人鼻子底下逃跑呢?她对他说,林娣爱你太深,勇往直前。宁国能鼻子发酸,他说在鬼子铁蹄下,国人被搞得妻离子散。接着,宁国能要周学英评价一下罗钧继,他到底是个什么人。周学英不假思索地说,不就是一个替日本人做事的汉奸嘛。宁国能立即说,对,罗钧继就是一个汉奸,我们锄掉他吧。周学英回答道,不要盲目行动,这个方方面面都要考虑,社会、政治、经济、军事都要考虑进去。杀死一个汉奸并不难,像汪精卫这样的大汉奸,要杀他,他就是藏哪里也会被人找到。杀死罗钧继,未必就能救出宁夫人,那一两百名女工或许更苦更累。上次游击队攻城,如果真的把缫丝厂夺了下来,可接下来能守住吗?日军的机关枪掉过头来,朝缫丝女们扫射怎么办?

周学英问宁国能是怎么知道她现在工作的地方的,宁国能笑了笑说,你以前只用过一次的笔名周子央,别人或许不知道,我记得很深。周学英咦了一声,大叹自己疏忽。她说《安庆新报》虽然是所谓的新民国政府所管,但自己纯粹是为了混一口饭吃,出淤泥而不染,可以吧,宁先生?宁国能诡异地笑了笑说，身在汪营心在郝。宁国能向周学英坦白，本来想找郝司令派人进城锄奸，可听说百子山有新四军的游击队，便去了那里。周学英神态一变，感兴趣地问他见到新四军没有。宁国能说没见到新四军，据老戴讲，一个姓姚的人找过他谈合作，但不知怎么回事，后来姚先生没来。周学英说，要是百子山有一支新四军的游击队，那么等于在安庆日军脖子上顶着一把匕首。

宁国能似乎回到了跟周学英无话不说的学生时代，周学英却在控制着情绪，她叮嘱他不要激动，嗓门压低一点，说不定你刚才说的话已进入便衣特务的耳朵。宁国能警觉地看了看御碑亭四周。周学英笑道，极易紧张、极易激动之人，还想锄掉汉奸？宁国能的脸羞红了，自卑而尴尬。周学英说，我欣赏郝文波，虽然他没读过几年书，但遇事淡定。说到这里，怕伤害了宁国能，便补充道，我相信葛林娣也非常欣赏你，你们是才子佳人配，我和文波是英雄美女配。说罢，她脸上掠过一丝红润。

分手的时候，周学英提醒宁国能一定不能亲自出面，交给老戴去干就行了。她说，需要我帮忙的一定会尽力配合，但这事急不得，我刚才说过了要考虑全面。周学英有自己的考虑，因为组织上有纪律，不许任何人私自锄奸，锄奸由组织统一安排。组织上还有一些同志反对将罗钧继列入汉奸名单，安华缫丝厂虽受控于日军，而似乎罗钧继跟日商松下三郎进行的是商业交易，尚未发现他做过什么危害共产党的事。周学英个人的看法是，罗钧继将日军当成他发财的保护伞，使缫丝厂成为剥削压迫人民血汗的工厂。

正是出于个人的看法，周学英内心还是支持宁国能锄奸的，但她清楚靠宁国能一个人谋划是无法成功的，虽然他已经物色到了行刺的侠士。几天后，周学英邀宁国能到双井街茶馆喝茶。宁国能从胡家出来就直接去了双井街。他进了茶馆，没见到周学英，东张西望时，肩膀被身后的人拍了一下，他被吓得脸色煞白。他见是周学英，立即收住慌乱的心。周学英对他说，只聊读书，其他什么都不要聊。宁国能目光里充满疑问。周学英问，最近在读什么书？宁国能回答没读什么书，报刊倒是看了不少，最近发现同乡青年朱声的新诗写得特别好，他笔名方然，1938 年赴延安陕北公学学习……正说着，一个人影投过来，宁国能抬头一看，是一位陌生的男青年，西装革履，头带黑色礼帽。只见周学英问陌生男人愿不愿一起喝茶,那人来了一句,周姐,你们聊吧,不打搅了。说罢,那人转身走出了茶馆。

周学英没有将邱辉江的身份告诉宁国能,只是淡淡地说,一个熟人。等邱辉江的身影在门外消失之后,周学英对宁国能说,你想做的事,我不反对,也不支持。我担心的是安全问题,虽然你不用出面,但老戴也是一条鲜活的生命,何况新四军发展百子山游击队需要他。宁国能说,请放心,没有万无一失的方案,绝对不会动手。周学英说,这个就到此为止,还是聊读书吧。你的同乡方然新诗写得好,你能不能读一首他的诗给我听听。宁国能说背诵不出整首诗,只记得这几句:"我怎样安慰你呢?你哭瞎了眼睛的母亲呵!我的肩上放着你颤抖的手,我听着你手杖触地的声音。"

周学英听宁国能读诗,突然也来了灵感。她说,那个姓罗的喜欢旧体诗,那天他陪国际观光团观光时,背了不少诗。爱诗者,以诗诱之。宁国能表示不理解。周学英说,方案里必有诗的环节。她笑了一声,这不是浪漫,而是引鱼上钩的诱饵。周学英觉得这里说话不方便,她让宁国能付了茶钱之后,换到了菱湖的舟上。周学英给策划出一套方案。宁国能大赞妙计。但是,宁国能没有照搬照抄,而添进了自己的点子,老戴也拿出了有价值的建议。

可是,罗钧继一改往日行踪规律,不再去松下三郎那里赴会,也不再由邱辉江用车载着去高井头街。刺杀方案还未制定时,宁国能曾雇人盯梢,发现罗钧继和邱辉江将车子停在高井头街进士第旁的万亿仓,然后不知道搬下一些什么东西。万亿仓是始建于明代的粮库,其间环建南仓39楹,北仓32楹,南外仓15楹,北外仓13楹,后堂南北又分建9楹和11楹,后面是一个很大的晒场。民国后,万亿仓部分粮仓改为省城储谷处,部分房舍陆续改建为学校。邱辉江在万亿仓替罗老板弄了一间房子藏蚕丝,特别隐蔽。盯梢者无法再靠近,所以没有看清楚罗钧继和邱辉江从车上卸下的东西是什么。罗钧继半个月没有现身,宁国能心神不宁。老戴和他的妹妹也心急不安,提出要回山。他们租住在高井头街,租金是宁国能付的。宁国能想找周学英设法引蛇出洞。

周学英因当过国际观光团导游,跟罗钧继有过数小时的接触,如果去约他出来,不是不可能,关键是会把自己推到事件的中心,罗钧继无论死与活,她都成了被采访报道的对象,她就会被更多熟悉她的人知道身份——国民党游击队司令郝文波的夫人。甚至,一个更隐秘的身份也被暴露,那是组织上绝不允许的。这个隐秘的身份就连丈夫郝文波都不知道。周学英只能对宁国能说,不要急嘛,也许你们走漏了风声,他知道有人要杀他,所以深居简出。再等等,他会放松警惕的。宁国能说,再等下去老戴和他的妹妹不答应了,他们要回去种庄稼。周学英寻思了一会儿,告诉宁国能等她的消息。

　　周学英没有什么引蛇出洞的妙计,她有时劝自己不要掺和这件事,可又被同情心牵着,想帮宁国能一把。这个老同学当年曾对自己有过羞羞答答的示爱,她不喜欢他的性格和表达爱意的朦胧色彩,但对他的学问还是欣赏的,尤其当他结识了葛林娣,爱得那么挚诚那么热烈,就在欣赏他的学问的同时还欣赏他的爱情。宁国能与葛林娣婚期已定,却因日军封锁缫丝厂而没能按期完婚,对此,周学英特别同情。宁国能为了葛林娣,放弃去大别山,一心等她出来,更是让周学英看到了宁国能男儿真本色。

　　最后,周学英只能再次利用邱辉江。她很感激邱辉江千里相送,不是他手稿会丢失途中。她知道邱辉江跟罗钧继的关系非同一般,由邱辉江出面邀请罗钧继将是很容易的事,可那会让邱辉江陷进这场暗杀活动。这样做,是对邱辉江的不仁不义。周学英与邱辉江联系更密切了,她想通过闲聊,侧面了解罗钧继的近日活动。周学英说,罗钧继在夹缝中生存不容易。邱辉江不懂她的意思是夸奖还是讽刺。周学英说,现在是各种势力较量的时期,作为一个实业家,必然是各种力量争取的对象,不仅仅是因为他手上有钞票,更重要的是他的站边释放着一种政治信号。邱辉江实言相告,自己很敬佩罗钧继。周学英问为什么。邱辉江笑道,接触之后就很敬佩他,自己也说不清为什么。周学英心想,这也是一些汉奸的迷人之处,往往这种迷人的汉奸会吸引他人也成为汉奸。

　　周学英说,估计你是被他的大方感动了吧。这是一句随意之语。邱辉江听了心中咯噔了一下。他镇静下来,问周学英,周姐怎么知道罗老板为人

大方。她说,好像在哪里听说过,只是没见识过。大方不等于一掷千金,更体现在对朋友的理解、体谅和包容上,大大方方地做人,显得有气度。说到这里,周学英觉得自己是在恭维一个汉奸。一个汉奸会大大方方地做人吗?其中似乎有逻辑问题。邱辉江说,我介绍周姐与罗老板认识一下,对了,我约了罗老板明天上午去百花亭聚会,他过生日,我请他吃饭,到时候你也去吧。周学英心中一喜,回答道,姐不想接触更多的男人。

无意中得知罗钧继出行的时间和地点,周学英很激动,可是又非常犹豫,如果将刺杀罗钧继安排在明天百花亭中,那么自己就会被邱辉江怀疑是行刺的参与者。她为此一夜翻来覆去睡不着。天一亮,她就去找宁国能,叫他赶快通知老戴赴百花亭。

老戴接到行动指令,带妹妹一起去了百花亭。他们假装成一对闲逛的夫妇。老戴提一鸟笼,他妹妹手执一本线装书,俩人绕着亭子转悠,混在一些无事的老人中间。老戴没见过罗钧继真人,而是从照片上记住了他的相貌,他见不远处走来一个中年男人,正是罗钧继,于是对笼子里的鸟吹了两声口哨,说,鸟儿鸟儿,虫子来了。他妹妹紧张起来,拿书的手抖个不停。等罗钧继走到亭子里时,老戴的妹妹朗读起来,野蚕食青桑,吐丝亦成茧……她感觉听不见自己的声音,于是抬高嗓子读,我愿均尔丝,化为寒者衣……这时,啪的一声枪响,打破了百花亭的宁静。

老戴见打中了罗钧继,没等他补一枪,他看见一个青年冲过来,朝他射击,他只得转过枪口与青年对射。如果不是惊慌的老人们成为老戴的掩体,那么他可能是用自己的一条命换了罗钧继的一条命,也许还要搭上妹妹,那真划不来。他中弹了,被打在胳膊上。鸟笼从他手上落下,砸开了笼门,几只鸟惊叫着飞向天空。他逃生而去。他妹妹也成功逃脱了。兄妹俩一起回到了百子山。

宁国能以为杀死了罗钧继,很兴奋。第二天,他在胡家上完课,看当日的报纸,一条消息让他的心凉了半截:丝厂老板险遭谋害,街头义士挺身相救。宁国能真是不甘心。数天后,他请周学英吃饭,感谢她提供信息。宁国能非常纳闷,怎么碰巧遇到了一位义士,他是谁呢?周学英轻笑一声说,我哪知道？

3

刺杀没有成功,宁国能说他心不甘。这只是半句话,另半句藏在肚子里。他庆幸老戴没被打死,也未遭逮捕,还可以跟他密谋下次行动。他有个推测,罗钧继疗伤之际会染思亲之情,想念父母和妻儿。在他回老家的路上,采取二次行刺,锄掉这个汉奸。他没有把这个主意告诉周学英,可周学英似乎猜出了他的意图,她说人的思维路径往往相同或相近,就拿文学来说,类似的作品太多了,唐朝近三百年,写诗的人多如牛毛,可留传下来的好诗只一部《唐诗三百首》。

确实如此,不仅周学英想到了宁国能欲行刺罗钧继于安庆至洪家铺的路上,罗钧继本人也想到了这一点,他对父母日思夜想,对妻儿牵肠挂肚而欲罢不能,却又担心路上再次被人行刺。罗钧继将自己恨不得飞到父母身边的心思透露给葛林娣,葛林娣看到渴望得到亲人庇护的脆弱性出现在一个中年男人身上,心里酸酸的。葛林娣问他是不是放不下缫丝厂,还是受制于松下三郎？罗钧继说,他们这次没干掉我,还会动手。葛林娣建议派人将夫人和宏民接到城里来。罗钧继说自己不仅想念妻儿,还想念父母。

罗钧继梦见母亲哭唤,儿啊,怎么还不回来看望老娘啊,老娘吃不下睡不着,想你啊。醒来,罗钧继急忙收拾东西,决定回老家一趟。他召集厂管理人员及车间班组长开了个会,言明自己出差数天,生产上拜托大家。他强调以制度管人,而不是老板管人。老板管人有偏心,制度管人最公平。老板管人老板不在就会乱,制度管人有无老板都一样。为了安全起见,他跟邱辉江打招呼,通过他包一艘船,走皖河水道回家。

邱辉江得知罗钧继要回洪家铺立即反对,现在社会闲散人员正在四处拉山头,当土匪打游击,罗老板这种有身份的人,会被人盯梢打劫的。邱辉江跟葛林娣的想法一样,他说自己派几个兄弟去把夫人接过来。因为反对罗钧继回老家,邱辉江没有去包船只。后来,他发现罗钧继执意要回,并且已独自踏上探亲之旅,再去包船就晚了。

罗钧继以农民的装束出城了，他身上有良民证，过关卡较为顺利。他放弃了出西门经百子山、龙泉岭这条最近的路，而是选择了出北门经集贤关、十里铺、月形山、女儿岭这条稍远的路。在集贤关，他发现有客运汽车可通月形山，高兴不已。上车乘客由日军士兵和皇协军士兵盘查。罗钧继透过车窗看到一座座山头上都有日军的碉堡。车子在一个叫总铺的地方停了，又上来几个乘客。他看见一块"军米采办处"的牌子。车到月形山后，罗钧继庆幸很顺利。月形山离洪家铺14公里，没通汽车，只能步行。罗钧继感觉身体虚弱，走了数里路就很累。他最担心翻越女儿岭的时间拖得太久会有危险。女儿岭与长安岭相连，长安岭离百子山不远，都处于一个山脉。他觉得自己的意识存在问题，害怕百子山游击队，好像已承认自己是汉奸。绝对不能自我怀疑，君子坦荡荡。要刺杀他的人，不会在乡下，而在城里。

通过心理调节，罗钧继精神上的负担减轻了。抬头望女儿岭，只要翻过去，很快就可以回家，就可以见到父母妻儿，还有弟弟妹妹。女儿岭荒草与怪石相杂，步行道上铺了麻石条，上面时见独轮车辙。罗钧继见前后都有行人，心中不慌。快到岭头时，山谷里突然传来一阵枪声。就在这时，听见身后一个行人追了上来喊，罗老板，等一等。他转身一看，见是邱辉江。邱辉江跑过来，拉罗钧继坐到路旁的石头上，他判断是两股武装在交火，但不像是日军与游击队，因为没听到日军的钢炮声和机关枪声。邱辉江说，等他们打完，咱们再走吧。罗钧继见邱辉江满头大汗，而天气这么凉，心想一定是一路疾跑过来的。他感到又连累了邱辉江，说很抱歉。邱辉江说，罗老板不要说生分的话，咱们有君子协定，我拿你的钱事情还没做完呢。罗钧继一愣，心想邱辉江守口如瓶，转移蚕丝无一丝破绽，值得肯定，也应为此感到高兴。可是，彼此只是因一份口头契约而生死相连，又感到一丝不快。

邱辉江突然拔出手枪，一只手把罗钧继推倒在草丛中。随即，罗钧继听见头顶啪啪数声枪响。邱辉江卧倒在他身边，向枞树林里躲闪的人影开枪。一会儿，枞树林里响起一阵密集的枪声，然后归于寂静。邱辉江站了起来，惊叹好险。他说，那个朝这里开枪的不是别人，就是在百花亭刺杀你的那个家伙。罗钧继受到惊吓，尚未平静，听到这话，心里更是恐惧。他对邱辉江说,我的行动怎么被他知晓的? 邱辉江在思考另一个问题,杀手是郝文波的手下,还是从百子山下来的? 他心里也不由得紧张起来,若是遇到郝文波游击队,自己也必死无疑。这时,枪声又响起,向邱辉江这边包抄过来。有人在喊,辉江兄弟缴枪投降吧,留你一条活命,不答应的话,莫怪我们不顾曾经的情分了。邱辉江没有回答。罗钧继在他耳边说,答应吧,兄弟。邱辉江咬了咬牙,骂了一声娘。罗钧继叹息说,是我连累了你。游击队还在喊话。罗钧继催他答应。邱辉江说,我不好意思答应。罗钧继喊了一声,我们同意谈判,决不再开一枪。邱辉江一笑,非常佩服罗老板这句话。游击队回喊,罗先生你说了不算,得要邱辉江回话。邱辉江喊道,同意谈判。游击队说,那你得表示一下诚意,把枪扔下。邱辉江迟疑了一下,然后把枪交给罗钧继。罗钧继把枪举起,然后往旁边扔去。

游击队冲过来时,邱辉江没有发现郝文波,他问,你们的郝司令呢? 一个曾与邱辉江同是青帮兄弟的队员告诉他,郝司令跟老戴谈判去了。老戴是谁? 就是要杀罗先生的人。罗钧继心里一阵喜悦,他问,抓到他没有? 游击队员说,双方一致要求停火,进行谈判。罗钧继急于想见老戴,当面搞清楚为什么要杀他,背后由谁指使,有什么证据证明我罗钧继是汉奸,这些问题一定要搞清楚。可是,罗钧继此行没有见到老戴,多年后见到老戴是另一种对决了。

郝文波接到何希如的情报,告知百子山老戴要杀罗钧继,务必出兵阻击老戴,以保护罗钧继回府。郝文波兵分两路,一路赴百子山,一路赴女儿岭,因为不知道罗钧继走哪条道回老家。他亲率九个队员埋伏于女儿岭与长安岭相接处,恰恰罗钧继走的就是这条道。老戴不知怎么知道罗钧继要走女儿岭,他抢先郝文波到达枞树林,等候罗钧继。他发现罗钧继时很兴奋,接着看到了邱辉江——那个打伤自己胳膊的青年,更是兴奋不已。妈的,老子在城里打不过你,到了乡下,看你往哪里跑? 老戴将枪口瞄向邱辉江,而不是宁国能叫他刺杀的汉奸。可是,他的枪法不准,没有打中邱辉江。他的枪声,引来了无数的枪声。他吓了一跳,以为遇上了日军。他和几个伙伴边撤退边往树林外射击。撤出树林后,跑向长安岭,一抬头却见岭头上站了一排

人，个个拿枪朝他和队友们瞄准。其中有郝文波，但老戴不认识他。

郝文波站在岭头，居高临下。他说，戴兄弟，咱们谈判吧，都是中国人，把子弹省着点打鬼子。老戴乐意谈判，他回答，我还以为你们是鬼子呢，既然是游击队，那就是一家人了，我认识你们老姚，他找过我。老戴把国军游击队当作新四军游击队了。郝文波一听就知道老戴认错了游击队，他已得知新四军正往江北发展，不如在他们尚未占领百子山，自己先把队伍开进去。虽然国共合作了，共同抗日，但地盘要搞清楚，新四军属于第三战区，由顾祝同领导；这里属于第五战区，由杨森领导。

老戴被请到岭头，随郝文波一起走进供行人休息的过路亭，双方人马各自持枪原地不动。郝文波自我介绍之后，对老戴说，咱们合作吧，成立百子山游击支队，你当队长。老戴很为难，他说他已答应老姚。郝文波很不高兴，老姚只是踩个点而已，估计没等他带队伍来，鬼子已把百子山占领了。老戴看了一眼郝文波，说答应了人家不好反悔。郝文波给他扣起帽子，你是不是成心阻碍抗日？老戴低头不语，心里正在想计策，只要自己能把兄弟带回百子山，守住关口，你郝文波千军万马也杀不进去。他说，郝司令，我回去收拾一下，明天欢迎贵军入山。郝文波笑道，不需要收拾，现在就去吧。老戴又心生一计，于是他同意现在就领郝文波去百子山，进了山之后，如果逐客不成，就关门打狗。郝文波握了握老戴的手，感谢他接受改编。

这时，一个队员跑来请示郝司令，怎么解决邱辉江。郝文波说，送罗先生安全回家。老戴突然明白邱辉江是罗老板的保镖，也就是那个打伤自己胳膊的青年，他感觉胳膊疼痛起来，立马对郝文波说，邱辉江，枪毙了他！郝文波心中不快，枪毙邱辉江由不得你老戴插嘴！郝文波说，要好好招待邱辉江，等我回来再处理。另外，我们前头慢走，你们大部队随后赶来。

下长安岭比上长安岭要轻松许多，但走得很慢，郝文波和老戴各怀心思，都不想走得太快。下了长安岭，传来嘚嘚马蹄声，只见林中冲出一匹枣红色小马，停到郝文波跟前，马背上溜下一位面孔被围巾包裹，只留双眼在外的女子，递上一封密信。接着，她跃身上鞍，策马而去。老戴看见这情景，呆住了。郝文波撕开信封，见是夫人周学英的亲笔信，立马扫了一眼，看清了大致内容。他把信收了起来，转身对老戴说，不奉陪了，本军有急务。他一挥手，下令自己的队伍原地返回，开往大本营。老戴感到莫名其妙，不过他终于摆脱了郝文波，不需要思考应对之计了。于是，他们一伙择近道往百子山而去。

周学英在信中劝告郝文波，不要把目光盯着百子山这一弹丸之地，而要积极创建皖西南抗日游击队。百子山虽然扼锁安庆西大门，但它构成不了屏障，既然日军可以绕过它占领周边乡镇，实际上这是一块被包围的死地。日军正往大别山外围集结，伺机与一七六师打一场阵地战，游击队应活动于敌后，穿插迂回，不断惊扰敌人，并努力往大别山开辟延伸。这样才有格局，才有气势。郝文波觉得夫人分析得很有道理。他没有想到的是，夫人是在为新四军保留一块地盘，她的组织十分看好百子山。

郝文波将队伍开到毗邻洪家铺的黄梅山休整，这里是黄梅戏的发源地，由采茶调和花鼓调相混合的唱腔，原汁原味，比起石牌镇上的黄梅调更加清新自然。郝文波换上便衣，带着一个警卫，来到洪家铺，直接进了何希如家。何希如感谢他出兵救友，递上一根金条，说是罗兄的一点意思，郝司令若不纳私赠，可归属军需之费。郝文波接纳了，然后问是否可以拜访罗先生一下。何希如说，就不打搅了吧，他身体虚弱，不宜说话太多。

郝文波来洪家铺，主要还是针对邱辉江，了结一下旧账。这小子不跟随我反正，却铁了心当伪军替日本人干活！郝文波喊了一声警卫，警卫跑来听候吩咐，他叫警卫去罗先生家将邱辉江带来。警卫应声而去。他不会跑了吧？郝文波自问。

邱辉江被缴械之后，就没打算跑，他和罗老板一起来到了罗府。同时来的还有两个游击队员，其中一位曾是青帮兄弟。那兄弟奚落他没有眼光，不跟郝司令一起，却跟鬼子在一起。邱辉江不想解释，一直闭口不言。他决定在死之前，将郝文波讽刺一下，讽刺他变化无常。邱辉江见到郝文波，高昂着头，但满眼是委屈。郝文波笑道，咱们又见面了，哈哈，有意思。这回，你该答应反正了吧。邱辉江答道，反正反正，这时反什么正？郝文波被呛得一时无语。何希如忙说，先不辨是非，先明大义。大义是什么？大义就是捍卫

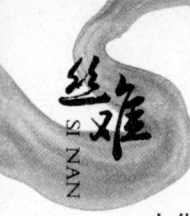

中华社稷。何希如在罗钧继上次回乡招工时就认识了邱辉江,虽然没言语交谈,但通过其行为细节判断此人心地不坏,尤其何、罗商谈合作之事,他还避嫌走开了,颇通达明智。这次,何希如探知罗钧继回家途中将被刺杀,立即请郝文波出兵相救。罗钧继回家后让其弟送到何府一张纸条,上有四字:围相保车。何希如明白其意,郝司令是相,邱辉江是车。劝郝文波勿杀邱辉江。

郝文波压制着怒火,问邱辉江知不知道民族大义。邱辉江回答,他没有做什么缺德事,从没杀过中国人。郝文波说,没有亲自杀,不等于没杀,给鬼子做事,鬼子杀中国人,也等于你在杀中国人。邱辉江低下了头。何希如立即说,郝司令,邱先生明白得很快。我看这样吧,邱先生暂住几天,送罗兄回城之后,带队伍一起反正,一个人反正不如一支队伍反正。郝文波点了点头,心想,干掉邱辉江很容易,若此次劝告能让他带队伍一起反正,那就太好了。郝文波对邱辉江说,我这人特别讲兄弟情谊,希望你也如此,你回去好好想想吧。罗老板交给你了,回去的路上安全由你负责,游击队不管了。邱辉江看了一眼何希如。何希如示意他回到罗府。邱辉江走了出去,他听见郝文波在他身后喊,兄弟,不要执迷不悟,回头是岸啊!

罗钧继在老家住了三天,他最高兴的是,夫人的肚子隆着,一个新生命再过几个月将诞生。他对夫人幽默地说,上次回家招工,还招来了宝贝。汪颖丽说,宏民想要个妹妹,不知道肚子里是啥。

4

这次行动又没成功,宁国能觉得世道坏,天道亦坏。他垂头丧气数日后,内心又转向对葛林娣的思念。他布置了两道题给胡家少爷解答,然后自己埋头写信。他仍然有空就到长江码头上散步,巴望再次遇到缫丝厂那位男工。一个月之后,在一个寒风呼啸的天气,他不敢放过这次空闲,又来到码头。他看到了上次看到的那辆货车,也看到了上次看到的那位师傅。他袋里揣了一包香烟,自己不抽,而是有意放在身上,以作应酬。

蚕丝卸了一半后,方传才站到一旁抽烟。正抽着,他看到了葛林娣的未婚夫宁国能。他心里突然为宁国能感到愤愤不平,迎上前去说,宁先生,我上次听你说一直在等葛林娣,不要等她了,她已经变心。宁国能吃惊地问方传才,葛林娣发生了什么。方传才便将他的猜测与判断说成已经发生的事实,他说,葛林娣与罗钧继好上了,厂里人人皆知,宁先生在厂外,当然不知道。方传才举了几个很有画面感的例子,他俩共一把雨伞在厂里散步,被人撞上,葛林娣吓得差点跌倒,罗钧继一把抱住她。他俩跟松下三郎一道出游,宪兵将葛林娣打了,在宿舍疗伤,罗钧继日夜守在一旁,有人看到罗钧继心疼得哭了。宁国能顿时感觉天旋地转,码头在倾斜,江水在倒灌。

是真的吗?宁国能像是问方传才,又像是自语,他的眼睛里充满了疑惑。方传才又拿出一个例子,让宁国能完全相信了。女工遇到月经可以离厂休息三天,葛林娣为什么不回家呢?她的心已经被罗钧继拿去了,哪里还想回家?没想到葛林娣也是个爱财的女人,爱财的女人没有好下场。宁先生,不要难受,跟这种女人生气不值得。据说她被日军宪兵糟蹋了,现在又被罗钧继这个汉奸玷污,即使你还能唤回她的心,也没什么意思了。

宁国能转过身来就走,奔向江堤。接着冲下江堤,面对一丛芦苇号啕大哭。寒风将芦苇吹得阴森森的,好像里面藏着坟墓。数只寒鸦立在光秃秃的柳树上,像被冻住了似的,树枝乱颤,它们的翅膀纹丝不动。宁国能没有记忆,也没有意识,只有仇恨,只有痛苦。他哭着哭着,眼前一团漆黑,身体摇晃几下往后摔倒了。如果是往前栽倒,他就被淹死了。他没能立即爬起来,因为他的力气在哭泣的时候耗散太多。

江边的泥水弄脏了宁国能的西服,他往回走的时候,引来很多路人的观看和议论。他眼睛看不到人,耳朵听不进声音,几次他差点被车子撞倒。日军宪兵把他当成精神病人,冲他呵斥几声,但没有采取进一步行动。他摇摇晃晃、跌跌撞撞走回到住处,坐到桌子前,又抱头哭起来,边哭边骂葛林娣。到了晚上,他咳嗽起来,身上一会儿发烧,一会儿寒冷。有一口痰似乎堵住了喉咙,他咳了半天,吐出来,见是一块血团。他晕了过去。

第二天,宁国能开始焚烧葛林娣送给他的东西,书籍、书信、手帕,还有衣服,照片是一张张地撕碎,然后点燃,烧不掉的东西,就用剪子、菜刀剪碎、

181

剁碎。他把房子退了，去胡家辞了职，然后离开了这座城市。他要跟过去彻底告别，连自己的姓名都改了。

就在宁国能离开安庆不久，葛林娣高兴地发现自己终于迎来久违的月经，她回归了"一个真实的女人"，她把这消息告诉了戴玲玲，告诉了查美欣和所有的缫丝女。戴玲玲说，葛姐，那你还不赶快办手续，宁先生一定等你都快疯了，你们久旱逢甘霖哟。葛林娣轻轻揪了一下戴玲玲的耳朵，说，还不赶快嫁给邱辉江，他才快急疯了呢！戴玲玲仍不饶葛林娣，说女人来月经不能同房，否则会运气不好，要倒霉的。葛林娣又上前揪戴玲玲的耳朵，这次没揪到，她骂道，不要瞎说，我们还没结婚呢。

葛林娣收拾东西的时候，戴玲玲告诉大家，她发现了一个奇怪的现象，正田美智子没来过月经，问她怎么回事，她拿出一些小药片，说吃了这些药片就不来月经，身子干爽。大家都觉得这种干爽不是正常女人想要的，说明正田美智子害怕怀孕。戴玲玲还告诉大家一个秘密，正田美智子那里来了一个女伴，朝鲜姑娘，名叫柳娥姬。查美欣说，我刚还在那里买过东西，只看见正田美智子一个人。正田美智子最近好像瘦了不少，脸色发黄，是不是生病了？戴玲玲说，柳娥姬住在杂货店后面，你当然没看见。戴玲玲没有回答查美欣，正田美智子的确生病了。几天前，戴玲玲与正田美智子聊天，正田美智子突然哭起来。戴玲玲问她是不是想家了，她说自己病了，是一种最讨厌的病，难说出口，不过得了这种病就不需要服务门外那些日本男人了。戴玲玲终究不知道正田美智子患了什么病。正田美智子不再吃那种不来月经的药，而换了另一种药，一吞一大把，有时鲠在喉管里，把她的眼泪都逼出来了。戴玲玲发现柳娥姬年纪很轻，十六七岁的样子，性格内向，喜欢独个儿发呆。一天，戴玲玲掀开门帘朝里面看了一眼，见柳娥姬坐在那里发呆。柳娥姬不认识汉字，不会中国话，也不懂日语，她来缫丝厂杂货店之前，捡到了一本日军士兵的日记，交给了正田美智子。正田美智子见日记的主人是一个叫永富博之的日本兵，1916 年出生于熊本县，日记中交代得很清楚。正田美智子边看边读给戴玲玲听，"1938 年 1 月，作为国士馆学生，在到达南京下关前的路上，看到有好几万的尸体。在南京下关，将一名跳到江中的俘虏开枪打死。1938 年 4 月,为给将校们示范教育,在吴江县将一名俘虏用日本刀予以斩首。将某中国女性予以奸污。其后经过一周,再赴苏州时,将该妇女带到吴江奸污一周。1938 年 11 月,在安庆叫来中国女性一人在机关内予以奸污。又于次日在某中国人家里将别人介绍的一位中国女性奸污一次。12 月,于安庆城内某中国人家里将经×××介绍给我的女性(年龄 16 岁)是夜强奸……",戴玲玲叫正田美智子不要念了,你们日本兵怎么这样,岂不是禽兽不如吗?正田美智子说,他们离家太久了。戴玲玲气愤地说,谁让他们跑到中国的,在家里跟自己老婆怎么睡都行。戴玲玲怕生气闪了胎,便离开了杂货店。几天后再去,她发现那本日记不知去向了。

葛林娣离开宿舍前,留下一句,回来带好吃的给你们。戴玲玲跟在她身后也离开了宿舍,又去正田美智子那里,她寻思了几天,终于揣测出正田美智子患的是花柳病。她曾经听母亲跟人聊天谈过这种病,墨子巷妓院里的妓女患花柳病之后特别痛苦,有的跑去投江。小时候听不明白母亲对父亲说的那句话——出门要注意,不要染上花柳病。戴玲玲担心正田美智子受不了折磨也跑去投江,所以她想有空就陪她坐坐,让她开心点。戴玲玲一到杂货店,看见药瓶,就知道自己多虑了。

戴玲玲与葛林娣先是一起走,快到缫丝厂大门,两人将分开走时,她又开了一句玩笑,葛姐,小心哦,不要让宁先生沾上身子。葛林娣脸唰地红了,她骂道,估计你肚子里的孩子就是来月经时弄出来的。骂罢,她特别后悔,连忙说对不起。戴玲玲没有见怪,向葛林娣挥挥手,目送她离开了缫丝厂大门。

葛林娣一出缫丝厂大门,叫了一辆黄包车往双莲寺方向而去。她喜洋洋地想着,见到宁国能最想说的第一句话是什么,最想做的第一件事是什么。说一声"我爱你",然后搂他吻他。不,得让宁国能主动。在这漫长的分离和等待的日子里,真是"衣带渐宽终不悔,为伊消得人憔悴"。葛林娣坐在黄包车上,看见成品衣店,立马让师傅停下。她去买了一套银灰色西服和一双黑色皮鞋,兴冲冲地坐到黄包车上。十几分钟后,葛林娣看到了她和宁国能共同物色租下的房子,只见门口坐了一个年轻的女子,便止住脚步,喊了一声宁国能。没有人答应。她想,这时候,他去上班了吧。是呀,他在上班,我回来,岂不是又要孤独地等他一天?他在哪里上班呢?葛林娣问门口的女子,知不知道宁国能在哪上班。女子回答,她不认识宁国能,这房子她租下有半年时间了。你问问这大院里别人吧。葛林娣心里急了,她朝一户半掩着门的人家走去,见里面坐了一个老头。她问,爷爷,你知道宁国能搬到哪了吗?这时,她判断宁国能已换租了地方。唉,为啥搬家呢?难道不考虑未婚妻回来找不到他吗?

老人从屋子里走了出来,对葛林娣说,你找宁先生吗?葛林娣连忙点头。老人说,他离开时打过招呼,离这里不远,什么巷,我忘了,你去找,会找到他的。前天下午我还遇到他,身上脏脏的,像是跌到泥坑里去了。葛林娣离开这个大宅院后,一条条巷子寻找、打听,描述宁国能的相貌、身材给巷子里大爷大妈听,就差没贴寻人启事了。她最后终于得到了一条信息,宁国能昨天退房离开了。葛林娣站在巷口,半天身子没动,怀里抱着西服和皮鞋,她以为宁国能会在巷子里出现……

葛林娣一直在双莲寺周围转来转去,她一抬头看见被日军宪兵大队占据的状元府门楼,吓得浑身哆嗦。天近黄昏,有的商店开始关门收摊。葛林娣叫了一辆黄包车,回到了缫丝厂。大家见葛林娣三天例假只休了一天,都感到奇怪。戴玲玲问她是不是跟宁先生吵架了。葛林娣不语。查美欣问她是不是撞见宁先生跟别人好上了。葛林娣仍不语。大家猜不出发生了什么事,又见葛林娣像傻子一样呆呆的,就担心她想不开。戴玲玲说,夫妻吵架很正常,哪有不吵架的夫妻。查美欣说,葛姐跟宁先生还没有结婚,算不上夫妻。算不上夫妻,宁先生就有可能爱上别的女人,或者别的女人爱上宁先生。

葛林娣觉得查美欣说得有道理,可是,宁国能怎么会成为负心郎呢?虽然没有过海誓山盟,但宁国能的人品摆在那里,谁都夸她有眼力,找到了一个重情重义的男人。还记得周学英说过,宁国能羞于表达爱情,一旦爱上一个女孩,肯定非她莫娶,这个有幸的女孩就是葛林娣。葛林娣被噩梦折腾了一夜,第二天一早,她离开缫丝厂,去找周学英。那次陪同国际观光团观光,她知道周学英在一家报社工作,可具体是哪家报社呢? 她只能一家报社一家报社地问。所有的报社都不让她进去,她对门卫说她要找周学英女士,有的门卫直接说没有这个人,有的门卫拿起花名册查了一下,然后告知没有周学英。葛林娣不知道,周学英在报社的名字是化名周子央。

这一天,葛林娣又失落地回来了,比前一天心情更糟,神色更黯然。宿舍里的气氛变得特别紧张,大家都不敢说笑。没有人再问她发生了什么,也没有人安慰她。她就像一枚薄壳鸡蛋,轻轻一碰就会破裂。这一夜,葛林娣蒙着被子偷偷地哭泣,但还是被大家听到了。当她一早离开宿舍时,大家都说她哭了一夜。

第三天,葛林娣仍然没有找到宁国能,也没有找到周学英,她拖着沉重的步子回到宿舍,一开口就是,我活不了了!

第八章 乱离

第九章　一寸灰

1

　　听说葛林娣因休假未能与未婚夫团聚而抑郁致病卧床不起,罗钧继急忙去她的宿舍看望她。罗钧继见葛林娣形销骨立,神情散乱,要带她去医院看医生。葛林娣这时心里埋怨起罗钧继,如果不是他要求签份协议自己不至于滞留缫丝厂,那么安庆沦陷前就会跟宁国能远走高飞;不走的话,也是夫妻相依为命。葛林娣悔不该带学生到缫丝厂搞社会实践活动,当时自己过于虚荣显摆,被罗钧继发现她不仅娴熟于缫车操作,还对蚕丝质量好坏了如指掌。他高薪聘请她做技术指导,她考虑教学忙没答应,可他以百倍的诚恳一次次上门请她,她觉得不能让尊重自己的人失望,于是就在他第四次上门后跟他一道去了缫丝厂。她不是全职,而是每周三个小时的兼职。他要跟她签订协议,最少得签半年时间。她没有跟宁国能商量就签了,签了后才告诉宁国能。宁国能担心受协议的约束想走走不了。当日军炮火越来越近而缫丝厂仍拼命生产时,宁国能急了,不满于她固执地履行协议而成为罗钧继的工具和牺牲品。现在,她怨罗钧继,怨他用协议约束她,怨协议到期了他也不放她离开。

　　罗钧继看出葛林娣在心里怨他,他也怨自己毁了一对青年人的幸福。根据他的猜测和分析,宁国能十有八九离开了安庆。宁国能没有等葛林娣出来,一则说明她在他内心的分量不是很重,一则说明他奉行了"夫妻本是同林鸟,大难临头各自飞"的本我主义,何况他们不是夫妻,而只是一对情人。在战火烽烟中,人如春天的草、夏天的花、秋天的叶、冬天的水,再怎么变化都有他们的自然属性,归咎于人为的话只能指向战争本身。怨战争本身又能解决什么呢?还是直面现实,视一切变故都是非常中的正常吧。罗钧继以叔叔而非老板的角色,关爱地握住了葛林娣的手。葛林娣将手抽了出来。过了一会儿,他又去握她的手,她的泪水从眼眶里滚下。

他说,我知道你在怨我,可是谁也不知道事情会发展到这一步。我过于理想化,没有想到战争会绑架许多东西致使这些普通老百姓家庭不保,亲人分散。

葛林娣带泪笑了一声,她说,你不是理想化,是机械化。

罗钧继把"机械化"三个字琢磨了一会儿,不明白她的意思,想问她又觉得没必要,因为她诠释之后,自己必做解释;她论述,自己必做论辩。现在要解开她的心结,不是化解她的怨怼,要设法让她欢心,让她从痛苦中振作起来,投入工作。他安慰她,爱情应该是一种正能量,而不是一种负能量。正能量引导自己积极乐观地生活,负能量摧毁自己的信心和意志。没有见到宁国能,竟然这样悲观绝望,岂不是负能量吗? 三天时间没找到他,不等于他就不爱你了,更不等于他就不存在了。他一定深深地爱着你。他在一个你不知道的地方,爱着你。

我要离开缫丝厂,协议早就到期了。葛林娣说。

罗钧继说,你先得把身体养好,你这种状态,我是不同意你离开的。

罗钧继又安慰了葛林娣一番,然后离开了宿舍,离开了缫丝厂。他去找松下三郎打一个赌,赌注是他所有的资产。罗钧继来到司下坡,经卫兵检查同意后,方被允许进入日本商务机关驻地。他来到松下三郎的住所院外,看见铁栅门内一个日本女人正与一匹白色狗玩绣球,一抛一接,高抛高接。他按响了门铃。那个日本女人认识罗钧继,她向他鞠了一躬,但没有打开铁栅门。她告诉他,松下君到谯楼观景去了。

谯楼,坐落于司下坡的北端,坐北朝南,雄踞坡上。面对滔滔大江,大有"楼不倚江江倚楼"之势。谯楼曾是安徽布政使司的司署,也是安徽省第一任省长许世英 1921 年到任时的办公地点,许调离以后,谯楼又成为省财政厅的所在地。罗钧继远远地就看见楼外门洞之上,同治六年(1867)布政司吴坤修题写的"白日青天"四字刻石,便想起他的一副对联:"城郭尚依然,问雨中春树万家,谁是保障;风雨多变态,只槛外清波千顷,鉴此须眉。"罗钧继心里嘀咕,中国不缺乏忧患之士,可庞大的官僚体系将一副副热肠变成一颗颗冷心。

罗钧继一见到松下三郎就问,据说此处是将军们消遣的瑶池仙境,"飞龙盘柱戏明珠,双凤帏屏鸣晓日",现在怎么如此冷清?松下三郎笑道,良宵自有人度,本君独步谯楼,一江水寒鸟翔,两岸江山如旧。罗钧继见松下三郎出口成章,雅兴不错,就问他对谯楼历史了解多少。松下三郎说,谯楼曾是三国周瑜的点将台,大日本对安徽名将周郎评价甚高,对其"英隽异才""王佐之才""年少有美才""文武韬略万人之英"盛赞之。我尤其欣赏他的风流倜傥,他在安庆潜山娶了美女小乔,堪称美满姻缘。此时,日军正不断往潜山挺进,到二乔故里看看姐妹俩梳妆打扮的"胭脂井"指日可待,只是不知美女的故乡今天可还有美女。

罗钧继笑了起来,只笑不语。松下三郎问他笑什么,他说正回忆在美国读书时,遇一位日本青年经常捧着情人的照片发呆,还念什么"空蝉即世间,幻灭世间事。远见是高山,今成思念地"的和歌俳句;现在呢,他已成一个忘情弃爱、逍遥他国、垂涎美女的中山狼。松下三郎也讽刺起罗钧继,罗君名为独居,实则停妻在乡,另有所爱。公司美女如云,不信正值年富力强的罗君,不动春心。松下三郎没等罗钧继争辩,继续往下说,早已察觉罗君喜欢葛小姐,对她那眼神、那语气,哟唏,如果不是因为老同学喜欢葛小姐,我决不会出面向宪兵求情放人,成全罗君之美意啊。

罗钧继说,我想跟你打个赌。

松下三郎很好奇地问打什么赌,罗钧继说,你不是怕缫丝厂工人逃走吗?你让筱原撤哨,如果有一人逃走,我就——他指了一下远处的长江,接着说,我就跳江自杀。松下三郎似乎没有反应过来,一时不语。罗钧继抓起他的胳膊,摇了他一下。松下三郎对打赌毫无兴趣,保持现状才是他需要的,他不是不相信罗钧继,他早已给了罗钧继自由,而是顾虑一旦开禁,缫丝女会飞走,再也不飞回来。虽然蚕丝供货任务完不成,由罗钧继负责,可自己与罗德里格斯的合同不能履约之事实,得由日方负责。罗钧继大骂起来,松下三郎你还是一个男人吗?为什么不敢打赌?因为你已对人性缺乏最起码的尊重,对中国工人缺乏最基本的信任,每天言必称建立"大东亚共荣圈",行为上却逆天道坏人道。

松下三郎最后接受了打赌,他不需要罗钧继以性命相赌。罗钧继以为松下三郎要他的资产,便说以缫丝厂为赌注。松下三郎要罗钧继以名誉相赌,凡缫丝厂有一人逃走,即是罗钧继的怂恿,全市报纸将刊登其名誉败坏,并由罗钧继撰文承认中国人不讲诚信,不守纪律,阳奉阴违,自私自利。罗钧继犹豫了,这时松下三郎哈哈大笑,问罗钧继怎么不敢打赌了,还是自己对工人们缺乏信心吧,对中国人的素质怀疑吧。

罗钧继凝视着谯楼的一副长联,内心特别复杂。联曰:

供长生位,刊德政碑,莫非世俗虚文,试问哪件事轰轰烈烈,堪配龙山皖水;

贴盟誓联,挂回避榜,都是官场假象,只要这点心干干净净,无愧白日青天。

他的目光最后停在"盟誓"二字上,决定同意松下三郎开具的赌资——名誉。他说,如果无人逃走,松下君就得刊文肯定中华民族的优点,给予中国工人应有的正面评价。松下三郎首肯。于是,他们下楼,到司下坡日本商务机关,正正规规地签订了协议,一式两份,各执一份。

罗钧继回到缫丝厂后,立即召开全厂工人大会。缫车一台接一台停下,顿时整个工厂出现从未有过的安静。缫丝女们觉得不太正常,有的人竟然抱怨停机会影响自己的当日产量,有的人担心这一停就不再生产,从此自己就失业了。她们被通知到厂内那块闲置的空地上集合,并要求不更换身上的工装,半个钟头后就回车间继续干活。缫丝女们更加感到奇怪,停产半个钟头干什么呢?未当班的工人,也一个不少地全被喊到了空地上。一时间空地上挤满了人。罗钧继站在一张桌子上,面对一排排工人,大声演讲起

来:"诸位姐妹兄弟,你们所受的苦,所遭的难,所洒的汗,所流的泪,我罗钧继都能切身领会,都能感同身受,也都深表同情。也许,你们在怨我,在恨我,在咒骂我,这是应该的,因为我作为缫丝厂经理,没能给予大家必要的自由,甚至当有人为自由而付出生命时,我也没能争回公道和尊严,我负重大责任!"

这时,有人哭了起来。随着那哭声传遍全场,有个女人大嗓门喊道,罗先生,我们不怪你,你也没有办法,我们都理解。

罗钧继很感动,这是他一直想听却一直听不到的话。他接着直奔主题,声音更大地说:"刚才,我跟松下三郎打了一个赌,打什么赌呢?我说你撤掉门前的岗哨,我保证咱们工人一个都不会逃走,如果逃走我就跳江。一开始他不接受,因为他觉得罗钧继死了就死了,而工人逃走的话,缫丝厂就不能生产了。松下三郎,日本人,他们不相信我们,极不相信,不相信中国人。在他们眼里,中国人不诚实,不团结,没有大局意识,没有集体思想。厂门一旦打开,没有枪和刺刀的威胁,我们就会什么也不顾,只考虑个人的利益,只想着自己的得失。他这是污蔑中国工人!后来,我跟他据理力争,坚持要跟他打赌,他才同意。现在,我把大伙儿聚到一块,是想了解一下,有多少人保证自己不逃走。只要一人有逃走的想法,有辞工的念头,我就放弃跟日本人打赌。"

这时,人群中响起一片嘈杂的议论声,大家都很高兴,均表态不逃走,不辞职。

罗钧继说,既然大伙儿都同意,我就跟松下三郎赌下去!下班后,想回家的,尽管回家,但一定要准时返厂上班,能做到吗?

能做到!缫丝女欢叫。

罗钧继用手势示意大家安静。他说:"大伙儿都很高兴,我也高兴。今天的高兴,千万不要变成明天的痛苦。一定要牢记住,自己是中国人,一个人的行为会影响缫丝厂的命运。你逃走了,别人会失去自由。你往哪逃都不能逃。从今往后,回家不用签连带责任书,该休息的就休息,该上班的就上班,全靠自觉遵守制度和纪律!散会吧,当班的赶快去开机生产。"他从桌子上跳了下来,喊了一声葛林娣。

葛林娣当然很高兴,她终于可以离开缲丝厂了,因为她与罗钧继签订的协议早已到期。她夸赞罗钧继此举深得人心,她说,罗老板该放我走了吧。罗钧继真舍不得放她走,想挽留她,说她与其去盲目地寻找宁国能,不如在这里等他,他如果在城区或者在离安庆不远的地方,一定会知道中日两个老板打赌的事。葛林娣跟罗钧继的想法不一样,如果不早一点脱身,也许又脱不了身,日本人狡诈而多变,撤了岗哨,就永远不设了吗?她对罗钧继说,相处一年半,我感触最深的是你罗老板为了个人的信念,忍辱负重,真不容易。

她把他跟罗德里格斯签订的那份合同原件还给他,他拿了回去。她在日军撤哨的当天就离开了缲丝厂。罗钧继想请她吃饭,被她婉言谢绝了。他最后希望她找到宁国能之后,愿意定居安庆的话,继续到缲丝厂工作。她不置可否地笑了笑。他看着她的背影远去,心里有一种沉重的失落感。

2

缲丝厂门前的日军岗哨撤走半天后,松下三郎突然觉得上了罗钧继的当,所谓缲丝女逃走一人,罗钧继甘愿受罚,可有谁证明缲丝女逃走没逃走呢?岗哨撤走之后,罗钧继立即设立了门卫,对进出人员实行实名登记。在松下三郎看来,这不过是搞搞形式而已,中国人习惯于这样。只要有一位缲丝女逃走,立即就会有第二位逃走,然后产生连锁效应,谁稍感不舒服就走,遇到更好的工作就会跳槽。松下三郎拍了拍脑门,自责为何跟罗钧继这个狡猾的中国人打赌呢?他只得又去求筱原,恢复了岗哨。

罗钧继骂松下三郎不遵守协议,取笑中国人恰恰取笑了自己,一个受法律教育多年的人,居然轻易地抛弃了法律精神,忘记了自己曾说过的“行走在人间,唯有法律不使社会陷入沼泽”的话。松下三郎表示很无奈,岗哨是他申请军方撤离的,可军方考虑其他因素而又复设,他也阻止不了。罗钧继不想跟松下三郎争辩,挂了电话。

几天后,松下三郎反而来骂罗钧继了,他得知葛林娣离厂未归的消息,要罗钧继撰文批评中国人。罗钧继心想是谁告诉他葛林娣走了呢?正田美智子吗？罗钧继对专门来吵架的松下三郎出示了他与葛林娣签订的聘用协议。松下三郎细细地看着，似乎想从中找到什么破绽。罗钧继说，你不遵守我们之间的协议，我要遵守与葛小姐之间的协议，她早就该走了。松下三郎将协议放下，脸色很不好看。他担心蚕丝的质量会因葛林娣的离开而受影响。他对罗钧继说，你请她回来，续签一份协议吧。罗钧继回答道，我也是这样打算的，得想办法说服她。

葛林娣在城内找了十多天，也没找到宁国能，但她终于找到了周学英，是通过邱辉江找到的。她在路边看到一辆缓缓行驶的车子，上面坐着邱辉江，立即向他招手。邱辉江停车，让葛林娣坐了上去。邱辉江几天前就从戴玲玲那里得知了葛林娣离厂寻夫的消息。他两次到宿舍都没见到葛林娣，就问戴玲玲她哪去了。戴玲玲说，她走了，不回来了，找未婚夫结婚去了。邱辉江开玩笑地说，你未婚夫就在跟前，不需要去寻找，却不跟他结婚。戴玲玲白了他一眼说，人家老公可没给日本人做事。邱辉江说，谁说我是给日本人做事？咱名义上是给日本人做事，实际上是给自己做事。玲玲，我还不是为了挣钱，让咱俩以后好过日子嘛。戴玲玲回答道，我才不愿跟你过日子，你去找别人过日子吧，世上女人多，去找吧。邱辉江每次都不跟戴玲玲多说话，甘拜下风，悄然而去。

二十分钟后，车子停在康熙河岸边。邱辉江见葛林娣忧伤的样子，就知道她还没有找到未婚夫。他主动表示，愿意帮她寻找宁先生。葛林娣连忙拒绝，心想让伪军特务帮忙寻人，会横生意想不到的枝节，如果宁国能参加了抗日组织，岂不是陷宁国能于险境吗？她说不去找他了，她要找周学英。邱辉江立即同意与周学英联系。他让葛林娣把自己的住址告诉了他。葛林娣租住在双莲寺程家大院，她觉得住在那里更有可能见到宁国能。

几天后，周学英来到了葛林娣的住所。葛林娣一见到周学英就哭起来。周学英好久没联系宁国能，是因为第二次刺杀罗钧继时，她有更重要的使命，革命理性战胜了同学情谊，所以暗中将此事给搅黄了，不想见面听他谈论刺杀经过。宁国能也没主动跟她联系，她估计他不好意思，两次败笔足以摧毁一个男人的自信，何况这个男人是学中文、教中文的，特别顾及面子。

周学英没有向葛林娣透露宁国能曾经为了未婚妻，费尽脑筋策划锄掉罗钧继，也没透露宁国能为了她，设法截断缫丝厂蚕茧原料。她只是描述宁国能思念未婚妻如何魂不守舍，如何穷困潦倒，"晓镜但愁云鬓改，夜吟应觉月光寒"。

　　周学英凭借自己的公开网络与隐蔽网络，也为寻找宁国能费了一番心血，却不见他的下落，她大骂宁国能不仁不义，离开安庆起码得告诉某个人，好让葛林娣出来后，有个寻找的方向。难道看不到葛林娣出来的希望，就不指望葛林娣出来？周学英安慰葛林娣，现在交通和通讯都不便，一定是他无法跟你联系。葛林娣想去宁国能的老家，也许他回乡隐居了。周学英寻思了一下，据自己对宁国能的了解，他是个落泊不回乡、衣锦方荣归的男人，但是，她不能打消葛林娣的积极性，就鼓励她去未婚夫的老家看看。她建议找一下邱辉江，办一张特别通行证，这样比较安全。

　　葛林娣幸亏办了特别通行证，她出示良民证时，宪兵借例行检查之由对她进行搜身，捏她的乳房，甚至要解她的裤子查看可藏有违禁过关物品。她亮出特别通行证之后，宪兵反而向她鞠躬，有个宪兵还讨好她，拿出饼干给她吃。葛林娣从未去过宁国能的家，她曾提出到他家去看看。宁国能说还是遵从乡俗吧，他家那里姑娘未结婚是不能到准婆家去的。在城里，未婚同居又何妨，但在乡下还是不违反规矩为好，免得村里人笑他的父母教子无方。葛林娣想到这里，对宁国能有些怨艾，他连结婚日期都得由父母定，否则不至于这样。6月15日是个好日子，结果呢？6月12日安庆被日军攻占了，缫丝厂被封锁了，好日子变成坏日子，痛苦的日子，黑暗的日子。

　　宁国能的家离高河埠不远，村旁有个湖。这是葛林娣从宁国能口中得知的，她还知道村子很穷，但风光优美，清朝出了个有名的诗人汪之顺。汪之顺有诗："青青湖边草，袅袅长杨枝。春风一以被，大化公无私。"葛林娣看到了梅湖，比她想象的要小。她没心情观看湖景，急忙入村打听宁国能的家在哪。可是，所有人都说村子里没有宁国能这个人。葛林娣惊讶不已，他老家难道不是这个村子？她问，这个村子历史上有个诗人叫汪之顺吧？村人都说汪之顺是他们的老祖宗。她问，你们这里没有姓宁的吗？回答没有姓

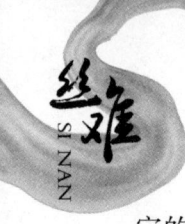

宁的,都姓汪。葛林娣脑子里嗡嗡响,像是许多虫子在飞,形成雾状的团块。

葛林娣离开村子之前,像疯女人一样在村里村外大声喊,宁国能——宁国能——没有得到回应。有个老人心疼她,把她当成要饭的,盛出半碗饭,对她说,姑娘,你吃吧。葛林娣泪水奔涌而出,她转身就跑,拼命地跑,将村子和梅湖远远地甩在身后,才停下来喘气。她来到一个叫茶岭的村子,天已近黄昏,赶回城里是不行了,住在这里又觉得不安全,于是在天黑之前赶到了高河埠。客栈老板娘告诉她,最近日军一位小队长抓了一百多人,当作活靶子,全打死了。山里的游击队知道了,派遣两个便衣队员来高河埠,潜伏在镇上,将日军队长的头砍下带走了,悬挂在一棵大树上。

葛林娣听了,害怕得一夜未眠,窗外一有动静,就吓得哆嗦。第二天,她由高河埠乘船回城之后,疲惫不堪。她实在想不通,难道宁国能老家不在梅湖?他欺骗自己有什么意义呢?她去约见周学英,说自己跑到梅湖发现那根本不是宁国能老家的村子。他为什么要骗自己?葛林娣的这句质疑,让周学英陷入了困惑,是啊,宁国能那么爱葛林娣,为什么虚报梅湖是他的老家呢?他骗她有什么目的?周学英突然想明白了,"宁国能"一定是他进城读大学时自己取的名字,他原名不是这个。葛林娣认为周学英的判断是对的,可他为什么不将原名告诉他的未婚妻呢?

葛林娣没有再去梅湖找宁国能,她可以断定,宁国能没有回老家,她那天嗓子喊哑了,也没人答应。即使宁国能那天恰巧出门了,回家后也会有人告诉他发生在家门口的新闻:一个女人在村里村外喊"宁国能"一个钟头。他听到这个新闻,必定知道葛林娣来过,他也必定进城与葛林娣团聚。葛林娣等候了几天,没见到宁国能的影子,更加确信宁国能不在那村里,不在他老家,而在另一个地方。

她决定去大别山找他。罗钧继来了,希望她回缫丝厂。他告诉她,日军正在城内筑工事,日军驻安庆警备司令部把600余名国军俘虏转交汪伪政府,外围部队每日进行实弹射击训练。这些迹象都表明,将有一场大战要打。日军在巩固占领区力量之外,一定会对大别山中国军队采取攻势,以证明其实力存在。葛林娣不听罗钧继的劝告,执意要去大别山。宁国能曾经想随安大一起转移,因她而耽误了,现在他可能在大别山里教书。

罗钧继挽留不住葛林娣,又为她的安全焦虑,他与邱辉江联系,问他能不能想想办法,保护葛林娣安全抵达大别山。邱辉江说大别山范围太广,六安、金家寨、霍山、潜山,还有前年新建立的岳西县,都属于大别山,如果去潜山、岳西,相对路近,如果去金家寨和霍山,路就远了。罗钧继说,葛林娣要去金家寨,省政府从安庆迁到那里后,一些机关学校也随之迁到那里了。邱辉江答应了罗钧继的嘱托,把葛林娣送到了沦陷区与后方的接合部。分手的时候,他对葛林娣说,葛教员请多保重,白天随众而行,夜里住民家莫住旅馆。

进入大别山,葛林娣耳目一新,不仅因为景色优美,更由于这里熙熙攘攘的行人个个显得很轻松。她在安庆城里看到的是日军宪兵,在乡下看到的是背着钢盔和长枪的日军士兵。来到大别山,她看到了骑着高头大马、精神焕发的国军将士。到了金家寨,就像到了沦陷前的安庆,只见省立苗圃场、茶叶指导所、邮政局、电报局、图书馆、医院、广播电台、体育场、大剧院等等,一一进入她的眼帘。可是,她没有找到省立安徽大学。通过打听,她得知安徽大学师生撤离安庆后,沿安合公路北上六安,转迁金家寨,因经费困难和生源少,安大不得不停办了。葛林娣听到这个消息,失望了。一会儿她又重新点燃希望,她判断宁国能到金家寨没能当上大学教员,改行在干别的工作。于是,她在金家寨住了下来。可她将县城跑遍了,也没打听到宁国能的下落。

在金家寨找一份工作,对她来说是很容易的,因为各个机关都需要像她这样有文化的人。她几次被人当作来咨询找工作的求职者,对方拿出表格让她填,她撒谎说自己有工作,是来找一个名叫宁国能的同乡朋友。留在金家寨工作,的确是一种不错的选择。可是,她不能放弃寻找宁国能。她徘徊在十字街头,然后毅然决然返回安庆。

回到安庆后,她把没有找到宁国能的消息告诉了罗钧继。罗钧继请她回缫丝厂工作,她没有答应。她说她的心情暂不适合工作。她将另一个决定告诉了周学英——去重庆。周学英说,第二次世界大战爆发,日本受欧洲战场德国法西斯接连取胜的刺激，集中侵华全部空军力量，并配备新型的"司侦式"和"意式"重型轰炸机，对重庆展开代号为"101 号作战"的毁灭性地毯式轰炸。这时候去重庆，路途遥远，风险太大。葛林娣介绍自己赴重庆的路线，不是从安庆逆江而上，直达重庆，而是顺江而下，到上海，从上海乘海轮到香港，从香港转广西，由广西入贵州，再由贵入川。这需要很长的时间，但她现在最充裕的就是时间。盘缠，她有积蓄，不成问题。

周学英没有再反对，她被眼前这个女人的顽强意志和对宁国能的深情打动了。她向葛林娣提供了几个熟人的地址，连老校长程演生住在什么地方也告诉了她。周学英还想起了一个人，"七月派"诗人方然，他是宁国能非常欣赏的同乡青年。周学英对葛林娣说，你寻找宁国能的同时，要打听方然，如果宁国能在重庆，方然一定知道他住在哪里。

葛林娣踏上了漫漫西行之旅。最先，她却是往东，去她曾做过童工的大都市上海。

3

在重庆，葛林娣没有找到宁国能，找到了方然。方然从延安刚回来不久，准备到成都考金陵大学中文系。他的屋子里堆满了书，桌上是鲁迅、胡风、绿原、路翎等人的著作和《七月》等杂志，还有一本是由他翻译的、刚出版不久的诗剧。方然说他最崇拜的人是胡风，胡先生具有敢于坚持真理、藐视权势的硬汉精神，抗日战争爆发后，主编《七月》杂志，编辑出版《七月诗丛》和《七月文丛》，并热心扶植文学新人。

方然并不认识宁国能，听葛林娣说宁国能如何称赞同乡青年诗人，他很高兴，得到安大中文系教师的夸奖非常荣幸。他说，当代诗人一定要抱着"人民的信赖和战斗的乐观"，让诗情"跳跃在时代的激流里"，坚持诗与人民结合，立足时代现实，创作富于历史感、责任感和力之美的作品。他差不多把葛林娣当作文学青年了，劝她留下来一边工作，一边用文学作品宣传抗日，同时打听宁先生的下落。

葛林娣最后还是决定回到安庆，方然没有再挽留她，他根据她的经历结合现实写了一首诗送给她。他说，这是初稿，还不成熟，自己到成都后再修改。

> 听着蚕吃桑叶沙沙响，
> 蚕儿是把她们的心血吐成丝，
> 然后搬出那祖传三代的纺车，
> 深夜纺着。
> 那哑得难堪的声音，
> 回忆着那最不忍回忆的，
> 做着那最希望的梦……
> 而最后母亲是怎样，
> 抖动着那一束闪光的黄丝呵，
> 让给别人去做花衣裳。
> 贫穷的人呵，
> 你就是藏起一把丝线，
> 又有什么用场？
> 而到秋收的时候呀，
> 母亲们是怎样苦痛撕碎了心肠，
> 被恐怖逼得疯狂……

　　葛林娣把诗稿还给方然，方然没接，让她带回故乡。他写过的诗都不会忘记，在肚子里修改就行了。她佩服方然的才华，却隐隐担心他才气过于外露会招人妒忌。葛林娣揣着方然的诗稿，辗转回到了安庆。她听到的第一个消息是一艘日舰触水雷沉没。她回来后去找周学英，告诉她重庆之行的结果。于是，邱辉江也知道她回来了，罗钧继也知道她回来了。

　　周学英劝葛林娣回缫丝厂，监视那批图书，她对罗钧继不放心。最近安庆成立工商界联合会，会上倡议捐款捐书，支持伪政府筹建图书馆。松下三郎不知从哪得来消息，说省立安徽大学有一批书流落民间，其中有影印版

《四库全书》《续修四库全书》《古今图书集成》《传世藏书》等大型丛书,现在安大停办了,这批图书可以收缴上来。周学英说,经打听,哪里是筹建图书馆,是松下三郎个人搜集中国珍贵书籍运往日本。罗钧继与松下三郎交往密切,说不定哪天就把藏在缫丝厂的图书供出来了。葛林娣自认为对罗钧继很了解,别人不了解他是因为对他的身份无法界定,而自己与他共事,从言行上完全看出他不亲日,更不是汉奸。她对周学英说,罗钧继不会那么做的。周学英摇头道,你因为感恩他救过你的命,所以内心倾向于他。葛林娣说,你周学英要是看到他与松下三郎的针锋相对,也会信任他的。周学英向葛林娣强调,人在某种利益面前,会伪装自己,表面与内心,幕前与幕后有区别。

葛林娣没有拒绝周学英,她要休息几天。这几天,她心里倒是惦记着缫丝厂地下仓库中的图书。她想起去重庆的路上,听一逃难男人说,日本士兵到他家搜集喜欢的东西,看到几件瓷器,像鉴赏家一样抚摸,另一个士兵跑到书房,一部部翻看出版年代。日军抢走了村子里很多他们认为的宝贝。葛林娣还记得,她陪同国际观光团,看见振风塔、迎江寺等地方,都有日军张贴的告示,对文物古迹"如有破坏,严加惩处",主动上缴文物图书者,重重有赏。松下三郎要是发现缫丝厂有那么多图书,岂不欣喜若狂? 葛林娣萌生回缫丝厂工作的念头,或许还有未婚夫宁国能是安大教员这层关系。

罗钧继也主动地来请她回缫丝厂工作,他现在有一个重要任务,特别急,希望葛林娣帮助他。罗德里格斯因特殊原因,提出将合同到期前的蚕丝提前交付,罗钧继可以不接受,但考虑罗德里格斯先生在安华缫丝厂创立之初给予扶持,解决资金问题,帮助很大,所以现在对方提出商量,理应满足。葛林娣认为,拼命赶时间,也完成不了任务,除非中断对松下三郎的供货。罗钧继已经想出了办法,由葛林娣率"罗家娘子军"到洪家铺组织土法生产。

葛林娣觉得这真是个好办法,但不需要她领队,让江贵珍、汤小毛她们几个人回去就行了。罗钧继说,江贵珍对蚕丝质量能控制,但土法抽丝不如你,你几岁时就是当地的抽丝女能手,到了乡下之后,尽可能多地招一批姑娘,把任务赶出来。葛林娣有些为难,可禁不住罗钧继再三恳求,她答应了。

答应之后又后悔，因为她想起了地下仓库中的图书。她回到缫丝厂之后，就要去地下仓库瞧瞧，说不定在自己离开的日子里，图书已经被罗钧继转移了。她向他伸出手，要地下仓库的钥匙。罗钧继笑道，葛小姐如此爱读书，会成为学问家的，洪家铺老家有图书，你可以翻阅。葛林娣任性地缠着他，要找一本书带着，否则她就不去，用刺刀架在脖子上也不去。罗钧继只得把钥匙交给了她。

葛林娣跑到地下仓库一看，发现图书还是她上次离开之前的样子，一箱箱，没有动。她松了一口气。可是，罗钧继是不是玩调虎离山之计呢？她得与他开诚布公地谈谈，这些图书绝对不能落到松下三郎的手中。她把钥匙还给他时，被问借了什么好书。她说，一本都没拿。罗钧继呃了一声，问为什么又突然不想带书了。她说，罗先生，我前天听到了一种风声，松下三郎正在搜集图书，你得保管好这些图书，它是安大的财产。罗钧继不高兴地说，你怎么还是把我看作汉奸？如果不放心，你就把我杀死得了。想要我的命的人，找不到下手的机会，你杀我，我决不躲避，但请允许我在死之前，郑重地告诉你，我不是汉奸！

为了让葛林娣放心，罗钧继竟然写了一份保证书，保证图书绝对不外泄。他说，如果我做不到，你就把这份保证书传播出去，让我成为历史的罪人，让那些爱国者来刺杀我。葛林娣把保证书撕了。她回到宿舍后，大家都特别高兴，但她说马上就离开。她没有透露她去执行罗老板安排的那个秘密任务。她对姐妹们说，现在日军岗哨真的撤了，自在多了吧。

戴玲玲把葛林娣离开之后发生的事，概括性地讲了一遍。那天岗哨撤走没到半天时间，又恢复了。松下三郎还是不放心，怕大家逃走。一个月之后，日军又自个儿把岗哨撤走了。正田美智子也走了，杂货店关了门。正田美智子已经不是以前的样子了，她面黄肌瘦，病恹恹的，每天要吃几种药片。她说她可能活不长了。临走的时候，她才说她有个情人叫大岛。本来大岛要跟她结婚，可被海军征去参加"战地自活"训练，只回来见她一次就再也没有见面，而她响应为战士献身的号召，来到了中国。正田美智子非常想念大岛，可她知道此生是见不到大岛了，年年樱瓣飞，花屑化作肥。

戴玲玲还告诉葛林娣，朝鲜姑娘柳娥姬也走了，被日军拖走了。柳娥姬有一天离开杂货店，在厂里逛起来，她向罗老板下跪，求他收留她当一名缫丝工。罗老板见她可怜兮兮的，就跟松下三郎商量，松下三郎没答应。这都是正田美智子讲的，她也很同情柳娥姬。柳娥姬跑进缫丝车间，日军士兵追过来揪她的头发，把她拖走了，她大哭大叫，很凄惨。

葛林娣看了看戴玲玲的肚子，又看了看查美欣的肚子，都比以前大多了，像是快要生了。戴玲玲说她马上就辞工回家生孩子。葛林娣问查美欣，你呢？查美欣回答，就在宿舍里生。当查美欣上厕所时，戴玲玲悄悄告诉葛林娣，日军撤了岗哨，她也不回去。她妈妈来过一趟，跟她姐姐一道。她妈妈见她挺着大肚子，又哭又骂，不许她回家。她妈妈离开后，查美欣自杀了一次，幸好被方传才发现。

这时，江贵珍在宿舍外喊葛林娣。葛林娣连忙跟大家告别。在门外遇到查美欣，她说，下次来带好吃的给你，这次忘了。查美欣回答，什么都不想吃。葛林娣心想，喜欢吃零食的查美欣终于知道自己被一张嘴害了，方传才对她小恩小惠，她献出贞操，最后自食苦果。葛林娣又想，方传才老婆不在了，可以娶查美欣呀。江贵珍对她说，葛姐，大伙儿都等你呢。原来，"罗家娘子军"早就收拾好了，等葛林娣一起回她们朝思暮想的家乡。她们个个喜形于色，兴高采烈。葛林娣的心情却没她们好，尽管一路上听她们美化洪家铺，把它说成人间的天堂。

她们理解葛林娣心情不好的原因，她离开缫丝厂去大别山、去重庆却没能找到宁国能，她们也经常谈起，祝福她与未婚夫早日团聚。她们还共同绣了一个"喜结良缘"被面，准备等她回来后送给她。路上，汤小毛透露了这个秘密，却引起葛林娣心中阵阵酸楚。大家问汤小毛，为什么不把新姑爷带回家给父母看看。汤小毛说，曹兴志家还没派人说媒，怎么好意思带他来？江贵珍告诫她，不要学查美欣。汤小毛回答道，怎么会呢？

她们没有走水路，因为最近日舰触水雷沉没，又把水路封锁了。日军判断是中国军舰化装成渔船或商务船，进航道安放了水雷。走陆路，怎么也绕不开一个大岭，不翻长安岭，就得翻女儿岭，这两个岭都不想翻，就得翻龙须岭。她们选择翻女儿岭，因为只有翻这个岭，才可以少走一半的路程。她们先从城里坐汽车到月形山，然后从月形山步行赶往洪家铺。她们完全是采桑女的装束，头巾包着头，拎着篓，背着篓。她们很顺利地翻越了女儿岭。葛林娣问，为什么称作女儿岭？江贵珍讲了一个故事：有一年，几个姑娘一起上山采桑，她们唱采桑曲时，被阮大铖听见了。阮大铖在朝里当大官，他家在京城还有一个戏班，特别火，这次回乡是物色演员去演他写的《春灯谜》《燕子笺》《双金榜》和《牟尼合》这几部大戏，他听见姑娘们的歌喉特别甜美，决定带她们先到百子山旁的阮家冲学戏，然后送往京城阮家班。几个姑娘到了阮家冲之后，听说阮大铖是奸臣，害死忠良，造成明朝灭亡，她们便逃了出来。她们逃到女儿岭的时候，阮大铖派人赶了过来，她们便从岭头上往山沟里跳，全死了。

　　站在女儿岭上，洪家铺已近在眼前，姑娘们欢呼雀跃。下岭时，她们差点忘了葛林娣，她在她们身后喊，你们想把我扔掉是不是？我不去洪家铺，回城去了。姑娘们停下脚步，等她赶上来。刘小艳说，你走得太慢了，干脆我来背你走，说罢，蹲下身子。葛林娣不愿意让她背，另几个姑娘将她抬起来，放到刘小艳的背上。大家咯咯笑着，脚底生风，快速赶往洪家铺。

4

　　蚕茧由茧衣、茧层、蛹体和蜕皮四部分组成。茧衣是包覆在蚕茧最外层的疏松零乱的丝圈，含有较多丝胶，纤维细而弱，不能缫丝，与缫丝厂下脚一起作为绢纺原料。茧层丝圈排列规则，有许多微小空隙，能透气透水，是缫丝原料，属于蚕茧中经济价值最高的部分。

　　土法抽丝先要剥茧，将蚕茧表面的乱丝剥去，再将整齐的蚕茧分一下成色。分好质地后，就可以将茧子放入滚水中，不断加热至蚕茧透明得可以看到里面的蛹，这时就可以用筷子撩丝头了。撩出的线头放在线轮上，滚动的线轮可以将蚕丝不断地抽下来。为了抽丝时不断线，开水中要放一些碱，以降低蚕丝间的相互粘连度。

　　葛林娣由何希如安排人陪同，在全乡寻访了几十个擅长土法抽丝的妇女,再加上汤小毛、刘小艳等人,办起了一个抽丝作坊。葛林娣抽丝速度最快,而且她抽的丝质量又好,令人交口称赞。一时间,街坊邻居将到罗家看葛林娣抽丝成为一种消遣。葛林娣将抽丝手法传授给每个人,以提高产量。她想早日回城。江贵珍在家里只住了两天就返城了,因为缫丝厂的质检需要她。汤小毛也想回缫丝厂,可罗叔叔交代她要安心地在家里干活,曹兴志不会被别人抢去。汤小毛父母得知她已私自许配男人,骂了她一顿,直到她说是罗叔叔做的媒才原谅了她。何希如女儿也参加抽丝,她回家总是夸奖葛姐的技能高,并讲述她的不幸。何希如得知葛林娣是宁国能的未婚妻,不由得叹息再三。

何希如记得宁国能最后一次来访,气色非常不好。他问宁国能是不是找郝文波,若是,可以提供地点。宁国能不想见郝文波。当时郝文波已任皖西南游击队队长,手下兵马增加了不少,他曾对何希如留话,现在舞台大了,可以养文人,若宁国能来找他,可供一个谋生的饭碗。宁国能无意于加入郝文波的游击队,除非他答应带兵去端了缫丝厂。听见这话,何希如警觉起来,宁国能来小镇是否已探知罗钧继的老家就在洪家铺?宁国能说他这次来访,并无他意,只是来听听何先生讲学。何希如说,本周已讲过一堂,既然宁先生不嫌聒耳,那就再开一堂,不知宁先生想听什么。宁国能说,想听男女之事。说罢一笑。何希如说,谈男女之事不值得可笑,每个人都是父母生的,旧伦理夫妇有别,男尊女卑;新道德倡男女平等,夫妇共权。

当日,何希如招弟子听众一百多人,聚集冲和堂,讲男女大防之世道变迁。

宁国能一开口提问题,大家便将目光移向他,认出他就是那个曾于讲堂上鼓掌的人。宁国能说,儒家经典强调严防非夫妇关系的两性有过多接触,不允许女子与丈夫之外的任何男子发生暧昧关系。何先生,这个没有错吧?男女异性,各有磁场,接触多了必然相互吸引。自由恋爱则可,已确定夫妇关系的绝对不可以以此磁场吸引彼磁场。

何希如回答道,用制度将男女隔离与疏远,这个有错。老子说,万物并作。物性越约束越坏事。自宋以降，士大夫之家，男女之分特别严格，将妇女囚禁于一个狭小的天地。司马光规定得很详细："凡为宫室，必辨内外，深宫固门，内外不共井，不共浴室，不共厕。男治外事，女治内事。男子昼无故，不处私室；妇人无故，不窥中门。男子夜行以烛，妇人有故出中门，必拥蔽其面，如盖头面帽之类。男仆非有缮修及有大故（谓水火盗贼之类）不入中门。入中门，妇人必避之，不可避，亦必以袖遮其面。女仆无故，不出中门，有故出中门，亦必拥蔽其面。小婢亦然。铃下苍头，但主通内外言，传致内外之物。"古代这样规定，在有些人家可以防范女子出轨，但社会上红杏出墙之事还是时有发生。到了现代社会，工业发展，需要女性劳动力，不可避免男女同工，所以"男女大防"就得随时而变迁，重建，更新。

宁国能说，因为没有"男女大防"，男女婚外恋情对结发妻子或丈夫是一种极大打击，如郁达夫在安庆教书时，结识一位海棠姑娘，他每天任教结束，就跑去跟海棠姑娘约会，这对发妻孙荃是何等的伤害，孙荃大病一场后断荤茹素，日日念经拜佛。后来，郁达夫又爱上美女王映霞，坠入情网，不能自拔。这难道不是由于社会"男女大防"之不设，造成他的放纵吗？

何希如将长袖捋了一下，他重申自己没有反对"男女大防"，而是倡导重建，封建社会那一套显然过时了。重建"男女大防"利害之关键亦为利害，这话怎么讲？即让守婚姻的人得其利，违婚姻的人受其害。男女可以交往，要利己利人，只要伤害一人，即受法律制裁。夫妇可以离婚，利人亦利己，只要背叛一人，即以法律惩处！

宁国能大喊一声好之后，说当年孙荃何必念经求佛，应该去控告郁达夫。可是，在那军阀混战的年代，孙荃能拿法律保护自己吗？法律又真能保护她吗？我国1930年12月通过了一部《亲属编》，提出以法律来取代传统的婚姻家庭制度，提倡一夫一妻制，可现实中有权有钱的人依然"三妻四妾"。

何希如感觉宁国能在婚姻上遇到了难题，他并非专门来探讨"男女大防"，一定还有其他目的。何希如琢磨他讲过的话，以及联想到他曾动员自己中断向缫丝厂供应蚕茧，骂罗钧继是汉奸，这次他是要从婚姻及男女关系上攻击罗钧继？何希如宣布堂会结束。他将宁国能延请到小客厅，点香沏茶，然后问道，是罗钧继养了小老婆吗？宁国能的脸唰地红了，摇头否定。他心里却在说，罗钧继夺人之妻。饮茶数口后，他说，罗钧继罗先生的夫人在老家保胎待产，他怎么好昧良心养小老婆呢？那岂不是丧尽天良嘛。

宁国能告辞后，何希如探知他没有离开镇上，住在一家旅馆，于是安排人监视，决不允许他跨进罗府半步。估计他要行离间计，面见汪颖丽，说罗钧继如何婚外放纵。何希如绝对相信罗钧继是一个爱妻专情的君子，其婚礼是何主持的，虽然何比罗只年长几岁，但比罗成婚早得多。当年，罗钧继回乡过年，跟何希如言及婚姻，透露之所以迟迟没成家，是因为未遇到心仪的女子。在美国读书期间，一女同学乃北平名媛，其写诗数首以表达爱慕之情，可他就是无法喜欢她。居上海时，又遇一有情女子，相处后发现自己还是不愿结夫妇之好。何希如认为，婚姻无论媒妁之言，还是自做红娘，都有幸福的和不幸福的，求偶不能苛刻对方，得反问自己如果遇上喜欢的人而对方苛刻怎么办？后来，罗钧继返乡带回了汪颖丽。他在南京一同学家做客，恰巧其妹妹带数名女朋友家中聚会，他遂与其中一位寒暄几句，谁知彼此话语投机，马上就相爱了。他把汪颖丽带到小镇，举行了一场小镇历史上最热闹的婚礼。何希如了解罗钧继性格和人品，在婚姻上，决不会背叛夫人。那么，宁国能显然就是另有图谋，欲通过他夫人，将他拉到她身边，从而使缫丝厂不再为日本人服务。

果然，宁国能试图进入罗府。何希如的弟子站在罗府门前，宁国能瞧见转身就走。何希如到罗府看望罗老爷子，嘱咐近来鬼子活动猖獗，还有伪军也在四处打探情报，一定不要轻易开门。即使有人说是钧继的朋友，或者说钧继有要件投送，都不能开门。家人进出走后门，且后门安排壮汉把守。局势一旦好转，侄子马上前来告知。

两天后，何希如得到一封短笺，上言：汪女士尊听，罗钧继霸占人妻，逍遥法外，淫逸负心，令人发指。惜尔蒙于鼓中，受欺被骗。可申诉于法，惩奸止恶，或可催其归府，制约帐帏。何希如大怒，喊道："去把宁国能抓来。"报告者说，宁国能把这个短笺加上两块大洋交给一街头男孩，然后溜了。何希如气得脸上青筋直冒,骂道,堂堂省立安徽大学,竟然有这种坏人家庭、毁人婚姻的教员!

何希如没有想到,宁国能的未婚妻来到了洪家铺,而且日日生活在罗家。他已经明白发生了什么,同情起这个聪慧手巧的苏州姑娘。他决定通过自己的情报网,帮她找到宁国能。这一天,何希如正在跟小儿子谈家中米店生意,见女儿将葛林娣带来了,立即把算盘推开,向葛林娣问好,并夸奖她为安华公司尽心尽力。葛林娣拜访何希如,有一事相求。她听何女说,老先生精通算术占卦,可否替她算一算自己何时能见到未婚夫。何希如答应了,让她报了俩人的生辰八字和分手的时间,告知推算结果,宇先生还在皖境内。葛林娣高兴地问,那我什么时候能见到他呢?何希如说,等日本鬼子离开中国,葛小姐的未婚夫就能回家。葛林娣点头一笑。

葛林娣的心情好多了。她牵挂宁国能的安危,希望他好好地活着。她感谢一番之后,离开何家,回到了罗家蚕丝作坊。罗夫人常常挺着大肚子、带着儿子宏民观看姑娘们抽丝。罗夫人对葛林娣说,你在上海缫丝厂干过,确实不一样。葛林娣笑道,夫人,这手艺可不是在上海学的,而是在苏州老家学的。有的姑娘模仿她的苏州话,引起一片笑声。葛林娣说自己的苏州话不太地道了,离开那里太久了。她问大家,是苏州话好听,还是南京话好听。罗夫人抢先回答,当然是苏州话好听。汤小毛说,南京话听得懂,苏州话听不懂。葛林娣说,我的话听不懂?刘小艳回答,你说苏州话就听不懂,说安庆话听得懂。

晚上,葛林娣有时会被罗夫人请到卧室聊天。葛林娣感觉罗夫人很寂寞,问她是不是特别想念罗先生。罗夫人说,哪有妻子不想丈夫的,我们离多聚少,但没办法,自己准备将孩子生下来后,就去城里。登云坡那栋房子,好久没住,估计家具物品已经发霉。葛林娣发现罗夫人能写一笔好字,案上摞了一沓宣纸。她一张张欣赏时,罗夫人说,写写字,心情会好点。

葛林娣见写的内容尽是思念丈夫的古诗词,"春心莫共花争发,一寸相思一寸灰""多情只有春庭月,犹为离人照落花""泪纵能干终有迹,语多难寄反无词"，她便感到不是自己一个人受分离之苦的折磨，罗夫人也很不容易啊！

5

土法抽丝的任务结束之后，葛林娣和"罗家娘子军"又回到了安华缫丝厂。葛林娣难忘作坊拆除时姑娘们那一双双渴求进城做工的眼睛。她没有权力带她们来，何况缫丝厂每台缫车都有人。她只能送给她们一个梦想，那就是等缫丝厂扩大规模，首先到洪家铺招聘她们。于是，她们只得怀着对汤小毛、刘小艳等几个姑娘的羡慕之情和对葛林娣的美好印象，各自回家养蚕。

随葛林娣回来的还有蚕丝，一筐筐用桑叶遮盖，由数位汉子送到缫丝厂。现在，蚕丝不用转移到万亿仓，因为日军撤走了岗哨，向罗德里格斯先生交货可以直接在缫丝厂进行。罗钧继亲自点清数字，然后跟罗德里格斯联系，对方赶来拉走了蚕丝。出厂之后安全与否，罗钧继不必考虑，也不用担心。松下三郎不知道自己在与罗德里格斯做生意的同时，罗钧继也在跟罗德里格斯做生意。罗德里格斯对此次合作，表示愉快和感谢，他夸奖罗钧继是一位真正的企业家，不仅具有徽商精神，先义后利、义中取利，还具有西方法制精神，享受权利，承担义务，维护公平。

罗钧继与罗德里格斯的交易结束后，他欲将合同文书存档，决定将它送给葛林娣保管。葛林娣接过合同文书，以为罗钧继又获悉被人陷害谋杀的消息，心中不安。罗钧继说，中国公司短命的多，没有战争的年代，处于无法制的环境，仰息于官僚，纠纷于官司，失信于主顾，禁不住折腾就关门大吉。现今在战争这台机器的轰鸣下，要人觊觎权力，商人发国难财，百姓人心惶惶，民族工业产销混乱，受制各方力量，有如薰华草，朝生夕死，安华缫丝厂命运堪忧。

葛林娣答应将这份合同文书当作战争的见证，收藏好。她现在不再住在厂里，但对住过的宿舍有感情，有时去那里跟姑娘们聊聊天。她发现罗钧继没有搬回登云坡，仍住在厂内老地方。那里是清末民初西洋建筑，共三层,他的寝室跟办公室都在第二层。有一天,她去他的办公室找他,秘书余媛姝努了努嘴,示意他还在寝室。葛林娣觉得奇怪,九点多了还在寝室睡觉,这不是罗老板的风格。于是,她走过去敲响了寝室的门。门虽没有及时打开,但她听到了他起床的动静。

葛林娣和余媛姝站在寝室外等待开门时,一位财务会计上卫生间路过这里,嗓门很大地说,罗经理出门几天了,还没回来吧。就在这时,寝室的门打开了,她们看到罗老板精神不振,好像仍未睡好。余媛姝转身走了,葛林娣仍站在门口,与迎面的罗钧继目光相触。她看到他眼睛里装满了痛苦,随即问他怎么啦。罗钧继退回寝室,葛林娣也走进了寝室。门是敞开的。那位会计路过时对罗钧继问了声好。葛林娣发现寝室内部天花、藻井等细部均为中国传统装饰,地上铺着木地板。罗钧继在椅子上坐下,示意葛林娣坐另一只椅子。两只椅子中间是茶几。罗钧继深深地叹了口气,然后告诉她,夫人去世了。

葛林娣的身子惊恐地颤抖了一下,离开洪家铺时,罗夫人还是好好的,没听说她有病呀,怎么突然去世了?她问,是被鬼子杀害了?罗钧继没有回答,他站了起来,走到窗前,望着院子里那几棵枝叶相互覆盖的梧桐树。

那天,罗钧继星夜奔往洪家铺,顾不上担心游击队把他当作日伪军伏击,也顾不上猛烈的颠簸造成对旧伤的影响。星光下的路似乎没有尽头,模糊的视野里一闪而过山头、池塘、村舍和高高低低的树木。他的身前是邱辉江厚重的背影,风把邱辉江的衣服鼓起,使得他的身形显得格外肥硕。一个多小时后,摩托车驶进了古老的临河小镇。罗钧继却担心起回程的邱辉江的安危,他站在桥头,望着摩托车灯光消失之后,才转身往家跑去。自接到夫人病危的消息,他就悒郁不安,苦楚万端。夫人怀着孩子,是两条生命啊,老天!

他敲响大门,并喊弟弟的名字。一个侄儿开了门,见到罗钧继,声泪俱下,大伯,大妈走了。罗钧继吓呆了。夫人怎么走得如此之快,连丈夫都没能见上最后一面。母亲听说他回来了,边哭边呼儿媳的名字。宏民扑向他哭喊着要妈妈。弟媳妇抱着一个褓袍来告诉他,生了一个千金。婴儿睁开眼,脸上闪过一丝微笑。他冲女儿说,就是你夺去了妈妈的生命。女儿似乎听懂了他的话,哇地哭起来。母亲怪儿子惊吓了孙女,怎么能怨怪她呢,是鬼子夺去了媳妇的命。前天日军从安庆方向开来三辆汽车,游击队用手榴弹把其中一辆打翻在水沟内,鬼子用机关枪打走了游击队。两军交战时,碰巧颖丽早产。冯大婶接生,刚把孩子顺出来,一颗炸弹响在屋后,媳妇吓得大声一叫,血从身子里喷出来,人就没了。

罗钧继一边听母亲叙述,一边想象当时的情景,泪水涌出眼眶。记得上次回来,摸着夫人肚皮对腹中的胎儿开玩笑,还跟夫人猜测是男孩是女孩。他们都希望是个女孩,女孩不比男孩调皮,早早地就能帮大人干活。夫人希望自己的女儿像从安庆走出去的影星舒绣文一样有出息。他不希望女儿像舒绣文,舒曾因家境困顿辍学当舞女。夫人认为,舒绣文后来很有成就,主演了《夜来香》《新旧上海》等等许多电影。夫人的这些话,依然在耳畔,可她却去了另一个世界。他哭喊太突然了,要是在城里,发现不是顺产及时送医院她就不会死。他深深地自责。上次回来,夫人倒流露想回安庆生孩子。他打消了夫人的想法,因为路上不安全,在老家生孩子,还能得到母亲和弟媳的照顾。

两天后,罗钧继回城了。夫人去世的消息,他最先告诉了葛林娣。葛林娣得知罗夫人因难产去世,心情很悲伤,却找不到恰当的字眼安慰他。她受不了相对无言的沉默,便站起来想离开。这时,邱辉江来了。他也坐下。他是来向罗钧继了解一下,与罗德里格斯的生意还做不做,虽然现在向对方交货容易了,但局势不稳,也许哪天交货又困难。罗钧继知道邱辉江的意思,如果跟罗德里格斯继续做生意,还得依靠他的力量。罗钧继示意葛林娣回避一下,葛林娣便离开了。

罗钧继说,不想续签合同了,太累!

邱辉江说,那我……我就反正了……

罗钧继一惊,似乎没听懂邱辉江的话,睁大眼睛看着他。邱辉江神态严肃,问罗钧继是不是反对他反正。罗钧继又是一惊。他说,兄弟,你还不知道我是个什么人吗?你应该早已把我看得很清楚。邱辉江点了点头,然后悄声告诉他,日军在城内百花亭挖地道建弹药库,计划今晚派 500 名步兵出城经月形山进犯高河埠,我率 120 位兄弟在城内反正,毁掉弹药库,让敌人后院起火。罗钧继精神振奋起来,问有郝文波游击队策应吗?邱辉江不想追随郝文波,他说,有另一支游击队从西门外策应。罗钧继立即想到了百子山游击队,但他没有说。

说服邱辉江同意反正的,正是百子山游击队。周学英介绍他认识了一位姚先生。姚先生几句话就让他起了反正的念头。姚先生说,如果第二次世界大战不爆发的话,中国驱逐日军可能需要更长的时间,现在日德要联手霸占全世界,法西斯成为众国之敌,日德跟世界几十个国家打仗,能打赢吗?是打不赢的。日本虽然一时得势,但它是一个小国,军力、财力都缺乏,经不起世界大战的折腾。谈到反正人员的前途问题,姚先生建议邱辉江接受新四军江北游击队的改编,江北游击队正在百子山活动,准备创建百子山抗日游击根据地。

邱辉江纳闷的是,周学英是郝文波的夫人,怎么给他介绍一个共产党劝他反正?难道周学英真的与郝文波分手了?老姚走后,他向周学英直言,自己现在觉得关系挺复杂的,如果自己反正之后,真的加入新四军游击队,你先生郝司令难道就不见怪?周学英笑他当皇协军跟日本人混,以为中国乱了一锅粥,却不知道当今国共两党缔结了抗日同盟。邱辉江为难地说,郝司令叫我反正,我没答应,现在姚先生叫我反正我却答应,郝司令怎么看?周学英说,此一时彼一时,你们要将枪口共同对着日军,不要对着兄弟。

罗钧继对邱辉江确定反正,表示支持,希望行动万无一失。邱辉江说,没问题,都是靠得住的兄弟。炸药库的守敌不足十人,容易拿下。邱辉江突然笑起来,笑得有点腼腆,他说,罗先生早就许诺,要在缫丝厂给我介绍一个姑娘,可一直没有着落,今天我自己找一个女人直接将她带走,行吗?罗钧继知道邱辉江苦恋着戴玲玲,他也笑道,缫丝厂姑娘像仙女,一个比一个漂亮,介绍给你,你不要,原来你自己看中了一位,欢迎你把她带走。

邱辉江还没有跟戴玲玲说自己反正的事,他上次见她的时候,她还在缫丝厂上班,他得知她即将辞工回家生孩子。他跑到女工宿舍,见查美欣和方传才在争执什么,而不见戴玲玲,他转身就到车间去找她。她工作的那台缫车,已交给一位他不认识的女工操作,便知道她回家了。他走出车间,遇到刚从罗老板办公室出来的葛林娣,他冲她笑了笑。葛林娣告诉他,戴玲玲回家几天了,以后不必来缫丝厂找她了。她对邱辉江的印象越来越好,不仅因为她得到过他的帮助,更因为从他身上看到了非同寻常的对爱情的执着。她对着他说,我劝过玲玲,让她答应你,她说你们的事,等孩子生下来之后再说。

邱辉江在反正之前,一定要见戴玲玲一面,于是他去她婆婆家找她,敲了半天门,才见一个老妇女打开门。邱辉江估计她是戴玲玲的婆婆,问戴玲玲在不在家,可对方啊啊什么也听不清。隔壁人家走出一位老人,告诉他戴玲玲回娘家生孩子去了。可是邱辉江害怕到戴玲玲娘家去,犹豫了一会儿,最后还是决定去见她。反正这件事都定下来了,死都不怕,难道还怕她的父亲吗?

戴玲玲的母亲不认识邱辉江,听邱辉江介绍自己受缫丝厂罗老板之托来送生育金,便高兴地将他请进屋里。戴母接下一沓可以流通的法币,夸奖罗钧继是天下最好的老板,女工回家生孩子,还给生育金。邱辉江觉得自己的编造,既让罗老板获得名声,又让戴母高兴,很是得意。戴玲玲的父亲曾到学校揍过邱辉江,所以对邱辉江有印象,见到邱辉江愣了一下,然后说,你也在缫丝厂做工!邱辉江点了点头。他感觉身上隐隐地疼,当年戴父的拳头如同铁锤,每一下都是厉害的。他发现戴父老了不少,无论头发、面孔,还是手,都给人一种无力的状态。

戴玲玲听见了邱辉江的声音,从卧室走了出来。她的肚子上像扣了一只脸盆。戴玲玲说,你真会找啊。邱辉江淡淡一笑,说,我来告诉你,今晚有一个中国人将率一帮兄弟反正打鬼子。戴玲玲激动起来,说,那很好呀!终于等到这一天了!这时,戴母不安起来,她嘟哝道,又要打仗了。戴父对邱辉江说,谢谢你来告诉我们,今晚家人谁也不要出去。

邱辉江走出戴家,回头一看,只见戴玲玲向他挥手,脸上的笑容像鲜花怒放。邱辉江握起拳头,往空中一举,他心里盈满了幸福。

第十章　意念的瞬变

1

松下三郎到迎江寺抽了一签，和尚要为他解签，他摆了摆手，将签条接过来自己看。罗钧继离他五步之外，不去管他抽了上签还是下签。他明显地感觉到松下三郎情绪不稳，时喜时忧。出了迎江寺，走到西侧，准备上车，松下三郎却要逛逛四宜亭、慈云阁、大士阁等寺院建筑，罗钧继只得陪着他。大士阁因供设一尊丈二木质观音大士立像而得名。只见松下三郎向观音像跪拜三下，然后默默走出大士阁。

他俩来到长江边。罗钧继望江水而言"逝者如斯夫"，松下三郎竟突然面朝罗钧继鞠了一躬。罗钧继感到莫名其妙。松下三郎歉意地告诉罗钧继，他将中断与安华缫丝厂的营销协议。罗钧继立即说不。松下三郎撤销订单，就意味着缫丝厂的生丝积压。罗钧继严肃地说，当时你强迫签订协议，现在又单方面终止协议，这是违法行为！松下三郎摊了一下双手，辩解这是不可抗力因素所致，非他本人有意终止协议。伍内英雄接替篠原，任一一六师师团长，禁止所属官兵与华人联络，不准进入华人开设的菜酒馆和娱乐场所。罗钧继吼道，那是日军的事，跟我们的商业协议何干？松下君一直讥刺中国实业家都有奸商习气，不守信用，现在请你看看自己是怎么做的！

罗钧继决定揭穿松下三郎，他讥笑道，肯定是为了日本帝国的需要，终止对罗德里格斯先生的供货。松下三郎说，罗君真聪明，一切为了军事需要，日美经济战也已经打响。罗钧继说，你终止我们之间的协议，前期货款得马上到账，还有违约金，不至于抵赖吧，否则枉论什么"大东亚共荣圈"。

211

松下三郎连忙说货款尽快到账,也愿意赔付违约金,可现在手头紧张,等有了钱一定亲自送到缫丝厂。

罗钧继将松下三郎终止合同的事告诉葛林娣,葛林娣问是否跟罗德里格斯先生联系,将蚕丝卖给他。罗钧继联系不上罗德里格斯和他的助理。获悉世界大战爆发后,生丝在美国的销路随即断绝,茧价低落跳水。日本在中国沦陷区加紧搜刮粮食,国内粮荒一天天严重,与其他各种物价比较,粮食价格腾涨很快。罗钧继只得转向欧洲市场,加紧寻找生丝出口代理商和忙于商务谈判,搞得精疲力竭。

由于国际生丝价格下降,而安华缫丝厂与蚕户签订的协议,价格没有"随行就市",即按国内蚕茧价上下浮动,结果承担着巨大的生产成本压力。蚕茧征收与何希如共同出资金,何希如按数量抽利,分担了一定风险。蚕茧的价格尽管没有下降,但由于粮食价格涨幅大,农民们与其生产较贱的蚕茧,以养蚕收入来购买粮食,还不如减少养蚕而直接生产粮食。一些地方纷纷连根挖除桑树,以充燃料,把桑园改成粮田。罗钧继没有找到更好的生丝销路,原料价格高,每天都是赔钱生产。等他好不容易找到了一笔出口业务,却又为蚕茧不足而为难。

在此困境中,罗钧继感到孤独无助,他陷入深深的空洞之中,需要有人拉他一把。他的求助意识却转为对爱情的渴望——他爱上了葛林娣。她来汇报工作的时候,他总是把她留下,即使彼此沉默无语,他也希望她多陪陪他。她意识到他正在通过新的爱情来缓解心理的压力。可是,她不能答应他,因为她的感情属于另一个男人。她在等待宁国能回来,尽管她敬佩罗钧继,为他的魅力所吸引。这种敬佩是源于对实业家的欣赏,至于被其魅力吸引,如同一个女生对先生所产生的心理追随和崇拜。

葛林娣减少与罗钧继接触,这让罗钧继备受打击。他主动去找她,带给她一双红色高跟鞋。他怕她不接受,就说自己一直未给她买过东西,记得自己过生日的时候,还得到过她的礼物,一双精美的刺绣手套。葛林娣接下了高跟鞋,然后假装高兴地告诉他,周学英的一位朋友最近从陕西回来,说在一个活动上见到了宁国能。罗钧继知道这是她编的,他坦陈自己的判断,宁国能已经另有所爱,或者……否则不会这么久不跟未婚妻联系。在法律上,宁国能与葛林娣算不上夫妻,因为他俩还没有举行婚礼,也没有同居,算不上事实婚姻。葛林娣说,我们同居过了。她羞涩地笑了笑,然后又自我否定,我们还没有同居。

罗钧继邀请葛林娣去菱湖泛舟,她没答应,那里处处是宁国能的影子,如果泛舟时恰恰被宁国能看到了,岂不是这些日子白等了?得花费很大的精力去化解一场误会。她见罗钧继很失望,便像江贵珍、汤小毛一样,喊他"叔叔",她希望罗叔叔原谅她。她说,缫丝厂那么多姑娘,你挑一个吧。罗钧继突然抬高声音说,身如蚕老已三眠,一茧何妨自裹缠。除了你,我宁愿单身。他怕把她惊吓了,又回归绅士风度,自责声音太大了。

葛林娣品尝到了被爱的痛苦,她在考虑离开缫丝厂换一份工作。有一天,她被余媛姝喊到经理办公室。罗钧继要她把地下仓库的钥匙交给他,她立即明白了什么意思,她上次回来工作,他仍然像以前一样让她保管其中一把地下仓库钥匙,是对她的信任,现在要收回钥匙,也是收回信任。这样也好,她从此没有心理负担。可是,周学英交代了她一个任务:监管安大图书。她迟疑着,没有交出钥匙。罗钧继以玩世不恭的口气说,这批图书放在这里,只供你一个人阅读,不如捐给新国民政府图书馆。葛林娣惊讶不已,她像看一个陌生人一样看着罗钧继,他在她内心的形象一下子被颠覆了。她不屑地说,罗先生以此证明自己是个地道的汉奸吧?罗钧继回答道,是捐给图书馆,而不是送给松下三郎。

葛林娣警告罗钧继,这批图书是安大的财产,谁也无权擅自处理。警告的同时,她还想唤起他的良知,作为一个喝长江水长大的中国人,对这块哺育和教育过自己的土地,不应该背叛!葛林娣转身走了,她没有交出钥匙。她去找周学英,叫她趁早转移藏在缫丝厂的这批图书,果然如以前所料,罗钧继不可信。周学英皱起眉头,心里寻思着如何处置。如果通知邱辉江带人偷运,罗钧继一定先有防备。周学英感谢葛林娣及时通报。她立在斋墩桥上看到内河水面一对鸳鸯齐头并进,突然同时掉头,往回游,她被逗乐了。周学英让葛林娣一丝一毫都不要隐瞒,谈谈自己对罗钧继的感情。她说,毕

213

竟他曾伸手救过你，并且一直欣赏和器重你，薪水又开得那么高。葛林娣觉得周学英真不简单，好像知道她与罗钧继之间发生了什么。她如实告诉周学英，以前把他当作一位长辈，一位师父，有崇敬之心，但从未萌生过超越的想法，现在他对她示爱，而她的心仍属于宁国能，不会为之所动。

周学英说了一声好，但这个"好"字背后另有所指，周学英并没有让葛林娣知道。既然罗钧继的汉奸面目完全暴露，权衡图书的价值与利用他的价值，她倾向于前者，那么就除掉这个汉奸吧！她没有把这个任务交给郝文波，她只是郝夫人，而自己有自己的组织。即使有意找郝文波，也是说服不了他的，因为老郝有江湖义气，他跟何希如亲如手足，怎么可能朝何希如的朋友动刀呢？就是郝文波顾夫妻之情，答应锄奸，也是瞒不住那个精明的何希如的。还有至关重要的一点也决定了不能让老郝去干，那就是不能让他知道图书的事。不让老郝干，那就让邱辉江干。邱辉江反正之夜，打了一个漂亮仗，以一死一伤的最小损失，打死了七个敌人，并成功地将炸弹药库改为抢弹药库，为百子山抗日游击根据地送去一份厚厚的见面礼。邱辉江很快成为老戴最得力的搭档，他擅长锄奸除霸，山口镇那个害死九十九个半平民的汉奸，老戴锄不掉，邱辉江像锄一棵草一样不费吹灰之力。特别有意思的是，老戴见到被老姚规劝反正的邱辉江，拔枪就要报一枪之仇，嚷着不打别的地方，也在邱辉江的胳膊上放一枪。邱辉江同意老戴还他一枪，伸出了一只胳膊。老姚一句话就让老戴息怒了。老姚说，老戴你差点打死了他的舅舅，他打你胳膊一下算什么？把子弹留着打鬼子、打汉奸吧。邱辉江不禁笑了，罗老板竟然成了舅舅。老戴也笑了，说了一句不打不相识。

问题是，邱辉江会对罗钧继下手吗？周学英佩服老姚的口才，让上级出面跟老姚讲，再由老姚做邱辉江的工作。她想好之后，与葛林娣看了会鸳鸯戏水，然后往回走，在街头分手。葛林娣刚走到程家大院门口，就见罗钧继站在大院内的井台旁。她在拿钥匙开门时，他走到她身旁，说自己专门来赔礼道歉。进屋后，罗钧继责怪自己为了爱情，不应该通过卑鄙的要挟的手段，所谓捐书给伪政府，完全是一时心理作祟而胡诌的，他不会真的那样做。他现在特别后悔，损害了自己的形象。自己憎恶汉奸却又故意抹黑自己，真是糊涂了。

罗钧继拿出了另一把地下仓库的钥匙,递给葛林娣。葛林娣怀疑地看着他,见他头发半白,眼圈发黑,面容憔悴,心生恻隐。她向他提议过,裁员以减少工资支出,他没有接受。她还向他建议降薪,以控制成本,他也没有同意。这种牺牲精神与他私自处理安大图书的想法,是不对称的。真的是因为太爱她而遭到拒绝,故意拿此下策出气?罗钧继把钥匙放到她的床头柜上,然后转身就走。她没有喊他回来,但她跑出程家大院,目送了他一程。

第二天下班后,葛林娣去了周学英的住处,目的是汇报罗钧继的变化。周学英正在看一份材料。她认为葛林娣上次到重庆没有拜访陈独秀,应该感到遗憾。陈先生虽然脱离了他自己创建的党,但他刚正不阿,人格、气节不变,现在困居重庆江津,决不向金钱、权势低头弯腰。他很感激你为他找到《独秀文存》手稿。

葛林娣说,在重庆时也想去拜访陈先生,可方然劝她不要去,陈先生正在写一部识字课本,不想有人打搅,所以就没去。周学英将材料收了起来,问罗钧继可有什么反应。葛林娣回答,她今天独个儿去了地下仓库图书密室,发现图书资料都还在。罗钧继是一时之念,他不会捐出那些图书的。周学英认为,罗钧继变化越快,越值得怀疑。日军在城内筑高射炮台,将城外工事全部毁掉,部队集中到城里,断绝江上交通,局势非常紧张。

葛林娣掏出了两把钥匙,对周学英说,他把钥匙都交出来了。

周学英将两把钥匙拿了过去,对比了一下钥匙齿,然后问葛林娣,这两把钥匙都能打开地下仓库吗?

2

在没有人注视和发现的情况下,葛林娣先后用两把钥匙将地下仓库的门打开了两次。她不再怀疑罗钧继,因为他没有骗她。她更加感到欣慰的是,他们又回到了以前那种有分寸、保持恰当距离的上下属关系。他显得很有风度,目光不再故意大胆而带有暗示性地看着她,语言也不再含有恋人般的热情。葛林娣汇报工作,罗钧继专注倾听,然后给予评定和意见。葛林娣

离开时,他不会留她再坐一会,也不会送她下楼。罗钧继到车间查看生产情况,遇到葛林娣不再要她一直跟在身旁,他朝她点点头,然后自顾自完成巡查程序。

缫丝女及那些男工对于葛林娣与罗钧继的关系,在背后议论了不少。葛林娣从"罗家娘子军"带有倾向性的话语中,感受到她们希望她成为第二任罗夫人。她从方传才的目光中看到了一种讽刺和不屑。她最害怕的就是被人看轻人格,因为她自己最清楚,她没有忘记宁国能,也没有为了罗老板的财产主动亲近他。她很想找方传才谈谈,表白自己的内心一直牵挂和眷恋着未婚夫,至于她跟罗老板,只是一种上下级的合作关系,由于老板重视生丝质量不得不跟她接触多一些,而她也必须及时汇报工作,不可刻意回避他。她终究没有找任何人澄清,她觉得最好的办法,还是离开缫丝厂。

相反,方传才要主动找葛林娣谈谈了。一天,葛林娣下班后准备直接回家,方传才在车间门外拦住了她,请她陪他聊一会儿。葛林娣没有拒绝,她急于知道他要说什么。她判断他不会去女生宿舍,也不会去男生宿舍,那去哪里呢?厂内那块空地上自从垒起一座坟之后,几乎没有谁敢去那里散步和谈事。罗钧继通知方传才把他妻子的坟迁走,方传才回答买坟地需要一笔钱,他付不起。于是,罗钧继给了他一笔钱,可方传才仍然迟迟没有将坟迁走,理由是一直没有找到移葬的地方。葛林娣跟着方传才离开缫丝厂,来到附近一家茶馆。

方传才找葛林娣的目的,是求她帮助查美欣赶走心中"死"的念头。他神情戚然,语言低沉,一根接一根抽烟。他很后悔当时冲动,惹了这一生最大的麻烦。当时只是喜欢拿她开玩笑,发展到像对自家小妹一样摸摸她的头发,拍拍她的肩膀,拉拉她的手,再发展却成了情人关系。他发现她是个又任性又悲观的女孩,一不高兴就要寻死,就感到自己完蛋了。葛林娣了解查美欣的性格,并经常疏导她,如果不是这样,她的情况肯定更糟。葛林娣问方传才为什么不把查美欣娶回家,他回答,她不愿意。

葛林娣每次看见查美欣小小的个子,挺着大肚子,就觉得身为女人很难,身体承受着孕育新生命的压力。她答应方传才,努力去改变查美欣的心态,引导她多往积极的方面想。

葛林娣鼓励查美欣到方家去生活。查美欣说,那地方能去吗？差点要命了！那天,去了他家,他儿子骂她是狐狸精,因为狐狸精的出现,他妈妈才遇难了。方传才打了他儿子两个耳光。他儿子竟然搬来十几个兵,把父亲打得在地上不能动弹,并把她赶出了方家,威胁要是再跨进方家一步,就对她剖腹取娃。他儿子才13岁,就参加了一个组织,一呼百应的。

葛林娣建议查美欣跟方传才另租房子住,查美欣鼻子里哼了一声,他一个穷光蛋哪付得起租金？越穷花得越多,抽烟喝酒,还赌……查美欣急忙又摇头否定,赌博是很久以前的事了,现在没玩过了。葛林娣明白她的意思,罗老板绝对不允许工人赌博。查美欣说,住在缫丝厂宿舍感觉挺好的,到时候就在这里生孩子。她笑了笑说,最初干呕并不是怀孕,弄错了,过了几个月才怀孕。葛林娣推算了一下时间,倒也是,哪有怀孕这么长时间的？除非哪吒三太子。葛林娣说,生孩子是大事,你回娘家吧。查美欣哭了起来,她说就是死也不回娘家,妈妈说过"死在外边莫回家",就听她老人家的话吧。葛林娣说,那是你妈妈一时生气说的话,你要是真回家,她不会赶你走的。查美欣说,我不会回家的,一回家街坊邻居看见我怀着个野种,肯定当作特大新闻传播,全家人都会因我而丢尽脸面。葛林娣心想,你早一点知道这个道理,就不会跟方传才胡来。葛林娣觉得查美欣以前不懂事,现在懂事了,可现在懂事带来的却是精神的折磨和心理的压力。

由于缫丝厂门外的岗哨撤走了,本城路近的工人,多半选择住在家里,宿舍就不再拥挤。现在查美欣一个人住一间房子,但里面一张张床铺没有拆除,所以显得空间小,但是比以前安静多了。隔壁宿舍的姑娘们经常来陪陪查美欣。汤小毛想到了一个实质性的问题:查美欣分娩时,谁来给她接生？于是,有人介绍自己熟悉的接生婆。最后确定了一位家离缫丝厂最近的接生婆,查美欣一旦临盆,她能最快赶过来。葛林娣让汤小毛通过曹兴志,问问方传才可想过找谁接生的问题。第二天汤小毛怒气冲冲地对葛林娣说,方传才简直不是人,曹兴志提醒他找接生婆,他哦哦两声,比屁还难闻。

217

葛林娣遇到罗钧继时,告诉他查美欣到了临产期。罗钧继噢了一声,他要把查美欣送到医院去,在医院生产安全。他让余媛姝去找一辆黄包车,自己与葛林娣一起来到了查美欣的宿舍。查美欣已获准待产休息,她请求继续住在宿舍,也获准了。现在,罗老板跑来干啥呢?罗钧继瞥了一眼查美欣的肚子,然后说,小查,送你去医院。查美欣说,我不想去医院。罗钧继告诉她,自己的夫人是因为在家生孩子,难产死了,如果在医院就不会死。查美欣说,我不会难产。她还说,在医院生孩子的人很少,大多数都在家里生。这时,余媛姝进来说,黄包车找到了,师傅就在门口。查美欣坚决不同意去医院,大家七嘴八舌劝她,她不是摇头,就是说不。罗钧继生气地说,安全问题谁负责?缫丝厂可负不了责!查美欣哭了起来,她冲罗钧继叫喊,你是怕我死在这里,给你添麻烦是吧?我走!葛林娣拦住了她,同时向罗钧继使眼色。罗钧继甩袖而去,在宿舍外喊了一句,不要把生命当儿戏!

查美欣终究还是留在了宿舍,显示了她的固执。喧嚷过后平静下来,她对葛林娣和汤小毛说,在医院里生孩子,遇到家门口的熟人怎么办?葛林娣于是理解她,不再劝她去医院。葛林娣说,你不要误解罗老板,他是一片好意。查美欣承认遇到了一个好老板。她回答,我没有误解他。查美欣反过来劝导葛林娣接受罗老板,她说,背后大家议论,发现你跟罗老板的关系疏远了,猜测你嫌弃他结过婚,家里还有一双儿女。你答应他吧,他跟方传才不一样,他儿子也肯定跟方传才的儿子不一样。你嫁给他,比我嫁给方传才,要好上一千倍一万倍。葛林娣说,你跟方传才相好时,心中没有别的男人,我呢,心中有一个男人,所以就不能跟罗先生相好。查美欣想了想,觉得也有道理。她说,可是,你心中的那个男人的心中,早已没有了你呀!葛林娣不高兴地问,你怎么知道宁国能心中没有了我?查美欣回答,明摆着的事实,为什么他不来找你,总是你找他?他要是人没死,就是对你的心死了。葛林娣心里一紧,同时感到头如棒击般疼痛。

数天后,查美欣肚子疼,用拳头敲打墙壁。住在隔壁宿舍不当班的姑娘们纷纷行动,有人跑来陪她,有人去通知接生婆,有人到食堂烧开水,有人买来了红糖。生孩子,她们虽然自己没有经历过,但对其环节都清楚,有的姑娘还亲眼见过妈妈生小弟弟,顺产的话速度很快,难产的话让人撕心裂肺。还好是白天,接生婆很快就来了。她让查美欣把裤子脱了,瞅了一眼肚子的形状,接着张开手在肚子上摸了摸,然后对查美欣说,不要怕,是顺产,孩子估计七斤半,你这么小的个子,怀这么大的孩子。接生婆只留一个助手,把其他姑娘都赶了出去,并把窗帘拉上了。查美欣疼得越来越厉害,头上大汗淋漓。她问接生婆,怎么这样疼?接生婆说,你的产道窄,不疼才怪呢。她又说,女人生孩子,头胎都疼,后来越生越不疼,有的妇女正在干活,突然孩子漏了下来,自己给自己接生。

　　宿舍外,姑娘们在焦急地等待,她们将耳朵贴在窗子上听里面的动静,或者小声地说,要是顺产就好了。她们看见了方传才,他在不远处一棵树下走来走去,身边烟雾缭绕。汤小毛向他招了招手,方传才没理她。就在这时,罗钧继领着两个穿白大褂的女医生跑来了,医生背着药箱。姑娘们让开了一条道,让医生跟着罗钧继一起走到查美欣宿舍前。罗钧继对汤小毛说,叫里面人打开门,让医生进去。汤小毛敲了敲门,说,查美欣,罗叔叔带医生来了。里面,接生婆愤怒地骂道,叫医生滚回去,姑奶奶接生四十年了,比医生强!正骂着,一个女婴脱离母体,发出一声啼哭。接生婆喊道,母女平安!

　　罗钧继安排汤小毛和刘小艳轮流照顾查美欣,按正常出勤计算工资。他走到方传才身边时说,你进去看看吧,是个女孩。方传才连忙说,谢谢罗老板。刚才,他见罗钧继带来两个女医生,就很感动。他把手上的烟屁股扔掉,跑进了查美欣的宿舍。接生婆拿了查美欣的钱,正要离开,见到方传才,把他当作罗老板,冲他说,罗老板,医院里都是年轻的医生,她们除了动刀子,没啥本事。方传才在身上掏了掏,掏出半包香烟,递给接生婆。接生婆接下香烟,瞧了一眼牌子,说拿回家给老头子抽。

　　等接生婆走后,方传才走近床边,看了看查美欣。查美欣见他伸头看孩子,立即把被子往上一拉,遮住女儿,不让他看到。方传才说,给我看一眼吧,我毕竟是她的爹。查美欣便把被子掀开了点,露出女儿。方传才笑了,高兴地说,女儿好,我就想要个女儿。汤小毛随即说,女儿好,你得从小为她准备嫁妆哦,否则你这个爹就不是真心疼她。方传才打趣地说,曹兴志遇到

219

你真是修了八辈子,你爹为你准备的嫁妆需要几辆汽车拉吧。这时,刘小艳说,方师傅,干脆你在这里服侍美欣,我和小毛上班去。方传才没答应,因为维修的活儿忙,没他缫车就不能转。查美欣说,锄了你地球照样转。

后来,方传才真的被"锄了",查美欣后悔女儿出生那天说了不吉利的话。她并不了解方传才突然离世的具体经过,只是被告知中枪身亡,她连他的尸体都没看到。厂内多了一座坟,方传才被临时葬在他妻子的旁边。罗钧继主持开了个追悼会,还设了灵堂,这是对方传才献身精神的肯定,是内心对他的一种感激。方传才是替罗钧继死的,本该死的是罗钧继,一瞬间改变了死的对象。

自从炸药库被抢,日军断绝江上交通,东南城门禁止中国人通行,于西门外筑碉堡,北门内外加设关卡,宪兵加大巡查力度。罗钧继没有想到松下三郎要杀他。松下三郎因罗钧继催还货款很不耐烦,就找了个杀手,限定数日内干掉他。

罗钧继那天带方传才、曹兴志到登云坡家中搬一些东西过来。房子好久没住,里面有一股浓重的霉味。到处都是灰尘,蛛网密布。但是,他仍然在这里获得了一种温馨感,可又睹物思人,心中苍凉。罗钧继将需要带走的东西一件件清理出来,由方传才和曹兴志搬到屋外。他最后拿了一本相册,将门锁上。他走到方传才和曹兴志身边,看见地上东西不少,就吩咐曹兴志去找一位板车工,将这些东西拉到缫丝厂。曹兴志遵命而去。就在这时,方传才在背风擦火柴点烟时,看见一个人举枪朝罗老板瞄准,他一跃而起,扑到罗老板的身上,几乎同时,枪声响了,子弹打在方传才的脑袋上,脑浆迸裂,当场死亡。附近的宪兵闻声赶来,杀手早就消失无踪了。罗钧继抚尸恸哭,兄弟啊,你是替我而死!兄弟啊,我不是汉奸!兄弟啊,你也知道我不是汉奸,否则不会舍命救我!兄弟啊,你的儿女我来抚养,保证他们能上学读书,将来有出息!

曹兴志领着一位板车师傅赶来,吓呆了。罗钧继站起来,对曹兴志说,你再去找一辆板车,把方传才拉回缫丝厂。曹兴志应声而去,不一会儿又领来了一位板车师傅。罗钧继问两位师傅,谁的板车愿意载人,我给双倍的钱。两位师傅都愿意。罗钧继和曹兴志把方传才抬上最先来的那辆板车。罗钧继对板车师傅说，我来拉吧，只能我来拉。

3

1941年12月7日，日本帝国海军向美国太平洋上的海军基地珍珠港不宣而战，同时在西太平洋向印度尼西亚、马来西亚、缅甸和菲律宾等地发动攻击。1941年12月8日，太平洋战争爆发。

葛林娣又离开了缫丝厂，往西北行。她不听罗钧继的劝阻，一意孤行。罗钧继送她一笔盘缠，她没有接受，因为缫丝厂资金紧张。罗钧继将个人财产与缫丝厂资金分得很清，他不是赚了钱就揣到腰包里的小商小贩，而是一个严格执行财务制度的实业家。葛林娣问道，那你为什么把自己的钱拿出来付给蚕农呢？罗钧继说，这跟从厂里拿钱给自己花是两回事。葛林娣向罗钧继出示了一张借条，然后拿了他送来的盘缠。

周学英听说葛林娣要去陕北延安，惊叹道，林妹妹，你这是玩命啊！花飞花落花满天，情来情去情随缘；雁去雁归雁不散，潮起潮落潮无眠；夜深月明梦婵娟，千金难留是红颜；若说人生苦长短，为何相思情难断。葛林娣说她不甘心苦苦等待，即使宁国能已经不爱她，她也得当面问他一声为什么。葛林娣决定走一条最短的路线抵达延安，把周学英逗乐了。周学英说，这条最短的路线，连飞机都飞不过去，凭你这双脚走过去，简直是天方夜谭。周学英最后同意葛林娣去延安，但得听她安排行程。葛林娣说，学英姐，你的本事真大。周学英说，咱在报馆工作，结识的人多。实际上，她结识的人并不能帮助葛林娣，而是依靠组织的力量——她的上级需要将一份材料送到陕北，决定启动秘密交通线，让葛林娣去延安。

临行前，周学英预祝葛林娣与宁国能重逢。她还劝葛林娣，即使宁国能不在延安，自己也不要乱跑，就留在延安工作。葛林娣坐船、坐车、坐飞机，一路曲折地到达了西安。她在西安停留两日后，由一男一女带她去了延安。延安方面的纪主任将她当作新四军女特派员，热情招待，安置她入住一间敞亮的窑洞，和三位从上海来的年轻姑娘住在一起。上海姑娘已来延安两年，

她们得知葛林娣到延安不仅执行公务,还有私事,都答应帮她打听未婚夫宁国能。她们说认识一个在抗大附属中学当教员的宁先生,单身,南方口音。葛林娣脱口而出,就是他,我的先生。第二天,其中一个上海姑娘带葛林娣去见那教员,结果却不是宁国能。上海姑娘对葛林娣说,还没看一眼就说"我的先生",葛林娣羞红了脸,不好意思,低头就走。

葛林娣寻找未婚夫的消息,很快就传开了,很多人帮忙打听,对来延安之后,或随军开往前线,或执行任务派到敌占区的人员也进行一一对照。葛林娣焦急地等候消息,有时随上海姑娘去延河旁散步,或者到她们的剧团看排演。三个上海姑娘都在谈恋爱,对象分别是军首长、音乐家、作家。其中作家灵石先生听说葛林娣是从安庆来的,未婚夫是陈独秀的老乡,竟然兴奋地与葛林娣谈起陈独秀。

三位上海姑娘常常回窑洞很晚,葛林娣一个人坐在炕上看《解放日报》,看到一篇题为《斥陈独秀的投降主义理论》的文章,她很困惑,随即想起罗钧继,他的身份不也是让人猜不透吗?罗先生两次险遭暗杀,这段时间不会遇到什么不幸吧?葛林娣不想看书读报,就将油灯的光调小,躺下来胡思乱想。上海姑娘先后回来之后,还要彼此交流恋爱感受,葛林娣很羡慕她们。

葛林娣闲住几天后,就去参加延安的生产劳动,和农民一起栽桑养蚕。当地有个谚语,田埂栽桑,养蚕编筐。作家灵石有一天听说了葛林娣的经历,他断言宁国能已经变心,不必再去找他了。葛林娣想,这跟查美欣的判断一样。但是,葛林娣不接受这种判断。作家说,思想一定要解放,有很多同志是冲破旧婚姻的樊篱,投奔延安的。他女朋友说,你这思想有问题,会犯错误的,把投奔延安的进步青年的思想狭隘化了。作家不理睬女朋友,继续对葛林娣说,凭葛林娣同志的相貌和气质,在延安随便找一个男友,都比前男友强。延安男女性别比例严重失衡,有人统计过,1938年前为30:1,现在是18:1。赴延安的女性大多是城镇女青年,形貌气质均佳,比当地女性有魅力。你只要放下前男友,马上会有不少热烈的追求者。

一天清晨,葛林娣在自己居住的窑洞窗台上发现了一张折叠的纸条,上面压了一块土疙瘩,她拿起来展开一看,竟然是写给她的一封交友信:"新来的革命同志,您的出现,让我感到宝塔山多了一朵云彩的缭绕,延河多了一朵浪花的点缀。我同样来自长江之滨,我们有一致的瞩目和眺望。我约您,当抗战胜利之日,我们携手去重建被日寇践踏的家园!同意与否,现在先交个朋友吧。"葛林娣将写信人的姓名"高业昶"看了又看,想起最近接触过的男人,断定就是其中一位。她慌乱不安地将交友信收了起来。

上午,葛林娣被通知参加广场会议,会议主要内容是谈男女关系和生活作风。她觉得做演讲报告的中年男人很有风度,只是他说的话,有些不好理解,什么先是革命同志,然后才是生活伴侣——她一时没有想明白;成家以后,不忘为共产主义奋斗的大事业——这个指夫妻共同抗日吧;要经受得住各种考验,同舟共济始终不渝——这个她特别赞同。中年男人讲完之后,来了一个级别更高的干部,大家鼓掌,欢迎他做军政训令。他大声说,革命同志男女问题,首先要遵从组织决定。我们对一个爱人的要求,也正像对任何同志的要求一样,脱离不了阶级尺度。必须有坚定不移的立场、正确的观点和良好的作风。

葛林娣发现,这里的人们热爱体育运动。每天,太阳刚刚从东方升起,战士、学生、工人和机关干部就都成群结队地跑步,做集体操。午间,篮球、排球场上总有排成长龙似的队伍,大家轮流换班打球。到了黄昏,吃过晚饭后,山坡沟渠和延河两岸就更热闹了。球场上、空地上都是锻炼的人群,还有许多人在跳集体舞蹈,做集体游戏。

葛林娣参加了一场周末舞会,站在一旁观看。打谷场上,油灯底下,人们穿着草鞋翩翩起舞。口琴、风琴、手风琴、小提琴、竹笛、二胡等伴奏。三个上海姑娘穿的是旧凉鞋,她们用不同颜色的布条,编成彩色带子,钉在旧鞋上,使舞场多彩多姿,华丽耀眼。葛林娣很快被带入这一热闹的气氛中,她为所有跳舞的男女鼓掌。她突然觉得一个男人跟宁国能有几分相像,她揉了揉眼睛再看,又觉得不像宁国能。她便有些失落。要是宁国能出现在这晚会上,那多幸福啊,尽管自己不会跳舞,也必定上场跳一跳。这时,在她身旁的一位男观众说,星期六或星期日晚上都会举行晚会或舞会,逢到纪念节日也是要举行晚会的。有时为了欢迎新来苏区的人,我们会特地预备几

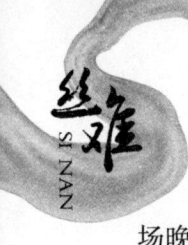

场晚会。

葛林娣身旁的另一个男观众，邀请她上去跳一曲。葛林娣回答自己不会跳。话还没说完，她的手已经被他拉起，他对她说，不会跳没什么关系，跳几次就会了，是不是，林娣同志？葛林娣的心怦怦跳，心想他怎么知道我的名字？他是不是写交友信的那个人？葛林娣不成舞姿地跳了一曲，下场后，她就钻进人群中，然后往窑洞跑去。

回到窑洞后，葛林娣的心还没有平静，她担心自己经受不住这片火热的土地上激情高昂的男人追求，而放弃等待宁国能——那就违背了自己的初衷。这天夜里，当三位上海姑娘都入睡了，她做出一个决定，离开延安，返回安庆。第二天一早，她就把自己的决定告诉了她们，她们很为她感到惋惜。她没有说自己回去是为了个人目的，而是执行公务后，必须回到原来的工作岗位。她找到来延安时见过一面的纪主任，提出回安庆工作的想法。纪主任问，在延安不习惯吧？葛林娣说，延安各方面都挺好的。纪主任又问，是不是南方的革命火种，更需要你去浇灌？好吧，同意你回去，回去之后，要多宣传中共中央最新抗战思想。据我了解，你们那里文化底蕴深厚，文人多，一定要谨防以文化代替政治，或者政治文化化。

几天后，经延安方面安排，葛林娣踏上了归程。她离开的时候，除了三位上海姑娘，还有作家灵石和他的朋友，一起将她送到停车场。一辆吉普车正在等着她。灵石对她说，如果能遇到独秀先生，代向他问好。葛林娣说，陈先生在重庆。灵石回答，我知道他在重庆，也许哪一天他回老家，你可能见到他。灵石的朋友，也就是想跟葛林娣交友的高业昶对她说，也许我们以后还能见面，但那时你肯定为人妇了。三个上海姑娘都笑了，而葛林娣羞赧地说，你也是孩子他爹了。这回，作家也笑了。

4

通过老姚出面晓以大义，邱辉江终于接受了任务。开始，邱辉江说自己下不了手，因为跟罗钧继太熟悉了。他隐瞒了自己曾与罗钧继秘密合作，执行与美国罗德里格斯的交易，并于合作中产生了深厚的感情。老姚强调，省立安徽大学的图书属于中华民族的宝贵遗产,决不能落入日本人之手。邱辉江理解罗钧继与松下三郎交往是迫于无奈,他多次听见他们之间的争吵。松下三郎欺人太甚,不仅骂罗钧继,还骂中国人是猪,邱辉江听不下去,恨不得去干掉他。现在,罗钧继为什么讨好松下三郎,要把藏在缫丝厂的图书交给他呢?有什么新的交易吗?

　　一个人为什么要当汉奸?老姚总结了一下,或者出于谋夺权力,比如汪精卫;或者在国内斗争中受了极大的侮辱和挫折,如吴三桂;或者谋求利益获得一个富贵或者出人头地的机会,罗钧继就是这种人的典型;或者面对刺刀不能牺牲只好投降,如现在那帮当了日军走狗的伪军。中国要想打败日本,必须两个拳头出击,一个拳头打鬼子,一个拳头打汉奸。国民党搞了个《惩治汉奸条例》,而我们共产党将严厉惩奸作为一贯政策,承担着抗击敌对势力与惩治叛国汉奸的使命。惩奸锄逆的意义,不仅在于惩治邪恶与保持民族气节,同时关系到树立威信、发动群众、打击敌人。

　　邱辉江说,我已经懂了,五天内干掉罗钧继!老戴主动提出,配合邱辉江行动,却被老姚否决了。老姚从老戴手上接过黄烟筒,从烟盒里捻了一撮烟丝,放到烟筒嘴里。这时老戴吹了一下手上的草纸棒,火苗一闪,将烟丝点着了。老姚吸了几口,归还烟筒。他对老戴说,你的革命积极性,值得大家学习,但是这次行动不安排你,因为罗钧继记住了你的模样,容易被他发现。老戴说,邱辉江跟他还是朋友呢,更容易被他发现。老姚笑而不答,看了看邱辉江。邱辉江对老戴说,罗老板记住你的是杀手的面目,记住我的是朋友的面目,发现你你就暴露了,发现我我可以更加贴近他射击。老姚点头,端起桌子上的一只蓝边碗,嘬了一口茶。他吩咐邱辉江早日行动,勇士不应心慈手软。

　　邱辉江在城里潜伏起来,先什么都不管,只顾睡觉吃饭,吃饭睡觉,到了第三天他想到五天内完成不了任务,将没脸去见老姚、老戴和同志们。杀罗钧继很容易,打个电话,或者捎个信,说邱辉江求见,相信他会立即答应。可是,邱辉江内心很纠结,见面之后开枪射击,对罗钧继太残忍了,他会死不瞑目。暗杀的话,罗钧继断气前不会想到是自己视为兄弟和义士的邱辉江

所为。

邱辉江回家了一趟,戴玲玲抱着孩子,很紧张地关起了门。他冲孩子笑了笑,孩子也对他笑了笑。他对孩子说,你一个人待会儿,我跟你妈有事要谈。他把孩子放到童车中,然后进了卧室。戴玲玲随他而来,问谈什么?还怕皖庆告密吗?邱辉江搂起戴玲玲,显得迫不及待。戴玲玲说,皖庆没睡觉,不能,不能。邱辉江说,皖庆不会哭闹的。皖庆真的没闹,倒是他俩闹出很大的动静。

邱辉江临走时告诉戴玲玲,百子山游击队的力量一天比一天壮大,总有一天会打进城里,打败鬼子。戴玲玲问那得等多久,邱辉江回答不会太久,领导分析日军很快就支撑不住了。戴玲玲想将皖庆交给母亲带,自己回缫丝厂上班,不干活怎么行呢?坐吃山空。她听人说,缫丝厂不景气,不知道罗老板愿不愿意接纳她。邱辉江回答道,我去找他。他竟然忘了这次回城的任务,想起来后,他挺后悔答应戴玲玲。

邱辉江挠了挠头,觉得自己很对不住戴玲玲,虽然房子是他用以前的积蓄买的,可一直没拿钱养家。加入游击队,没领过薪水,锄奸所获"逆产"全部交公,几块嘉奖的钱,不够零花。有些队员尤其家在城里需要养老婆孩子的队员想不通。老姚做大家的工作,他说国民政府给新四军的军饷少得可怜,1937年至1941年五年才171万。去年国军在无为县扣押张云逸的夫人、孩子及新四军第三支队政治部主任曾昭铭等20余人,并没收新四军军饷7万元。皖南事变爆发,政府宣布新四军是"叛军",就再也没发放军饷了。我们不怕,饿不死的,共产党所有部队的给养都靠自己解决,我们的力量反而更壮大了。

离开家之后,邱辉江没有回秘密交通站,而是来到安华缫丝厂。罗钧继见到他,特别惊喜,握着他的手久久不放。罗钧继问他,你的手怎么这样冰凉?接着压低声音问,是不是过得很苦?邱辉江点了点头。罗钧继说,兄弟,你一定要坚持!邱辉江感觉手慢慢暖了起来,心里仍然慌乱。罗钧继问他是不是回城筹集军费,建议可以去洪家铺找一下何希如先生。邱辉江说自己是为家事而来,戴玲玲想回来上班,让我来找你,望罗先生同意。罗钧继立即答应,说无论什么时候想回来都行。邱辉江说,我马上回百子山,请罗先生派人到戴玲玲娘家通知一下。他没有讲自己和戴玲玲建了新家。

又过了一天,邱辉江得到老姚的指令,锄奸行动延后,急回山中议事。原来,老姚从周学英那里得到一个情报,郝文波皖西南游击队正在往洪家铺方向集结,意图尚未搞清楚,虽然没有主动要求百子山游击队配合,但我们也要做好准备,给予友军必要的支援。邱辉江的任务是,去一趟洪家铺,了解一下他们的行军意图。邱辉江翻山越岭,绕过日军据点,来到洪家铺镇上,先没有去找何希如,而是悄悄地观察动静。他突然看到了一个熟悉的背影,尽管对方的帽子压得很低。他想起来了,是当年在青帮一起混的兄弟张大毛,彼此关系特别好,便忍不住走上前喊了一声张大毛。张大毛是来侦探敌情的,邂逅邱辉江又惊喜又紧张,他问邱辉江,你怎么也来了?邱辉江带着张大毛,走向那条穿镇而过的小河,在河边站住,然后才说,咱怎么不能来?张大毛笑了笑说,郝司令听说你反正了,很高兴,可又很不高兴,他骂你是井底之蛙,跟老戴干有什么出息?百子山巴掌那么大,再怎么搞也搞不出什么大名堂。邱辉江对此也有点后悔,但他决不会认输。他说,百子山虽然小,但靠近城,哪一天把城拿下,不就大了吗?最后,邱辉江问道,你来干什么?张大毛反过来要他先说来这里干什么。邱辉江哼了一声,然后说,那就算了,谁也不告诉谁。张大毛小声道,鬼子将有一批粮食运往城里,我们要智取了它。邱辉江故作震惊地说,我也是为了这个来的,到时候百子山游击队配合你们一下。张大毛连忙说,郝司令强调不需要任何援军,完全靠自己的实力把它拿下。张大毛捡起一块石头,往河中一扔,让邱辉江看,他说,石头沉到河底了,我的话等于没说,你的话也等于我没听见,咱们分手吧。邱辉江也捡起一块石头扔进了水里。

邱辉江虽然探明了郝文波行军的意图,但日军运粮的时间,他还没弄清楚,估计张大毛也是为这个而来。邱辉江路过罗钧继家门前时,心里不是滋味,疾步而去。他来到何希如家米店前,看了看一只只木斗中的大米,凑到店伙计身边说,请你给何先生捎个信,就说小邱求见。店伙计打量了一下邱辉江,然后吩咐另一个店伙计照看一下店面,自己报告去了。很快,何希如的小儿子来了,将邱辉江接到家中。何希如说,邱先生一定是来探听运粮时间吧?邱辉江故意否定,他说前天去找罗先生借钱,罗先生指了一条道,说来找你。何希如笑道,这条道,指得不错,等我知道了时间就立即通知百子山。邱辉江很高兴。何希如说,现在种水稻、小麦和棉花都比养蚕划得来,不少人家要砍掉桑树,实在是一种短视。为了保住本地蚕丝业,不让蚕户吃亏,罗先生拿了不少钱补贴。罗先生办实业,千辛万苦,实在不容易,不能向他伸手。

当日,邱辉江回到百子山向老姚、老戴汇报,摸清了皖西南游击队的意图。老戴兴奋地说,不能让他们全弄去,我们也得弄一点。老姚笑道,友军作战,我们必须配合,共同抗日。老姚最后强调,百子山游击队一定要掌握分寸,既不能付出太大牺牲,又不能让郝文波觉得我们抢夺胜利果实。另外,老姚说,对于洪家铺何希如先生,一定要多加保护,就是以后国民党不愿跟共产党合作,也得保护他,虽然他大儿子、二儿子都在国民党队伍里。第二天,老姚要邱辉江回城继续执行锄奸任务。邱辉江愿意参加伏击日军的战斗。老戴支持老姚意见,督促邱辉江回城。老戴说,郝文波队伍中许多人你都熟悉,见面不太好。邱辉江觉得有道理,便启程回城了。

进城后,他想回家跟戴玲玲谈事,可门是锁的,便猜测她把孩子送给她前夫的母亲带,或者交给自己的父母带,自己去缫丝厂上班了。没见到戴玲玲,他有些失落,想到缫丝厂去看看她。他犹豫了一会,接着决定去缫丝厂。他直接去了戴玲玲以前的宿舍,见查美欣在哄孩子,他以为哄的是皖庆,近前一看是个女孩。查美欣告诉他,戴玲玲在车间里,问是不是要把她喊回来。邱辉江笑了笑说,我想跟她谈谈事。查美欣说,现在厂里不忙,不少缫车都是停的,我去喊她。说罢抱着孩子走了。过了一会儿,戴玲玲来了,查美欣没来。戴玲玲是跑步来的,喘着气。她随手关上了门,还拉上了窗帘。邱辉江很感动,妻子这么善解人意。他搂起她。她问,要是美欣来了怎么办?邱辉江回答道,你就告诉她,我们在谈事。

戴玲玲说,游击队怎么这样自由,隔三岔五往回跑?邱辉江告诉她,这次进城处决一名汉奸。戴玲玲问他是谁。邱辉江说这是机密,对什么人都

228

不能说。戴玲玲噘起了嘴,怪邱辉江对老婆都不信任。她问他,是谁要你反正的?她接着自己答道,还不是你老婆!邱辉江很为难,他说,这个汉奸的名字,就是告诉你你也不知道他是谁。他胡编了一个名字。戴玲玲不安起来,她说,你得注意安全。邱辉江说,安全不成问题。他心里想说的是,难以下手才是个问题。邱辉江与戴玲玲分手,走出宿舍时,仍不见查美欣回来,便在心里称赞她。

好久没有见到周学英了,他想找她聊聊。可他联系不上她,不知道她换了什么工作,也不知道她住在哪里。他又想见见葛林娣,可人家去了延安,不知道她找到未婚夫没有。邱辉江感到特别孤独和寂寞,浑身乏力,无精打采。直到接到交通站向他提供的一条情报,他才振作起来。送情报者说,罗钧继刚刚离开缫丝厂,正往司下坡方向而去。

5

罗钧继几次到司下坡找松下三郎追讨货款,都被宪兵挡住不让进去。他打电话给松下三郎,说有秘事相告,目的是将他骗出来。松下三郎将约见地点安排在天后宫,他要拜天后妈祖保佑一批粮食安全抵达安庆。此天后宫乃清代安徽福建会馆建造,据说有个商贾在安庆运粮出江,突遇狂风恶浪,险遭灭顶,濒于绝望之时,大呼天后保佑,天后居然显灵,顿时风平浪静。事后富商捐建"天后宫殿"以示报恩。

罗钧继见到松下三郎,开口第一句话,你竟然信起中国的神。

松下三郎一本正经地说,到什么地方拜什么神。钧继君当年在美国读书,不是也去过基督教堂?

罗钧继每次催松下三郎还款,对方都以战争乃不可抗力而拒付。罗钧继重申战争是日方挑起的,并且合同签订于安庆沦陷之后,"不可抗力"说不过去。松下三郎说,我指的是太平洋战争。这次,既然松下三郎提起在美国考察教堂的事,罗钧继决定就以此为话题,驳斥他货款不到账,归属"不可抗力"条款是一种抵赖思想。他对松下三郎说,凭松下君超强记忆力,一定记得关于"上帝的行为"那场争论吧。

松下三郎回忆了一下,他说,人所无法预见或者避免的,称为意外事件,在此情况下,被告免于承担法律责任。这意外事件,就是"上帝的行为"。既然上帝要发生这样的事件,人们就有不履行合同的理由。罗钧继料到他会这样说,讽刺道,松下君的记忆力真是一年不如一年,竟然忘了一个案例。罗钧继重述起这个案例:

一个暴风雨的夜晚,一艘船无法正常航行,未经过码头主同意,船长将船系在码头上。暴雨冲击着船,船撞击着码头,导致码头受损。码头主状告船主。法官在分析这个案件的时候假定道,如果船在暴风雨中驶入码头而瘫痪,撞到码头使之损伤,或者,连接船和码头的绳索断裂,船撞到码头使码头主受损,那么这两种情况下船主都无法控制,这都是上帝的行为,原告不能够得到赔偿。而在这个具体的案件中,船主故意将绳索系在码头上,而且不及时更换新的绳索,因此,本案不是上帝的行为,而是被告的紧急避险行为。被告的行为具有合法性,但要赔偿原告所受到的实际损失。

松下三郎显得很难堪,支支吾吾,不知怎么回答罗钧继。罗钧继说,违约金可以免除,但实际完成的交易货款必须偿还。松下三郎两眼在金丝边眼镜后面呆直地看着罗钧继,突然骂了起来,胡搅蛮缠的中国人!罗钧继回击道,耍无赖的日本人!松下三郎的眼睛红了,他怒吼,大日本帝国即将征服整个中国,你们每一片叶子、每一棵草都是日本的……

当这两位斯坦福大学同学在天后宫妈祖神像前争吵的时候,怎么也不会想到,邱辉江已接近了他们。邱辉江在一个隐蔽的角落,将枪瞄准了罗钧继,可他实在不忍心扣动扳机。他听到松下三郎大嚷大叫中国人是猪,气愤地将枪口对准他的脑袋,果断地扣动了扳机,叭的一声,松下三郎笨重地倒地了。邱辉江心里说了一句"罗先生受点苦了",又扣动扳机,朝惊慌失措的罗钧继开了一枪,打在他的左小腿上,只见血一溅,罗钧继也应声倒下。邱辉江急忙离开天后宫,按照他熟悉的相对安全的路线逃走。

邱辉江刚走出一条小巷,迎面撞上了周学英。周学英拉着他拐进一户大院,绕到大院后面,穿过一条三尺窄巷,进入了一栋老宅子。宅子里无人。周学英坐到一张太师椅上,邱辉江随即坐到另一张太师椅上,之间隔了一张八仙桌。桌上有一只白瓷茶壶和数只带把的茶杯。周学英倒了一杯茶,放到邱辉江面前。邱辉江发现茶是热的。周学英问他,你动手了吧?邱辉江点了点头,喝干了茶,然后问她怎么知道了这次行动。周学英很惋惜地说,我接到通知,要阻止这次行动,可是来晚了。邱辉江说,即使没有来晚,我也不会服从你的,我服从老姚的命令。周姐,是郝司令让你出面保护罗老板吧?周学英答道,这个跟他无关。

周学英叹息道,罗老板这一死,反而那些图书更有可能落入松下三郎的手中。唉,对汉奸太恨,也不好啊!你看看,只顾恨他,把他干掉,可那些图书怎么办?接下来,缫丝厂不是关停,就是易手于日本人扶植的另一个汉奸。我们得赶快行动,把图书偷运出来,走在松下三郎的前头。邱辉江笑了起来,他说,周姐,不要急,一急又会坏事。周学英说,郝文波游击队最近做了一件漂亮的事,将安徽省通志馆全部志稿由怀宁花山运回城,密存于振风塔内。你们百子山游击队,一定要把安大的图书从缫丝厂安全转移。

邱辉江又笑了,他得意地说,咱把松下三郎这家伙干掉了!

周学英一愣,然后拍了一下桌子,不高兴地说,你怎么可以打死他呢?谁叫你打死他的?老姚吗?老姚不会如此糊涂地瞎指挥吧?邱辉江感到莫名其妙,打死松下三郎应该高兴呀,怎么反而生气?周学英说,打死松下三郎,日军必定大肆宣传中国人刺杀日本侨民,通过这个例子为他们滥杀中国平民找遁词。最近中共一张地下报纸公开了日军在安庆及周边县犯下的罪行,激起百姓对日军的仇恨。日军于小吏港、公岭一带,奸淫杀害妇女51人。在望江华阳镇,12名妇女惨遭轮奸。在太湖,日军在县城附近强抓48名18至40岁左右的女性,集中关押在"西风洞",每天进行百般凌辱,并有9人被割去阴部和乳头,有一家婆媳被抓,媳妇被7名日军轮奸致死后还惨遭剖腹挖心,婆婆被逼着裸体跑步、跳舞,受尽侮辱。在宿松,日军奸淫妇女493人,其中一少女因挣扎被日军勒死,后遭奸尸;还有一名妇女先被轮奸,后被猎狗撕咬而死。

现在,松下三郎一死,日本方面可以借此大做文章了。周学英说。

邱辉江承认自己没有想到这层利害关系,表示抱歉。周学英站了起来,

231

在邱辉江和八仙桌前来回走了几步。一番思考之后,她对邱辉江说,估计罗钧继在被你打死之前,还没有跟松下三郎达成以图书换取蚕丝业务的意向,这或许就是老姚想趁早干掉罗钧继的原因,既然没有考虑到打死他会出现另一种更被动的结果,那么只能尽快把图书悄悄运出来。现在缫丝厂可能还没有人知道罗老板被打死,生产照常进行的时候行动最安全。可惜葛林娣去了延安,要是她在缫丝厂,就好办了。

邱辉江没有对周学英讲,自己只是打伤了罗钧继的腿。他告诉自己,这个秘密对谁也不能泄露。周学英离开老宅子之前,嘱咐邱辉江留在这里,什么地方都不能去。肚子饿了,会有人送饭,晚上到阁楼上睡觉。

两天后,周学英还没有得到上级指令如何采取下一步行动,她听到了两个消息。一个是郝文波游击队成功截获了日军从洪家铺运往安庆的150担粮食,据说郝司令,也就是她的丈夫对百子山游击队的"配合"很反感,甚至扬言要端掉百子山。周学英觉得老郝说的是气话,他不会真的干破坏抗日的事;他要是真的那样干,我就跟他离婚!上级笑道,不要说离婚,还指望你动员他参加新四军呢。另一个消息是罗钧继没有被打死,只被打伤了一条腿。周学英返回邱辉江藏身的老宅子,问他是不是故意手下留情。

邱辉江对天发誓,自己是真心想把罗钧继一枪毙掉,可老天不让他死,有什么办法?周学英咯咯笑道,没有打死他,这个意外很好,因为他还有利用价值。这次行动对他也是一个震慑和警告,跟日本人混,没有好下场。周学英递给邱辉江一张银行支票。邱辉江问道,这干啥,周姐?周学英说,不是给你的赏钱。原来,周学英安排邱辉江去跟罗钧继做一笔生意,购买30担蚕丝,这张支票上的钱不够,赊欠一下,一定会还的。

周学英给了邱辉江一个建议,暂时不去找罗钧继,等他回厂之后再去。他的腿受点伤,会很快出院的。她笑道,你住在这里,要耐得住寂寞。

邱辉江有自己的判断:罗钧继跟松下三郎同时被刺杀,日军不会怀疑杀手来自缫丝厂。于是,他决定去缫丝厂看看戴玲玲。戴玲玲恰巧在宿舍,但还有其他姑娘。这些姑娘不像查美欣那样善解人意。邱辉江只得又离开了缫丝厂。

数日后,邱辉江得知罗钧继回到了缫丝厂,心情非常复杂,真不好意思去见他。周学英催促他赶快行动,日军一一六师团调往湖南,日军武汉所属第十一军团十三师团第十三步兵旅团来安庆驻防,可以利用这个空当,外运蚕丝。邱辉江一进缫丝厂,就看见一个熟悉的背影——罗老板拄着拐杖走向办公楼。

　　他不想去罗老板的办公室,因为进去后一旦办公楼被封锁,自己就没法逃了。他紧走几步,来到罗钧继身边,故作惊讶地喊了一声,罗先生,你的腿怎么了? 罗钧继一听就知是邱辉江的声音,他苦笑了一下说,中了一枪,真是命大,第三次遭暗杀,都没有被打死。邱辉江说,你是好人,老天会保佑你的。邱辉江把支票和一张欠款条拿出来,递给罗钧继,并照周学英的交代陈述了一遍这项交易。罗钧继说,手头正需要这笔钱,你通知他们赶快来提货吧。

　　邱辉江二话不说,转身就走。他听见罗老板在身后说,邱夫人的工作已经安排了,没有什么后顾之忧,你安心地干自己的事吧。

第十章　意念的瞬变

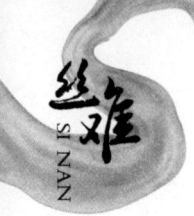

第十一章　作茧成丝

1

　　1945 年夏天,皖钟大舞台恢复对市民开放,京戏和黄梅戏轮番演出,还放映电影。由安庆籍演员舒绣文主演的电影《塞上风云》,场场爆满。周学英送给葛林娣两张电影票,本来她们约定一起去看,可她临时有事放弃了。葛林娣把另一张票送给了罗钧继,罗钧继不知道她是将多余的一张票相赠,还以为她是特意邀他一起看电影,欣然答应了。罗钧继敏感于社会舆论,他将面临一个巨大的人生之坎。

　　在去皖钟大舞台的路上,葛林娣说她昨天收到了方然的亲属从成都带来的一封信,她最先以为方然知道了宁国能的下落,可拆开信封,才发现是方然写给宁国能、葛林娣夫妇的信。他在成都创办《呼吸》诗刊,追求《七月》杂志的风格和精神,希望宁国能在省立安徽大学复建之际多加宣传推广。信中还夹了一首诗:

> 　　一个母亲,
> 　　夜里,
> 　　还珍爱着,
> 　　那嫁时留下的一双绣花鞋,
> 　　把它齐整地摆在池岸上,
> 　　然后就拿生命偿还了,
> 　　那永也还不完的苦债呀……

一个吹箫人，

叫我听他在月夜里低低吹着箫，

他说：听呀，落水的水鬼们，

在那池边柳树下，

呜呜地哭了，

为着找到的替身，

又是自己的亲人！

　　葛林娣除了喜欢这首诗，更多的是失落感。她跟罗钧继谈到这封信时，也依然失落与伤感。罗钧继对舒绣文的演技称赞不已，舒绣文虽然不是很漂亮，但眼睛特别亮，有神采，她将角色的思想、感情和心理都充分地表演了出来。罗钧继突然想起老家的女儿罗沁芳，油然而生思念之情。他接着想起夫人曾说过希望女儿像舒绣文一样有出息，可夫人没见女儿一面就死了，他不由得心里特别难受起来。在换电影胶片时，葛林娣小声对罗钧继说，日本在 8 月 15 日就已宣布无条件投降，街上今天还有日军在巡逻，一切如常，怎么现在还没有中国军队进城？罗钧继也为此感到疑惑。

　　直到 9 月初，国民党第四十八军才在军长苏祖馨带领下开进安庆，军部驻司下坡中国银行旧址。其所属一七六师，也正式接管安庆的城防事务。9 月 15 日，在国民党第四十八军军部，举行安庆日军投降仪式。由粤汉线开来的日军一三一师团，共 20370 人，在安庆被全部解除武装。

　　电力公司拉响了解除警报的长长的信号，各工厂、轮船的汽笛也同时长鸣，持续时间达十分钟之久。顿时，象征抗战结束、和平生活到来的汽笛声响彻安庆上空。随着长江上军舰的 101 响礼炮响起，有数万人参加的"安庆各界庆祝胜利大会"在市中心广场隆重举行。大会结束后，紧接着举行庆祝胜利大游行。庞大的游行队伍浩浩荡荡地从一条街道走向另一条街道。市民如潮涌至，夹道欢迎，盛况空前。到了晚上，安庆街头彩灯高挂，人头攒动，每个人的脸上都写着欣喜和快乐。如此大规模的庆祝胜利活动，连续进行了三天。

随后,财政部京沪区财政金融特派员办公处派李嘉隆来安庆接收中储银行等日伪金融机构。罗钧继周转资金被冻结,业务一时中断。他陷入巨大的困境,只得向私人借贷高息资金以维持缫丝厂的运转。他听说,安徽高等法院及高等法院检察处都从大别山迁回了安庆,国民党军统局在安庆成立了肃奸专员办事处。罗钧继内心的焦虑一天比一天重。庆祝抗战胜利的游行和聚会渐渐减少之后,举报汉奸的布告贴满了大街小巷。罗钧继曾经历过数次暗杀,现在那些杀手可以公开举报他了,但他一直平安无事。

他问葛林娣,那些想杀死我的爱国者哪里去了?

葛林娣反过来问他,你以为你真的是汉奸吗?那些要杀你的,除了松下三郎,还会有谁?

罗钧继按照葛林娣的思路,想想几年来经受的谋杀,将杀手指定为日本人,内心轻松下来。

葛林娣有个期盼,那就是省立安徽大学尽快复建,回校的教授和教员当中也许就有宁国能,即使没有他,其他人也许知道宁国能在哪。她从延安回来后就搬回到缫丝厂宿舍住,一方面受周学英的委托监管安大的图书,另一方面她喜欢上了查美欣的女儿方琳。她从来没有见到过像方琳这样讨人喜欢的女孩子,模样乖巧,嘴巴又甜。她有一天听到方琳发出惊人之语,葛阿姨,你家的宁叔叔回来后,让他做我爸爸行不行?葛林娣不禁鼻酸泪流,她抱起方琳,亲了她一下,然后回答她,可以呀,宁叔叔一定特别高兴。查美欣对方琳说,宁叔叔回来,葛阿姨就会生孩子,哪会要你呢?方琳回答她妈妈,那你得去给我找一个爸爸。

查美欣忧郁的性格,并没有因为女儿的成长而改变多少,她常常在葛林娣跟前流露生而无趣,生活里缺少一种激情。葛林娣说,你现在有方琳做伴,可我呢,年纪比你大,还是孤家寡人。查美欣觉得葛林娣很固执,七年多了,还在为宁国能坚守,真不值得。她坚持认为,宁国能已经跟另一个女人生了一大群孩子。要不,他就不在这个世上了。葛林娣忧伤之时,查美欣劝她去找罗老板聊聊。现在,缫丝女们不再认为葛林娣图财而有意于嫁给罗老板,反而认为她对罗老板太冷漠了。像罗老板这种身份的人,哪个不是三妻四妾,而罗老板夫人去世后,一直未娶,像单身汉一样生活在缫丝厂。葛林娣对查美欣说,找他聊,不如跟方琳在一起更有乐趣。

　　一天,查美欣叹息一声后,说自己熬在世上,就是因为有方琳,否则不如追随他去算了。她所讲的"他",是指方传才。葛林娣当年从延安回来,就有人告诉她方传才被日本人打死了,她很震惊。接着,她听说查美欣在方传才死后的第二日上吊自尽,被人救下来了。罗老板特别关心查美欣,不让她上班,养着她。她有什么要求一开口,罗老板立马就办。罗老板安排了一间家具和生活用品齐全的宿舍,供她和方琳住,还经常派人送来新鲜水果。对于罗老板对自己娘儿俩这么好,查美欣觉得方传才死得太值得了,他曾经背地里讲了罗老板多少坏话,不就是到登云坡搬东西被日本人打死了,这跟罗老板又有什么太大的关系? 或许出于一种感激心理,查美欣常常劝葛林娣嫁给罗钧继。她说,罗老板真的喜欢你。

　　葛林娣说,你劝我,你自己怎么不找一个男人一起生活? 查美欣向她透露,母亲又开始管她了,在为她物色婆家。葛林娣赞同她母亲的做法,并劝她听母亲的话。查美欣将孩子生下后,摸摸肚子平平的,心想这时回家不会给父母丢脸了吧。于是,她有一天回家了。父母没有把她往外赶。母亲悄悄问,孩子呢? 她说放在厂里。第二次回家,她仍然是一个人,母亲已经在为她找婆家,可对方听说她有个孩子,都不答应。接着,母亲瞒着,没讲她有孩子,很快就有人上门送礼、见面相亲。一天母亲跑到缫丝厂,拉着她去相亲。她要带方琳一起去,母亲不答应。她只得把方琳托人看管,自己去见那个男人,她从对方的眼神中看出对她一见倾心,于是就如实告诉对方,自己的丈夫被鬼子打死了,身边有个女儿。对方回答自己做不了主,得回家征求父母意见。再后来,父母就给她物色死了老婆的男人,可她已经心灰意冷,不想嫁人了。葛林娣建议她还是找一个婆家为好。查美欣说,打仗打死了很多男人,难找婆家。

　　葛林娣有一天被周学英喊去臭骂了一顿。周学英骂她没有尽到责任,你回去看看那些图书到哪去了? 全被游击队搬走了! 葛林娣急忙跑到地下仓库,见书室空空如也。她发呆了一会儿,然后直奔罗钧继的办公室。她问他,图书呢?罗钧继叫她不要紧张,图书完好无损地移交了。葛林娣生气地问,你交给谁了?我不是说过,图书要交给周学英吗?罗钧继回答道,交给郝文波与交给周学英不是一回事吗?郝司令是带着校方委托函来取书的,不能不给他们。葛林娣心想,是呀,图书交给郝文波与交给周学英有什么区别,他们不是一家人吗?

葛林娣把自己的想法告诉了周学英。周学英连连摇头,说根本不是一回事,两者大有区别。她只怪自己没有将葛林娣吸纳到组织内,很多道理对她是讲不通的。周学英说,这些书是程演生校长叫我接收的,现在我怎么向他交代?程校长和朱光潜、杨亮功、陶因等人正在着手复建安大,可是珍贵图书落到军方手中,不知道最后命运如何。葛林娣又返回缫丝厂责怪罗钧继。罗钧继不高兴了,他瞪着眼睛质问道,安大图书交给国民政府的军队难道有错吗?

葛林娣无言回答,只好离开了罗钧继的办公室。她在离宿舍几百米远的地方,就听到了方琳的哭叫声,"妈妈——妈妈——"葛林娣的心一紧,向宿舍跑去。只见宿舍走廊里站了一些女工,她们有的人在敲门,有的人在敲窗子,有的人在喊查美欣的名字。葛林娣一到这里,方琳哭着扑到她身上,说妈妈在屋里不理她。葛林娣牵起方琳的手,哄她乖,不要哭。方琳不再哭。一个姑娘告诉葛林娣,查美欣不知道跟琳琳闹了什么别扭,把她关在外面老半天了,不让她进去。葛林娣敲了敲门,喊了几声,美欣……美欣……始终不见查美欣开门,她突然意识到不妙,放下方琳,用力地撞门,可没能将门撞开。葛林娣对一个姑娘说,你赶快去喊男工拿工具将门破开。她牵着方琳,离开了这里……

2

缫丝厂停产之后,缫丝女们迟迟没有离开,因为她们还有近一个月的工钱没结。她们的老板罗钧继已被逮捕,等待审判。她们内心所想象的汉奸跟罗老板不同;说罗老板是汉奸,她们无法接受。葛林娣希望戴玲玲跟丈夫邱辉江讲讲,罗先生不是汉奸。戴玲玲比葛林娣更不相信罗老板是汉奸。

可是,接管安庆的是国军,百子山游击队被限制在百子山范围内,不许开进城区。

葛林娣带着方琳,去找周学英。周学英特别忙,前段时间组织了几场代表中国共产党庆祝抗战胜利的群众活动,现正创办《新皖铎报》,还配合省立安徽大学创办《滨江旬报》《唯明学报》《学刊》等报刊。葛林娣找她的目的也是希望她通过她丈夫郝文波,将罗先生放出来。周学英说,国民政府对罗钧继尚未作出汉奸定论,可能考虑怕他外逃,暂时控制起来。他不在郝文波手上,郝文波的队伍没有进城。如果查清了罗钧继真的是汉奸,郝文波也救不了他,谁也救不了他。

周学英觉得国民政府惩奸有扩大化倾向,一些社会不良分子就像当年胡乱指认谁是中国兵一样,现在胡乱举报谁是汉奸。一个豆腐店的伙计举报另一家豆腐店的老板是汉奸,动机是该伙计曾在那家豆腐店做工因偷东西被开除,现在要报仇雪恨。审讯时法官问豆腐店潘老板,你做豆腐生意,是否卖给鬼子?老板照实回答,日本人买豆腐,我也卖给他们。法官大怒,你卖豆腐给日本人,就是以物资供敌,这是有罪的,知道吗?潘老板辩白说,日本人来买豆腐,我怎敢拒绝,不然他们会说我是抗日分子,要抓我杀我,怎么办呢?法官一拍桌子吼道,你这是有意推诿开脱!我问你,你为什么不去报告游击队?潘老板哭丧着脸说,安庆城里都是日本鬼子占领,游击队在乡下,怎么去找他们?法官恼羞成怒地说,不管怎么说,你卖豆腐给日本人,就是卖国行为,就是有罪!最后潘老板还是因"以豆腐供敌罪",被判半年徒刑。

为了解开葛林娣心中的结,周学英拿出了国民政府颁布的《处理汉奸案件条例》,一条条对照罗钧继的行为。周学英念道,通谋敌国,凡有本法所列行为之一者,判死刑或无期徒刑。葛林娣连忙说,罗先生摊不上这一条。周学英又念道,曾在伪组织机关团体服务,为有利于敌伪或不利于本国或人民之行为于一定年限内,不得为公职候选人或任用为公务员,处一年以上七年以下有期徒刑。葛林娣说,罗先生拒绝参加伪组织。周学英再念道,明知为汉奸而藏匿不报或包庇纵容者,处一年以上七年以下有期徒刑。葛林娣说,

239

罗先生没有。

葛林娣将"条例"拿过去自己看,她看了几行文字后,就紧张地说,周姐,你不会也是汉奸吧?"条例"规定"曾任伪组织简任职以上公务员,或推荐任职之机关首长者""曾任伪组织所属专科以上学校之校长或重要职务者""曾在伪组织管辖范围内,任报馆、通讯社、杂志社、书局、出版社社长、编辑、主笔或经理,为敌伪宣传者"等 10 种人为汉奸。你当过编辑呀,你怎么办?周学英笑了起来,她说,我是伪编辑前头又加了个"伪"字。葛林娣不懂,周学英告诉她,自己当编辑是为了掌握敌人的宣传动向进行反宣传。

罗钧继由肃奸办事处带走后,关押在饮马塘监狱。此监狱建于1906年4月,关押过不少著名的政治犯,如时任共青团中央总书记、中央委员任弼时,中共安徽省委第一任书记王步文,中共安徽省临委秘书长柳毅夫等等。现在,关押在饮马塘监狱的多是等待审判的汉奸与疑似汉奸。罗钧继被列入疑似汉奸,他痛批民国司法黑暗,没有根据就将他羁押,未决嫌疑犯应在看守所收押,不可投进大牢。监狱长对他说,你在这里吵闹没用,我们也不愿意一下子接收三四百个嫌犯,肃奸办事处强行让我们接收,却不管监狱人满为患,管吃管住开销非常大,说经费马上拨,可至今一厘钱也没拨下来。

在等待审判的日子里,罗钧继心中牵挂很多,一是不知缫丝厂是在继续生产,还是停产了;二是老家情况不明,不知父母和家人能否正常生活。他思前想后,非常苦闷。他发现不断有人被放走,也不断有人被关进来。他听最近关进来的人说,伪省长处死刑,伪部长处无期徒刑,伪次长处七至十五年有期徒刑,伪局长处三至五年有期徒刑,其他普通汉奸,刑期在两年六个月左右。

一天,罗钧继看见邱辉江走过来,大吃一惊,以为他也被关了进来。邱辉江是来营救他的,他向罗钧继表明来意,然后塞给他一张纸条。罗钧继对纸条看都没看就又塞回去了,他说,我的历史需要一个公开的交代,是不是汉奸将由法律来决定。邱辉江说,不要相信那帮法官,跟我一起进山吧。现在国民政府不承认百子山游击队抗战有功,国共合作可能又要停下来。罗钧继说,那是你们的事,跟我无关,我只是一个民族实业家,我的任务是经营缫丝厂,目标是扩大生产规模,创造社会财富,解决更多就业民生。邱辉江很着急,他觉得罗老板不走的话,可能被杀。罗钧继笑了笑说,我早就在等待审判的这一天,免得天天受到暗杀的威胁,时时提心吊胆。

饮马塘监狱中的大汉奸押到了南京,安徽省高等法院最后判处死刑 3 人,有期徒刑 89 人。三个死刑的,是在露天广场公判,公判之后押着游街,围观的群众很多,扔石头,吐口水。当审判汉奸一度成为经常化,关注的人和看热闹的人就越来越少。罗钧继是在安徽省高等法院法庭内公开审判,旁听者不足 30 人。葛林娣坐在一个角落,她的身边是周学英。

书记员宣布法庭纪律后说,全体起立,请审判长审判员入庭。审判长一行入庭就座。书记员报告审判长,本案被告及诉讼代理人已全部到庭,请开庭。审判长抬起头说,现在核对被告身份。罗钧继一一回答。葛林娣发现罗先生一点也不紧张。在接下来的法庭调查、法庭辩论、被告人最后陈述等环节,罗钧继始终保持一种站立的姿势,说话声调也没有多少变化。经法庭调查,罗钧继向日本军方提供 4000 余担蚕丝,以支持其侵华战争。法庭辩论时,罗钧继不承认 4000 余担蚕丝是提供日本军方,他跟松下三郎签订的是商业合同,有合同文书为证。审判长拿出松下三郎与日军士兵的合影照片。罗钧继没有请辩护律师。他自辩道,商人与军人合影实属正常。针对蚕丝是否属于军用物资,罗钧继说,根据《惩治汉奸条例》之"供给贩卖或为购办运输用品或制造军械弹药之原料者"说法,蚕丝非此类原料。

法庭对罗钧继的辩解全然不予采信,说他以"通谋敌商、促其以华制华之目的",构成汉奸罪。这时,周学英站了起来,陈述罗钧继曾为抗战后方纺织厂提供蚕丝,请允以从轻量刑。葛林娣在周学英身边小声说,罗先生保管安徽大学图书也有功劳。周学英接着说,省立安徽大学外迁之时,有十箱珍贵图书交罗钧继保管,七年多时间里,罗先生冒险保管,没让其丢失一本,此功绩甚大。如果罗先生是汉奸的话,当日本人大肆搜查文物时,他必定拿这些图书去讨好日本人;当伪政府建立图书馆时,他也必定把这些书捐出去。

当审判长质问罗钧继，敌火日近，缫丝厂迟迟不外迁，并且在安庆沦陷之日仍保持生产状态，是不是等着日本人来接管？这时，葛林娣急忙站起来，举手示意有话要说，得到法官同意。葛林娣拿出了罗钧继让她收藏的那份他与美国商人罗德里格斯签订的商业合同。一位助理法官从葛林娣手上接过合同文书，交给审判长。审判长仔细地看了一遍，然后宣布休庭，十五分钟后庭审继续进行。

周学英对葛林娣说，你怎么不早告诉我有这份合同？以前你不是说罗老板是为了保管图书才没让缫丝厂外迁？葛林娣回答，这两个原因都有。周学英寻思了一会儿，她断定罗钧继将会受轻判。葛林娣说，谢谢周姐帮忙。周学英问她，要是罗钧继被宣判无罪的话，你是不是决定嫁给他？葛林娣摇了摇头说，我对他没有那份感情；我对他，只是一个晚辈对前辈由衷的敬佩。周学英说，我现在理解了你。

十五分钟之后，庭审又开始了。审判长宣布庭辩结束，在被告做最后陈述前，他拿出一封信件，声情并茂地朗读起来：

尊敬的法官先生：

前抵安庆，欲与罗钧继先生续签蚕丝产销合同，惊讶地发现安华缫丝厂关门停产，罗先生关押于饮马塘监狱等候审判。知悉贵国正在肃奸惩奸，声势浩大。不幸哉，罗先生！当初因接受吾之再三请求，而签订产销合同，导致丝厂外迁延误，不胜愧疚难安。罗先生为贵国之难得知法、爱法、守法之实业家，其视履行合同为人格尊严、权利义务，生命冒险在所不辞。罗先生迫于松下三郎之强迫，虚应之中，始终保持与美商合作。此诚意与精神，正是美中共同抗战之基础。贵国在野党之共产党在《中央关于抗战中地方工作的原则指示》中指出不能乱戴汉奸帽子，乃体现一种科学态度和法制精神，国民政府应吸取在野党意见，地方法官应本着严谨的作风，减少误判和错判。希冀法官先生对罗案慎重再慎重。吾书此信，非有意扰乱贵国司法，而是提供美中商业合作之依据。

致谢！

罗德里格斯

1946 年 5 月 22 日

审判长在读罗德里格斯致法官的信时，法庭上每个人都在认真地听，非常安静。审判长读完信，问罗钧继还有什么需要陈述的。罗钧继请求念一首诗，被采纳。他念道："养口资身赖以桑，终成王道泽流长。吐丝不羡蜘蛛巧，饲叶频催织女忙。三起三眠时化运，一生一死命天常。待看献茧车缫后，先与吾民织衣裳。"

最后，审判长宣告罗钧继无罪释放。葛林娣差点发出惊喜的呼叫，她一把抱住周学英，激动得泪如泉涌。

3

麦黄时节，连续下了几场暴雨，江水上涨，抗洪的人群拥向长江两岸，筑坝垒堤。葛林娣离开安庆前，带着方琳去看滔滔奔流的江水。方琳问为什么长江跟以前不一样，长胖了，还在发脾气。葛林娣回答她，万物像人一样，会胖也会瘦，长江发脾气，是因为雨下得太大太多了。方琳说，葛阿姨，我以后不哭了。葛林娣亲了方琳一下，心想她怎么从雨联系到自己的哭呢？

方琳确实比以前好哭多了，她想妈妈。葛林娣最初瞒着她，说妈妈到很远的地方去了，如果方琳好哭，她就不回来了。方琳便忍着不哭，可没忍一天她又哭着要妈妈。后来，葛林娣决定向这个孩子讲真话，告诉她妈妈死了。方琳问什么是死了。葛林娣回答，死了就是再也不回来了。方琳没日没夜地哭，罗钧继把她送到洪家铺，让她和女儿沁芳一起玩，可她仍然哭，不再要妈妈，而是要葛阿姨，罗家只得派人把她送回了缫丝厂。

葛林娣带着方琳来看长江，是指望江水退了，她乘船出行，可江水只涨不退，一时乘不了船。她要去的地方是洪家铺，找何希如先生讨个说法，当年占卦，说日本人败走后宁国能就会回来，可为什么他现在还不回来？葛林娣决定不再等江水退落乘船，改为走旱路去洪家铺。她带着方琳一道，从北门乘车来到月形山，然后步行。翻越女儿岭时，她背着方琳，汗水湿透了衣服。幸好遇到了一位采桑姑娘，她帮她背着方琳，登到了岭头。下岭是一条羊肠小路，脚下稍不慎，人就会滑到路旁的山沟里。好心的采桑女，把方琳送到岭下村庄附近才回头。葛林娣给她一块银圆，她怎么也不收。采桑女告诉她，这是春蚕转向夏蚕的季节，桑叶茂盛，蚕宝宝长得快，可温度偏高，蚕宝宝也怕热，容易患病。现在家家户户都养蚕，镇上还有外地专家指导呢。

葛林娣来到何希如家，正巧遇上外地专家借用"冲和堂"在给养蚕户讲课。她对养蚕知识很熟悉，本想只站一会儿就走，可听到专家正在讲中日丝绸大战历史，不由得坐了下来。虽然日本投降快一年了，但人们对日军仍然充满强烈憎恨，专家在台上演讲，台下不断有人喊"打倒日本鬼子"。专家说，诸位先生女士、广大养蚕户，战争结束之前，日本出口创汇最主要的商品就是生丝，1930 年日本的生丝出口量占到出口贸易总额的百分之三十。生丝和丝绸本身是我们中国的特产啊！日本的丝绸，为什么能够和具有悠久历史的中国丝绸抗衡呢？自古以来，我国通向外面世界的通道就以"丝绸之路"命名，这是被世界所公认的事实。我国的华中丝、华南丝质量上乘，安庆所产的丝属于华中丝。华中丝的优点首先在于颜色纯白，富有光泽，而东洋丝则是灰白色的，光泽也不如华中丝。日本丝绸一直比不上咱们中国丝绸。1918 年纽约市场上生丝价格，华中丝每公斤 4.12 美元，东洋丝每公斤 3.36 美元。1873 年到 1877 年间，我国在国际丝绸市场所占份额为百分之五十四，日本只有百分之十一，而到了 1930 年，日本超过了我国，我国丝绸业全面败给了日本丝绸业。

原因何在呢？专家问道。没有人回答。

专家继续说，原因是日本人别有用心，他们用中国丝标上东洋丝的牌子，销往欧洲和美国。接着，日本人通过战争破坏我国的丝绸业基础，杀我们同胞，毁我们家园，使养蚕户大量减少。现在，鬼子被我们打跑了，日本成了战败国，我们得赶快把他们占领的国际丝绸市场夺回来，诸位加紧养蚕，精心养蚕，生产优质生丝，为中国经济振兴做出应有的贡献。

专家讲完之后，讲堂里爆发出热烈的掌声，曾反对讲堂鼓掌的何希如竟也鼓起掌来。他已经发现了葛林娣，等大家散了之后，他才跟她打招呼问好。葛林娣说，此次来洪家铺，是专门来问何先生，那个卦怎么就不灵呢？不是说日本鬼子走后，宁国能就回来吗？何希如很同情葛林娣，第一次与她见面之后，就利用自己的情报网帮助她寻找宁国能，可一直没发现他的去向和下落。何希如现已退职，军粮采购和情报都不搞了，一心讲学。何希如想起了那个卦，当时是为了安慰葛林娣，给她一个寄托和希望，才那么解卦给她听。他对葛林娣说，卦也有不灵的时候。葛林娣很失望。何希如向她提供了一条线索，他说，也许宁国能隐居在小吏港。

小吏港？葛林娣一怔，纳闷地说出这三个字。何希如点了点头，然后说，曾探知宁国能祖籍小吏港，而高河埠梅湖村是他母亲娘家世居之地，他父亲是入赘女婿，抗日战争爆发后，他父亲携全家离开梅湖往天柱山方向避难，也许回到祖籍小吏港定居了。宁国能这个名字，是你未婚夫上大学时自己取的，他父亲姓夏，他的原名一定叫夏什么。

难怪，她到梅湖村问遍了所有人家都无人知道宁国能。

葛林娣反复念着"小吏港"三个字，终于想起来了，它是乐府长诗《孔雀东南飞》所写刘兰芝和焦仲卿凄美爱情故事的发生地。她带着方琳，来到了渡口。方琳问，葛阿姨，我们去哪呀？葛林娣说，琳琳，你将见到宁国能爸爸了。方琳特别高兴。在候船的时候，葛林娣教方琳一句一句地念："孔雀东南飞，五里一徘徊。十三能织素，十四学裁衣。十五弹箜篌，十六诵诗书……"

皖河水涝，没有一艘船愿意出航。何希如赶来告诉她，葛小姐，走旱路一天可以到达，明天一早出发吧。葛林娣问清了旱路怎么走，要路过哪些地方之后，立即牵着方琳上路了。何希如望着她的背影，感叹真是个痴情的女子。

葛林娣在路上，时而默念着《孔雀东南飞》中的两句诗："君当作磐石，妾当作蒲苇。蒲苇纫如丝，磐石无转移。"